资治通鉴精读

刘江 / 编著

系上海市教委重点课程建设项目
《国历史文选》阶段性成果

上海教育出版社

图书在版编目（CIP）数据

资治通鉴精读 / 刘江编著；查清华主编. — 上海：上海教育出版社，2021.11
ISBN 978-7-5720-1200-6

Ⅰ.①资… Ⅱ.①刘…②查… Ⅲ.①中国历史 – 古代史 – 编年体②《资治通鉴》– 通俗读物 Ⅳ.①K204.3-49

中国版本图书馆CIP数据核字(2021)第219168号

责任编辑　向文祺
封面设计　东合社

ZIZHITONGJIAN JINGDU
资治通鉴精读
刘　江　编著

出版发行	上海教育出版社有限公司
官　　网	www.seph.com.cn
地　　址	上海市闵行区号景路159弄C座
邮　　编	201101
印　　刷	上海商务联西印刷有限公司
开　　本	700×1000　1/16　印张 24.5
字　　数	304 千字
版　　次	2021年11月第1版
印　　次	2021年11月第1次印刷
书　　号	ISBN 978-7-5720-1200-6/I·0109
定　　价	69.80 元

如发现质量问题，读者可向本社调换　电话：021-64373213

编 委 会

主　编　查清华

编　委（按姓氏笔画排序）

　　　　　朱易安　李定广　李　贵　吴夏平

　　　　　陈　飞　赵维国　查清华　钟书林

　　　　　曹　旭　詹　丹

教育部新文科研究与改革实践项目
  中文学科拔尖创新人才培养与实践

上海高校本科重点教改项目
  中文专业师范生优秀传统文化教育实践与创新

上海市高水平学科学术创新团队
  中华典籍与国家文明

国家级专家服务基地
  上海师范大学教育援疆喀什专家服务基地

总序

中华文史经典精读

中华优秀传统文化是中华民族的精神命脉。2017年,中共中央办公厅、国务院办公厅《关于实施中华优秀传统文化传承发展工程的意见》(下文简称《意见》)提出:"实施中华优秀传统文化传承发展工程,是建设社会主义文化强国的重大战略任务,对于传承中华文脉、全面提升人民群众文化素养、维护国家文化安全、增强国家文化软实力、推进国家治理体系和治理能力现代化,具有重要意义。"《意见》围绕立德树人根本任务,遵循学生认知规律和教育教学规律,按照一体化、分学段、有序推进的原则,对中华优秀传统文化"进课本、进课堂、进校园"提出明确要求。

经典是文化的重要载体。当下中华传统经典读物较多,各有优长。但我们经过调研后发现,针对大、中学生而言,在传统文化教育方面尚存在以下几大问题:一是对传统文化优秀与糟粕因子的认识比较模糊,未能通过阅读经典充分汲取富有生命力的文化养分;二是对传统文学经典的历史语境缺乏应有的了解,相关历史知识与方法的匮乏常导致对文学作品的解读出现偏差;三是对传统经典与现代文化的联系和区别关注不够,传统文化和现代意义的文化发展逻辑没有得到充分厘清;四是往往止步于对传统经典知识本身的接收与理解,对优秀原典熏染学生道德和审美的终极作用落实不力,对学生发现与探究问题的意识培养力度偏弱。

针对以上问题,我们尝试从人才培养模式、课程设置、教材建设和教学方法等方面加以改革,同时通过加强大中小一体化建设,牵头和上海数十家中学共建"中华优秀文化推广联盟",和上海援疆教育集团签署"中华优秀经典进校园"项目,组织相关优秀教师参与。编撰出版"中华文史经典精读"丛书,是我们改革项目的重要成果之一。

该丛书在导读方向、内容选择、注释范围、评析重点等方面,均致力于尝试解决上述问题。以上海市高水平学科"中华典籍与国家文明"创新团队为主体的多位专家,在总的原则下,广泛借鉴吸收前人成果,依据各自的学术特长和教研心得,充分展现学术个性,既为反思传统文化的复杂内涵提供历史唯物主义的立场和方法,也努力寻求传统文化在当代实践中的内驱力,以及理想人格的感召力,让经典润泽心灵,砥砺人生。

每本书由导言、正文、注释和评析组成。"导言"总体介绍某部经典的成书、性质、基本内容、艺术价值及社会影响,或某作家的生平、思想、艺术及文学史地位等;"正文"均依据权威版本选录名家名作,兼顾传统性典范和现代性意义;"注释"重在注解不易读懂的字词、名物及典故,力求简明准确;"评析"则在细读文本的基础上,提点作品的情思蕴含及艺术表现,注重引导读者参与情思体验,追求文字洗练,行文晓畅。

本丛书属于中华优秀传统文化经典普及性读本,可作为大学"原典精读"通识课教材及中学语文拓展读本,也适合热爱传统文化的普通读者。

限于水平,书中或有不尽如人意处,祈请读者批评指正,以便再版时改进。

查清华

于上海师范大学文苑楼

目录

资治通鉴精读

导言　司马光与《资治通鉴》\ 001

第一编　《资治通鉴》的重要序表 \ 001
宋神宗《资治通鉴序》\ 002
司马光《进书表》\ 005

第二编　战国变局 \ 009
三家分晋 \ 010
商鞅变法 \ 020
长平之战 \ 030

第三编　大秦帝国 \ 037
秦王嬴政 \ 038
天下归一 \ 045

第四编　楚汉之争 \ 059
鸿门赴宴 \ 060
国士无双 \ 066

第五编　西汉立国 \ 077
布衣将相 \ 078
文景之治 \ 094

第六编　武帝功过 \ 109
独尊儒术 \ 110
遣使西域 \ 117
巫蛊之祸 \ 133

第七编　东汉风云 \ 149
光武起兵 \ 150
党锢之祸 \ 157

第八编　三国两晋 \ 175
火烧赤壁 \ 176
淝水之战 \ 186

第九编　南北分立 \ 201
孝文迁都 \ 202
侯景之乱 \ 213

第十编　隋朝兴亡 \ 229
重建一统 \ 230
炀帝急政 \ 248

第十一编　大唐气象 \ 261
贞观之治 \ 262
则天女皇 \ 276
开元之治 \ 292

第十二编　日薄长安 \ 305
安史之乱 \ 306
朱温代唐 \ 325

第十三编　乱世五代 \ 343
割让幽蓟 \ 344
世宗改革 \ 355

导言

司马光与《资治通鉴》

《资治通鉴》是北宋司马光主持撰写的一部编年体通史,代表了中国传统史学的最高成就。

司马光与《资治通鉴》的成书

司马光,字君实,陕州夏县(今山西运城市夏县)涑水乡人,生于宋真宗天禧三年(1019年),登仁宗宝元元年(1038年)进士甲科,历仕仁宗、英宗、神宗三朝。熙丰新法期间,司马光与主张变法的改革派政见不和,寓居洛阳。哲宗即位后,太皇太后高氏垂帘听政,司马光被召回京城,担任宰相。元祐元年(1086年)九月,司马光因病去世,终年68岁。朝廷赠爵号"温国公",谥"文正"。故后世尊其为"司马温公"或"司马文正公",也有人因其祖籍,称其为"涑水先生"。

司马光自幼喜读史书。据说,他7岁时在家塾听讲《左传》,兴致盎然,回家便能复述大意。仁宗嘉祐年间(1056—1063年)，司马光开始筹划编纂一部编年体通史，他曾对后来成为自己助手的刘恕说：

> 《春秋》之后，迄今千余年，《史记》至《五代史》一千五百卷，诸生历年莫能竟其篇第，毕世不暇举其大略，厌烦趋易，行将泯绝。予欲托始于周威烈王命韩、魏、赵为诸侯，下讫五代，因丘明编年之体，仿荀悦简要之文，网罗众说，成一家书。([宋]刘恕《〈通鉴外记〉后序》)

《春秋》是中国第一部编年史，后来成为儒家经典。到了西汉，司马迁撰写《史记》，首创纪传体通史。东汉班固沿袭《史记》的体裁，修成《汉书》，是为纪传体断代史。此后，纪传、编年二体并行。唐以后，纪传体垄断了正史的修撰体例，居于各种史学体裁之首，编年体史书一度低沉。到了宋代，历代修成的纪传体正史体量已十分庞大，读书人终其一生难以卒读。因此，司马光希望采取《左传》、荀悦《汉纪》的编年体例，修撰一部记事起于战国，终于五代的通史。

宋英宗治平元年(1064年)，司马光向英宗皇帝进呈了一部5卷本的《历年图》。该书以大事年表的方式，扼要记载战国至五代之间治乱兴衰的事迹，这应该就是《资治通鉴》的编修提纲。在此基础上，两年后，司马光进呈《通志》8卷。他在给宋英宗的奏疏中说：

> 纪传之体，文字繁多，学者不能综，况于人主。欲上自战国，下至五代，凡关国家盛衰，生民休戚，善可以为法，恶可以为戒者，依《左氏传》体，为编年一书，名曰《通志》。约战国至秦二世为八卷以进。([明]马峦，[清]顾栋高《司马光年谱》卷四)

这部分内容记载了周威烈王二十三年(前403年)三家分晋至秦二世三年(前207年)的史事,就是后来《资治通鉴》的前8卷。此时,司马光将《通志》的阅读对象定位为皇帝,他要为"人主"编一部"关国家盛衰,生民休戚,善可以为法,恶可以为戒"的编年体通史。但司马光以个人之力,显然无法完成这样一个宏伟的计划。宋英宗在了解司马光的困难后,下诏令司马光接续此书,编修历代君臣事迹,允许司马光在崇文院设立书局,使用皇家藏书,并可自行选用两名助手,内廷提供办公、生活用品等后勤服务。如此高规格的待遇,据司马光后来回忆,"眷遇之荣,近臣莫及"。

治平四年(1067年)正月,宋英宗病逝,年仅20岁的神宗即位。当年十一月,司马光奉旨为神宗进读《通志》开篇的"三家分晋"。神宗听后,对此书大加赞赏,赐书名《资治通鉴》及御制序,并把自己做皇子时王府里的2400多卷藏书赐给司马光。

《资治通鉴》的修书事业,由私人独撰变成开局编修后,司马光陆续选择刘恕、刘攽和范祖禹三人为助手,帮助他搜集西汉至五代时期的相关史料,编撰资料长编。三人之中,刘攽负责两汉,刘恕负责魏晋南北朝和五代十国,范祖禹负责唐史。司马光之子司马康也在书局之中,负责检阅文字。

《资治通鉴》的编修,每修完一代纪就进呈御览。熙宁三年(1070年),司马光因反对王安石变法,出知永兴军,此时已完成了《资治通鉴》的《汉纪》和《魏纪》。次年,司马光至洛阳,《资治通鉴》的编修事业才得以继续。宋神宗元丰元年(1078年)以前,司马光团队完成了魏晋南北朝和隋代部分。元丰七年(1084年),又完成了最后的唐五代部分。《资治通鉴》前后一共修了19年,全书共294卷,囊括了1362年的历史,连同全书上呈的还有《目录》30卷和《考异》30卷。宋神宗看后,盛赞"前代未有此书,过荀悦《汉纪》远矣"。

元丰八年(1085年)三月,宋神宗病逝,哲宗即位。此后,朝廷组织人员校订《资治通鉴》,不久便将定本送杭州镂版。元祐七年(1092年),版成印刷,诏赐天下。然而,司马光已经于6年前去世了。

《资治通鉴》的史学成就与历史价值

《资治通鉴》将编年史推向高峰,在历史编纂学和史料学上取得了突出的成就,带来了编年体史书的复兴和繁荣,影响深远。

(一)《资治通鉴》的主旨与内容

《资治通鉴》是一部内容宏富的通史,宋代陈瓘说"《通鉴》如药山,随取随得",宋末元初胡三省也说"读《通鉴》者,如饮河之鼠,各充其量而已"。"药山""饮河之鼠"的比喻,都说明《通鉴》内容之"博"。但所谓的"博",却不是包罗万象,而是有所取舍,突出重点。正如宋神宗在《资治通鉴》序文中说:"博而得其要,简而周于事。"

《资治通鉴》以294卷的篇幅容纳了1 362年的史事,如表1所示,各历史时期的记事体量,总体上呈现详今略古的面貌。更重要的是,《资治通鉴》的记事偏重治乱兴衰的政治大势,也就是偏重政治史。

表1

历史时期	历年(年)	占总年数比例	卷数(卷)	占总卷数比例
战国秦汉	622	45.67%	68	23.13%
魏晋南北朝	369	27.09%	108	36.73%
隋唐五代	371	27.24%	118	40.14%

《资治通鉴》在内容上有所侧重,与其编撰宗旨分不开。《资治通鉴》完成后,司马光于所上《进书表》中言:"删削冗长,举撮机要,专取关国家盛衰,系生民休戚,善可为法,恶可为戒者,为编年一书。"资治与镜鉴,便是司马光编撰这部书的宗旨。

基于这样的想法,《资治通鉴》的内容重点便是政治史中的传统主题:政事、人事、战争,等等。南宋袁枢《通鉴纪事本末》按照事件性质,将《资治通鉴》所记的主要内容分为"曰诸侯,曰大盗,曰女主,曰外戚,曰宦官,曰权臣,曰夷狄,曰藩镇"。经济方面的内容略少,且基本都是与生民休戚相关的经济制度和措施,文化艺术则几乎全无。我们在《资治通鉴》里,读不到陶渊明、李白、杜甫这些伟大诗人的事迹,也就理所当然了。

从《左传》《史记》以来,史书中多有议论。《资治通鉴》中,除了正文的记事,司马光还以"臣光曰"的形式,表达自己的历史观和政治思想。《资治通鉴》有一百多条这样的史论,主要围绕君王之德和致治之道展开,有激扬,也有批评,进一步提炼出史事、人物、政策中"善可为法,恶可为戒"的经验和教训。司马光史论的特色,就是将自己的学术与政治融为一体,观点鲜明,有的确实贴切合理,有的则不免以意逆志,得失并存。

(二)《资治通鉴》的编纂与叙事

《资治通鉴》在历史编纂学上的成功,得益于采用了一套严密科学的编纂方法。具体来说,这一套方法分为三步:先编丛目,次修长编,最后定稿。首先,助手们以历朝实录或正史的本纪为基础,标出"事目",再将其他资料中的相关记事依年月附注于后,是为丛目;其次,助手们对丛目汇集的资料进行整理、选择、辨析,撰成编年史稿,即为长编;最后,司马光考订异同,决定取舍,加工润色,并撰写评论,完成定稿。这样的编纂方法,既发挥了集体分工合作的长处,又突出了主笔删削定稿的主导作用,保证了较高的编修效率和质量。

编年体史书按时间顺序安排史事，有助于展现历史发展的脉络。但一些跨度较长的历史事件或历史人物的生平，往往被割裂分散在不同的时序之下，这是编年体的"先天不足"。《资治通鉴》采用了一些方法，来改进编年体的叙事。比如：

1. 提纲法。先用一句话点明所述史事的纲领，然后详述其始末原委，起到纲举目张的作用。后来，朱熹在此基础上编纂《资治通鉴纲目》，开创了纲目体。

2. 追叙法。对于历时较长的事件，多以"初""先是"等字眼引领，追叙其起因由来，再叙其本事，使得读者对事件来龙去脉的理解相对完整贯通。

3. 连类法。当记叙某一事件、人物时，连带记叙与之相同或相关的史事或人物，避免了叙事的孤立或遗漏，还具有映衬主题、突出重心的作用。

4. 带叙法。当首次提到某一历史人物时，记录其乡里世系、封爵谥号等基本信息，读者便不需要额外查考。

唐代史家刘知几曾比较编年、纪传二体的优劣，得出"考兹胜负，互有得失"的结论。《资治通鉴》综合运用多种叙事手法，借鉴了纪传体的长处，提高了编年体史书的记事水平。

《资治通鉴》除了在历史编纂学上取得卓越的成就，还展现出高超的裁剪材料和文辞表达的能力。《资治通鉴》叙述历史人物、事件的文句，往往能在其他史籍中找到原文，但两相比较，《资治通鉴》写得更紧凑、更简练。清代学者钱大昕论《资治通鉴》之取材，赞其"多有出于正史之外者，又能考诸史之异而裁正之。昔人所言'事增于前，文省于旧'，唯《通鉴》可以当之"。此外，司马光笔削定稿体现的文字功夫，也为《资治通鉴》的文学性和可读性增色不少，正如梁启超评价"文章技术不在司马迁之下"。

(三)《资治通鉴》的影响和现实意义

《资治通鉴》的成功,直接激发了编年体史书的复兴和繁荣。而编年体这一古老的修史体裁,也因《资治通鉴》的成功而与纪传体比肩而立。清代学者王鸣盛说:"编年一体,唐以前皆无足观。至宋有《通鉴》,始赫然与正史并列。"《资治通鉴》成书后,产生了大量与之相关的续、补、注、评、校勘、研究等著作,在此无法一一列举。据统计,宋元明清《资治通鉴》类史书就有140多种,总计4 000多卷。这批著作与数量更多的有关《资治通鉴》的序跋、题记、笔记等,构成了内容丰富、体系庞杂的"通鉴学"。

《资治通鉴》的成功,又启示人们从历史知识中获得智慧。《资治通鉴》不同于一般的史籍,是一部以"资治"为目的,讲述治国理政之道,总结历史经验与教训的政治史典籍,其影响远远超出传统意义上的史学领域。司马光生前曾多次为皇帝讲读《资治通鉴》,从北宋到清朝,《资治通鉴》一直是帝王经筵经常使用的历史教材,被梁启超称为"皇帝教科书",也是民间士庶了解历史的重要来源,成为一部"不可不读之书"。

时至今日,《资治通鉴》仍然是一部值得重读的经典。

今日之中国,距离司马光修《资治通鉴》的时代几近千载,告别帝制已逾百年。《资治通鉴》事君的价值,早已光芒不再,但历史是"现在与过去之间永无休止的对话",历史作品也因时代不同而需要不断反思和解读。今天重读《资治通鉴》,不仅需要重温那些生动传神的记载,而且应该重视从中汲取历史智慧的滋养,赋予新的时代意义。

首先,不妨将《资治通鉴》还原到历史语境当中,正视其"垂鉴资治"的功能,以求"迹得鉴失"。《资治通鉴》的取材及编修秉持了传统史学"经世致用"的思想,"垂鉴资治"虽不能涵盖《资治通鉴》的全部价值,却是该书最突出的特点。今日读此书,不宜忽视。

其次,今日读《资治通鉴》,应将其置于史学语境中,重视其特有的编纂方式和叙事特色。在很大程度上,我们所了解的"历史事实",都是理解、书写、阐释的结果。《资治通鉴》作为一部编修的史学作品,字里行间难免带有书写者的主观态度和价值取向,甚至有记载舛误和评论偏颇之处。当然,其中不少问题已被学术研究订正。今日读《资治通鉴》,一方面应结合学术研究成果,查疑订误,以求准确的历史知识;另一方面应把握《资治通鉴》编纂、建构历史的原因、方式及文字背后的政治寄托。

历史在漫长的变迁中,有断裂,也有延续。历史的经验和教训往往不会因为时代久远而陈旧落伍,经过岁月的涤荡反而历久弥新。《资治通鉴》通过对宋以前历代王朝兴衰成败的深切思考,总结了决策、用人、吏治等治国理政方面的得失。这些规律与当今管理各类行政机构、企业、社会组织实有相通之处,不无借鉴价值。同时,在历史长河中,不变的还有人性的善良与丑恶。阅读《资治通鉴》里那些鲜活的人物形象,阅读他们在时代浪潮中的挣扎与纠葛,对个人亦是反求诸己的自我教育。

本书编写说明

本书以历史发展为线索,选编《资治通鉴》中事关家国兴衰、民生休戚的内容,辅以精要的注释和评析,努力为读者提供一部结构清晰、晓畅易懂的读本。本书兼顾学术性和普及性,可作为学习中国古代历史和文言文的教材,亦可作为传播中国传统文化的普及读物。

除导言外,全书共分为13编,每编设两三个主题。第一编选读宋神宗的《资治通鉴序》和司马光《进书表》,旨在使读者全面了解《资治通鉴》的成书背景和编撰宗旨。第二编至第十三编,按时序选编各朝代重大历史问题的记载。选文以中华书局1956年标点本为依据,吸收了标点本所附章钰的校勘成果,并保留附于相关正文后的司马光史论。宋末元初胡三省的《资治通鉴音注》,不仅注字音、字义,而且对人物、史事、地理、制度的变化始末用力尤多,并在注释中发表议论,阐发司马光叙事立论的寓意,寄托自己的遗民之痛。我们择其精要,移入注释,供读者参考。每篇选文之后,我们都分别撰写了一则短评,向读者提供学术研究的前沿成果。有的针对选文内容,详细阐释,提炼升华;有的则侧重梳理历史大势,分析复杂动因。其中的观点,或是学界共识,或是数家争鸣,或是一己之见。我们希望读者通过1篇导言和29篇选文,获得阅读《资治通鉴》这部经典的直接经验,感受中国古代波澜壮阔的历史进程,吸取家国兴衰的经验教训,体悟历史智慧的熏陶启示。

选编、评注《资治通鉴》,在文史学界具有深厚的传统,形成了许多优秀的作品。本书的编写,吸收了诸多选注本的菁华,参考、借鉴了其中的选文篇目和编撰体例。当然,本书肯定还存在不足,有待在不断修订中完善。

第一编
《资治通鉴》的重要序表

宋神宗《资治通鉴序》

朕惟君子多识前言往行以畜其德①,故能刚健笃实,辉光日新。《书》亦曰:"王,人求多闻,时惟建事。②"《诗》《书》《春秋》,皆所以明乎得失之迹,存王道之正,垂鉴戒于后世者也。

汉司马迁绸石室金匮之书③,据左氏《国语》④,推《世本》⑤《战国策》《楚汉春秋》,采经摭传,罔罗天下放失旧闻,考之行事,驰骋上下数千载间,首记轩辕⑥,至于麟止⑦,作为纪、表、世家、书、传,后之述者不能易此体也。惟其是非不谬于圣人,褒贬出于至当,则良史之才矣。

注释

① 君子多识前言往行以畜其德:出自《周易·大畜卦·象辞》,意为"君子应多学习前贤的言论和事迹,以蓄积自己的良好品德"。畜:积聚,储藏。又作"蓄"。"刚健笃实,辉光日新"出自《周易·大畜卦·彖辞》。

② 人求多闻,时惟建事:出自《尚书·说命下》,是商代宰相傅说对商王所言,意为"人们追求增多知识,是想要建立事业"。

③ 绸:缀集。石室、金匮:汉代皇家藏书之处。

④ 《国语》:过去认为《国语》为春秋末年鲁国史官左丘明作。

⑤ 《世本》:记述黄帝至秦代帝王公侯卿大夫世系和事迹之书,原书已佚,现有清代学者的辑本多种。

⑥ 轩辕:传说中黄帝姓公孙,居于轩辕之丘,故名轩辕。

⑦ 麟止:《史记·太史公自序》:"于是卒述陶唐以来,至于麟止。"《史记》的记事止于汉武帝元狩元年(前122年)获白麟,故"麟止"亦指绝笔。

若稽古英考①，留神载籍，万机之下，未尝废卷。尝命龙图阁直学士司马光论次历代君臣事迹，俾就秘阁②翻阅，给吏史笔札，起周威烈王③，讫于五代。光之志以为周积衰，王室微，礼乐征伐自诸侯出，平王东迁，齐、楚、秦、晋始大，桓、文更霸④，犹托尊王为辞以服天下；威烈王自陪臣命韩、赵、魏为诸侯，周虽未灭，王制尽矣！此亦古人述作造端立意之所繇也。其所载明君、良臣，切摩治道，议论之精语，德刑之善制，天人相与之际，休咎庶证之原，威福盛衰之本，规模利害之效，良将之方略，循吏之条教，断之以邪正，要之于治忽⑤，辞令渊厚之体，箴谏深切之义，良谓备焉。凡十六代，勒成二百九十四卷，列于户牖之间而尽古今之统，博而得其要，简而周于事，是亦典刑⑥之总会，册牍之渊林矣。

注释

① 稽古：考察古代事迹。英考：宋英宗赵曙，1063—1067年在位。考，指亡父。
② 秘阁：宋代皇家藏书之地，建于宋太宗时期。
③ 周威烈王(？—前402年)：名午，周考王子，公元前425—公元前402年在位。
④ 更霸：更相称霸。
⑤ 治忽：治理与忽怠，指国家治乱。
⑥ 典刑：旧法、模范。语出《诗经·大雅·荡》："虽无老成人，尚有典刑。"

荀卿有言："欲观圣人之迹，则于其粲然者矣，后王是也。"①若夫汉之文、宣，唐之太宗，孔子所谓"吾无间焉"②者。自余治世盛王，有惨怛③之爱，有忠利之教，或知人善任，恭俭勤畏，亦各得圣贤之一体，孟轲所谓"吾于《武成》④取二三策而已"。至于荒坠颠危,可见前车之失;乱贼奸宄,厥有履霜之渐⑤。《诗》云:"商鉴不远,在夏后之世。"⑥故赐其书名曰《资治通鉴》,以著朕之志焉耳。

注释

① 粲然:明白的样子。后王:近代之王。
② 吾无间焉:语出《论语·泰伯》"禹,吾无间然矣",意为"对于禹,我没有什么可以非议"。间:非议。
③ 惨怛:悲痛忧伤。
④ 《武成》:《尚书》篇名。孟子曰:"尽信《书》,则不如无《书》。吾于《武成》取二三策而已。"
⑤ 履霜之渐:语出《易·坤卦》"履霜坚冰至",意为"踏霜而知寒冬将至"。比喻看到事情的苗头,就要对其可能产生的严重后果有所警戒。渐:逐渐。
⑥ 商鉴不远,在夏后之世:语出《诗经·大雅·荡》,意为"商的历史借鉴(即夏桀亡国)不远"。夏后:夏朝之别名。

评析

中国古代史学"经世致用"的传统源远流长。《资治通鉴》的编纂和问世,是经世史学的进一步发扬光大。

宋神宗《资治通鉴序》,核心要义是要求史书发挥"鉴于往事,有资于治道"的"资治"功能,并提出了关于"资治"史学的三点具体主张:首先,"资治"史学的源头是孔子编订的儒家经典,无论是士人培育道德,还是君王建立事业,都要向前代圣贤学习,从历史中获得修养身心和王朝治理的经验与智慧;

其次,"资治"史学必须通贯古今,司马迁的《史记》是前代史书的典范,即所谓"良史"之作,司马光编撰《资治通鉴》,正是继承了《史记》广征博采、会通古今的编纂传统,同时利用编年体的体裁优势,进一步彰显历代治乱兴衰之迹;最后,"资治"史学还特别重视近代以来的经验和教训,即要求具备所谓"法后王"的历史眼光。因为近代历史往往与当代的国情密切相关,历史事实的各种细节也相对明晰准确,其鉴戒意义当然也更具有针对性。

  这篇《资治通鉴序》并非神宗亲笔,而是由大臣王珪代作,但毕竟体现了宋代最高统治者的态度和意志,影响很大。《资治通鉴》的编纂主旨更加凝练和突出,集中服务于"为君治国"这一政治目标。司马光死后,《资治通鉴》险遭当政反对派销毁。正是因为这篇御制序,主政者才不敢轻举妄动,《资治通鉴》一书免遭厄运。

司马光《进书表》

  臣光言:先奉敕编集历代君臣事迹,又奉圣旨赐名《资治通鉴》,今已了毕者。

  伏念臣性识愚鲁,学术荒疏,凡百事为,皆出人下,独于前史,粗尝尽心,自幼至老,嗜之不厌。每患迁、固以来,文字繁多,自布衣之士,读之不遍,况于人主,日有万机,何暇周览!臣常不自揆^①,欲删削冗长,举撮机要,专取关国家盛衰,系生民休戚,善可为法,恶可为戒者,为编年一书,使先后有伦,精粗不杂,私家力薄,无由可成。

  伏遇英宗皇帝,资睿智之性,敷^②文明之治,思历览古事,用恢张大猷^③,爰^④诏下臣,俾之编集。臣夙昔所愿,一朝获伸,踊跃奉承,惟惧不称。先帝仍命自选辟官属,于崇文院置局,许借龙图、天章阁、三馆、秘阁书籍，赐以御府笔墨缯帛及御前钱以供果饵，以内臣⑤为承受，眷遇之荣，近臣莫及。不幸书未进御，先帝违弃群臣⑥。陛下绍膺大统⑦，钦承先志，宠以冠序，赐之嘉名，每开经筵⑧，常令进读。臣虽顽愚，荷两朝知待如此其厚，陨身丧元⑨，未足报塞，苟智力所及，岂敢有遗！会差知永兴军⑩，以衰疾不任治剧，乞就冗官。陛下俯从所欲，曲赐容养，差判西京留司御史台及提举西京嵩山崇福宫，前后六任，仍听以书局自随，给之禄秩，不责职业。臣既无他事，得以研精极虑，穷竭所有，日力不足，继之以夜。遍阅旧史，旁采小说，简牍盈积，浩如烟海，抉摘幽隐，校计豪厘。上起战国，下终五代，凡一千三百六十二年，修成二百九十四卷；又略举事目，年经国纬，以备检寻，为《目录》三十卷；又参考群书，评其同异，俾归一涂，为《考异》三十卷：合三百五十四卷。自治平开局，迨今始成，岁月淹久，其间抵牾，不敢自保，罪负之重，固无所逃。臣光诚惶诚惧，顿首顿首。

注释

① 揆(kuí)：揣测，估量。

② 敷：布施。

③ 大猷(yóu)：治国之大道。

④ 爰：于是。

⑤ 内臣：指宦官。

⑥ 先帝违弃群臣：指英宗去世。

⑦ 绍膺大统：即位为皇帝。绍膺：接续，承受。

⑧ 经筵：为皇帝研读经史而举行的御前讲席。

⑨ 元：头。

⑩ 永兴军：治京兆府(今陕西西安市)。

重念臣违离阙庭①,十有五年,虽身处于外,区区之心,朝夕寤寐,何尝不在陛下之左右！顾以驽蹇②,无施而可,是以专事铅椠③,用酬大恩,庶竭涓尘,少裨海岳。臣今骸骨癯瘁④,目视昏近,齿牙无几,神识衰耗,目前所为,旋踵遗忘,臣之精力,尽于此书。伏望陛下宽其妄作之诛,察其愿⑤忠之意,以清闲之宴,时赐省览,监前世之兴衰,考当今之得失,嘉善矜⑥恶,取是舍非,足以懋⑦稽古之盛德,跻无前之至治,俾四海群生,咸蒙其福,则臣虽委骨九泉,志愿永毕矣。

谨奉表陈进以闻。臣光诚惶诚惧,顿首顿首,谨言。

注释

① 阙庭：宫阙,此指朝廷。
② 驽蹇：能力低劣。驽：劣马。蹇：跛、迟缓。此为自谦之词。
③ 铅椠(qiàn)：古人书写文具,此指文章著述。铅：铅粉笔。椠：木片。
④ 癯瘁(qú cuì)：瘦弱憔悴。
⑤ 愿：朴实。
⑥ 矜：注重,谨防。
⑦ 懋(mào)：通"茂",盛大,此作动词。

评析

《资治通鉴》于宋神宗元丰七年(1084年)成书,这篇《进书表》与之一同奏上。

司马光在表文里,回顾了《资治通鉴》的编写初衷,即为读书人、统治者提供一部"善可为法,恶可为戒"的编年体通史。司马光及其团队成员,从治平三年(1066年)受英宗之命开局编写《资治通鉴》。至书成之日，他们耗费了整整19个年头，克服了政治斗争带来的困扰，"研精极虑，穷竭所有"，坚持不懈地投入《资治通鉴》这部巨著的编撰中。表文虽不足千字，"臣之精力，尽于此书"一语，却道出了司马光的肺腑之言。表文最后，司马光希望最高统治者能对这部凝聚自己后半生全部精力和政治思想的巨著"时赐省览，监前世之兴衰，考当今之得失"，把国家治理好，造福生民。

《资治通鉴》书成一年后，宋神宗病逝，两年后，司马光病逝。一个时代随之落幕。

第二编
战 国 变 局

三家分晋

周威烈王二十三年（戊寅，前403年）

初命晋大夫魏斯、赵籍、韩虔为诸侯。

臣光曰：臣闻天子之职莫大于礼，礼莫大于分，分莫大于名。何谓礼？纪纲是也。何谓分？君臣是也。何谓名？公、侯、卿、大夫①是也。

夫以四海之广，兆民之众，受制于一人，虽有绝伦之力，高世之智，莫敢不奔走而服役者，岂非以礼为之纪纲哉！是故天子统三公②，三公率诸侯，诸侯制卿大夫，卿大夫治士庶人。贵以临贱，贱以承贵。上之使下犹心腹之运手足，根本之制支叶，下之事上犹手足之卫心腹，支叶之庇本根。然后能上下相保而国家治安。故曰天子之职莫大于礼也。

文王序③《易》，以《乾》《坤》为首。孔子系④之曰："天尊地卑，乾坤定矣。卑高以陈，贵贱位矣。"言君臣之位犹天地之不可易也。《春秋》抑诸侯，尊王室，王人⑤虽微，序于诸侯之上，以是见圣人于君臣之际未尝不惓惓⑥也。非有桀、纣之暴，汤、武之仁，人归之，天命之，君臣之分当守节伏死而已矣。是故以微子而代纣则成汤配天矣，以季札而君吴则太伯血食矣⑦，然二子宁亡国而不为者，诚以礼之大节不可乱也。故曰礼莫大于分也。

夫礼，辨贵贱，序亲疏，裁群物，制庶事，非名不著，非器不形；名以命之，器以别之，然后上下粲然有伦，此礼之大经也。名器既亡，则礼安得独在哉！昔仲叔于奚有功于卫，辞邑而请繁缨，孔子以为不如多与之邑⑧。惟名与器，不可以假人，君之所司也；政亡则国家从之。

卫君待孔子而为政,孔子欲先正名⑨,以为名不正则民无所措手足。夫繁缨,小物也,而孔子惜之;正名,细务也,而孔子先之:诚以名器既乱则上下无以相保故也。夫事未有不生于微而成于著,圣人之虑远,故能谨其微而治之,众人之识近,故必待其著而后救之;治其微则用力寡而功多,救其著则竭力而不能及也。《易》曰:"履霜坚冰至",《书》曰:"一日二日万几"⑩,谓此类也。故曰分莫大于名也。

注释

① 公、侯、卿、大夫:中国古代爵位等级的名称。"爵"的原意是饮酒礼器,后成为身份等级的标识。爵制至周代形成完备的体系,有内爵、外爵之分。王畿之内,分为诸侯、卿大夫、士,主要根据与周天子的血缘亲属关系授予。王畿以外,周天子将统辖范围内的部分土地和人民分封给亲属或者功臣,封地一般称为国,一国之封君称为诸侯。诸侯之爵分五等:公、侯、伯、子、男。诸侯在国内可进一步实行分封,受封者称为"大夫",封地称邑。大夫在其封地内可进一步分封,受封者称为士。

② 三公:西周时,称太师、太傅、太保为三公。

③ 序:排定先后次序。

④ 系:联属,依附。相传孔子解《易》,系属其辞于经文之后,称《系辞》,现在一般认为是战国甚至更晚期的作品。

⑤ 王人:周天子之微官。

⑥ 惓惓:恳切之意。

⑦ 微子:商王帝乙长子。配天:帝王祭天时以先祖配祭。季札:吴王寿梦第四子。血食:祭祀时杀牲取血。微子、季札皆贤,微子虽长而非嫡出,季札虽嫡出而非长子,根据王位世袭嫡长子继承制的原则,皆不得立为

君王。

⑧ 仲叔于奚：春秋时卫国大夫。繁缨：诸侯车马上的装饰。据《左传·成公二年》记载，齐、卫二国战于新筑（今河北魏县南），新筑大夫仲叔于奚有功于卫，卫君赏之以封地，仲叔于奚推辞，请赏赐繁缨等诸侯才能够使用的器物，卫君许之。仲叔于奚以大夫的身份僭越诸侯之礼，故孔子以为不可。

⑨ 卫君待孔子而为政，孔子欲先正名：事见《论语·子路》。子路曰："卫君待子而为政，子将奚先？"子曰："必也正名乎！"

⑩ 一日二日万几：语出《尚书·皋陶谟》："无教逸欲有邦，兢兢业业，一日二日万几。"几：微，谓当戒惧万事之微。

呜呼！幽、厉失德，周道日衰，纲纪散坏，下陵上替，诸侯专征①，大夫擅政②，礼之大体什丧七八矣，然文、武之祀犹绵绵相属者，盖以周之子孙尚能守其名分故也。何以言之？昔晋文公有大功于王室，请隧于襄王，襄王不许③，曰："王章也。未有代德而有二王，亦叔父之所恶也。不然，叔父有地而隧，又何请焉！"④文公于是惧而不敢违。是故以周之地则不大于曹、滕，以周之民则不众于邾、莒⑤，然历数百年，宗主天下，虽以晋、楚、齐、秦之强不敢加者，何哉？徒以名分尚存故也。至于季氏之于鲁⑥，田常之于齐⑦，白公之于楚⑧，智伯之于晋，其势皆足以逐君而自为，然而卒不敢者，岂其力不足而心不忍哉？乃畏奸⑨名犯分而天下共诛之也。今晋大夫暴蔑其君，剖分晋国，天子既不能讨，又宠秩之，使列于诸侯，是区区之名分复不能守而并弃之也。先王之礼于斯尽矣！

注释

① 胡三省注：谓齐桓公、晋文公至悼公以及楚庄王、吴夫差之类。

② 胡三省注：谓晋六卿、鲁三家、齐田氏之类。

③ 据《左传·僖公二十四年》，周襄王弟弟叔带勾结戎、狄等族发动叛乱，自立为王。襄王外逃，告难于晋。次年，晋文公起兵诛姬带，迎襄王复位。文公请求自己死后用隧葬之礼。隧，掘地为埏道，系王之葬礼，诸侯皆悬柩而葬。故襄王不许，而赏之以地。

④ 王章：(隧葬)彰显王者异于诸侯。未有代德而有二王：未有代周之德，却要用周天子之葬礼，则是天下有二王。叔父：周时天子称呼同姓诸侯、诸侯称呼同姓大夫为伯父或叔父。

⑤ 曹、滕、郕、莒：皆为周之诸侯国。

⑥ 季氏之于鲁：鲁桓公的三个儿子仲庆父、叔牙、季友为鲁庄公时的三股政治势力，他们的后裔分别为仲(孟)孙氏、叔孙氏、季孙氏，合称"三桓"。自宣公始，以季孙氏为首的"三桓"长期垄断鲁国大权。

⑦ 田常之于齐：齐简公四年(前481年)，齐国大臣田常弑简公，拥立平公，田常任相，从此齐国政权由田氏把持。

⑧ 白公：即楚平王之孙芈胜，太子建之子。太子建因遭楚国大臣费无极陷害，携带家人出逃，至郑国被害。芈胜逃往吴国。楚惠王二年(前487年)，楚国令尹子西将其从吴国召回，封在白地(在今河南息县东长陵乡西)，号曰白公。白公胜怨恨郑国，寻机报仇，而子西在晋国攻打郑国时却营救郑国。楚惠王十年(前479年)，白公胜起兵杀令尹子西、司马子期，囚禁惠王，自立为王。月余，叶公救楚，白公胜失败自杀。

⑨ 奸：干犯，抵触。

或者以为当是之时，周室微弱，三晋强盛，虽欲勿许，其可得乎！是大不然。夫三晋虽强，苟不顾天下之诛而犯义侵礼，则不请于天子而自立矣。不请于天子而自立，则为悖逆之臣，天下苟有桓、文之君，必奉礼义而征之。今请于天子而天子许之，是受天子之命而为诸侯也，谁得而讨之！故三晋之列于诸侯，非三晋之坏礼，乃天子自坏之也。

乌呼！君臣之礼既坏矣，则天下以智力相雄长，遂使圣贤之后为诸侯者，社稷无不泯绝，生民之类糜灭几尽，岂不哀哉！

初，智宣子将以瑶为后，智果曰："不如宵也①。瑶之贤于人者五，其不逮者一也。美鬓长大则贤，射御足力则贤，伎艺毕给则贤，巧文辩惠则贤，强毅果敢则贤；如是而甚不仁。夫以其五贤陵人而以不仁行之，其谁能待②之？若果立瑶也，智宗必灭。"弗听。智果别族于太史，为辅氏。

赵简子③之子，长曰伯鲁，幼曰无恤。将置后，不知所立，乃书训戒之辞于二简，以授二子曰："谨识之！"三年而问之，伯鲁不能举其辞；求其简，已失之矣。问无恤，诵其辞甚习；求其简，出诸袖中而奏之。于是简子以无恤为贤，立以为后。

简子使尹铎为晋阳④，请曰："以为茧丝乎？抑为保障乎？⑤"简子曰："保障哉！"尹铎损其户数⑥。简子谓无恤曰："晋国有难，而无以尹铎为少，无以晋阳为远，必以为归。"

及智宣子卒，智襄子为政，与韩康子、魏桓子宴于蓝台⑦。智伯戏康子而侮段规⑧。智国⑨闻之，谏曰："主不备难，难必至矣！"智伯曰："难将由我。我不为难，谁敢兴之！"对曰："不然。《夏书》有之：'一人三失，怨岂在明，不见是图。'⑩夫君子能勤小物，故无大患。今主一宴而耻人之君相，又弗备，曰'不敢兴难'，无乃不可乎！蚋、蚁、蜂、虿，皆能害人，况君相乎！"弗听。

注释

① 智宣子：晋卿荀跞之子申。瑶：宣子之子，即智伯，谥曰襄子。智果：智氏之族人。宵：智宣子之庶子智宵。

② 待：宽容。

③ 赵简子：赵鞅，简为其谥号。

④ 晋阳：今山西太原市西南古城营。

⑤ 抑为保障：尹铎请示赵简子，以晋阳为搜刮财赋之地？抑或厚养民生，作为赵国之保障？从下文可知，对于晋阳的战略定位不同，尹铎的施政措施也不同。

⑥ 损其户数：减损登记在册的户籍数，则百姓生活优裕而税赋较少。

⑦ 韩康子：名虔。魏桓子：名驹。二人皆为晋卿。

⑧ 段规：韩康子之相。

⑨ 智国：智襄子家臣。

⑩ 语出《尚书·夏书·五子之歌》。意为"一人再三犯错，结下的冤仇就在暗中滋生，见微知著，应该在问题还未显露时预先提防"。

智伯请地于韩康子，康子欲弗与。段规曰："智伯好利而愎^①，不与，将伐我；不如与之。彼狃于得地^②，必请于他人；他人不与，必向之以兵，然后我得免于患而待事之变矣。"康子曰："善。"使使者致万家之邑于智伯。

智伯悦。又求地于魏桓子，桓子欲弗与。任章^③曰："何故弗与？"桓子曰："无故索地，故弗与。"任章曰："无故索地，诸大夫必惧；吾与之地，智伯必骄。彼骄而轻敌，此惧而相亲；以相亲之兵待轻敌之人，智氏之命必不长矣。《周书》曰：'将欲败之，必姑辅之。将欲取之，必姑与之。'主不如与之，以骄智伯，然后可以择交而图智氏矣，奈何独以吾为智氏质④乎！"桓子曰："善。"复与之万家之邑一。

智伯又求蔡、皋狼之地于赵襄子⑤，襄子弗与。智伯怒，帅韩、魏之甲以攻赵氏。襄子将出，曰："吾何走乎？"从者曰："长子⑥近，且城厚完。"襄子曰："民罢⑦力以完之，又毙死⑧以守之，其谁与我⑨！"从者曰："邯郸之仓库实。"襄子曰："浚⑩民之膏泽以实之，又因而杀之，其谁与我！其晋阳乎，先主⑪之所属也，尹铎之所宽也，民必和矣。"乃走晋阳。

> 注释

① 愎：固执任性。
② 狃（niǔ）：习以为常。
③ 任章：魏桓子之相。
④ 质：目标，攻击对象。
⑤ 赵襄子：即前文赵简子之幼子无恤，襄为谥号，时亦为晋卿。
⑥ 长子：县名，今属山西长治市。
⑦ 罢：通"疲"，累。
⑧ 毙死：倒下来死去。
⑨ 其谁与我：谁与我同力。
⑩ 浚（jùn）：榨取，搜刮。
⑪ 先主：此指赵襄子之父赵简子。

三家以国人①围而灌之，城不浸者三版②；沈灶产蛙③，民无叛意。智伯行水④，魏桓子御，韩康子骖乘⑤。智伯曰："吾乃今知水可以亡人国也。"桓子肘⑥康子，康子履桓子之跗⑦，以汾水可以灌安邑，绛水可以灌平阳也⑧。絺疵⁹谓智伯曰："韩、魏必反矣。"智伯曰："子何以知之？"缔疵曰："以人事知之。夫从韩、魏之兵以攻赵，赵亡，难必及韩、魏矣。今约胜赵而三分其地，城不没者三版，人马相食，城降有日，而二子无喜志，有忧色，是非反而何？"明日，智伯以缔疵之言告二子，二子曰："此夫谗人欲为赵氏游说，使主疑于二家而懈于攻赵氏也。不然，夫二家岂不利朝夕分赵氏之田，而欲为危难不可成之事乎！"二子出，缔疵入曰："主何以臣之言告二子也？"智伯曰："子何以知之？"对曰："臣见其视臣端而趋疾⑩，知臣得其情故也。"智伯不悛。缔疵请使于齐。

注释

① 国人：一般指诸侯国统治部族成员，上层为贵族，下层为平民。平民为自由民，对诸侯承担当兵作战的义务。

② 三版：当时城墙为土筑，土筑时用的木板一般有两尺高，三版累计高度约为六尺。

③ 沈灶产蛙：灶沉水底，蛙生其中。比喻水患严重。

④ 行水：视察水势。

⑤ 骖乘：陪乘。古人乘车，尊者居左，御者居中，又有一人处车右，以备不虞。处车之右者，若是战车称车右，他车称骖乘。

⑥ 肘：作动词，用肘触碰。

⑦ 履：踩。跗：脚背。魏桓子、韩康子不敢明言，只能以肘、足相触，暗示对方。

⑧ 安邑：魏桓子封邑，在今山西运城市夏县西北。平阳：韩康子封邑，在今山西临汾市西南。

⑨ 缔疵：晋国贵族，智伯臣属。

⑩ 端：详审。趋疾：快走。

赵襄子使张孟谈①潜出见二子，曰："臣闻唇亡则齿寒。今智伯帅韩、魏以攻赵，赵亡则韩、魏为之次矣。"二子曰："我心知其然也；恐事未遂而谋泄，则祸立至矣。"张孟谈曰："谋出二主之口，入臣之耳，何伤也！"二子乃潜与张孟谈约，为之期②日而遣之。襄子夜使人杀守堤之吏，而决水灌智伯军。智伯军救水而乱，韩、魏翼而击之，襄子将卒犯其前，大败智伯之众，遂杀智伯，尽灭智氏之族。唯辅果在。

臣光曰：智伯之亡也，才胜德也。夫才与德异，而世俗莫之能辨，通谓之贤，此其所以失人也。夫聪察强毅之谓才，正直中和之谓德。才者，德之资也；德者，才之帅也。云梦之竹，天下之劲也；然而不矫揉，不羽括③，则不能以入坚。棠谿④之金，天下之利也；然而不熔范，不砥砺，则不能以击强。是故才德全尽谓之"圣人"，才德兼亡谓之"愚人"；德胜才谓之"君子"，才胜德谓之"小人"。凡取人之术，苟不得圣人、君子而与之，与其得小人，不若得愚人。何则？君子挟才以为善，小人挟才以为恶。挟才以为善者，善无不至矣；挟才以为恶者，恶亦无不至矣。愚者虽欲为不善，智不能周，力不能胜，譬如乳狗⑤搏人，人得而制之。小人智足以遂其奸，勇足以决其暴，是虎而翼者也，其为害岂不多哉！夫德者人之所严⑥，而才者人之所爱；爱者易亲，严者易疏，是以察者多蔽于才而遗于德。自古昔以来，国之乱臣，家之败子，才有余而德不足，以至于颠覆者多矣，岂特智伯哉！故为国为家者苟能审于才德之分而知所先后，又何失人之足患哉！

注释

① 张孟谈：赵襄子家臣。
② 期：约定。

③ 矫揉：矫正，揉曲使直。羽括：羽，箭翎；括，箭尾受弦处。
④ 棠谿：在今河南驻马店市遂平县西北，以铸剑著名。
⑤ 胡三省注：乳狗，育子之狗也。
⑥ 严：敬重。

评析

本篇选自《资治通鉴》卷一。孔子编《春秋》，止于鲁哀公十四年（前481年），《左传》记事，至公元前453年的赵、魏、韩三家灭智伯。《资治通鉴》以周威烈王二十三年（前403年）命赵、魏、韩三家为诸侯开篇，继而以"初"字带出三家联手灭智伯之事，所以胡三省说："《通鉴》之作，实接《春秋》《左氏》之后也。"

司马光在记叙"三家分晋"之后，发表了首篇史论《礼治论》，明确提出"以礼治国"的政治思想，由此可看出他以此事件作为《资治通鉴》开篇的深意。司马光认为，"天子之职莫大于礼"。所谓"礼"，就是纪纲，就是上自天子下至庶民的尊卑贵贱的礼治秩序。维持纪纲的关键，在于君臣之"分"不可乱，维护君臣之"分"的关键，则在于"名"。在司马光看来，理想、稳定的政治秩序，就是"天子为四方之纲，诸侯为一国之纲，卿、大夫、士各纪其职"，而天子就是维护这一秩序的最后防线。

赵、魏、韩三家为晋国卿大夫，自然是周天子的陪臣。三家虽把持晋国之政，但犹惧于君臣名分而不敢自立，周天子不但不兴兵诛讨，反而升之为诸侯，则是连"区区之名分复不能守而并弃之"了。周威烈王承认"三家分晋"，意味着天子自坏规矩，抛弃了礼仪名分，这也就意味着一个时代的结束。"三家分晋"具备了区分时代的历史意义，故司马光在《资治通鉴》开篇记而论之。

为了交代事件的背景，司马光又把镜头拉回70多年前的春秋末期。晋卿之中,智氏实力虽强,最后却遭赵、魏、韩三家联手灭族;智伯早年虽有"五贤",却难逃覆亡的命运。问题的根源在智伯被选为继承人的时候便暴露出来。在智宣子选立继承人之时,族人智果就指出,智伯有才却无仁德之心,并非领导者的最优人选。智伯在继位之后,处世霸道而一意孤行,轻视对手且不听谋士劝谏,胁迫韩、魏割地,贸然对赵用兵。反观赵、魏、韩三家,才能虽不见得长于智伯,但在识大体、善用人方面,着实技高一筹。最终,三家反弱为强,压倒性地战胜了智氏。

最后,司马光结合智伯之亡,以史论的形式,发表了对人才选拔中才与德关系的看法。对于"取人之术",司马光更看重德,德胜于才,要优于才胜于德。他甚至认为,宁可用无德无才的愚人,也不能用有才无德的小人,这样对复杂人性简单处理的看法,恐怕有些偏激了。就人才选拔而言,才德兼备者固少,对于绝大多数中人之资者,"审于才德之分而知所先后",综合考量人才的各方面素质,不失为亘古不变的取才之道。

商 鞅 变 法

周显王七年(己未,前362年)

秦献公薨,子孝公①立。孝公生二十一年矣。是时河、山以东强国六②,淮、泗之间小国十余③,楚、魏与秦接界。魏筑长城,自郑滨洛以北有上郡;楚自汉中,南有巴、黔中:皆以夷翟④遇秦,摈斥之,不得与⑤中国之会盟。于是孝公发愤,布德修政,欲以强秦。

周显王八年(庚申,前361年)

孝公下令国中曰:"昔我穆公⑥,自岐、雍之间修德行武,东平晋乱,以河⁷为界,西霸戎翟,广地千里,天子致伯⁸,诸侯毕贺,为后世开业甚光美。会往者厉、躁、简公、出子之不宁⁹,国家内忧,未遑外事。三晋攻夺我先君河西地,丑莫大焉。献公即位,镇抚边境,徙治栎阳,且欲东伐,复穆公之故地,修穆公之政令。寡人思念先君之意,常痛于心。宾客群臣有能出奇计强秦者,吾且尊官,与之分土。"于是卫公孙鞅⑩闻是令下,乃西入秦。

注释

① 孝公(前381—前338年):姓嬴,名渠梁。公元前361—公元前338年在位。
② 河:黄河。山:华山。强国六:指韩、赵、魏、楚、燕、齐六国。
③ 淮:淮水。泗:泗水。小国十余:主要包括宋、鲁、邹、陈、蔡、卫、滕、薛、费等十余国。
④ 翟:通"狄"。
⑤ 与:参与。
⑥ 穆公(?—前621年):姓嬴,名任好,春秋时秦国国君。公元前659—公元前621年在位。曾带领秦国向西发展,称霸西戎。"春秋五霸"之一。
⑦ 河:黄河。
⑧ 天子致伯:周天子给予秦穆公方伯之任。致:给予。
⑨ 厉:秦厉公。躁:秦躁公。简:秦简公。出子:秦惠公之子,继位二年即被杀。献公立。
⑩ 公孙鞅:卫国公孙氏,名鞅。亦称卫鞅。

公孙鞅者,卫之庶孙也,好刑名之学。事魏相公叔痤,痤知其贤,未及进。

会病,魏惠王往问之曰:"公叔病如有不可讳,将奈社稷何?"公叔曰:"痤之中庶子①卫鞅,年虽少,有奇才,愿君举国而听之!"王嘿然。公叔曰:"君即不听用鞅,必杀之,无令出境!"王许诺而去。公叔召鞅谢曰:"吾先君而后臣,故先为君谋,后以告子。子必速行矣!"鞅曰:"君不能用子之言任臣,又安能用子之言杀臣乎!"卒不去。王出,谓左右曰:"公叔病甚,悲乎,欲令寡人以国听卫鞅也!既又劝寡人杀之,岂不悖哉!"卫鞅既至秦,因嬖臣②景监以求见孝公,说以富国强兵之术;公大悦,与议国事。

周显王十年(壬戌,前359年)

卫鞅欲变法,秦人不悦。卫鞅言于秦孝公曰:"夫民不可与虑始,而可与乐成。论至德者不和于俗,成大功者不谋于众。是以圣人苟可以强国,不法其故③。"甘龙曰:"不然,缘法而治者,吏习而民安之。"卫鞅曰:"常人安于故俗,学者溺于所闻,以此两者,居官守法可也,非所与论于法之外④也。智者作法,愚者制焉;贤者更礼,不肖者拘焉。"公曰:"善。"以卫鞅为左庶长⑤。卒定变法之令。令民为什伍而相收司⑥、连坐,告奸者与斩敌首同赏,不告奸者与降敌同罚。有军功者,各以率受上爵;为私斗者,各以轻重被刑大小。僇力⑦本业,耕织致粟帛多者,复其身⑧;事末利及怠而贫者,举以为收孥⑨。宗室非有军功论,不得为属籍⑩。明尊卑爵秩等级,各以差次名⑪田宅、臣妾、衣服。有功者显荣,无功者虽富无所芬华。

注释

① 胡三省注:自战国以来,大夫之家有中庶子,有舍人。
② 嬖臣:受宠幸的近臣。
③ 不法其故:不必遵照旧的制度。

④ 非所与论于法之外：不可与常人及学者讨论法以外的事务。

⑤ 左庶长：秦爵二十等级中第十等。

⑥ 相：相互。收司：督察检举。

⑦ 僇(lù)力：尽力。僇：通"勠"。

⑧ 复其身：免除本人赋役。

⑨ 胡三省注：纠举而收录其妻子，没为奴婢。秦法，一人有罪，收其室家。至汉文帝元年，始除收孥相坐法。

⑩ 属籍：宗室谱牒。

⑪ 名：占有。

令既具未布，恐民之不信，乃立三丈之木于国都市南门，募民有能徙置北门者予十金。民怪之，莫敢徙。复曰："能徙者予五十金！"有一人徙之，辄予五十金。乃下令。

令行期年①，秦民之国都言新令之不便者以千数。于是太子犯法。卫鞅曰："法之不行，自上犯之。"太子，君嗣也，不可施刑，刑其傅公子虔，黥②其师公孙贾。明日，秦人皆趋③令。行之十年，秦国道不拾遗，山无盗贼，民勇于公战，怯于私斗，乡邑大治。④秦民初言令不便者，有来言令便。卫鞅曰："此皆乱法之民也！"尽迁之于边。其后民莫敢议令。

臣光曰：夫信者，人君之大宝也。国保于民，民保于信；非信无以使民，非民无以守国。是故古之王者不欺四海，霸者不欺四邻，善为国者不欺其民，善为家者不欺其亲。不善者反之，欺其邻国，欺其百姓，甚者欺其兄弟，欺其父子。上不信下，下不信上，上下离心，以至于败。所利不能药其所伤，所获不能补其所亡，岂不哀哉！昔齐桓公不背曹沫之盟，晋文公不贪伐原之利，魏文侯不弃虞人之期⑤，秦孝公不废徙木之赏。此四君者道非粹白，而商君尤称刻薄，又处战攻之世，天下趋于诈力，犹且不敢忘信以畜其民，况为四海治平之政者哉！

注释

① 期年：一周年。

② 黥：在犯人面部刺字，再染上墨，亦称墨刑。

③ 趋：遵从。

④ 胡三省注：自是年至三十一年商鞅死，盖鞅之行其法而致效在十年之间，又十年而致祸。

⑤ 齐桓公不背曹沫之盟：事见《史记·刺客列传》。齐桓公伐鲁，鲁国以曹沫为将，后鲁庄公向齐求和，于是双方会盟于柯。将盟之时，曹沫以匕首劫持桓公，要求齐国归还侵夺鲁国的土地。桓公答应后又想反悔，管仲以为不可。最后齐桓公将侵夺的土地归还鲁国。晋文公不贪伐原之利：事见《左传·僖公二十五年》。晋文公命士兵带三天粮讨伐原国，粮尽而未克其国，文公为取信于民，下令撤军。魏文侯不弃虞人之期：事见《资治通鉴》。周威烈王二十三年（前403年），魏文侯与群臣宴饮时，天降大雨，文侯想起自己与虞人（山林管理者）相约当日打猎，于是便亲自去告诉对方因雨天而不能打猎。

周显王十九年（辛未，前350年）

秦商鞅筑冀阙①宫庭于咸阳，徙都之②。令民父子、兄弟同室内息③者为禁。并诸小乡聚④，集为一县，县置令、丞⑤，凡三十一县。废井田，开阡陌⑥。平斗、桶、权、衡、丈、尺⑦。

周显王二十一年（癸酉，前348年）

秦商鞅更为赋税法⑧，行之。

注释

① 冀阙：阙是宫廷门外两边的高大建筑物，是发布法律政令的地方，又称象魏、魏阙。
② 秦国原都城在雍，商鞅变法后，建咸阳为都。
③ 同室内息：同室居住。秦国旧俗，父子兄弟之夫妇皆同居一室。
④ 聚：村镇。此句言合并小的乡村、城镇为县。
⑤ 令：县令，县的行政长官。秦制，万户以上的县称县令，万户以下的县称县长。丞：县令的副职。
⑥ 开：挖掉、铲除。阡陌：田间小路，南北为阡，东西为陌，此指纵横交错的田埂。"废井田，开阡陌"是商鞅变法的重要内容，废除井田制，承认新垦土地为私人占有，然后按照实际占有的土地亩数计算赋税。
⑦ 平：统一。斗：量器名，十升为一斗。桶：量器名，亦称斛，十斗为一斛。权：秤砣。衡：秤杆。此言统一度量衡。
⑧ 胡三省注：井田既废，则周什一之法不复用，盖计亩而为赋税之法。

周显王二十九年（辛巳，前340年）

卫鞅言于秦孝公曰："秦之与魏，譬若人有腹心之疾，非魏并秦，秦即并魏。何者？魏居岭厄之西①，都安邑，与秦界河②，而独擅山东之利③，利则西侵秦，病④则东收地。今以君之贤圣，国赖以盛；而魏往年大破于齐，诸侯畔⑤之，可因此时伐魏。魏不支秦，必东徙，然后秦据河、山之固，东乡⑥以制诸侯，此帝王之业也。"公从之，使卫鞅将兵伐魏。魏使公子卬⑦

将而御之。

军既相距⑧,卫鞅遗公子卬书曰:"吾始与公子欢⑨;今俱为两国将,不忍相攻,可与公子面相见盟,乐饮而罢兵,以安秦、魏之民。"公子卬以为然,乃相与会;盟已,饮,而卫鞅伏甲士,袭虏公子卬,因攻魏师,大破之。

魏惠王恐,使使献河西⑩之地于秦以和。因去⑪安邑,徙都大梁⑫。乃叹曰:"吾恨不用公叔之言!"

秦封卫鞅商於⑬十五邑。号曰商君。

注释

① 岭:山岭。厄:险要之地。岭厄:今山西运城市夏县东中条山一带。

② 界:作动词,以……为界。河:黄河。

③ 独擅:独占。山东:函谷关、中条山以东地区。

④ 病:条件不利。

⑤ 畔:通"叛"。

⑥ 乡:通"向"。东乡,向东发展。

⑦ 公子卬:魏国贵族。

⑧ 距:通"拒",对抗。

⑨ 欢:交好。

⑩ 河西:战国时的河西,指今山西、陕西之间黄河南段之西的区域。

⑪ 去:离开。

⑫ 大梁:今河南开封市。

⑬ 商於:今河南南阳市淅川县西南。一说商於之地指商(今陕西商州市东南)、於(今河南南阳市西峡县东)两邑及两邑间的地区。

周显王三十一年（癸未，前338年）

秦孝公薨，子惠文王立。公子虔之徒告商君欲反，发吏捕之。商君亡之魏；魏人不受，复内①之秦。商君乃与其徒之商於，发兵北击郑。秦人攻商君，杀之，车裂以徇②，尽灭其家。

初，商君相秦，用法严酷，尝临渭论囚，渭水尽赤。为相十年，人多怨之。赵良③见商君，商君问曰："子观我治秦，孰与五羖大夫④贤？"赵良曰："千人之诺诺，不如一士之谔谔⑤。仆请终日正言而无诛，可乎？"商君曰："诺。"赵良曰："五羖大夫，荆之鄙人也⑥，穆公举之牛口之下，而加之百姓之上，秦国莫敢望焉。相秦六七年而东伐郑，三置晋君，一救荆祸⑦。其为相也，劳不坐乘，暑不张盖⑧。行于国中，不从车乘，不操干戈⑨。五羖大夫死，秦国男女流涕，童子不歌谣，舂者不相杵⑩。今君之见也，因嬖人景监以为主；其从政也，凌轹公族，残伤百姓。公子虔杜门不出已八年矣。君又杀祝懽而黥公孙贾。《诗》曰：'得人者兴，失人者崩。'此数者，非所以得人也。君之出也，后车载甲，多力而骈胁者为骖乘，持矛而操闟戟者旁车而趋⑪。此一物不具，君固不出。《书》曰：'恃德者昌，恃力者亡。'此数者，非恃德也。君之危若朝露，而尚贪商於之富，宠⑫秦国之政，畜百姓之怨。秦王一旦捐宾客而不立朝，秦国之所以收君者岂其微哉⑬！"商君弗从。居五月而难作。

注释

① 内：通"纳"，放入。

② 徇：示众。

③ 赵良：秦国隐士。

④ 五羖（gǔ）大夫：秦穆公时贤相百里奚，原为虞国大夫，晋献公灭虞后被虏，

作为秦穆公夫人（晋献公女）的陪嫁之奴入秦。后百里奚逃至楚国宛地，穆公闻其贤，以五羖羊皮将其赎回，授之国政，号曰五羖大夫。羖：黑色公羊。

⑤ 诺诺：答应之词。谔谔：正色直言。

⑥ 荆：指楚。鄙人：边邑之人。百里奚逃至楚国，在宛地被边邑之人擒获，故此称其为"鄙人"。

⑦ 东伐郑：公元前627年，秦东进伐郑，因郑有备而退。回师途中，在崤山遭遇晋军伏击。三置晋君：秦穆公帮助三位晋国国君继位。公元前651年，送公子夷吾回国为君，是为晋惠公；公元前638年，公子圉从秦回国，次年为君，是为晋怀公；公元前636年，送公子重耳回国为君，是为晋文公。一救荆祸：公元前632年，秦与晋参加城濮之战，打败楚国，遏制楚国北进中原之势。救：制止。

⑧ 坐乘：古代乘车皆站立，只有安车（坐乘小车）设座，供年迈的高级官员乘坐。盖：车盖，车上用以遮风挡雨的设备，形如大伞。

⑨ 不从车乘：不用随从车辆。不操干戈：不带防卫的武器。

⑩ 舂(chōng)：舂米。相：舂米时的号子声。杵：舂谷时的棒槌。舂谷时呼号声与杵声相和，借以助力，称为"相杵"。舂者因百里奚之死哀痛，故不复出声。

⑪ 骈：并列相连。胁：肋骨。骈胁：肋骨并列相连成为一片，此指胸肌发达的壮汉，显不出肋骨的条痕。骖乘：陪乘。阚(xī)戟：长戟。旁：通"傍"，靠近。趋：疾走。

⑫ 宠：居尊宠之职而独揽政权。

⑬ 捐宾客：抛弃宾客而去，此为逝世之讳称。收：逮捕。微：轻。此指以重罪逮捕商鞅。

评析

本篇选自《资治通鉴》卷二。"变法"是战国时代的主题。魏国李悝、楚国吴起、韩国申不害、秦国商鞅,相继在国君的支持下举行变法。但只有商鞅变法意义深远,不仅奠定了秦国统一的基础,而且影响了之后两千年的政治体制与政治文化。

历史上的变法很多,内容各有侧重。商鞅主持的变法是一场相对全面的变革,涉及经济、社会、政治、思想诸多方面。其中有四个特点,值得特别注意。

其一,变法的入手点是建立政府法令的信誉。司马光指出,"夫信者,人君之大宝也"。商鞅通过徙木立信、惩处太子师傅等,使民众看到政府信赏必罚的决心,政府的权威得到维护,改革才能成功。

其二,变法的基础是完善政权对基层社会的管控。建立什伍组织和治安联保制度,极大增强了秦国政权的组织动员能力。这种半军事化的管理手段,将行政权力渗透到每一个人,为变法的后续举措在全社会铺开奠定了基础。

其三,变法通过奖励耕战,打通了平民的上升通道,冲击了贵族社会。平民征战立功或致力农桑,即可封爵免役;宗室若无军功,不得列为贵族。这样一种激励机制,加剧社会流动,促使王权之外的特权向民众开放,使得贵族社会森严的等级观念和尊卑秩序进一步松动。

其四,变法以农为本,增强中央政府的实力。在封建制度下,诸侯国内部的封臣有相对的自主权,君权的控制范围有限。商鞅变法,"废井田,开阡陌",改革土地制度,民众得以买卖土地,中央政府赋税得到持续保障;推广郡县制,统一度量衡,保证了中央政令的有效贯彻。

商鞅因变法而兴,因变法而亡,生前一度享尽荣华富贵,最终却惨遭灭门之灾。但处死商鞅的秦惠文王,依然坚定地推行商鞅制定的政策。改革与改革者的不同命运,读后令人唏嘘。

长平之战

周赧王五十二年(戊戌,前263年)

秦武安君①伐韩,取南阳;攻太行道,绝之。

周赧王五十三年(己亥,前262年)

武安君伐韩,拔野王②。上党路绝③,上党守冯亭与其民谋曰:"郑道已绝,秦兵日进,韩不能应,不如以上党归赵。赵受我,秦必攻之;赵被秦兵,必亲韩;韩、赵为一,则可以当秦矣。"乃遣使者告于赵曰:"韩不能守上党,入之秦,其吏民皆安为赵,不乐为秦。有城市邑十七,愿再拜献之大王!"赵王以告平阳君豹④,对曰:"圣人甚祸⑤无故之利。"王曰:"人乐吾德,何谓无故?"对曰:"秦蚕食韩地,中绝,不令相通,固自以为坐而受上党也。韩氏所以不入于秦者,欲嫁其祸于赵也。秦服其劳而赵受其利,虽强大不能得之于弱小,弱小固能得之于强大乎!岂得谓之非无故哉?不如勿受。"王以告平原君⑥,平原君请受之。王乃使平原君往受地⑦,以万户都三封其太守为华阳君,以千户都三封其县令为侯,吏民皆益爵三级。冯亭垂涕不见使者,曰:"吾不忍卖主地而食之也!"

注释

① 秦武安君:秦将白起。周赧王三十七年(前278年)伐楚攻占郢,因军功封武安君。

② 野王：时属韩国，今河南沁阳市。
③ 上党：上党郡，时属韩国，今山西长治市。白起攻占野王后，切断了韩国中心地带与上党郡的联系。当时韩国都城在新郑，故下文曰"郑道已绝"。
④ 赵王：此时为赵孝成王（？—前245年），赵惠文王之子。平阳君豹：赵豹，赵惠文王母弟，赵惠文王二十七年（前272年），被封为平阳君。
⑤ 胡三省注：甚祸者，言甚以为祸也。
⑥ 平原君：赵胜，赵惠文王弟。"战国四公子"之一。
⑦ 胡三省注：秦有吞天下之心，使赵不受上党而秦得之，亦必据上党而攻赵。故赵之祸不在于受上党而在于用赵括。

周赧王五十五年（辛丑，前260年）

秦左庶长王龁攻上党，拔之。上党民走赵。赵廉颇军于长平①。以按据②上党民。王龁因伐赵。赵军数战不胜，亡一裨将、四尉。赵王与楼昌、虞卿谋，楼昌请发重使为媾③。虞卿曰："今制媾者在秦④，秦必欲破王之军矣，虽往请媾，秦将不听。不如发使以重宝附楚、魏，楚、魏受之，则秦疑天下之合从，媾乃可成也。"王不听，使郑朱媾于秦，秦受之。王谓虞卿曰："秦内⑤郑朱矣。"对曰："王必不得媾而军破矣。何则？天下之贺战胜者皆在秦矣。夫郑朱，贵人也，秦王、应侯必显重之以示天下⑥。天下见王之媾于秦，必不救王；秦知天下之不救王，则媾不可得成矣。"既而秦果显郑朱而不与赵媾。⑦

注释

① 长平：今山西高平市西北。
② 按据：安置并援引。

③ 重使：身份高的使节。媾（gòu）：讲和。
④ 此言秦掌握了讲和的主动权。
⑤ 内：通"纳"，指接待。
⑥ 秦王：秦昭襄王（前325—前251年），秦惠文王之子。应侯：范雎（？—前255年），魏人，后入秦，公元前266年拜丞相，封为应侯。
⑦ 胡三省注：史言赵之丧师蹙国，不特以赵括代廉颇之故，亦由不用虞卿之计也。

秦数败赵兵，廉颇坚壁不出。赵王以颇失亡多而更怯不战，怒，数让①之。应侯又使人行千金于赵为反间，曰："秦之所畏，独畏马服君②之子赵括为将耳！廉颇易与③，且降矣！"赵王遂以赵括代颇将。蔺相如曰："王以名使括④，若胶柱鼓瑟⑤耳。括徒能读其父书传，不知合变也。"王不听。初，赵括自少时学兵法，以天下莫能当；尝与其父奢言兵事，奢不能难，然不谓善。括母问其故，奢曰："兵，死地也，而括易言之。使赵不将括则已；若必将之，破赵军者必括也。"及括将行，其母上书，言括不可使。王曰："何以？"对曰："始妾事其父，时为将，身所奉饭而进食者以十数，所友者以百数，王及宗室所赏赐者，尽以与军吏士大夫；受命之日，不问家事。今括一旦为将，东乡而朝，军吏无敢仰视之者；王所赐金帛，归藏于家，而日视便利田宅可买者买之。王以为如其父，父子异心⑥，愿王勿遣！"王曰："母置之⑦，吾已决矣！"母因曰："即如有不称，妾请无随坐⑧！"赵王许之。

注释

① 数让：屡次责备。
② 马服君：赵将赵奢，时已亡。

③ 易与：容易对付。

④ 以名使括：凭借名声而非实干使用赵括。

⑤ 胶柱鼓瑟：鼓瑟时用胶粘住瑟上的弦柱，就不能调节音的高低。比喻固执拘泥，不知变通。

⑥ 父子异心：此言父子二人思想作风不同。

⑦ 母置之：言请赵括之母不要再提此事。

⑧ 胡三省注：不称，言不胜任也。随坐，相随而坐罪也。观此，则知古者败军之将，罪并及其家。

秦王闻括已为赵将，乃阴使武安君为上将军而王龁为裨将，令军中："有敢泄武安君将者斩！"赵括至军，悉更约束①，易置军吏，出兵击秦师。武安君佯败而走，张二奇兵以劫之②。赵括乘胜追造③秦壁，壁坚拒不得入；奇兵二万五千人绝赵军之后，又五千骑绝赵壁间。赵军分而为二，粮道绝。武安君出轻兵击之，赵战不利，因筑壁坚守以待救至。秦王闻赵食道绝，自如河内④发民年十五以上悉诣长平，遮绝⑤赵救兵及粮食。齐人、楚人救赵。赵人之食，请粟于齐，王弗许。周子曰："夫赵之于齐、楚，捍蔽⑥也，犹齿之有唇也，唇亡则齿寒；今日亡赵，明日患及齐、楚矣。救赵之务，宜若奉漏瓮沃焦釜然⑦。且救赵，高义也；却秦师，显名也；义救亡国，威却强秦。不务为此而爱粟，为国计者过矣！"齐王弗听。

九月，赵军食绝四十六日，皆内阴相杀食。急来攻秦垒，欲出为四队，四、五复之，不能出⑧。赵括自出锐卒搏战，秦人射杀之。赵师大败，卒四十万人皆降。武安君曰："秦已拔上党，上党民不乐为秦而归赵。赵卒反复，非尽杀之，恐为乱。"乃挟诈而尽坑杀之，遗其小者二百四十人归赵⑨，前后斩首虏四十五万人；赵人大震。

> 注释

① 悉更约束：全部改变原来的部署。
② 此言秦军兵分两路包抄赵军。
③ 造：诣、到。
④ 如：往。河内：春秋、战国时指黄河以北地区。
⑤ 遮绝：遮断。
⑥ 捍蔽：屏藩。
⑦ 此句言唯恐不及。
⑧ 此言赵括将士卒分为四队，依次冲击秦军包围，至第五次则轮回。
⑨ 胡三省注：四十余万人皆死，而独遗小者二百四十人得归赵，此非得脱也，白起之谲也。强壮尽死，则小弱得归者必言秦之兵威，所以破赵人之胆，将以乘胜取邯郸也；为应侯所沮，故白起之计不得行耳。

> 评析

本篇选自《资治通鉴》卷五。秦昭襄王时代，穰侯魏冉和应侯范雎相继辅政，秦国有计划地向东方扩张势力。自公元前278年白起攻下楚都郢（今湖北荆州市），揭开秦灭六国的序幕。长平之战是秦赵两国之间一场规模空前的大战。此战成为赵国由盛到衰的转折，也奠定了秦灭六国的基础。

"打仗打的是后勤。"某种意义上，长平之战打的也是后勤。有观点认为，当时赵国是东方军事实力最强的诸侯国，接受上党郡的归附后，又占据有利地形，或许有机会与秦军一决高下。但从根本上说，赵国的综合国力已无法与经过商鞅变法的秦国相抗衡。故开战之初，赵孝成王抗秦决心并不坚决，不听虞卿劝阻,放弃合纵抗秦,急于与秦讲和,可能有避开秦军锋芒的考虑。但秦国始终不肯与赵国讲和,双方在长平相持长达三年之久。一方面,这体现出秦国彻底击垮赵国的决心;另一方面,持久战对于秦军的粮草保障提出了巨大的挑战。故秦国不得不采取反间之计,破坏赵军的坚守策略。

赵孝成王轻信反间之计,不听蔺相如的告诫,临阵换将,放弃了廉颇守而不战的策略,甚至置赵括之母的忠告于不顾,坚持派赵括领兵。赵王如此急迫地寻求与秦军决战,其实是赵国缺乏补给,难以在持久战中扭转局势所致。这也使得赵国失去了久劳秦师的机会。

其实,秦、赵两军都有速战速决的诉求,先打破相持局面的那一方,恐怕注定就要输掉这场战争。赵括派兵主动出击,即被白起的军队分成首尾不能相顾的两段,不得已又采取坚守策略,以待援兵。面对可能再次出现持久战的局面,秦昭襄王亲自赶到河内督战,征发15岁以上的男子堵截赵军的援军和粮草。齐、楚虽救赵,却不借粮草,不知赵王可有无力回天的悲叹。

贾谊《过秦论》直言,秦军"追亡逐北,伏尸百万,流血漂橹"。李贺《长平箭头歌》"漆灰骨末丹水沙,凄凄古血生铜花"。《太平寰宇记》载,白起杀降卒处"露骸千步,积血三尺,地名'煞谷'。唐开元十年,玄宗行幸,亲祭,改名省冤谷"。关于秦军"胜利"的意义,历史应该已经给出了自己的回答。

第三编
大秦帝国

秦王嬴政

周赧王五十八年(甲辰,前 257 年)

秦太子①之妃曰华阳夫人,无子;夏姬生子异人。异人质于赵;秦数伐赵,赵人不礼之。异人以庶孽孙质于诸侯②,车乘进用不饶,居处困不得意。

阳翟大贾吕不韦③适邯郸,见之,曰:"此奇货可居!"乃往见异人,说曰:"吾能大子之门!"异人笑曰:"且自大君之门!"不韦曰:"子不知也,吾门待子门而大。"异人心知所谓,乃引与坐,深语。不韦曰:"秦王老矣。太子爱华阳夫人,夫人无子。子之兄弟二十余人,子傒有秦国之业,士仓又辅之。子居中,不甚见幸,久质诸侯。太子即位,子不得争为嗣矣。"异人曰:"然则奈何?"不韦曰:"能立嫡嗣者,独华阳夫人耳。不韦虽贫,请以千金为子西游,立子为嗣。"异人曰:"必如君策,请得分秦国与君共之。"不韦乃以五百金与异人,令结宾客。复以五百金买奇物玩好,自奉而西,见华阳夫人之姊,而以奇物献于夫人,因誉子异人之贤,宾客遍天下,常日夜泣思太子及夫人,曰:"异人也以夫人为天!"夫人大喜。不韦因使其姊说夫人曰:"夫以色事人者,色衰则爱弛。今夫人爱而无子,不以繁华时蚤自结于诸子中贤孝者,举以为嫡,即色衰爱弛,虽欲开一言,尚可得乎!今子异人贤,而自知中子,不得为嫡,夫人诚以此时拔之,是子异人无国而有国,夫人无子而有子也,则终身有宠于秦矣。"夫人以为然,承间言于太子曰:"子异人绝贤,来往者皆称誉之。"因泣曰:"妾不幸无子,愿得子异人立以为子以托妾身!"太子许之,与夫人刻玉符,约以为嗣,因厚馈遗异人,而请吕不韦傅之。异人名誉盛于诸侯。

吕不韦娶邯郸诸姬绝美者与居,知其有娠,异人从不韦饮,见而请之。不韦佯怒,既而献之,孕期年而生子政,异人遂以为夫人。邯郸之围,赵人欲杀之，异人与不韦行金六百斤予守者，脱亡赴秦军，遂得归。异人楚服而见华阳夫人，夫人曰："吾楚人也，当自子之。"因更其名曰楚。

秦昭襄王五十六年（庚戌，前251年）

秋，王薨，孝文王立。尊唐八子为唐太后④，以子楚为太子。赵人奉子楚妻子归之。

秦孝文王元年（辛亥，前250年）

冬，十月，己亥，王即位；三日薨。子楚立，是为庄襄王；尊华阳夫人为华阳太后，夏姬为夏太后。

注释

① 秦太子：秦昭襄王之太子嬴柱，时为安国君，即后来之秦孝文王。
② 春秋战国时期，两诸侯国为表示信任，互派子弟或重臣到对方那里做人质。异人为秦太子之妃夏姬所生，为庶子，于昭襄王则为庶孽孙。
③ 吕不韦：卫国濮阳（今河南濮阳市）人，为阳翟大商人。
④ 唐太后：孝文王母，八子为秦后宫妃嫔等级。

秦庄襄王元年（壬子，前249年）

吕不韦为相国。

以河南洛阳十万户封相国不韦为文信侯。

秦庄襄王三年（甲寅，前247年）

五月，丙午，王薨。太子政立，生十三年矣，国事皆决于文信侯，号称仲父①。

秦始皇九年(癸亥,前238年)

(夏四月)王宿雍。己酉,王冠②,带剑。

初,王即位,年少,太后时时与文信侯私通。王益壮,文信侯恐事觉,祸及己,乃诈以舍人嫪毐③为宦者,进于太后。太后幸之,生二子,封毐为长信侯,以太原为毐国,政事皆决于毐;客求为毐舍人者甚众。王左右有与毐争言者,告毐实非宦者,王下吏治毐。毐惧,矫王御玺发兵,欲攻蕲年宫为乱。王使相国昌平君、昌文君④发卒攻毐,战咸阳,斩首数百;毐败走,获之。

<u>注释</u>

① 仲父:春秋时齐桓公尊管仲为仲父,即受尊敬仅次于父亲。子楚(庄襄王)得到吕不韦协助,被立为太子。继承王位后,庄襄王对吕不韦尊崇有加,封为相国、文信侯。庄襄王去世后,吕不韦以嬴政"仲父"身份辅政。
② 冠:冠礼。古代男子未成年前束发而不戴冠,至成年时才举行加冠之礼。行冠礼意味着秦王政亲政。
③ 嫪毐:本为吕不韦舍人(同主人亲近的门客),后假冒宦者入宫,与秦王政之生母赵太后私通。
④ 昌平君:推测为楚国公族出身,秦昭襄王之外孙,秦始皇表叔。昌文君身世或与之相近。

秋,九月,夷毐三族①;党与皆车裂灭宗;舍人罪轻者徙蜀,凡四千余家。迁太后于雍萯阳宫,杀其二子。下令曰:"敢以太后事谏者,戮而杀之,断其四支②,积于阙下!"死者二十七人。齐客茅焦上谒③请谏。王使谓之曰:"若不见夫积阙下者邪?"对曰:"臣闻天有二十八宿,今死者二十七人,臣之来固欲满其数耳。臣非畏死者也!"使者走入白之。茅焦邑子同食者,尽负其衣物而逃。王大怒曰:"是人也,故来犯吾,趣召镬烹之④,是安得积阙下哉!"王按剑而坐,口正沫出。使者召之入,茅焦徐行至前,再拜谒起,称曰:"臣闻有生者不讳死,有国者不讳亡;讳死者不可以得生,讳亡者不可以得存。死生存亡,圣主所欲急闻也,陛下欲闻之乎?"王曰:"何谓也?"茅焦曰:"陛下有狂悖之行,不自知邪?车裂假父,囊扑二弟,迁母于雍,残戮谏士;桀、纣之行不至于是矣!今天下闻之,尽瓦解,无向秦者,臣窃为陛下危之!臣言已矣!"乃解衣伏质⑤。王下殿,手自接之曰:"先生起就衣,今愿受事⑥!"乃爵之上卿。王自驾,虚左方,往迎太后,归于咸阳,复为母子如初。

注释

① 三族:一般理解为父族、母族、妻族。新近研究指出,秦代法律中"三族"指父母、妻子(妻子、儿女)、同产(兄弟姐妹)。

② 四支:支,通"肢",四肢。

③ 上谒:通报姓名以求见。

④ 趣召镬(huò)烹之:趣,通"促",赶紧、赶快。镬:煮食物的大锅。此句言赶快取镬烹杀茅焦。

⑤ 质:通"锧",行斩刑时用的砧板。

⑥ 受事:接受茅焦的进谏。

王以文信侯奉先王功大,不忍诛。

秦始皇十年(甲子,前237年)

冬,十月,文信侯免相,出就国。

宗室大臣议曰:"诸侯人来仕者,皆为其主游间①耳,请一切逐之。"于是大索②,逐客。客卿楚人李斯亦在逐中,行,且上书曰:"昔穆公求士,西取由余于戎③,东得百里奚于宛④,迎蹇叔于宋⑤,求丕豹、公孙支于晋⑥,并国二十,遂霸西戎。孝公用商鞅之法,诸侯亲服,至今治强。惠王用张仪之计,散六国之从⑦,使之事秦。昭王得范雎,强公室,杜私门。此四君者,皆以客之功。由此观之,客何负于秦哉!夫色、乐、珠、玉不产于秦而王服御者众;取人则不然,不问可否,不论曲直,非秦者去,为客者逐。是所重者在乎色、乐、珠、玉,而所轻者在乎人民也。臣闻太山不让土壤,故能成其大;河海不择细流,故能就其深;王者不却众庶,故能明其德;此五帝、三王之所以无敌也。今乃弃黔首以资敌国,却宾客以业诸侯,所谓藉寇兵而赍盗粮者也⑧。"王乃召李斯,复其官,除逐客之令。李斯至骊邑而还。王卒用李斯之谋,阴遣辩士赍金玉游说诸侯,诸侯名士可下以财者厚遗结之,不肯者利剑刺之,离其君臣之计,然后使良将随其后,数年之中,卒兼天下。

秦始皇十一年(乙丑,前236年)

文信侯就国岁余,诸侯宾客使者相望于道,请之。王恐其为变,乃赐文信侯书曰:"君何功于秦,封君河南,食十万户?何亲于秦,号称仲父?其与家属徙处蜀!"文信侯自知稍侵,恐诛。

秦始皇十二年(丙寅,前235年)

文信侯饮酖⑨死,窃葬。其舍人临者,皆逐迁之。且曰:"自今以来,操国事不道如嫪毒、不韦者,籍其门⑩,视此!"

> **注释**

① 皆为其主游间：东方六国来秦做官者，游说以离间秦国君臣。

② 大索：四处搜索。

③ 西取由余于戎：由余，戎人，曾数谏戎王而不听，遂去戎降秦。穆公用其谋伐戎，并国十二，开地千里。

④ 东得百里奚于宛：晋献公灭虞，俘虏其大夫百里奚，以媵（诸侯女出嫁时随嫁或陪嫁之人）于秦；百里奚亡秦走宛。穆公赎之，授以国政。

⑤ 迎蹇叔于宋：百里奚荐其友蹇叔，穆公使人厚币迎之，以为上大夫。

⑥ 求丕豹、公孙支于晋：晋惠公杀其大夫丕郑，其子豹奔秦，穆公用之。公孙支曾游历晋国，后归秦。

⑦ 散六国之从：离散、分裂六国之合纵。

⑧ 藉寇兵而赍盗粮者也：本意为给贼寇兵器、粮草，此言逐客令有益于敌国而无益于秦。

⑨ 酖：毒酒。

⑩ 籍其门：将全家编入官府簿册做奴婢。

> **评析**

　　本篇选自《资治通鉴》卷五、卷六。嬴政的一生，大致可以分为秦王和始皇帝两个阶段。对他的评价也不妨按其身份一分为二。

　　嬴政的生父是谁，由于司马迁在《史记》中的"模糊"记载（这段内容被《资治通鉴》继承），争论不少。目前看来，异人（子楚，秦庄襄王）就是嬴政亲生父亲的说法是可信的。吕不韦果真冒险把有孕在身的赵姬献给异人，无异于自绝后路,也就不会有后来的故事。

　　嬴政从出生到22岁亲政之间的事迹,历史记载几乎空白。他的父亲异人本来没有任何机会当上国君,经吕不韦慧眼识珠和一番政治运作,此后的人生就像开了挂,但也早早收了场。嬴政即位时还是少年,尚不能亲政。根据学界的研究,当时秦国中枢存在三股势力:嬴政养祖母华阳太后为首的楚系外戚、亲祖母夏太后为首的韩系外戚,以及生母赵太后为首的赵系外戚。三者之中,以楚系实力最强,韩系次之,赵系最弱。吕不韦作为楚系和赵系双方信任的代理人,执掌国政。秦王政七年(前240年),夏太后去世,韩系外戚衰落。赵太后在吕不韦和嫪毐的支持下,势力逐渐强大,威胁到楚系外戚的权益。

　　秦王政九年(前238年),嬴政行冠礼时发生嫪毐之乱。过去认为,嫪毐要攻击即将亲政的嬴政。现在看来,嫪毐充当赵太后的打手,目标更可能直指以华阳太后为首的楚系外戚和与赵太后日渐疏远的吕不韦。因为楚系外戚集团希望利用嬴政亲政的机会,清除嫪毐,打压赵系外戚不断崛起的政治势力。这样一来,我们才能更好理解为什么嬴政派去平乱的,是吕不韦和楚系贵族昌平君、昌文君。

　　读懂秦国内政,仍需"国际"视野。嫪毐之乱平息后,嬴政将生母赵太后赶出了咸阳,母子关系极度紧张。这时来一位齐国的说客茅焦。他把亲王母子关系置于秦国与东方六国的外交关系之中,分析利弊,三言两语之后,秦王便亲自到雍城接回了母亲。茅焦当是齐国派来的使者。嫪毐之乱后,赵系外戚遭到重创,楚系外戚一家独大,这引起了东方六国的警惕,正如茅焦所言"今天下闻之,尽瓦解,无向秦者"。嬴政迎回生母赵太后,其实也是平衡楚、赵两家外戚势力的明智举措。

　　嬴政亲政之初,在不断的试错中学习执政经验。他铲除了嫪毐和吕不韦的党羽,可是,随后又下了逐客令,把六国客卿从秦国全部赶走。这时,楚人李斯登上历史舞台。他的《谏逐客书》历数秦穆公、孝公到昭襄王重用客卿取得的成就,认为现在"弃黔首以资敌国,却宾客以业诸侯",无异于"藉寇兵而赍盗粮者也"。嬴政能知错就改,收回成命,重用李斯,一方面为秦国留住人才,另一方面采用收买、离间等手段破坏六国人才。人才战略是秦国长期推行的战略,成为秦军事统一六国的重要辅助手段。

天 下 归 一

秦始皇二十六年(庚辰,前221年)

王初并天下,自以为德兼三皇①,功过五帝②,乃更号曰"皇帝",命为"制",令为"诏",自称曰"朕"。追尊庄襄王为太上皇。制曰:"死而以行为谥,则是子议父,臣议君也,甚无谓。自今以来,除谥法。朕为始皇帝,后世以计数,二世、三世至于万世,传之无穷。"

初,齐威、宣之时,邹衍论著终始五德之运③;及始皇并天下,齐人奏之。始皇采用其说,以为周得火德,秦代周,从所不胜④,为水德。始改年,朝贺皆自十月朔⑤;衣服、旌旄、节旗皆尚黑⑥;数以六为纪⑦。

注释

① 三皇:具体何指有多种说法。或指伏羲、神农、黄帝,或指伏羲、女娲、神农。
② 五帝:传说上古时代的五位帝王。通常指黄帝、颛顼、帝喾、尧、舜。
③ 五德之运:中国古代把构成各种物质的成分概括为金、木、水、火、土五种元素,用相生、相克来说明五种元素间互相转化和制约的关系,称为五行。

所谓五行相生，即木生火、火生土、土生金、金生水、水生木。所谓五行相克，即水克火、火克金、金克木、木克土、土克水。战国末期，阴阳家邹衍创立五德终始学说，将五行看作五德，以此来解释人事，认为历代王朝各代表一德，王朝兴衰都按五行生克的规律循环相承，即为"五德之运"。

④ 从所不胜：采用周不可克胜之德。周为火德，水克火，故秦之水德为周德不可克胜之德。

⑤ 始改年：改变一年的开始。周以建子之月（夏历十一月）为岁首，秦改以建亥之月（夏历十月）。朝贺：朝见庆贺。朔：农历每月初一。古代帝王于元旦朝会群臣，接受朝贺，秦以建亥之月为岁首，故于该月初一举行朝贺活动。

⑥ 旄旌：以牦牛尾作装饰的旗。节：使臣持以示信之物。尚黑：崇尚黑色。按"五行"说，水德对应黑色，秦得水德，故尚黑。

⑦ 数以六为纪：六为阴数，水德属阴，故以六作为数字标准。如以六尺为一步，皇帝乘六匹马拉的车。

丞相绾等言："燕、齐、荆地远，不为置王，无以镇之。请立诸子。"始皇下其议。廷尉斯曰："周文武所封子弟同姓甚众，然后属疏远，相攻击如仇雠①，周天子弗能禁止。今海内赖陛下神灵一统，皆为郡、县，诸子功臣以公赋税重赏赐之，甚足易制，天下无异意，则安宁之术也。置诸侯不便。"始皇曰："天下共苦战斗不休，以有侯王。赖宗庙，天下初定，又复立国，是树兵也；而求其宁息，岂不难哉！廷尉议是。"

分天下为三十六郡，郡置守、尉、监。②

收天下兵聚咸阳，销以为钟鐻③、金人十二，重各千石，置宫廷中。一法度、衡、石、丈尺④。徙天下豪桀于咸阳十二万户。

诸庙及章台、上林皆在渭南⑤。每破诸侯，写放⑥其宫室，作之咸阳北阪⑦

上,南临渭,自雍门⑧以东至泾、渭,殿屋、复道、周阁相属⑨,所得诸侯美人、钟鼓以充入之。

注释

① 仇雠:仇敌。
② 秦在全国实行郡县制。初置三十六郡,后增至四十余郡。郡下辖若干县。郡长官为郡守,另有郡尉掌军事,郡监(即监御史)掌监察,以为辅佐。
③ 钟镰(jù):悬挂编钟编磬的支架。
④ 一:作动词,统一。衡:衡石,泛指称重量的器物。
⑤ 章台:章台宫。上林:上林苑。
⑥ 写放:写,描摹;放,通"仿",模仿。
⑦ 阪:山坡,咸阳北阪,指咸阳北面九嵕(zōng)山南麓。
⑧ 雍门:地名,在今陕西咸阳市南。
⑨ 复道:楼阁之间的通道,有上下两层,上层架空者称复道,类似天桥。周阁:回环的楼阁。属:连接。

秦始皇二十七年(辛巳,前 220 年)

始皇巡陇西、北地,至鸡头山,过回中焉。①

作信宫渭南,已,更命曰极庙。自极庙道通骊山,作甘泉前殿,筑甬道②自咸阳属之,治驰道③于天下。

秦始皇二十八年(壬午,前 219 年)

始皇东行郡、县,上邹峄山,立石颂功业。④于是召集鲁儒生七十人,至泰山下,议封禅⑤。诸儒或曰:"古者封禅,为蒲车,恶伤山之土石、草木；扫地而祭，席因菹秸⑥。"议各乖异。始皇以其难施用，由此绌儒生。而遂除车道，上自太山阳至颠，立石颂德；从阴道下，禅于梁父。其礼颇采太祝之祀雍上帝所用⑦，而封藏皆秘之，世不得而记也。

注释

① 此为秦始皇第一次出巡，目的为追寻秦人先祖发达之足迹。
② 甬道：类似夹道，在路两旁筑墙，皇帝行踪不为外人所见。
③ 驰道：由都城咸阳通往各地的交通大道。
④ 此为秦始皇第二次出巡。目的为祭天。邹峄山，在今山东邹城市东南。
⑤ 封禅：古代帝王祭告天地以示受命于天的最隆重典礼。在泰山顶上筑土为坛祭天，称为封；在泰山下的小山梁父辟地祭地，称为禅。
⑥ 菹秸：农作物茎秆，去皮可为席。
⑦ 其礼颇采太祝之祀雍上帝所用：封禅礼多采用太祝官祭祀雍上帝之礼仪。秦作四畤于雍，祭白、青、黄、赤四帝，四帝是各主一方的上帝。太祝，奉常属官，掌宗庙祭祀、祷告等事。

于是始皇遂东游海上，行礼祠名山、大川及八神①。始皇南登琅邪，大乐之，留三月，作琅邪台，立石颂德，明得意。

初，燕人宋毋忌、羡门子高之徒称有仙道、形解销化之术②，燕、齐迂怪之士皆争传习之。自齐威王、宣王、燕昭王皆信其言，使人入海求蓬莱、方丈、瀛洲，云此三神山在勃海中，去人不远。患且至，则风引船去。尝有至者，诸仙人及不死之药皆在焉。及始皇至海上，诸方士齐人徐市等争上书言之，请得齐戒③与童男女求之。于是遣徐市发童男女数千人入海求之。船交海中，皆以风为解，曰："未能至，望见之焉。"

初,韩人张良,其父、祖以上五世相韩。及韩亡,良散千金之产,欲为韩报仇。

秦始皇二十九年(癸未,前218年)

始皇东游,至阳武博浪沙④中,张良令力士操铁椎狙击始皇,误中副车。始皇惊,求,弗得;令天下大索十日。

> **注释**

① 胡三省注:《封禅书》:八神:一曰天主,祠天齐渊水;二曰地主,祠太山、梁父;三曰兵主,祠蚩尤;四曰阴主,祠三山;五曰阳主,祠之罘山;六曰月主,祠之莱山;七曰日主,祠成山;八曰四时主,祠琅邪。或曰:八神,齐自太公以来祠之。祭祀八神之地均在原齐国统治范围内。
② 仙道、形解销化之术:成仙之道、人死后尸骨解化升天之术。
③ 齐戒:即斋戒,祭祀前洁净身心以示虔诚。
④ 阳武博浪沙:在今河南开封市北。

始皇遂登之罘,刻石;旋,之琅邪,道上党入。

秦始皇三十二年(丙戌,前215年)

始皇之碣石,使燕人卢生求羡门,刻碣石门。坏城郭,决通堤坊。始皇巡北边,从上郡入。卢生使入海还,因奏《录图书》曰:"亡秦者胡也①。"始皇乃遣将军蒙恬发兵三十万人,北伐匈奴。

秦始皇三十三年(丁亥,前214年)

发诸尝逋亡人、赘婿、贾人为兵②,略取南越陆梁地③,置桂林、南海、象郡;以谪④徙民五十万人戍五岭,与越杂处。

蒙恬斥逐匈奴,收河南地⑤为四十四县。筑长城,因地形,用制险塞;起临洮至辽东,延袤万余里。于是渡河,据阳山,逶迤⑥而北。暴师于外十余年,蒙恬常居上郡统治之;威振匈奴。

注释

① 亡秦者胡也:胡指匈奴,此为秦始皇北击匈奴的托词,秦亡后被附会为胡亥。
② 逋亡人、赘壻、贾人:逋亡人,因逃避兵役、徭役等脱籍而获罪之人;赘壻,贫民将子典当给富家为奴,名为"赘子",过期不赎,则主家给之配妻,依旧为奴,称为赘壻。壻:通"婿"。贾人,商人。这几类人社会地位低下,凡有苦役、戍边等徭役,均被强制承担。
③ 陆梁地:泛指五岭以南地区。
④ 谪:流放。
⑤ 河南地:今内蒙古河套内黄河以南地区。
⑥ 逶迤:弯曲连绵状。

秦始皇三十四年(戊子,前213年)

丞相李斯上书曰:"异时诸侯并争,厚招游学①。今天下已定,法令出一,百姓当家则力农工②,士则学习法令。今诸生③不师今而学古,以非当世,惑乱黔首,相与非法教人;闻令下,则各以其学议之,入则心非,出则巷议,夸主以为名④,异趣以为高⑤,率⑥群下以造谤。如此弗禁,则主势降乎上,党与⑦成乎下。禁之便!臣请史官非秦记皆烧之;非博士官所职⑧,天下有藏《诗》《书》、百家语者,皆诣守、尉杂⑨烧之。有敢偶语《诗》《书》弃市⑩；以古非今者族⑪；吏见知不举，与同罪。令下三十日，不烧，黥为城旦⑫。所不去者，医药、卜筮、种树之书。若有欲学法令者，以吏为师。"制曰："可。"

> **注释**

① 游学：战国时以所学到诸侯国游说，谋求官职的人。

② 当：在。力：致力。

③ 诸生：指儒生。

④ 夸：通"污"，污蔑、诽谤。此句言以诽谤君主出名。

⑤ 异：与朝廷政令相违背。趣：旨趣、志向。此句言标新立异，与朝廷的政令相违。

⑥ 率：率先。

⑦ 党与：朋党，士人组成的小团体。

⑧ 职：职掌。

⑨ 诣：到。杂：混杂在一起。

⑩ 偶语：私下在一起成对交谈。弃市：死刑之一种，将犯人在闹市处死并弃置街头。

⑪ 族：族灭。

⑫ 城旦：劳役刑名，修筑城。

秦始皇三十五年(己丑，前212年)

使蒙恬除直道，道九原，抵云阳，堑山堙谷千八百里；数年不就。

始皇以为咸阳人多，先王之宫廷小，乃营作朝宫渭南上林苑中，先作前殿阿房，东西五百步，南北五十丈，上可以坐万人，下可以建五丈旗，周驰为阁道，自殿下直抵南山，表南山之颠以为阙。为复道，自阿房渡渭，属之咸阳，以象天极阁道、绝汉抵营室也①。隐宫②、徒刑者七十万人，乃分作阿房宫或作骊山。发北山石椁，写③蜀、荆地材，皆至；关中计宫三百，关外四百余。于是立石东海上朐界中④，以为秦东门。因徙三万家骊邑，五万家云阳，皆复不事十岁。

卢生说始皇曰："方中：人主时为微行以辟⑤恶鬼。恶鬼辟，真人⑥至。愿上所居宫毋令人知，然后不死之药殆可得也。"始皇曰："吾慕真人！"自谓"真人"，不称"朕"。乃令咸阳之旁二百里内宫观二百七十，复道、甬道相连，帷帐、钟鼓、美人充之，各案署不移徙。行所幸，有言其处者，罪死。始皇幸梁山宫，从山上见丞相车骑众，弗善也。中人或告丞相，丞相后损车骑。始皇怒曰："此中人泄吾语！"案问，莫服，捕时在旁者，尽杀之。自是后，莫知行之所在。群臣受决事者，悉于咸阳宫。

注释

① 以象天极阁道、绝汉抵营室也：此言从阿房宫经过复道，过渭水而抵咸阳，象征天空中北极星通过天桥横渡银河抵达营室星的情形。天极：天球北极，指北极星，古人以为象征帝王所居的中宫。阁道：古星座，古人认为是它沟通银河两岸的天桥。汉：银汉，银河。营室：二十八星宿之一，也称营星。

② 隐宫：旧说为宫刑，因受刑后要在阴暗处休息百日。一说为"隐官"之误。隐官主要指因军功或赦令而被赦免的刑徒，以及因遭受不公正刑罚而被平反之人，其身份地位低于普通百姓，一般不承担赋税、徭役之事，在不易为人所见处所工作，故得此名。

③ 写：运输。

④ 东海上朐界中：东海郡朐县境内，今江苏连云港市西南锦屏山侧。

⑤ 辟：躲避，避开。

⑥ 真人：道家所说修真得道的仙人。

侯生、卢生相与讥议始皇，因亡去。始皇闻之，大怒曰："卢生等，吾尊赐之甚厚，今乃诽谤我！诸生在咸阳者，吾使人廉问①，或为妖言以乱黔首。"于是使御史悉案问诸生。诸生传相告引②，乃自除犯禁者四百六十余人，皆坑之咸阳，使天下知之，以惩后；益发谪徙边。始皇长子扶苏谏曰："诸生皆诵法孔子。今上皆重法绳之，臣恐天下不安。"始皇怒，使扶苏北监蒙恬军于上郡③。

秦始皇三十六年（庚寅，前211年）

有陨石于东郡。或刻其石曰："始皇死而地分。"始皇使御史逐问，莫服；尽取石旁居人诛之，燔其石。

秦始皇三十七年（辛卯，前210年）

冬，十月，癸丑，始皇出游；左丞相斯从，右丞相去疾守。始皇二十余子，少子胡亥最爱，请从；上许之。

十一月，行至云梦，望④祀虞舜于九疑山。浮江下，观藉柯，渡海渚，过丹阳，至钱唐，临浙江。水波恶，乃西百二十里，从狭中渡。上会稽，祭大禹，望于南海；立石颂德。还，过吴，从江乘渡。并海上，北至琅邪、之罘。见巨鱼，射杀之。遂并海西，至平原津⑤而病。

始皇恶言死，群臣莫敢言死事。病益甚，乃令中车府令行符玺事赵高为书赐扶苏曰："与丧，会咸阳而葬。"书已封，在赵高所，未付使者。秋，七月，丙寅，始皇崩于沙丘平台⑥。丞相斯为上崩在外，恐诸公子及天下有变,乃秘之不发丧,棺载辒凉车⑦中,故幸宦者骖乘。所至,上食、百官奏事如故,宦者辄从车中可其奏事。独胡亥、赵高及幸宦者五六人知之。

注释

① 廉问:查问。
② 诸生传相告引:诸生为了除去己罪而牵连、告发他人。传:通"转",辗转。如甲揭发乙,乙揭发丙。
③ 使扶苏北监蒙恬军于上郡:古代君主命将带兵在外,多派自己的儿子或亲信随军监视,是为"监军"。
④ 望:遥望山川日月星辰而祭。
⑤ 平原津:在今山东德州市平原县西南。
⑥ 沙丘平台:今河北邢台市广宗县西北大平台。
⑦ 辒凉车:又作辒辌车。车上有窗,开窗则凉,闭之则温,故名。后世专用作丧车之名。

初,始皇尊宠蒙氏,信任之。蒙恬任在外将,蒙毅常居中参谋议,名为忠信,故虽诸将相莫敢与之争。赵高者,生而隐宫;始皇闻其强力,通于狱法,举以为中车府令,使教胡亥决狱;胡亥幸之。赵高有罪,始皇使蒙毅治之;毅当高法应死。始皇以高敏于事,赦之,复其官。赵高既雅得幸于胡亥,又怨蒙氏,乃说胡亥,请诈以始皇命诛扶苏而立胡亥为太子。胡亥然其计。赵高曰:"不与丞相谋,恐事不能成。"乃见丞相斯曰:"上赐长子书及符玺,皆在胡亥所。定太子,在君侯与高之口耳。事将何如?"斯曰:"安得亡国之言!此非人臣所当议也!"高曰:"君侯材能、谋虑、功高、无怨、长子信之,此五者皆孰与蒙恬?"斯曰:"不及也。"高曰:"然则长子即位,必用蒙恬为丞相,君侯终不怀通侯①之印归乡里明矣！胡亥慈仁笃厚，可以为嗣。愿君审计而定之！"丞相斯以为然，乃相与谋，诈为受始皇诏，立胡亥为太子；更为书赐扶苏，数②以不能辟地立功，士卒多耗，反数上书，直言诽谤，日夜怨望不得罢归为太子，将军恬不矫正，知其谋；皆赐死，以兵属裨将王离。

扶苏发书，泣，入内舍，欲自杀。蒙恬曰："陛下居外，未立太子；使臣将三十万众守边，公子为监，此天下重任也。今一使者来，即自杀，安知其非诈！复请而后死，未暮③也。"使者数趣之。扶苏谓蒙恬曰："父赐子死，尚安复请！"即自杀。蒙恬不肯死，使者以属吏，系诸阳周；更置李斯舍人为护军，还报。胡亥已闻扶苏死，即欲释蒙恬。会蒙毅为始皇出祷山川，还至。赵高言于胡亥曰："先帝欲举贤立太子久矣，而毅谏以为不可，不若诛之！"乃系诸代。

遂从井陉抵九原。会暑，辒车臭，乃诏从官令车载一石鲍鱼④以乱之。从直道至咸阳，发丧。太子胡亥袭位。

九月，葬始皇于骊山，下锢三泉；奇器珍怪，徙藏满之。令匠作机弩，有穿近者辄射之。以水银为百川、江河、大海，机相灌输。上具天文，下具地理。后宫无子者，皆令从死。葬既已下，或言工匠为机藏，皆知之，藏重即泄。大事尽，闭之墓中。

注释

① 通侯：二十等爵的最高级，原名彻侯，后避汉武帝讳而称通侯。

② 数：责备、数落。

③ 暮：原意是傍晚、日落时分，此引申为晚。

④ 鲍鱼：湿咸鱼，气味腥臭。

> 评析

　　本篇选自《资治通鉴》卷七。作为秦王的嬴政，统治大体是成功的，可是作为始皇帝的嬴政，却背负了千古骂名。秦帝国二世而亡，秦始皇个人固然难辞其咎，但也涉及秦与东方六国制度、文化磨合不畅，以及秦国制度建设尚不够健全等多方面因素。

　　就秦国统治者与百姓的关系而言，秦帝国建立之初，并没有采取休养生息的政策，而是继续征发民力。秦始皇修筑宫殿陵墓、台阁楼宇，北御匈奴，略取南越，徭役、兵役之繁重，造成百姓无力种田，也无暇种田；就秦国统治者与六国贵族的关系而言，秦帝国建立之后，没有及时安抚和利用六国社会上层人士，使之成为管理六国故土的暂时"代理人"，而是将天下豪杰迁往关中，充实秦国旧土的实力。张良在博浪沙暗杀秦始皇，反映的就是六国贵族的亡国之恨。我们看到，后来陈胜吴广揭竿而起，六国贵族也纷纷掀起了复国运动。

　　关于治国方略，除了以吏为师，嬴政确实曾招揽文学方士等儒生，想和他们共兴太平，可是他们保持了六国时期批评朝政的传统，与秦国崇尚管控的法家文化格格不入，秦国统治集团未能及时调整统治策略，最后造成焚书坑儒的悲惨后果，对整个中国文化造成了难以恢复的破坏。

　　秦始皇统治后期，独断专行，喜好阿谀奉承之人，且长期沉浸在恐惧死亡的心境之中，故一心求神仙、炼仙药，于身后的安排少有建树。秦始皇生前未立太子，甚至秦始皇后是谁也是千古之谜。长子扶苏早年被始皇看重，后期外放边疆，远离权力核心。秦始皇在最后一次出巡途中突然死亡，因为没有明确的皇位继承人，各方势力得以利用此机会争权夺势，造成秦国政局严重动荡。读到公子扶苏自杀的记载，我们不免顿足。如果扶苏不自杀，而是申请复核诏书真假,或是抗命不遵,与蒙恬一道,带兵直入咸阳,争夺皇位,秦帝国乃至中国历史的命运可能就是另一种走向。当然,历史并不允许假设,扶苏终于还是死了。

秦帝国马上得天下,却未能及时转变统治方式,依然按照马上治天下的方法管理帝国,安得不速亡?

第四编
楚汉之争

鸿门赴宴

汉高帝元年(乙未,前206年)

沛公西入咸阳①,诸将皆争走金帛财物之府分之,萧何独先入收秦丞相府图籍藏之,以此沛公得具知天下厄塞、户口多少、强弱之处。沛公见秦宫室、帷帐、狗马、重宝、妇女以千数,意欲留居之。樊哙谏曰:"沛公欲有天下耶,将为富家翁耶?凡此奢丽之物,皆秦所以亡也,沛公何用焉!愿急还霸上,无留宫中!"②沛公不听。张良曰:"秦为无道,故沛公得至此。夫为天下除残贼,宜缟素③为资。今始入秦,即安其乐,此所谓'助桀所虐'。且忠言逆耳利于行,毒药苦口利于病,愿沛公听樊哙言!"沛公乃还军霸上④。

十一月,沛公悉召诸县父老、豪杰,谓曰:"父老苦秦苛法久矣!吾与诸侯约,先入关者王之;吾当王关中⑤。与父老约,法三章耳:杀人者死,伤人及盗抵罪。余悉除去秦法,诸吏民皆案堵如故⑥。凡吾所以来,为父老除害,非有所侵暴;无恐!且吾所以还军霸上,待诸侯至而定约束耳。"乃使人与秦吏行县、乡、邑,告谕之。秦民大喜,争持牛、羊、酒食献飨军士。沛公又让不受,曰:"仓粟多,非乏,不欲费民。"民又益喜,唯恐沛公不为秦王。

注释

① 秦二世二年(前208)九月,楚怀王迁都彭城,重建楚国政权,后命项羽随宋义北上救赵,刘邦西进攻取关中。此时刘邦已在霸上接受秦王子婴投降。

② 胡三省注:樊哙起于狗屠,识见如此。余谓哙之功当以谏留秦宫为上,鸿门诮让项羽次之。

③ 缟素:纯白色的绢,此指简朴。

④ 霸上:一作灞上,在今陕西西安市长安区东。

⑤ 刘邦西进时，楚怀王曾与诸将约："先入定关中者王之。"
⑥ 诸吏民皆案堵如故：案，一个挨着一个。堵：墙。此句言刘邦绝不会报复秦国吏民，使之皆安稳如故。

项羽既定河北，率诸侯兵欲西入关。先是，诸侯吏卒、繇使、屯戍过秦中者，秦中吏卒遇之多无状①。及章邯以秦军降诸侯，诸侯吏卒乘胜多奴虏使之，轻折辱秦吏卒。秦吏卒多怨，窃言曰："章将军等诈吾属降诸侯。今能入关破秦，大善；即不能，诸侯虏吾属而东，秦又尽诛吾父母妻子，奈何？"诸将微闻其计，以告项羽。项羽召黥布、蒲将军计曰："秦吏卒尚众，其心不服；至关不听，事必危。不如击杀之，而独与章邯、长史欣、都尉翳入秦②。"于是楚军夜击坑秦卒二十余万人新安③城南。

或说沛公曰："秦富十倍天下，地形强。闻项羽号章邯为雍王，王关中，今则来，沛公恐不得有此。可急使兵守函谷关，无内诸侯军；稍征关中兵以自益，距之。"沛公然其计，从之。已而项羽至关，关门闭；闻沛公已定关中，大怒，使黥布等攻破函谷关。

十二月，项羽进至戏④。沛公左司马曹无伤使人言项羽曰："沛公欲王关中，令子婴为相，珍宝尽有之。"欲以求封。项羽大怒，飨士卒，期旦日击沛公军。当是时，项羽兵四十万，号百万，在新丰鸿门⑤；沛公兵十万，号二十万，在霸上。

范增说项羽曰："沛公居山东⑥时，贪财，好色；今入关，财物无所取，妇女无所幸，此其志不在小。吾令人望其气，皆为龙虎，成五采，此天子气也⑦。急击勿失！"

注释

① 无状：无善状。此言秦国官吏士卒对关东六国因亡国而被征服到关中做

苦工的徭夫、经过关中到边疆服役的戍卒态度不佳。

② 章邯、长史欣、都尉翳：巨鹿之战后，王离军被歼灭，章邯为秦军主将，司马欣、董翳均为其部将。秦二世三年（前207年）七月，章邯军投降项羽率领的诸侯联军。

③ 新安：在今河南三门峡市渑池县东。

④ 戏：戏水。源出陕西西安市临潼区南骊山，北流入渭水。

⑤ 新丰：即秦骊邑，汉置新丰县，今陕西西安市临潼区。鸿门：新丰东十七里，今名项王营。

⑥ 山东：战国时泛称崤山以东的六国之地为山东。

⑦ 秦汉时方士多号称有望气之术，觇望云气即可知吉凶征兆。

　　楚左尹项伯者，项羽季父也，素善①张良，乃夜驰之沛公军，私见张良，具告以事，欲呼与俱去，曰："毋俱死也！"张良曰："臣为韩王送沛公；沛公今有急，亡去，不义，不可不语。"良乃入，具②告沛公。沛公大惊。良曰："料公士卒足以当项羽乎？"沛公默然曰："固不如也。且为之奈何？"张良曰："请往谓项伯，言沛公之不敢叛也。"沛公曰："君安与项伯有故？"张良曰："秦时与臣游，尝杀人，臣活之。今事有急，故幸来告良③。"沛公曰："孰与君少长？"良曰："长于臣。"沛公曰："君为我呼入，吾得兄事之④。"张良出，固要项伯；项伯即入见沛公。沛公奉卮酒为寿，约为婚姻⑤，曰："吾入关，秋毫不敢有所近，籍吏民⑥，封府库而待将军。所以遣将守关者，备他盗之出入与非常⑦也。日夜望将军至，岂敢反乎！愿伯具言臣之不敢倍德⑧也。"项伯许诺，谓沛公曰："旦日不可不蚤自来谢⑨。"沛公曰："诺。"于是项伯复夜去，至军中，具以沛公言报项羽；因言曰："沛公不先破关中，公岂敢入乎！今人有大功而击之，不义也；不如因善遇之⑩。"项羽许诺。

　　沛公旦日从百余骑来见项羽鸿门，谢曰："臣与将军戮力而攻秦，将军战河北,臣战河南;不自意⑪能先入关破秦,得复见将军于此。今者有小人之言,令将军与臣有隙。"项羽曰:"此沛公左司马曹无伤言之;不然,籍何以至此!"项羽因留沛公与饮。范增数目项羽⑫,举所佩玉玦⑬以示之者三;项羽默然不应。范增起,出,召项庄,谓曰:"君王为人不忍。若入前为寿,寿毕,请以剑舞,因击沛公于坐,杀之。不者,若属皆且为所虏!"庄则入为寿,寿毕,曰:"军中无以为乐,请以剑舞。"项羽曰:"诺。"项庄拔剑起舞。项伯亦拔剑起舞,常以身翼蔽沛公,庄不得击。

注释

① 素善:向来熟识。

② 具:完整、齐备。

③ 故幸来告良:幸亏项伯来告知。

④ 兄事之:像对待兄长那样对待项伯。

⑤ 约为婚姻:彼此联姻,做儿女亲家。

⑥ 籍吏民:造户籍册,登记官吏百姓。

⑦ 非常:变故。

⑧ 倍德:忘恩负义。倍:通"背"。

⑨ 旦日:明日。蚤:通"早"。

⑩ 善遇之:客气地对待。

⑪ 不自意:自己没有料到。

⑫ 目:作动词,视。数目项羽:范增频频向项羽使眼色。

⑬ 玦:半圆形玉环。

于是张良至军门见樊哙。哙曰:"今日之事何如?"良曰:"今项庄拔剑舞,其意常在沛公也。"哙曰："此迫矣，臣请入，与之同命！"哙即带剑拥盾入。军门卫士欲止不内，樊哙侧其盾以撞，卫士仆地。遂入，披帷立，瞋目①视项羽，头发上指，目眦尽裂②。项羽按剑而跽③曰："客何为者？"张良曰："沛公之参乘樊哙者也。"项羽曰："壮士！赐之卮酒。"则与斗卮酒。哙拜谢，起，立而饮之。项羽曰："赐之彘肩！"则与一生彘肩。樊哙覆其盾于地，加彘肩其上，拔剑切而啖之。项羽曰："壮士复能饮乎？"樊哙曰："臣死且不避，卮酒安足辞！夫秦有虎狼之心，杀人如不能举，刑人如恐不胜；天下皆叛之。怀王与诸将约曰：'先破秦入咸阳者，王之。'今沛公先破秦，入咸阳，毫毛不敢有所近，还军霸上以待将军。劳苦而功高如此，未有封爵之赏，而听细人④之说，欲诛有功之人，此亡秦之续耳，窃为将军不取也！"项羽未有以应，曰："坐！"樊哙从良坐。

坐须臾，沛公起如厕，因招樊哙出。沛公曰："今者出，未辞也，为之奈何？"樊哙曰："如今人方为刀俎，我方为鱼肉，何辞为！"于是遂去。鸿门去霸上四十里，沛公则置⑤车骑，脱身独骑；樊哙、夏侯婴、靳强、纪信等四人持剑、盾步走⑥，从郦山下道芷阳⑦，间行趣霸上。留张良使谢项羽，以白璧献羽，玉斗与亚父。沛公谓良曰："从此道至吾军，不过二十里耳。度我至军中，公乃入。"沛公已去，间至军中，张良入谢曰："沛公不胜杯杓⑧，不能辞，谨使臣良奉白璧一双，再拜献将军足下；玉斗一双，再拜奉亚父足下。"项羽曰："沛公安在？"良曰："闻将军有意督过⑨之，脱身独去，已至军矣。"项羽则受璧，置之坐上。亚父受玉斗，置之地，拔剑撞而破之，曰："唉，竖子⑩不足与谋！夺将军天下者，必沛公也；吾属今为之虏矣！"沛公至军，立诛杀曹无伤。

注释

① 瞋目：张目，瞪大了眼看。
② 目眦尽裂：眼眶就要裂开，形容极其愤怒。眦：眼眶。

③ 跽：双膝跪地，上身挺直。

④ 细人：小人。

⑤ 置：舍弃。

⑥ 步走：徒步逃走。

⑦ 芷阳：秦县名，汉改为霸陵。在今陕西西安市东。

⑧ 杯杓：杯，酒杯；杓，通"勺"，酒勺。此代指酒。

⑨ 督过：责备，怪罪。

⑩ 竖子：此为骂人之语，犹言"小子"。

评析

本篇选自《资治通鉴》卷九。在秦末群雄逐鹿的历史进程中，刘邦与项羽逐渐崭露头角，他们在用兵行事中展示出不同的领导风格，预示了两人命运之沉浮。

刘邦接受秦王子婴投降，进入咸阳后，一开始有些飘飘然，兴奋、追求享受的情绪充斥着头脑，但经樊哙和张良的劝阻，立即恢复了理智，率军队退出咸阳，还军霸上。既而又安抚秦国官吏百姓，采取宽大的刑责措施，迅速稳定了秦投降后的社会秩序，深得秦国民心。

反观项羽的作为，完全是毫无深谋远虑的莽夫之举。面对降楚秦军士卒对未来命运的担忧和不安，项羽既不能及时加以安抚，又未广泛征求范增等谋士的建议，而是与黥布、蒲将军两位猛将密谋，就轻易做出了坑杀20万秦军的草率决定。当然，此事之经过，《资治通鉴》的记载源自《史记》，可能存在刘邦集团为争取秦国人心而伪造的嫌疑。但从项羽一贯的行事风格来看，鼠目寸光，残杀降敌，不足为奇。有学者认为，新安坑杀秦军降卒，是项羽命运由盛而衰的转折点，诚为中肯之论。

项羽率军入关以后,接到刘邦部下曹无伤通报,得知刘邦计划闭关自守、称王关中的计划后,恼羞成怒,欲一举灭之。范增也认为此时是趁刘邦羽翼未丰以绝后患的大好时机,奈何项羽最小的叔父项伯与张良是生死之交,为了救朋友一命,冒死来到刘邦军中,将项羽的计划泄露给张良。在张良的穿针引线之下,项伯赴了刘邦的"霸上宴"。一番酒酣耳热,一句约为儿女亲家,豪爽却短见的项伯倒戈,居然答应回去劝说项羽,放刘邦一马。

鸿门宴不是项羽请客吃饭,而是刘邦主动上门赔罪。项羽是感情用事之人,经过项伯的劝说,怒气已经消了七分,心里彻底放弃了消灭刘邦的念头。刘邦面谢之后,项羽开口便输了,"此沛公左司马曹无伤言之;不然,籍何以至此"!甩锅之迅速,胸中之毫无城府,暴露无遗。不知一旁的范增,此时内心是何等愤恨和无奈。"亚父"毕竟老谋深算,及时采取在宴席上刺杀刘邦的备用方案。幸亏张良叫来了樊哙,一场招招暗藏杀机的舞剑助兴,就在豪饮卮酒、生啖彘肩的大快朵颐中化险为夷。

现代史学研究证明,刘邦平安脱险,并非依靠鸿门宴上那些精彩的剧情,而是以完全移交秦朝军民财物,无条件接受项羽节制为代价。刘邦的暂时隐忍和服从,避免了过早与项羽对决,为后来在楚汉之争中东山再起积蓄了力量。

国 士 无 双

汉高帝元年(乙未,前206年)

初,淮阴①人韩信,家贫,无行,不得推择为吏,又不能治生商贾②,常从人寄食饮③,人多厌之。信钓于城下,有漂母④见信饥,饭信。信喜,谓漂母曰:"吾必有以重报母。"母怒曰:"大丈夫不能自食⑤;吾哀王孙⑥而进食,岂望报乎!"淮阴屠中少年有侮信者曰:"若虽长大,好带刀剑,中情⁷怯耳。"因众辱之曰:"信能死⁸,刺我;不能死,出我袴下!"于是信孰视⁹之,俛⁰出袴下,蒲伏。一市人皆笑信,以为怯。

及项梁⑪渡淮,信杖剑从之;居麾下,无所知名。项梁败,又属项羽,羽以为郎中;数以策干⑫羽,羽不用。汉王之入蜀,信亡楚归汉,未知名。为连敖⑬,坐当斩;其辈十三人皆已斩,次⑭至信,信乃仰视,适见滕公⑮,曰:"上不欲就⑯天下乎,何为斩壮士?"滕公奇其言,壮其貌,释而不斩;与语,大说之,言于王。王拜以为治粟都尉⑰,亦未之奇也。

注释

① 淮阴:今江苏淮安市淮阴区。
② 治生:谋讨生计。商贾:商业,此言从事商业活动。
③ 从:投靠。寄食饮:依附于他人吃喝。
④ 漂母:在水边拍洗衣物的年老女性。
⑤ 自食:自己养活自己。
⑥ 王孙:当时对亡国贵族的尊称。
⑦ 中情:内心。
⑧ 能死:敢死,即不怕死。
⑨ 孰:通"熟"。孰视:定睛细看。
⑩ 俛:通"俯"。
⑪ 项梁(?—前208年):下相(今江苏宿迁市西南)人。楚国贵族项燕之子,秦二世元年(前209年)与侄项羽在吴县起兵反秦,渡江、淮北上。陈胜、吴广失败后,项梁立楚怀王之孙心为楚怀王,自号武信君,后于定陶(今山东菏泽市)战死。

⑫ 干：求取进用。

⑬ 连敖：官名，掌接待宾客。

⑭ 次：按次序。

⑮ 滕公：夏侯婴（？—前122年），沛县（今江苏徐州市）人，随刘邦起事，屡建战功，为滕令，故称滕公。刘邦称帝后，受封汝阴侯。

⑯ 就：得到。

⑰ 治粟都尉：官名。掌粮饷。

信数与萧何语，何奇之。汉王至南郑，诸将及士卒皆歌讴思东归，多道亡者。信度何等已数言王，王不我用，即亡去。何闻信亡，不及以闻，自追之。人有言王曰："丞相何亡。"王大怒，如失左右手。居一二日，何来谒①王。王且怒且喜，骂何曰："若亡，何也？"何曰："臣不敢亡也，臣追亡者耳。"王曰："若所追者谁？"何曰："韩信也。"王复骂曰："诸将亡者以十数，公无所追；追信，诈也！"何曰："诸将易得耳；至如信者，国士②无双。王必③欲长王汉中，无所事④信；必欲争天下，非信无可与计事者。顾王策安所决⑤耳！"王曰："吾亦欲东耳，安能郁郁久居此乎！"何曰："计必欲东⑥，能用信，信即留；不能用信，终亡耳。"王曰："吾为公以为将⑦。"何曰："虽为将，信不留。"王曰："以为大将。"何曰："幸甚！"于是王欲召信拜之。何曰："王素慢无礼；今拜大将，如呼小儿，此乃信所以去也。王必欲拜之，择良日，斋戒，设坛场，具礼⑧，乃可耳。"王许之。诸将皆喜，人人各自以为得大将。至拜大将，乃韩信也，一军皆惊。

注释

① 谒：拜见。

② 国士：国中才能出众之人。

③ 必：如果。

④ 无所事：无所用，即用不着。

⑤ 安所决：从哪方面决定。

⑥ 东：作动词，向东发展。

⑦ 此句言刘邦因为萧何的推荐，命韩信为将。

⑧ 具礼：备礼。

信拜礼毕，上坐。王曰："丞相数言将军；将军何以教寡人计策？"信辞谢，因问王曰："今东乡①争权天下，岂非项王耶？"汉王曰："然。"曰："大王自料，勇悍仁强孰与项王？"汉王默然良久，曰："不如也。"信再拜贺②曰："惟③信亦以为大王不如也。然臣尝事之，请言项王之为人也：项王暗恶叱咤④，千人皆废，然不能任属⑤贤将；此特匹夫之勇耳⑥。项王见人，恭敬慈爱，言语呕呕⑦，人有疾病，涕泣分食饮；至使人，有功当封爵者，印刓⑧敝，忍不能予；此所谓妇人之仁⑨也。项王虽霸天下而臣⑩诸侯，不居关中而都彭城；背义帝之约⑪，而以亲爱⑫王诸侯，不平；逐其故主而王其将相，又迁逐义帝置江南，所过无不残灭；百姓不亲附，特劫于威强耳⑬。名虽为霸，实失天下心，故其强易弱。今大王诚能反其道，任天下武勇，何所不诛；以天下城邑封功臣，何所不服；以义兵从思东归之士，何所不散⑭！且三秦王为秦将，将秦子弟数岁矣，所杀亡不可胜计；又欺其众，降诸侯，至新安，项王诈坑秦降卒二十余万，唯独邯、欣、翳得脱。秦父兄怨此三人，痛入骨髓。今楚强以威王此三人，秦民莫爱也。大王之入武关，秋毫无所害；除秦苛法，与秦民约法三章；秦民无不欲得大王王秦者。于诸侯之约，大王当王关中，关中民咸知之；大王失职⑮入汉中，秦民无不恨⑯者。今大王举而东，三秦可传檄而定也⑰。"于是汉王大喜，自以为得信晚，遂听信计，部署诸将所击；留萧何收巴、蜀租，给军粮食。

注释

① 乡：通"向"。东乡：向东。

② 贺：赞同。

③ 惟：即使。

④ 喑恶：发怒声。叱咤：怒斥声。

⑤ 任属：信任委托。

⑥ 特：仅仅。匹夫之勇：指不用智谋，单凭个人的勇力。

⑦ 呕呕：和悦状。

⑧ 刓（wán）：摩挲致损。

⑨ 妇人之仁：施小惠而不识大体，指姑息少决断。

⑩ 臣：作使动用法，使……称臣。

⑪ 义帝：楚怀王之孙，名心。楚亡后流落民间，项梁起兵后立其为楚怀王。秦亡后，项羽尊其为义帝，将其由彭城迁往长沙郡郴县（今湖南郴州市），后将其杀害。义帝之约，指楚怀王曾与诸侯约定"先破秦入咸阳者王之"，后刘邦先入咸阳，项羽却违背义帝之约，将关中分封给秦朝降将章邯、司马欣和董翳，合称三秦，改封刘邦为汉王。

⑫ 亲爱：亲近喜爱的人。

⑬ 劫：胁迫。此句言迫于项羽威势而勉强顺从。

⑭ 散：溃散。此句言刘邦以正义之师顺应士卒想要东归的心理，没有什么敌人不被击溃。

⑮ 失职：失去本应获得的爵位。

⑯ 恨：遗憾。

⑰ 举：发兵。传檄：古时官府用来征召、晓谕、声讨的一种文书。传檄而定，

指刘邦深得三秦民心,发布一道檄文便可平定此区。

汉高帝二年(丙申,前205年)

汉之败于彭城而西也①,陈余亦觉张耳不死,即背汉。韩信既定魏②,使人请兵三万人,愿以北举燕、赵,东击齐,南绝楚粮道。汉王许之,乃遣张耳与俱,引兵东,北击赵、代③。后九月④,信破代兵,禽夏说于阏与⑤。信之下魏破代,汉辄使人收其精兵诣荥阳以距楚⑥。

汉高帝三年(丁酉,前204年)

冬十月,韩信、张耳以兵数万东击赵。赵王及成安君陈余闻之,聚兵井陉⑦口,号二十万。广武君李左车⑧说成安君曰:"韩信、张耳乘胜而去国远斗,其锋不可当。臣闻'千里馈粮,士有饥色;樵苏后爨,师不宿饱⑨。'今井陉之道,车不得方轨⑩,骑不得成列;行数百里,其势粮食必在其后。愿足下假⑪臣奇兵三万人,从间路绝⑫其辎重;足下深沟高垒⑬勿与战。彼前不得斗;退不得还,野无所掠,不至十日,而两将之头可致于麾下;否则必为二子所禽矣。"成安君尝自称义兵,不用诈谋奇计,曰:"韩信兵少而疲,如此避而不击,则诸侯谓吾怯而轻来伐我矣。"

注释

① 汉高帝元年(前206年)八月,刘邦率兵反攻,东出陈仓,平定三秦。汉高帝二年(前205年),汉军出武关,取魏、河南,受韩王、殷王降,集合齐、赵联军攻彭城,后被项羽军队击败,退守荥阳。萧何发关中兵,韩信收兵来会,破楚京索间,取敖仓,阻挡了楚军西进。

② 魏王豹于汉高帝二年(前205年)五月反汉从楚,后韩信率军击之,破魏虏

魏豹。

③ 赵、代：秦亡项羽分封时，以赵地立张耳为常山王，立赵王歇为代王。后张耳归汉，陈余迎赵歇复为赵王，赵歇则立陈余为代王，封成安君。

④ 后九月：汉初以十月为岁首，九月乃一年之末月。闰年将闰月置于年末，故有"后九月"。

⑤ 禽：通"擒"。夏说：代王陈余之相。阏与：地名，在今山西晋中市和顺县。

⑥ 收：调回。距：抵御。

⑦ 井陉：太行八陉（隘口）之一，在今河北石家庄市井陉县东北井陉关。

⑧ 李左车：赵王谋臣。

⑨ 樵：打柴。苏：割草。爨（cuàn）：生火做饭。宿饱：经常能吃饱。

⑩ 方轨：两车并行。方：并。

⑪ 假：暂时拨借。

⑫ 间路：小路。绝：截断。

⑬ 深沟高垒：此言构筑坚固的防御工事。

韩信使人间视①，知其不用广武君策，则大喜，乃敢引兵遂下。未至井陉口三十里，止舍②。夜半，传发③，选轻骑二千人，人持一赤帜，从间道萆山④而望赵军。诫曰："赵见我走⑤，必空壁⑥逐我；若⑦疾入赵壁，拔赵帜，立汉赤帜。"令其裨将传飧⑧，曰："今日破赵会食！"诸将皆莫信，佯应曰"诺"。信曰："赵已先据便地⑨为壁；且彼未见吾大将旗鼓，未肯击前行⑩，恐吾至阻险而还也。"⑪乃使万人先行，出⑫，背水陈⑬；赵军望见而大笑。

平旦⑭，信建大将旗鼓⑮，鼓行⑯出井陉口；赵开壁击之，大战良久。于是信与张耳佯弃鼓旗，走水上军⑰；水上军开入之，复疾战。赵果空壁争汉旗鼓，逐信、耳。信、耳已入水上军，军皆殊死战，不可败。信所出奇兵二千骑共候赵空壁逐利，则驰入赵壁，皆拔赵旗，立汉赤帜二千。赵军已不能得信等，欲还归壁;壁皆汉赤帜,见而大惊,以为汉皆已得赵王将矣,兵遂乱,遁走,赵将虽斩之,不能禁也。于是汉兵夹击,大破赵军,斩成安君泜水⑱上,禽赵王歇。

注释

① 间视:暗中探查。

② 止舍:停止行军,扎营。

③ 传发:传令出发。

④ 萆(bì):通"蔽",隐蔽。萆山:藏在山中。

⑤ 走:逃跑。

⑥ 壁:军营。空壁:倾巢而出。

⑦ 若:你们。

⑧ 裨将:副将。传餐:发送食物。

⑨ 便地:有利的地形。

⑩ 前行:部队前锋。

⑪ 胡三省注:(韩)信盖谓赵聚兵塞井陉之口,欲俟信出险而后击之;若见前锋便纵兵接战,则信必将阻险而还师也。

⑫ 出:指汉军走出井陉口。

⑬ 陈:通"阵",作动词,布阵。背水陈:背水布阵,通常为兵家大忌,故赵军"望而大笑"。

⑭ 平旦:早晨。

⑮ 建大将旗鼓:打出大将的旗帜,排出大将仪仗。

⑯ 鼓行:擂鼓行进。

⑰ 走水上军:退到水边阵地。

⑱ 泜水：今槐河。源出河北石家庄市赞皇县西南，东流折南入滏阳河。

诸将效首虏①，毕贺，因问信曰："兵法：'右倍山陵，前左水泽。'②今者将军令臣等反背水陈，曰'破赵会食'，臣等不服，然竟以胜。此何术也？"信曰："此在兵法，顾诸君不察耳！兵法不曰：'陷之死地而后生，置之亡地而后存？'且信非得素拊循士大夫③也，此所谓'驱市人④而战之'，其势非置之死地，使人人自为战；今予之生地，皆走，宁尚可得而用之乎！"诸将皆服，曰："善！非臣所及也。"

信募生得广武君者予千金。有缚致麾下者，信解其缚，东乡坐⑤，师事之。问曰："仆欲北伐燕，东伐齐，何若而有功？"广武君辞谢曰："臣，败亡之虏，何足以权大事乎！"信曰："仆闻之：百里奚居虞而虞亡，在秦而秦霸；非愚于虞而智于秦也，用与不用，听与不听也。诚令成安君听足下计，若信者亦已为禽矣；以不用足下，故信得侍耳。今仆委心归计，愿足下勿辞！"广武君曰："今将军涉西河，虏魏王，禽夏说；东下井陉，不终朝而破赵二十万众，诛成安君；名闻海内，威震天下，农夫莫不辍耕释耒⑥，褕衣甘食⑦，倾耳以待命者，此将军之所长也。然而众劳卒罢，其实难用。今将军欲举倦敝之兵顿⑧之燕坚城之下，欲战不得，攻之不拔，情见势屈；旷日持久，粮食单竭。燕既不服，齐必距境以自强。燕、齐相持而不下，则刘、项之权未有所分也，此将军所短也。善用兵者，不以短击长而以长击短。"韩信曰："然则何由？"广武君对曰："方今为将军计，莫如按甲休兵，镇抚赵民，百里之内，牛酒日至，以飨士大夫；北首燕路，而后遣辩士奉咫尺之书⑨，暴⑩其所长于燕，燕必不敢不听从。燕已从而东临齐，虽有智者，亦不知为齐计矣。如是，则天下事皆可图也。兵固有先声而后实者，此之谓也。"韩信曰："善！"从其策，发使使燕，燕从风而靡；遣使报汉，且请以张耳王赵，汉王许之。

注释

① 效：进献。首虏：赵军首级和俘虏。

② 此言兵法说布阵要右面和背面靠山，前面和左面临水。

③ 非得：未能得到。素：平时。拊：通"抚"，抚慰。循：顺从。拊循：指经过训练，顺从调遣。士大夫：指将士。

④ 市人：集市上的人，此谓乌合之众。

⑤ 东乡坐：面东而坐，当时以东向为尊。

⑥ 辍耕释耒：放下农具，停止耕作。

⑦ 褕(yú)衣甘食：华服美食，苟偷一时的安乐。

⑧ 顿：驻屯。

⑨ 咫尺：周制八寸为咫，十寸为尺。时书写用木简，简长盈尺，故称为"咫尺之书"。

⑩ 暴：显露。

评析

本篇选自《资治通鉴》卷九、卷一〇。韩信是秦末汉初风云涌动中出现的一位悍将，助汉破楚，立下赫赫战功。韩信青年时代家境贫穷，连吃饭都成问题。他身材高大，却不事生产，亦不出仕，喜欢游手好闲，佩着剑到处晃荡，一副落魄贵族子弟的形象。但他内心坚忍无比，能在众目睽睽之下经受胯下之辱，展现出过人之大节大勇，注定会成就一番英雄豪杰的事业。

韩信是志在将帅之人。天下大乱之后，他加入项梁军，在实战中得到历练。在巨鹿之战中，韩信是项羽的贴身侍卫。在与项羽的接触中，韩信曾多次进献计谋,却得不到项羽的赏识,由此他也看到项羽的种种弱点,鸿门宴之后他下决心投奔刘邦,弃楚从汉。

项羽分封之后,刘邦带着仅仅三万余人的部队前往汉中,韩信也在其中。韩信带着建功立业的志向而来,经夏侯婴推荐,做了汉军的治粟都尉。丞相萧何慧眼识珠,认定韩信是天下无双的国士,是带领刘邦军重返关中,与项羽一决雌雄的救星。奈何刘邦仍无重用韩信的迹象。于是韩信不辞而别,幸亏萧何亲自追回,再度极荐于汉王,这才有了刘邦具礼拜将的美谈。

刘邦不是偏听偏信的昏君,韩信水平到底如何,必要亲自考量一番。韩信也不是有勇无谋的闯将,一问一答,将楚汉双方的优劣条件逐一对比,提出反攻三秦的构想,这就是堪与刘备诸葛亮"隆中对"媲美的"汉中对"。经此一晤,刘邦才放心把军队交给韩信。

韩信统领汉军之后,一方面积极备战,另一方面利用田荣、彭越、陈余联手反楚的机遇,施展"明出子午,暗度陈仓"的计谋,突破了以章邯为首的三秦军的封锁,成功反攻关中,打开了东进的局面。而刘邦却将韩信留在汉中,围困章邯,亲自统领汉军,联合各路诸侯,大举攻楚。不过,刘邦的军事指挥能力毕竟有限,联军在彭城之战中遭到项羽反击,溃不成军。刘邦收拾残部退守荥阳,等待韩信援兵。

韩信出关,与张耳一道开辟北方战场。东渡黄河,俘虏魏王魏豹,活捉代相夏说,来势汹汹,直指赵国。赵军意图在井陉口以逸待劳,可是陈余不听李左车的计谋,错失良机。背水之战的经过,读来令人屏气凝神,步步惊心。韩信施展正面迎战和背后偷袭的计策,将"置之死地而后生"的兵法运用得炉火纯青。而整个战术安排,事后才由韩信在庆功宴会上和盘托出。韩信释广武君李左车并向其求教之事,亦见其虚心阔达的大将风范。

韩信具备卓越的军事指挥能力,天下大乱,是其施展抱负的时机。可是天下平定之后,等待他的却是"鸟尽弓藏,兔死狗烹"的人生终点。

第五编
西汉立国

布 衣 将 相

汉高帝五年（己亥，前202年）

春，正月，更立齐王信①为楚王，王淮北，都下邳。封魏相国建城侯彭越为梁王，王魏故地，都定陶。

诸侯王皆上疏请尊汉王为皇帝。二月甲午，王即皇帝位于汜水之阳。更王后曰皇帝，太子曰皇太子；追尊先媪曰昭灵夫人。

夏，五月，兵皆罢归家。诏："民前或相聚保山泽，不书名数。今天下已定，令各归其县，复故爵、田宅；吏以文法教训辨告②，勿笞辱军吏卒；爵及七大夫以上③，皆令食邑，非七大夫已下，皆复其身及户，勿事。"

帝置酒洛阳南宫，上曰："彻侯、诸将毋敢隐朕，皆言其情：吾所以有天下者何？项氏之所以失天下者何？"高起、王陵对曰："陛下使人攻城略地，因以与之，与天下同其利；项羽不然，有功者害④之，贤者疑之，此其所以失天下也。"上曰："公知其一，未知其二。夫运筹帷幄之中，决胜千里之外，吾不如子房；填⑤国家，抚百姓，给馈饷，不绝粮道，吾不如萧何；连百万之众，战必胜，攻必取，吾不如韩信。三者皆人杰，吾能用之，此吾所以取天下者也。项羽有一范增而不能用，此所以为我禽也。"群臣说服。

注释

① 齐王信：即韩信。汉高帝四年（前203年）十一月，韩信破齐楚联军。二月，刘邦遣张良立韩信为齐王。

② 辨告：分别义理以晓谕百姓。

③ 秦制，列侯乃得食邑，今爵至七大夫以上皆食邑，以示崇遇。

④ 害：忌妒。

⑤ 填：通"镇"，镇守。

汉高帝六年（庚子，前201年）

冬，十月，人有上书告楚王信反者。帝以问诸将，皆曰："亟发兵，坑竖子耳！"帝默然。又问陈平。陈平曰："人上书言信反，信知之乎？"曰："不知。"陈平曰："陛下精兵孰与楚？"上曰："不能过。"平曰："陛下诸将，用兵有能过韩信者乎？"上曰："莫及也。"平曰："今兵不如楚精而将不能及，举兵攻之，是趣之战也，窃为陛下危之！"上曰："为之奈何？"平曰："古者天子有巡狩，会诸侯。陛下第①出，伪游云梦②，会诸侯于陈。陈，楚之西界；信闻天子以好出游，其势必无事而郊迎谒；谒而陛下因禽之，此特一力士之事耳。"帝以为然；乃发使告诸侯会陈，"吾将南游云梦"。上因随以行。

楚王信闻之，自疑惧，不知所为。或说信曰："斩钟离眛③以谒上，上必喜，无患。"信从之。十二月，上会诸侯于陈，信持眛首谒上；上令武士缚信，载后车。信曰："果若人言：'狡兔死，走狗烹；高鸟尽，良弓藏；敌国破，谋臣亡。'天下已定，我固当烹！"上曰："人告公反。"遂械系信以归，因赦天下。

上还，至洛阳，赦韩信，封为淮阴侯。信知汉王畏恶其能，多称病，不朝从；居常鞅鞅④，羞与绛、灌等列⑤。尝过樊将军哙。哙跪拜送迎，言称臣，曰："大王乃肯临臣！"信出门，笑曰："生乃与哙等为伍！"

注释

① 第：尽管，只管。
② 云梦：古泽名，在南郡华容县（今湖北潜江市西南）以南。
③ 钟离眛：原项羽手下将领，垓下之战时逃离楚军，投奔韩信，受到韩信

保护。

④ 鞅鞅：因不平或不满而郁郁不乐的样子。鞅：通"怏"。

⑤ 羞：以……为耻辱。绛、灌：绛侯周勃、灌婴。

    上尝从容与信言诸将能将兵多少。上问曰："如我能将几何？"信曰："陛下不过能将十万。"上曰："于君何如？"曰："臣多多而益善耳。"上笑曰："多多益善，何为为我禽？"信曰："陛下不能将兵而善将将，此乃信之所以为陛下禽也。且陛下，所谓'天授，非人力'也。"

    甲申，始剖符封诸功臣为彻侯。萧何封酇侯，所食邑独多。功臣皆曰："臣等身被坚执锐，多者百余战，小者数十合。今萧何未尝有汗马之劳，徒持文墨议论，顾①反居臣等上，何也？"帝曰："诸君知猎乎？夫猎，追杀兽兔者，狗也；而发纵②指示兽处者，人也。今诸君徒能得走兽耳，功狗也；至如萧何，发纵指示，功人也。"群臣皆不敢言。张良为谋臣，亦无战斗功；帝使自择齐三万户。良曰："始，臣起下邳③，与上会留④，此天以臣授陛下；陛下用臣计，幸而时中。臣愿封留足矣，不敢当三万户。"乃封张良为留侯。封陈平为户牖侯，平辞曰："此非臣之功也。"上曰："吾用先生谋，战胜克敌，非功而何？"平曰："非魏无知，臣安得进？"上曰："若子，可谓不背本矣！"乃复赏魏无知。

    帝以天下初定，子幼，昆弟⑤少，惩秦孤立而亡，欲大封同姓以填抚天下。春，正月，丙午，分楚王信地为二国：以淮东五十三县立从兄将军贾为荆王，以薛郡、东海、彭城三十六县立弟文信君交为楚王。壬子，以云中、雁门、代郡五十三县立兄宜信侯喜为代王，以胶东、胶西、临菑、济北、博阳、城阳郡七十三县立微时外妇之子肥为齐王；诸民能齐言者皆以与齐。

注释

① 顾：反而，却。

② 发纵：指挥调度。
③ 下邳：秦县名，汉初曾为楚都，在今江苏徐州市睢宁县附近。
④ 留：秦县名，在今江苏徐州市沛县东南。
⑤ 昆弟：兄弟。

　　上已封大功臣二十余人，其余日夜争功不决，未得行封。上在洛阳南宫，从复道望见诸将，往往相与坐沙中语。上曰："此何语？"留侯曰："陛下不知乎？此谋反耳！"上曰："天下属安定①，何故反乎？"留侯曰："陛下起布衣，以此属②取天下；今陛下为天子，而所封皆故人所亲爱，所诛皆生平所仇怨。今军吏计功，以天下不足遍封；此属畏陛下不能尽封，恐又见疑平生过失及诛，故即相聚谋反耳。"上乃忧曰："为之奈何？"留侯曰："上平生所憎、群臣所共知，谁最甚者？"上曰："雍齿③与我有故怨，数尝窘辱我；我欲杀之，为其功多，故不忍。"留侯曰："今急先封雍齿，则群臣人人自坚矣。"于是上乃置酒，封雍齿为什方侯，而急趣④丞相、御史定功行封。群臣罢酒，皆喜，曰："雍齿尚为侯，我属无患矣！"

　　臣光曰：张良为高帝谋臣，委以心腹，宜其知无不言；安有闻诸将谋反，必待高帝目见偶语，然后乃言之邪！盖以高帝初得天下，数用爱憎行诛赏，或时害至公，群臣往往有觖望自危之心；故良因事纳忠以变移帝意，使上无阿私之失，下无猜惧之谋，国家无虞，利及后世。若良者，可谓善谏矣。

　　(九月)帝悉去秦苛仪，法为简易。群臣饮酒争功，醉，或妄呼，拔剑击柱，帝益厌之。叔孙通⑤说上曰："夫儒者难与进取，可与守成。臣愿征鲁诸生，与臣弟子共起朝仪。"帝曰："得无难乎？"叔孙通曰："五帝异乐，三王不同礼；礼者，因时世、人情为之节文⑥者也。臣愿颇采古礼，与秦仪杂就之。"上曰:"可试为之,令易知,度吾所能行者为之!"

注释

① 属:近。此言天下刚安定不久。
② 此属:此辈。
③ 雍齿:秦泗水郡沛县人,随刘邦起事,曾投奔魏国,后复回汉营。
④ 趣:通"促",催促。
⑤ 叔孙通:叔孙本姬姓,鲁国叔孙氏之后。
⑥ 节文:礼节、仪式。

  于是叔孙通使,征鲁诸生三十余人。鲁有两生不肯行,曰:"公所事者且十主①,皆面谀以得亲贵。今天下初定,死者未葬,伤者未起,又欲起礼、乐。礼、乐所由起,积德百年而后可兴也。吾不忍为公所为;公去矣,无污我!"叔孙通笑曰:"若真鄙儒也,不知时变!"遂与所征三十人西,及上左右为学②者与其弟子百余人。为绵蕞③,野外习之。月余,言于上曰:"可试观矣。"上使行礼;曰:"吾能为此。"乃令群臣习肄。

汉高帝七年(辛丑,前200年)

  冬,十月,长乐宫成,诸侯群臣皆朝贺。先平明④,谒者治礼,以次引入殿门,陈东、西乡。卫官侠陛及罗立廷中,皆执兵,张旗帜。于是皇帝传警⑤,辇出房;引诸侯王以下至吏六百石以次奉贺,莫不振恐肃敬。至礼毕,复置法酒⑥。诸侍坐殿上,皆伏,抑首;以尊卑次起上寿。觞九行,谒者言"罢酒",御史执法举不如仪者,辄引去。竟朝置酒,无敢欢哗失礼者。于是帝曰:"吾乃今日知为皇帝之贵也!"乃拜叔孙通为太常,赐金五百斤。

注释

① 且：将近。胡三省注：通事秦始皇、二世、陈涉、项梁、楚怀王、项羽及帝，凡七主。
② 左右：近臣。为学：素有学问。
③ 绵蕞（zuì）：引绳为"绵"，束茅以表位为"蕞"，指制定整顿朝仪典章。
④ 先平明：天未亮之时。
⑤ 传警：帝王车驾出行时，左右侍者传声，以示警清道。
⑥ 法酒：朝廷正式的宴会。

初，秦有天下，悉内六国礼仪，采择其尊君、抑臣者存之。及通制礼，颇有所增损，大抵皆袭秦故，自天子称号下至佐僚及宫室、官名，少所变改。其书，后与律、令同录，藏于理官；法家又复不传，民臣莫有言者焉。

臣光曰：礼之为物大矣！用之于身，则动静有法而百行备焉；用之于家，则内外有别而九族睦焉；用之于乡，则长幼有伦而俗化美焉；用之于国，则君臣有叙而政治成焉；用之于天下，则诸侯顺服而纪纲正焉；岂直几席之上、户庭之间得之而不乱哉！夫以高祖之明达，闻陆贾之言而称善，睹叔孙之仪而叹息；然所以不能（比）肩于三代之王者，病于不学而已。当是之时，得大儒而佐之，与之以礼为天下，其功烈岂若是而止哉！惜夫，叔孙生之器小也！徒窃礼之糠秕，以依世、谐俗、取宠而已，遂使先王之礼沦没而不振，以迄于今，岂不痛甚矣哉！是以扬子①讥之曰："昔者鲁有大臣，史失其名。曰：'何如其大也！'曰：'叔孙通欲制君臣之仪，召先生于鲁，所不能致者二人。'曰：'若是，则仲尼之开迹②诸侯也非邪？'曰：'仲尼开迹，将以自用也。如委己而从人，虽有规矩、准绳,焉得而用之!'"善乎扬子之言也!夫大儒者,恶肯毁其规矩、准绳以趋一时之功哉!

汉高帝十年(甲辰,前 197 年)

初,上以阳夏侯陈豨为相国,监赵、代边兵;豨过辞淮阴侯。淮阴侯挈③其手,辟左右,与之步于庭,仰天叹曰:"子可与言乎?"豨曰:"唯将军令之!"淮阴侯曰:"公之所居,天下精兵处也;而公,陛下之信幸臣也。人言公之畔④,陛下必不信;再至,陛下乃疑矣;三至,必怒而自将。吾为公从中起,天下可图也。"陈豨素知其能也,信之,曰:"谨奉教!"

注释

① 扬子:扬雄(前 53—18 年),字子云,蜀郡成都(今属四川)人。汉朝辞赋家,思想家,著有《法言》《太玄》等。
② 开迹:起家、发迹。指孔子历聘于诸侯之国。
③ 挈(qiè):提、持。
④ 畔:通"叛"。

豨常慕魏无忌之养士,及为相守边,告①归,过赵,宾客随之者千余乘,邯郸官舍皆满。赵相周昌求入见上,具言豨宾客甚盛,擅兵于外数岁,恐有变。上令人覆案②豨客居代者诸不法事,多连引豨。豨恐;韩王信③因使王黄、曼丘臣等说诱之。太上皇崩,上使人召豨,豨称病不至;九月,遂与王黄等反,自立为代王,劫略赵、代。上自东击之。至邯郸,喜曰:"豨不南据邯郸而阻漳水,吾知其无能为矣!"

周昌奏:"常山二十五城,亡其二十城;请诛守、尉。"上曰:"守、尉反乎?"

对曰:"不。"上曰:"是力不足,亡④罪。"

上令周昌选赵壮士可令将者,白见⑤四人。上嫚骂⑥曰:"竖子能为将乎?"四人惭,皆伏地;上封各千户,以为将。左右谏曰:"从入蜀、汉,伐楚,赏未遍行;今封此,何功?"上曰:"非汝所知。陈豨反,赵、代地皆豨有。吾以羽檄征天下兵,未有至者,今计唯独邯郸中兵耳;吾何爱四千户,不以慰赵子弟!"皆曰:"善!"

注释

① 告:请谒。

② 覆案:审查,按究。

③ 韩王信:此非淮阴侯韩信,而是战国韩襄王庶孙(?—前196年)。秦末率兵随刘邦入关中,刘邦定三秦后,拜韩国太尉。汉高帝二年(前205年),立为韩王。汉高帝六年(前201年),以太原郡为韩国,徙信备匈奴。后投降匈奴,常率军侵扰汉边。汉高帝十一年(前196年),被汉军斩杀。

④ 亡:通"无"。

⑤ 白见:召见。

⑥ 嫚骂:肆意辱骂。

又闻豨将皆故贾人;上曰:"吾知所以与之矣。"乃多以金购豨将,豨将多降。

汉高帝十一年(乙巳,前196年)

冬,上在邯郸。陈豨将侯敞将万余人游行,王黄将骑千余军曲逆①,张春将卒万余人渡河攻聊城;汉将军郭蒙与齐将击,大破之。太尉周勃道太原入定代地，至马邑，不下，攻残之。赵利守东垣，帝攻拔之，更命曰真定。帝购王黄、曼丘臣以千金，其麾下皆生致之。于是陈豨军遂败。

淮阴侯信称病，不从击豨，阴使人至豨所，与通谋。信谋与家臣夜诈诏赦诸官徒、奴②，欲发以袭吕后、太子；部署已定，待豨报。其舍人得罪于信，信囚，欲杀之。春，正月，舍人弟上变，告信欲反状于吕后。吕后欲召，恐其傥③不就；乃与萧相国谋，诈令人从上所来，言豨已得，死，列侯、群臣皆贺。相国绐④信曰："虽疾，强入贺。"信入，吕后使武士缚信，斩之长乐钟室。信方斩，曰："吾悔不用蒯彻之计，乃为儿女子所诈，岂非天哉！"遂夷信三族。

注释

① 曲逆：地名。战国时燕国城邑，秦时设县。在今河北保定市顺平县东南。
② 胡三省注：有罪而居作者为徒，有罪而没入官者为奴。
③ 傥：或许，可能。
④ 绐（dài）：欺骗。

臣光曰：世或以韩信为首建大策，与高祖起汉中，定三秦，遂分兵以北，禽魏，取代，仆赵，胁燕，东击齐而有之，南灭楚垓下，汉之所以得天下者，大抵皆信之功也。观其距蒯彻之说，迎高祖于陈，岂有反心哉！良由失职怏怏，遂陷悖逆。夫以卢绾里闬旧恩，犹南面王燕，信乃以列侯奉朝请；岂非高祖亦有负于信哉？臣以为高祖用诈谋禽信于陈，言负则有之；虽然，信亦有以取之也。始，汉与楚相距荥阳，信灭齐，不还报而自王；其后汉追楚至固陵，与信期共攻楚而信不至；当是之时，高祖固有取信之心矣，顾力不能耳。及天下已定，则信复何恃哉！夫乘时以徼利者，市井之志也；酬功而报德者，士君子之心也。信以市井之志利其身,而以士君子之心望于人,不亦难哉!是故太史公论之曰:"假令韩信学道谦让,不伐己功,不矜其能,则庶几哉!于汉家勋,可以比周、召、太公之徒,后世血食矣!不务出此,而天下已集,乃谋畔逆;夷灭宗族,不亦宜乎!"

上还洛阳,闻淮阴侯之死,且喜且怜之①;问吕后曰:"信死亦何言?"吕后曰:"信言恨不用蒯彻计②。"上曰:"是齐辩士蒯彻也。"乃诏齐捕蒯彻。蒯彻至,上曰:"若教淮阴侯反乎?"对曰:"然,臣固教之。竖子不用臣之策,故令自夷于此;如用臣之计,陛下安得而夷之乎!"上怒曰:"烹之!"彻曰:"嗟乎!冤哉烹也!"上曰:"若教韩信反,何冤?"对曰:"秦失其鹿,天下共逐之,高材疾足者先得焉。跖之狗吠尧;尧非不仁,狗固吠非其主。当是时,臣唯独知韩信,非知陛下也。且天下锐精持锋欲为陛下所为者甚众,顾力不能耳,又可尽烹之邪?"上曰:"置③之。"

注释

① 胡三省注:喜者,喜除其逼;怜者,怜其功大。
② 蒯彻:即蒯通,秦末范阳人。楚汉战争中,劝说韩信以武力攻取齐地,又鼓动其叛汉自立。
③ 置:赦免。

上之击陈豨也,征兵于梁;梁王①称病,使将将兵诣邯郸。上怒,使人让②之。梁王恐,欲自往谢。其将扈辄曰:"王始不往,见让而往,往则为禽矣;不如遂发兵反。"梁王不听。梁太仆得罪,亡走汉,告梁王与扈辄谋反。于是上使使掩③梁王,梁王不觉,遂囚之洛阳。有司治:"反形已具,请论如法。"上赦以为庶人,传处蜀青衣④。西至郑,逢吕后从长安来。彭王为吕后泣涕,自言无罪,愿处故昌邑。吕后许诺,与俱东。至洛阳,吕后白上曰:"彭王壮士,今徙之蜀,此自遗患;不如遂诛之。妾谨与俱来。"于是吕后乃令其舍人告彭越复谋反。廷尉王恬开奏请族之,上可其奏。三月,夷越三族。枭越首洛阳,下诏:"有收视⑤者,辄捕之。"

秋,七月,淮南王布⑥反。

初,淮阴侯死,布已心恐。及彭越诛,醢其肉以赐诸侯。使者至淮南,淮南王方猎,见醢,因大恐,阴令人部聚兵,候伺旁郡警急。布所幸姬,病就医,医家与中大夫贲赫对门,赫乃厚馈遗,从姬饮医家;王疑其与乱,欲捕赫。赫乘传诣长安上变,言"布谋反有端,可先未发诛也。"上读其书,语萧相国,相国曰:"布不宜有此,恐仇怨妄诬之。请系赫,使人微验⑦淮南王。"淮南王见赫以罪亡上变,固已疑其言国阴事;汉使又来,颇有所验;遂族赫家,发兵反。反书闻,上乃赦贲赫,以为将军。

注释

① 梁王:彭越。

② 让:责备。

③ 掩:捉拿。

④ 青衣:青衣道,属蜀郡。

⑤ 收视:收殓顾视。

⑥ 淮南王布:英布,早年犯法受黥刑,故又名黥布。

⑦ 微验:暗中侦察。

上召诸将问计。皆曰:"发兵击之,坑竖子耳,何能为乎!"汝阴侯滕公召故楚令尹薛公问之。令尹曰:"是固当反。"滕公曰:"上裂地封之,疏爵而王之;其反何也?"令尹曰:"往年杀彭越,前年杀韩信;此三人者,同功一体之人也,自疑祸及身,故反耳!"滕公言之上,上乃召见,问薛公,薛公对曰:"布反不足怪也。使布出于上计,山东非汉之有也;出于中计,胜败之数未可知也;出于下计,陛下安枕而卧矣。"上曰:"何谓上计?"对曰:"东取吴,西取楚,并齐,取鲁,传檄燕、赵,固守其所,山东非汉之有也。""何谓中计?""东取吴,西取楚,并韩,取魏,据敖仓之粟,塞成皋之口,胜败之数未可知也。""何谓下计?""东取吴,西取下蔡,归重于越,身归长沙,陛下安枕而卧,汉无事矣。"上曰:"是计将安出?"对曰:"出下计。"上曰:"何为废上、中计而出下计?"对曰:"布,故丽山之徒也,自致万乘之主,此皆为身,不顾后、为百姓万世虑者也;故曰出下计。"上曰:"善!"封薛公千户。乃立皇子长为淮南王。

是时,上有疾,欲使太子往击黥布。太子客东园公、绮里季、夏黄公、角里先生^①说建成侯吕释之曰:"太子将兵,有功则位不益,无功则从此受祸矣。君何不急请吕后,承间为上泣言:'黥布,天下猛将也,善用兵。今诸将皆陛下故等夷,乃令太子将此属,无异使羊将狼,莫肯为用;且使布闻之,则鼓行而西耳。上虽病,强载辎车,卧而护之,诸将不敢不尽力。上虽苦,为妻子自强!'"于是吕释之立夜见吕后。吕后承间为上泣涕而言,如四人意。上曰:"吾惟竖子固不足遣,而公自行耳。"

于是上自将兵而东,群臣居守,皆送至霸上。留侯病,自强起,至曲邮,见上曰:"臣宜从,病甚。楚人剽疾^②,愿上无与争锋!"因说上令太子为将军,监关中兵。上曰:"子房虽病,强卧而傅太子。"是时,叔孙通为太傅,留侯行少傅事。发上郡、北地、陇西车骑、巴蜀材官^③及中尉卒三万人为皇太子卫,军霸上。

注释

① 东园公、绮里季、夏黄公、角里先生:胡三省注,此所谓四皓也,避秦之乱,

隐于商山。

② 剽疾：强劲迅捷。

③ 材官：秦汉时始设置的地方兵种。

布之初反，谓其将曰："上老矣，厌兵，必不能来。使诸将，诸将独患淮阴、彭越，今皆已死，余不足畏也。"故遂反。果如薛公之言，东击荆。荆王贾走死富陵；尽劫其兵，渡淮击楚。楚发兵与战徐、僮间，为三军，欲以相救为奇①。或说楚将曰："布善用兵，民素畏之。且兵法'诸侯自战其地为散地'，今别为三，彼败吾一军，余皆走，安能相救！"不听。布果破其一军，其二军散走；布遂引兵而西。

汉高帝十二年（丙午，前195年）

冬，十月，上与布军遇于蕲②西，布兵精甚。上壁庸城，望布军置陈如项籍，上恶之。与布相望见，遥谓布曰："何苦而反？"布曰："欲为帝耳！"上怒骂之，遂大战。布军败走，渡淮，数止战，不利，与百余人走江南，上令别将追之。

上还，过沛，留，置酒沛宫，悉召故人、父老、诸母、子弟佐酒③，道旧故为笑乐。酒酣，上自为歌，起舞，慷慨伤怀，泣数行下，谓沛父兄曰："游子悲故乡。朕自沛公以诛暴逆，遂有天下；其以沛为朕汤沐邑④，复其民，世世无有所与⑤。"乐饮十余日，乃去。

汉别将击英布军洮水⑥南、北，皆大破之。布故与番君婚，以故长沙成王臣⑦使人诱布，伪欲与亡走越，布信而随之。番阳⑧人杀布兹乡民田舍。

注释

① 此言将军队一分为三，相互救援，出奇谲。

② 蕲：蕲县，属沛郡。

③ 佐酒：陪酒助兴。

④ 汤沐邑：收取赋税以供汤沐之费的私邑。

⑤ 胡三省注：复除其民，不豫赋役。

⑥ 洮水：湘水支流，在今湖南。

⑦ 长沙成王臣：吴臣，长沙王吴芮长子。汉高帝十二年（前195年）袭位，在位两年。

⑧ 番阳：鄱阳，今江西上饶市鄱阳县。

上从破黥布归，疾益甚，愈欲易太子。张良谏不听，因疾不视事。叔孙通谏曰："昔者晋献公以骊姬之故，废太子，立奚齐，晋国乱者数十年，为天下笑。秦以不蚤定扶苏，令赵高得以诈立胡亥，自使灭祀，此陛下所亲见。今太子仁孝，天下皆闻之。吕后与陛下攻苦食啖①，其可背哉！陛下必欲废嫡而立少，臣愿先伏诛，以颈血污地！"帝曰："公罢矣，吾直戏耳！"叔孙通曰："太子，天下本，本一摇，天下振动；奈何以天下为戏乎？"时大臣固争者多；上知群臣心皆不附赵王，乃止不立。

相国何以长安地狭，上林中多空地，弃；愿令民得入田，毋收稿②，为禽兽食。上大怒曰："相国多受贾人财物，乃为请吾苑！"下相国廷尉，械系之。数日，王卫尉侍，前问曰："相国何大罪，陛下系之暴也？"上曰："吾闻李斯相秦皇帝，有善归主，有恶自与。今相国多受贾竖金，而为之请吾苑以自媚于民，故系治之。"王卫尉曰："夫职事苟有便于民而请之，真宰相事；陛下奈何乃疑相国受贾人钱乎？且陛下距楚数岁，陈豨、黥布反，陛下自将而往；当是时，相国守关中，关中摇足，则关以西非陛下有也！相国不以此时为利，今乃利贾人之金乎？且秦以不闻其过亡天下；李斯之分过，又何足法哉！陛下何疑宰相之浅也！"帝不怿③。是日，使使持节赦出相国。相国年老，素恭谨，入，徒跣谢④。帝曰："相国休矣！相国为民请苑，吾不许；我不过为桀、纣主，而相国为贤相。吾故系相国，欲令百姓闻吾过也。"

注释

① 攻苦食啖：共同经历艰苦之事，食无味之食。

② 稿：禾杆。

③ 不怿：不悦。

④ 徒跣谢：赤足步行，谢罪。

上击布时，为流矢①所中，行道，疾甚。吕后迎良医。医入见，曰："疾可治。"上嫚骂之曰："吾以布衣提三尺取天下，此非天命乎！命乃在天，虽扁鹊何益！"遂不使治疾，赐黄金五十斤，罢之。吕后问曰："陛下百岁后，萧相国既死，谁令代之？"上曰："曹参可。"问其次，曰："王陵可；然少戆②，陈平可以助之。陈平知③有余，然难独任。周勃重厚少文，然安刘氏者必勃也，可令为太尉。"吕后复问其次，上曰："此后亦非乃所知也。"夏，四月，甲辰，帝崩于长乐宫。丁未，发丧，大赦天下。

初，高祖不修文学，而性明达④，好谋，能听，自监门、戍卒，见之如旧。初顺民心作三章之约。天下既定，命萧何次律、令，韩信申军法，张苍定章程，叔孙通制礼仪；又与功臣剖符作誓⑤，丹书、铁契⑥，金匮、石室⑦，藏之宗庙。虽日不暇给⑧，规摹弘远矣。

> 注释

① 流矢：乱箭。
② 戆(zhuàng)：刚直。
③ 知：通"智"。
④ 明达：对事理有明确透彻的认识。
⑤ 剖符作誓：胡三省注，谓剖符封功臣，刑白马与为山河带厉之盟也。
⑥ 丹书、铁契：以铁为契，以丹书之。
⑦ 金匮、石室：以金为匮，以石为室。
⑧ 胡三省注：余谓日不暇给，盖言项羽既平，诸侯又叛也。

> 评析

本篇选自《资治通鉴》卷一〇至卷一二。秦汉之际，是天地间一大变局。三代以至秦王朝的建立者，或是部族首领，或是诸侯国君。经过秦末战火，一批社会底层的人走到了政治社会的顶端，这就是刘邦集团。

刘邦，当过亭长，是基层治安组织的小头目。萧何充其量是县办公室主任，曹参在监狱里工作过，其余各人大多是亡命无赖之徒。刘邦马上得天下，跟随其起事之人，立功以取将相，封侯建藩。汉初的天下局势，汉、楚、梁、淮南、燕等诸国并立。西汉王朝早期并不是秦王朝那样统一的中央集权帝国，作为"天子"的刘邦，其统治范围和控制能力都十分有限，政权建设亟待完善。选文着重记载了叔孙通制定朝廷礼仪和剿灭异姓诸侯王两方面的举措。

刘邦刚称帝之时，朝廷礼仪法度极不健全。曾经并肩打天下的弟兄们，完全没有君臣尊卑的自觉意识，甚至在朝堂上饮酒欢歌，拔剑击柱，体统全无。后来大儒生叔孙通帮助制定朝廷礼仪,指挥大臣反复演练,刘邦才尝到了当皇帝的滋味。君臣之间的身份等级拉开了,朝仪确立了,秩序也就形成了。

刘邦初定天下之时,也如项羽一般,大封有功于汉朝基业的功臣。这些功臣,多为异姓诸侯王,他们的封地大致相当于汉王朝疆域的一半,掌握了大量的人口和赋税,与皇帝和中央政府的权威及利益产生了直接矛盾。从汉高帝六年(前201年)开始,刘邦着手逐一消灭异姓诸侯王。韩王信、赵王张敖、淮阴侯韩信、梁王彭越、淮南王英布,或被废黜,或被诛杀。至汉高帝十二年(前195年)刘邦去世之前,异姓诸侯王基本铲除。王朝建国之初,杀害功臣,成为后来很多王朝的通病。

翦除异姓王,并不意味着汉家帝业的稳定。刘邦并不反对分封土建诸侯,只是认为要分封,便封自家子弟。所以,在削弱和消灭异姓诸侯王的同时,刘邦又广封同姓诸侯王,想吸取秦朝速亡的教训,以此作为中央朝廷的藩屏。但从根本上来说,在刘邦时代,中央集权与封建割据的冲突和矛盾,并未得到化解。汉家帝业的最终建立,还有待后人的智慧和手段。

文 景 之 治

汉文帝前二年(癸亥,前178年)

贾谊①说上曰:"《管子》曰:'仓廪实而知礼节,衣食足而知荣辱。'民不足而可治者,自古及今,未之尝闻。古之人曰:'一夫不耕,或受之饥;一女不织,或受之寒。'②生之有时而用之无度,则物力必屈。③古之治天下,至纤,至悉④,故其畜积⑤足恃。今背本而趋末者甚众,是天下之大残也⑥;淫侈之俗,日日以长,是天下之大贼也。残、贼公行,莫之或止⑦；大命将泛⑧，莫之振救⑨。生之者甚少而靡⑩之者甚多，天下财产何得不蹶⑪！

"汉之为汉，几四十年矣，公私之积，犹可哀痛。失时不雨，民且狼顾⑫；岁恶⑬不入，请卖爵子；既闻耳⑭矣。安有为天下阽危⑮者若是而上不惊者！

注释

① 贾谊(前200—前168年)：西汉洛阳人(今河南洛阳市)。汉初著名政论家与文学家。汉文帝时，历任博士、大中大夫、长沙王太傅、梁怀王太傅等职。多次上书陈述政见，如削弱诸侯王势力、重视农业生产等。贾谊虽得文帝赏识，但遭朝中权贵排挤，郁郁不得志，最后忧伤而死。

② 此句意为百姓中有的人因不耕、不织而受饥、受寒。

③ 生：生产。有时：有一定的季节。屈：尽。

④ 纤：细致。悉：详尽。

⑤ 畜积：积蓄。

⑥ 背本而趋末：本，农业；末，工、商。指百姓弃农而务工、商者。残：害。

⑦ 莫：没人。或：语气助词，用于否定句中加强否定语气。

⑧ 大命：国家命运。泛：通"覂"(fěng)，倾覆。

⑨ 振救：拯救。

⑩ 靡：耗费。

⑪ 蹶：枯竭。

⑫ 狼顾：狼行走时，不时回首，以防袭击。此言百姓见天不雨，有所畏惧。

⑬ 岁恶：年景不好。

⑭ 闻耳：闻于天子之耳。

⑮ 阽(diàn)危：接近危险。

"世之有饥、穰，天之行也①；禹、汤被之矣②。即不幸有方二三千里之旱，国胡以相恤③？卒④然边境有急，数十百万之众，国胡以馈⑤之？兵、旱相乘⑥，天下大屈，有勇力者聚徒而衡⑦击，罢⑧夫、羸老，易子咬其骨⑨。政治未毕通也⑩，远方之能僭拟⑪者并举而争起矣；乃骇而图之⑫，岂将有及⑬乎！夫积贮者，天下之大命⑭也；苟粟多而财有余，何为而不成！以攻则取，以守则固，以战则胜，怀敌附远⑮，何招而不至！

"今驱⑯民而归之农，皆着于本，使天下各食其力，末技、游食之民转而缘南亩⑰，则畜积足而人乐其所矣。可以为富安天下，而直为此廪廪也⑱，窃为陛下惜之！"

注释

① 穰(ráng)：庄稼丰收。天之行：自然界变化的正常现象。

② 禹、汤被之矣：相传夏禹时曾遭九年水患，商汤时曾遭七年旱灾。

③ 胡：何。恤：救济。

④ 卒：通"猝"，突然。

⑤ 馈：本义为送食物给人，此言供给军队粮饷。

⑥ 相乘：相继。

⑦ 衡：通"横"，冲击。此言造反作乱。

⑧ 罢：通"疲"。

⑨ 易：交换。此言年老体弱者易子而食。

⑩ 政治未毕通也：此言朝廷统治尚未到达的地方。

⑪ 僭拟：僭越比拟换皇帝。

⑫ 骇：惊起。图：谋划。

⑬ 有及：来得及。

⑭ 大命：重要命脉。

⑮ 怀敌附远：怀：怀柔，感化。附：使动用法，使……归附。

⑯ 驱：驱使。

⑰ 末技：工商业。游食：四处流动谋生。缘：循。南亩：田垄南北向的天地，此泛指农田。

⑱ 直：竟然。廪（lǐn）廪：通"懔懔"，害怕的样子。

上感谊言，春，正月，丁亥，诏开藉田，上亲耕以率天下之民。①

五月，诏曰："古之治天下，朝有进善之旌②，诽谤之木③，所以通治道而来谏者也。今法有诽谤、訞言之罪，是使众臣不敢尽情而上无由闻过失也，将何以来远方之贤良！其除之！"

九月，诏曰："农，天下之大本也，民所恃以生也；而民或不务本而事末，故生不遂④。朕忧其然，故今兹亲率群臣农以劝之；其赐天下民今年田租之半。"

汉文帝前十二年（癸酉，前168年）

（三月）鼂错⑤言于上曰："圣王在上而民不冻饥者，非能耕而食之，织而衣之也，为开其资财之道也。故尧有九年之水，汤有七年之旱，而国亡捐瘠⑥者，以畜积多而备先具也。今海内为一，土地人民之众不减汤、禹，加以无天灾数年之水旱，而畜积未及者，何也？地有遗利，民有余力；生谷之土未尽垦，山泽之利未尽出，游食之民未尽归农也。

注释

① 藉田：古代帝王亲耕之田。每年春耕前，帝王在藉田中象征性耕种，以示

对农业的重视。

② 进善之旌：相传尧所设，令民进善。欲有进者，于旌下言之。旌：旗。

③ 诽谤之木：相传尧立诽谤之木，使民书政治之愆失。

④ 遂：实现。

⑤ 鼂错（前200—前154年）：又作"晁错"，颍川（今河南禹州市）人。通晓刑名之学，汉文帝时从伏生学尚书，官太子家令。景帝时官至御史大夫。多次上书建议削藩。汉景帝三年（前154年），吴、楚等七国诸侯借口诛错而起兵反叛，鼂错被斩。

⑥ 捐：遗弃，此言死亡。瘠：瘦弱有病。

"夫寒之于衣，不待轻暖；饥之于食，不待甘旨；饥寒至身，不顾廉耻。人情，一日不再食则饥，终岁不制衣则寒。夫腹饥不得食，肤寒不得衣，虽慈父不能保其子，君安能以有其民哉！明主知其然也，故务①民于农桑，薄赋敛，广畜积，以实仓廪，备水旱，故民可得而有也。民者，在上所以牧②之；民之趋利，如水走下，四方无择也。

"夫珠、玉、金、银，饥不可食，寒不可衣；然而众贵之者，以上用之故也。其为物轻微易藏，在于把握，可以周③海内而无饥寒之患。此令臣轻背其主而民易去其乡，盗贼有所劝，亡逃者得轻资也。粟、米、布、帛，生于地，长于时，聚于力，非可一日成也；数石之重，中人弗胜，不为奸邪所利，一日弗得而饥寒至。是故明君贵五谷而贱金玉。

"今农夫五口之家，其服役者不下二人，其能耕者不过百亩，百亩之收不过百石。春耕，夏耘，秋获，冬藏，伐薪樵，治官府④，给徭役；春不得避风尘，夏不得避暑热，秋不得避阴雨，冬不得避寒冻，四时之间无日休息；又私自送往迎来、吊死问疾、养孤长幼在其中。勤苦如此，尚复被水旱之灾，急政暴赋，赋敛不时⑤，朝令而暮改。有者半贾而卖，无者取倍称之息⑥，于是有卖田宅、鬻妻子以偿责者矣。而商贾，大者积贮倍息，小者坐列贩卖，操其奇赢⑦，日游都市，乘上之急，所卖必倍。故其男不耕耘，女不蚕织，衣必文采，食必粱肉；无农夫之苦，有仟伯⑧之得。因其富厚，交通王侯，力过吏势，以利相倾⑨；千里游敖⑩，冠盖相望⑪，乘坚、策肥、履丝、曳缟⑫。此商人所以兼并农人，农人所以流亡者也。

注释

① 务：使动用法，使……致力于。

② 牧：管理。

③ 周：遍及。

④ 治官府：修缮官府的房舍。

⑤ 不时：没有定时。

⑥ 有者：有财物可卖的人家。贾：价钱。倍称之息：加倍的利息。

⑦ 操：掌握。奇赢：奇货。

⑧ 仟伯：通"阡陌"，田间小道，此指田地。

⑨ 以利相倾：为了各自的利益而相互倾轧。

⑩ 敖：通"遨"。

⑪ 冠盖相望：形容千里遨游的商贾极多。

⑫ 坚：坚固的车子。策：马鞭，此作动词，鞭策。肥：肥壮的马。履：鞋。此作动词，穿鞋。丝：丝鞋。曳：拖着。缟：以缟为材料制作的衣服。

"方今之务，莫若使民务农而已矣。欲民务农，在于贵粟；贵粟之道，在于使民以粟为赏罚。今募天下入粟县官①，得以拜爵，得以除罪。如此，富人有爵，农民有钱，粟有所渫②。夫能入粟以受爵，皆有余者也；取于有余以供上用,则贫民之赋可损,所谓损有余,补不足,令出而民利者也。今令民有车骑马③一匹者,复卒④三人;车骑者,天下武备也,故为复卒。神农之教曰:'有石城十仞⑤,汤池⑥百步,带甲⑦百万,而无粟,弗能守也。'以是观之,粟者,王者大用,政之本务。今民入粟受爵至五大夫⑧以上,乃复一人耳,此其与骑马之功相去远矣。爵者,上之所擅⑨,出于口而无穷;粟者,民之所种,生于地而不乏。夫得高爵与免罪,人之所甚欲也;使天下人入粟于边以受爵、免罪,不过三岁,塞下之粟必多矣。"

帝从之,令民入粟于边,拜爵各以多少级数为差⑩。

错复奏言:"陛下幸使天下入粟塞下以拜爵,甚大惠也。窃恐塞卒之食不足用,大潟天下粟。边食足以支⑪五岁,可令入粟郡县矣;郡县足支一岁以上,可时⑫赦,勿收农民租。如此,德泽加于万民,民愈勤农,大富乐矣。"

注释

① 县官:朝廷,官府。

② 潟(xiè):分散,流通。

③ 车骑马:可以拉车、乘骑的马。

④ 复卒:此言百姓交车骑马一匹,则免除三人的兵役。

⑤ 仞:古以七尺或八尺为一仞。

⑥ 汤池:注满沸水的护城河。

⑦ 带甲:全副武装的士兵。

⑧ 五大夫:汉承秦制,爵位分二十级,五大夫为第九级。

⑨ 擅:专有。

⑩ 胡三省注:时令入粟六百石爵上造,稍增至四千石为五大夫,万二千石为大庶长。

⑪ 支：支撑。

⑫ 时：随时。

上复从其言，诏曰："道①民之路，在于务本。朕亲率天下农，十年于今，而野不加辟②，岁一不登③，民有饥色；是从事④焉尚寡而吏未加务。吾诏书数下，岁劝民种树而功未兴，是吏奉吾诏不勤而劝民不明也。且吾农民甚苦而吏莫之省，将何以劝焉！其赐农民今年租税之半。"

汉文帝前十三年（甲戌，前167年）

是时，上既躬修玄默⑤，而将相皆旧功臣，少文多质。惩恶亡秦之政，论议务在宽厚，耻言人之过失；化行天下，告讦⑥之俗易。吏安其官，民乐其业，畜积岁增，户口浸息。风流⑦笃厚，禁罔⑧疏阔，罪疑者予民⑨，是以刑罚大省，至于断狱四百⑩，有刑错⑪之风焉。

注释

① 道：通"导"，引导。

② 辟：开垦。

③ 登：丰收。

④ 从事：从事农业。

⑤ 玄默：清静无为。

⑥ 告讦：揭发他人的隐私。

⑦ 风流：风俗教化。

⑧ 禁罔：张布如网的禁令法律。

⑨ 罪疑者予民：此言从轻断罪。

⑩ 至于断狱四百：此言天下重罪四百。
⑪ 刑错：刑罚置放不用。

六月，诏曰："农，天下之本，务莫大焉。今勤身从事而有租税之赋，是为本末者无以异也，其于劝农之道未备。其除田之租税！"

汉文帝前十五年（丙子，前165年）

九月，诏诸侯王、公卿、郡守举贤良、能直言极谏者，上亲策之。太子家令晁错对策高第，擢为中大夫。错又上言宜削诸侯及法令可更定者，书凡三十篇。上虽不尽听，然奇其材。

汉文帝后七年（甲申，前157年）

夏，六月，己亥，帝崩于未央宫。

乙巳，葬霸陵。帝即位二十三年，宫室、苑囿、车骑、服御，无所增益；有不便，辄弛以利民。尝欲作露台，召匠计之，直百金。上曰："百金，中人①十家之产也。吾奉先帝宫室，尝恐羞之，何以台为！"身衣弋绨；所幸慎夫人，衣不曳地；帷帐无文绣；以示敦朴，为天下先。治霸陵，皆瓦器，不得以金、银、铜、锡为饰；因其山，不起坟②。吴王诈病不朝③，赐以几杖。群臣袁盎④等谏说虽切，常假借纳用焉。张武等受赂金钱，觉，更加赏赐以愧其心；专务以德化民。是以海内安宁，家给人足，后世鲜能及之。

汉景帝前元年（乙酉，前156年）

五月，复收民田半租⑤，三十而税一。

注释

① 中人：不富不贫之人。
② 不起坟：坟，墓上聚积的土堆。墓而不坟，以示简朴。
③ 吴王：刘濞(前215—前154年)，汉高祖侄，汉高帝十二年(前195年)封吴王。汉文帝时，因皇太子误杀吴太子，由是怨望，称疾不朝。
④ 袁盎(？—前148年)：西汉内史安陵(今陕西咸阳市)人，字丝。汉文帝时为郎中，多次劝谏。历任陇西都尉、齐相、吴相。七国之乱后，为楚相，病免家居，后被刺杀。
⑤ 复收民田半租：汉文帝十二年(前168年)，赐民田租之半；次年，尽除田之租税；今复收半租。

初，文帝除肉刑，外有轻刑之名，内实杀人；斩右止者又当死；斩左止者笞五百，当劓者笞三百，率多死。是岁，下诏曰："加笞与重罪①无异；幸而不死，不可为人②。其定律：笞③五百曰三百，笞三百曰二百。"

汉景帝中六年（丁酉，前144年）

上既减笞法，笞者犹不全；乃更减笞三百曰二百，笞二百曰一百。又定箠④令：箠长五尺，其本大一寸，竹也；末薄半寸，皆平其节。当笞者笞臀；毕一罪，乃更人。自是笞者得全。然死刑既重而生刑又轻，民易犯之。

汉景帝后元年（戊戌，前143年）

春，正月，诏曰："狱，重事也。人有智愚，官有上下。狱疑者谳⑤有司;有司所不能决,移廷尉;谳而后不当,谳者不为失。欲令治狱者务先宽。"

注释

① 重罪:死刑。
② 不可为人:指生活不能自理。
③ 笞:笞刑。用竹板或荆条打人脊背或臀腿的刑罚。
④ 棰:杖刑。
⑤ 谳(yàn):将案情上报请示。

汉景帝后二年(己亥,前142年)

夏,四月,诏曰:"雕文刻镂①,伤农事者也;锦绣纂组,害女工②者也。农事伤则饥之本,女工害则寒之原也。夫饥寒并至而能亡为非者寡矣。朕亲耕,后亲桑,以奉宗庙粢盛③、祭服,为天下先;不受献,减太官④,省繇赋,欲天下务农蚕,素有蓄积,以备灾害。强毋攘弱,众毋暴寡;老耆⑤以寿终,幼孤得遂长⑥。今岁或不登,民食颇寡,其咎安在?或诈伪为吏⑦,以货赂为市,渔夺⑧百姓,侵牟⑨万民。县丞,长吏也;奸法与盗盗⑩,甚无谓也!其令二千石⑪各修其职;不事官职、耗乱⑫者,丞相以闻,请其罪。布告天下,使明知朕意。"

注释

① 雕文刻镂:指在器物上刻镂花纹图案,以为文饰。
② 女工:女子所做的纺织、刺绣、缝纫等事。

③ 粢(zī)盛：祭祀时将黍稷放在祭器里。

④ 太官：秦有太官令、丞，属少府。两汉因之，掌皇帝膳食及燕享之事。

⑤ 老耆：泛指老年人。

⑥ 遂长：成长。

⑦ 诈伪为吏：以诈伪人为吏，一说诈自称吏。

⑧ 渔夺：抢夺、掠夺。

⑨ 侵牟：侵害掠夺。

⑩ 奸法与盗盗：因法作奸，盗者当治，反而与之为伍。

⑪ 二千石：官秩等级。因所得俸禄以米谷为准，故以"石"称之。汉代二千石为中央机构的太子太傅、太子少傅、将作大匠、詹事、水衡都尉、内史等列卿，以及州郡牧守、诸侯王国相一级的官员。

⑫ 耗乱：昏乱。

汉景帝后三年（庚子，前141年）

春，正月，诏曰："农，天下之本也。黄金、珠、玉，饥不可食，寒不可衣，以为币用，不识其终始。间岁或不登，意为末者众，农民寡也。其令郡国务劝农桑，益种树，可得衣食物。吏发民若取庸①采黄金、珠、玉者，坐赃为盗。二千石听者，与同罪。"

甲子，帝崩于未央宫。太子即皇帝位，年十六。尊皇太后为太皇太后，皇后为皇太后。

班固赞曰：孔子称："斯民也，三代之所以直道而行也。"信哉！周、秦之敝，罔密文峻，而奸轨不胜②。汉兴，扫除烦苛，与民休息；至于孝文，加之以恭俭；孝景遵业。五六十载之间，至于移风易俗，黎民醇厚。周云成、康，汉言文、景，美矣！

汉兴，接秦之弊，作业剧而财匮，自天子不能具钧驷③，而将相或乘牛车,齐民无藏盖④。天下已平,高祖乃令贾人不得衣丝、乘车,重租税以困辱之。孝惠、高后时,为天下初定,复弛商贾之律;然市井之子孙,亦不得仕宦为吏。量吏禄,度官用,以赋于民。而山川、园池、市井租税之入,自天子以至于封君汤沐邑,皆各为私奉养焉,不领于天下之经费⑤。漕转山东粟以给中都官⑥,岁不过数十万石。继以孝文、孝景,清净恭俭,安养天下,七十余年之间,国家无事,非遇水旱之灾,民则人给家足。都鄙廪庾皆满,而府库余货财;京师之钱累巨万,贯朽而不可校;太仓之粟陈陈相因⑦,充溢露积于外,至腐败不可食。众庶街巷有马,而阡陌之间成群,乘字牝者摈而不得聚会⑧。守闾阎者食梁肉;为吏者长子孙,居官者以为姓号⑨。故人人自爱而重犯法,先行义而后绌辱焉⑩。当此之时,网疏而民富,役财骄溢,或至兼并、豪党之徒,以武断于乡曲⑪。宗室有土⑫,公、卿、大夫以下,争于奢侈,室庐、舆服僭于上,无限度。物盛而衰,固其变也;自是之后,孝武内穷侈靡,外攘夷狄,天下萧然,财力耗矣!

注释

① 发民若取庸:征发及雇佣。

② 不胜:不可胜。

③ 钧驷:毛色纯一的四匹马。

④ 藏盖:储藏。

⑤ 不领于天下之经费:不从国家的府库中领取俸禄。

⑥ 漕转:运送粮食。中都官:京师诸官府。

⑦ 陈陈相因:仓库的粮食逐年增加,致陈粮上再堆陈粮。

⑧ 乘字牝者摈而不得聚会:时人皆乘公马,有母马处其间则踢咬,故乘母

马者斥出不得会同。一说当时社会经济好转,民众生活富饶,耻乘母马。

⑨ 守闾阎者食粱肉;为吏者长子孙,居官者以为姓号:把守里巷大门的人吃的是精美的膳食;做官的人长期任职而不调转,便可在任期内把子孙抚养成人,有的人则以官名作为自己的姓。

⑩ 先行义而后绌辱焉:以行义为先而避免遭到羞辱。绌:同"黜"。

⑪ 以武断于乡曲:指豪强之辈在地方擅行威罚。

⑫ 宗室有土:指受封邑土地的宗室。

评析

本篇选自《资治通鉴》卷一三至卷一六。刘邦立国之后,主要精力在东征西讨,于国内政治特别是生民休戚之事关注甚少。汉惠帝、吕后以后,统治集团逐渐形成了以"黄老思想"为基础的"无为而治",其直接结果便是为后代史书称道的"文景之治"。

文景之治的特点是休养生息,一方面顺民之情与之休息,另一方面由皇帝带头,躬修节俭,同时轻徭薄赋,奖励农耕,并轻刑慎罚,力图恢复正常的社会生产和社会秩序。以上诸多方面的政策举措,在选文中都有体现,学界研究也比较充分。我们要注意的是,"文景之治"包括一体之两面:在汉文帝、景帝统治的时代,所谓"无为而治",主要针对官民关系而言,而当时中央王朝仍然面临来自诸侯王国的隐患,统治集团的内部斗争,一度到了兵戎相见的程度。

刘邦分封的同姓诸侯王,在自己国内权力较大,吕后当政,虽抑制刘姓诸侯,却封诸吕为王。吕后死后,朝中大臣又与刘姓诸侯合力,才铲除了吕氏势力。汉文帝上台后,因本人即由诸侯王登上帝位,在朝中根基不稳,所以不仅没有着手加强中央集权,反而又陆续分封了许多诸侯王。这些诸侯王国的势力足以与中央王朝分庭抗礼，正如贾谊所言"天下之势，方病大瘇，一胫之大几如要，一指之大几如股"。不过，汉文帝并未采取彻底的削藩措施，而是根据贾谊建议"众建诸侯而少其力"，试图以相对缓和的方式来处理王国问题。但当时诸侯王的势力，显然不能靠此措施抑制，反而引起诸侯王猜测，中央与王国的矛盾迅速激化，发生了多次诸侯王国叛乱的事件。

至汉景帝时，以吴王刘濞为首的诸侯王已产生与中央对抗的野心。景帝采纳晁错削藩的建议，引发了吴楚为首的"七国之乱"。晁错曾进言，"今削之亦反，不削亦反。削之，其反亟，祸小；不削，反迟"。某种程度上，他的预言被证实了。"七国之乱"于景帝三年（前154年）爆发，不足三月即被镇压。借此机会，汉朝中央政府进一步拆分诸侯王国，并收回王国任命官吏的人事权，王国内的制度与中央王朝管辖下的郡县已无明显区别。这样一来，从西汉建国之初便一直困扰中央政府的王国问题，自此得到基本解决。如果我们进一步将视野拉长，观察战国以来的中央与地方关系，可以发现，以郡县制为基础的中央集权，在较长时期的角力中，最终战胜了以封建制为基础的地方分权，成为中国古代历史上相对稳定的政治体制。

第六编
武帝功过

独尊儒术

汉武帝建元元年(辛丑,前140年)

冬,十月,诏举贤良方正直言极谏之士,上亲策问以古今治道,对者百余人。广川董仲舒对曰:"道者,所繇适于治之路也①,仁、义、礼、乐,皆其具②也。故圣王已没,而子孙长久,安宁数百岁,此皆礼乐教化之功也。夫人君莫不欲安存,而政乱国危者甚众;所任者非其人而所繇者非其道,是以政日以仆灭也。夫周道衰于幽、厉,非道亡也,幽、厉不繇也。至于宣王,思昔先王之德,兴滞补敝③,明文、武之功业,周道粲然复兴,此夙夜不懈行善之所致也。

"孔子曰:'人能弘道,非道弘人。'故治乱废兴在于己,非天降命,不可得反;其所操持悖谬,失其统也。为人君者,正心以正朝廷,正朝廷以正百官,正百官以正万民,正万民以正四方。四方正,远近莫敢不壹于正,而亡有邪气奸④其间者,是以阴阳调而风雨时,群生和而万民殖,诸福之物,可致之祥,莫不毕至,而王道终矣!

注释

① 繇:通"由",从。适:到……去。此句言治理天下之道,是到达天下大治所经由之路。
② 具:工具。
③ 兴滞补敝:兴办久积未办的事情,补救弊端。
④ 奸:干犯。

"孔子曰:'凤鸟不至,河不出图,吾已矣夫!'①自悲可致此物,而身卑贱不得致也。今陛下贵为天子,富有四海,居得致之位,操②可致之势,又有能致之资;行高而恩厚,知明而意美,爱民而好士,可谓谊主③矣。然而天地未应而美祥莫至者,何也?凡以教化不立而万民不正也。夫万民之从利也,如水之走下,不以教化堤防之,不能止也。古之王者明于此,故南面④而治天下,莫不以教化为大务。立太学以教于国,设庠序⑤以化于邑,渐⑥民以仁,摩⑦民以谊,节民以礼,故其刑罚甚轻而禁不犯者,教化行而习俗美也。圣王之继乱世也,扫除其迹而悉去之,复修教化而崇起之;教化已明,习俗已成,子孙循之,行五六百岁尚未败也。秦灭先圣之道,为苟且之治,故立十四年而亡,其遗毒余烈至今未灭,使习俗薄恶,人民嚚顽⑧,抵冒殊扞⑨,熟烂如此之甚者也。窃譬之:琴瑟不调,甚者必解而更张之,乃可鼓也;为政而不行,甚者必变而更化之,乃可理也。故汉得天下以来,常欲治而至今不可善治者,失之于当更化而不更化也。

注释

① 语出《论语·子罕》。已:结束。矣夫:句末语气助词。古人认为,凤鸟和河图都是预兆天下出现圣人担任君主、政治清明的祥瑞,孔子感叹当时礼崩乐坏,自己的主张不能得到施行。
② 操:掌握。
③ 谊主:行合于义的君主。谊:通"义"。
④ 南面:古代以坐北朝南为尊,君主面南而坐见群臣,所以"南面"指君主。
⑤ 庠序:古代的地方学校。
⑥ 渐:浸润,此指对人思想的感化和影响。
⑦ 摩:磨炼。
⑧ 嚚顽:欺诈贪婪。

⑨ 抵冒殊扞：抵冒，触犯；殊扞，拒绝。

"臣闻圣王之治天下也，少则习之学，长则材诸位，爵禄以养其德，刑罚以威其恶，故民晓于礼谊而耻犯其上。武王行大谊，平残贼①，周公作礼乐以文之；至于成、康之隆，囹圄②空虚四十余年；此亦教化之渐而仁谊之流，非独伤肌肤之效也。至秦则不然，师申、商③之法，行韩非之说，憎帝王之道，以贪狼④为俗，诛名而不察实，为善者不必免而犯恶者未必刑也。是以百官皆饰虚辞而不顾实，外有事君之礼，内有背上之心，造伪饰诈，趋利无耻；是以刑者甚众，死者相望，而奸不息，俗化使然也。今陛下并有天下，莫不率服，而功不加于百姓者，殆王心未加焉。《曾子》曰：'尊其所闻，则高明矣；行其所知，则光大矣。高明光大，不在于它，在乎加之意而已。'愿陛下因用所闻，设诚于内而致行之，则三王何异哉！

注释

① 残贼：破坏仁义的人。
② 囹圄：监狱。
③ 申、商：申不害、商鞅，皆为先秦法家代表人物。
④ 贪狼：贪狠如狼者。

"夫不素养士而欲求贤，譬犹不琢玉而求文采也。故养士之大者，莫大乎太学；太学者，贤士之所关也，教化之本原也。今以一郡、一国之众对，亡应书者，是王道往往而绝也。臣愿陛下兴太学，置明师，以养天下之士，数考问以尽其材，则英俊宜可得矣。今之郡守、县令，民之师帅，所使承流而宣化也；故师帅不贤，则主德不宣，恩泽不流。今吏既亡教训于下，或不承用主上之法，暴虐百姓，与奸为市，贫穷孤弱，冤苦失职，甚不称陛下之意；是以阴阳错缪，氛气充塞，群生寡遂，黎民未济，皆长吏不明使至于此也！

"夫长吏多出于郎中、中郎、吏二千石子弟①，选郎吏又以富赀②，未必贤也。且古所谓功者，以任官称职为差，非谓积日累久也；故小材虽累日，不离于小官，贤材虽未久，不害③为辅佐，是以有司竭力尽知，务治其业而以赴功。今则不然，累日以取贵，积久以致官，是以廉耻贸乱，贤不肖浑淆，未得其真。臣愚以为使诸列侯、郡守、二千石各择其吏民之贤者，岁贡各二人以给宿卫，且以观大臣之能；所贡贤者，有赏，所贡不肖者，有罚。夫如是，诸吏二千石皆尽心于求贤，天下之士可得而官使也④。遍得天下之贤人，则三王之盛易为而尧、舜之名可及也。毋以日月为功，实试贤能为上，量材而授官，录德而定位，则廉耻殊路，贤不肖异处矣！

"臣闻众少成多，积小致巨，故圣人莫不以晻致明，以微致显；是以尧发于诸侯，舜兴乎深山⑤，非一日而显也，盖有渐以致之矣。言出于己，不可塞也；行发于身，不可掩也；言行，治之大者，君子之所以动天地也。故尽小者大，慎微者著；积善在身，犹长日加益而人不知也；积恶在身，犹火销膏而人不见也；此唐、虞之所以得令名而桀、纣之可为悼惧者也。

注释

① 此言当时选官多出京内外高官子弟。

② 赀(zī)：通"赀"。汉制，限资十算(十万钱)乃得为官。

③ 害：妨碍。

④ 胡三省注：授之以官而任使之。

⑤ 传说尧以唐侯而为天子，舜兴起之前耕于历山。

"夫乐而不乱,复而不厌者,谓之道。道者,万世亡敝;敝者,道之失也。先王之道,必有偏而不起之处,故政有眊①而不行,举其偏者以补其敝而已矣。三王之道,所祖不同,非其相反,将以救溢扶衰,所遭之变然也。故孔子曰:'无为而治者其舜乎!'改正朔,易服色,以顺天命而已;其余尽循尧道,何更为哉!故王者有改制之名,亡变道之实。然夏尚忠,殷尚敬,周尚文者,所继之救当用此也。孔子曰:'殷因于夏礼,所损益可知也;周因于殷礼,所损益可知也;其或继周者,虽百世可知也。'此言百王之用,以此三者矣。夏因于虞,而独不言所损益者,其道一而所上同也。道之大原出于天,天不变,道亦不变;是以禹继舜,舜继尧,三圣相受而守一道,亡救敝之政也,故不言其所损益也。繇是观之,继治世者其道同,继乱世者其道变。

"今汉继大乱之后,若宜少损周之文致,用夏之忠者。夫古之天下,亦今之天下,共是天下,以古准今,壹何不相逮之远也!安所缪盭而陵夷若是②?意者有所失于古之道与,有所诡于天之理与③?

注释

① 眊(mào):眼睛失神,此处作"不明"讲。
② 盭(lì):通"戾",凶狠、暴戾。陵夷:渐趋于衰微。
③ 诡:违背。与:同"欤"。

"夫天亦有所分予:予之齿者去其角,傅其翼者两其足①,是所受大者不得取小也。古之所予禄者,不食于力,不动于末②,是亦受大者不得取小,与天同意者也。夫已受大,又取小,天不能足,而况人乎!此民之所以嚣嚣苦不足也。身宠而载高位,家温而食厚禄,因乘富贵之资力以与民争利于下,民安能如之哉!民日削月朘,浸以大穷。富者奢侈羡溢,贫者穷急愁苦;民不乐生,安能避罪!此刑罚之所以蕃③而奸邪不可胜者也。天子大夫者,下民之所视效,远方之所四面而内望也;近者视而放之,远者望而效之,岂可以居贤人之位而为庶人行哉!夫皇皇求财利,常恐乏匮者,庶人之意也;皇皇求仁义,常恐不能化民者,大夫之意也。《易》曰:'负且乘,致寇至。'④乘车者,君子之位也;负担者,小人之事也;此言居君子之位而为庶人之行者,患祸必至也。若居君子之位,当君子之行,则舍公仪休之相鲁⑤,无可为者矣。

注释

① 予之齿者去其角,傅其翼者两其足:古人认为牛无上齿则有角,其余无角者则有上齿。傅:通"附",著也,言鸟不四足。
② 末:工商之业。
③ 蕃:通"藩",多。
④ 负且乘,致寇至:见《易·解卦·爻辞》。负:背物。且:尚且,还。乘:乘车。致:招致。
⑤ 胡三省注:公仪休相鲁,之其家,见织帛,怒而出。其妻食于舍而茹葵,愠而拔其葵,曰:"吾已食禄,而夺园夫、红女利乎!"此言为君子者当如公仪休,若废而不遵,则无可为者矣。

"《春秋》大一统者,天地之常经,古今之通谊也。今师异道,人异论,百家殊方,指意不同,是以上无以持一统,法制数变,下不知所守。臣愚以为诸不在六艺①之科、孔子之术者,皆绝其道,勿使并进,邪辟之说灭息,然后统纪可一而法度可明,民知所从矣!"

天子善其对,以仲舒为江都相。会稽庄助亦以贤良对策,天子擢为中大夫②。丞相卫绾奏:"所举贤良,或治申、韩、苏、张③之言乱国政者,请皆罢。"

奏可。董仲舒少治《春秋》，孝景时为博士，进退容止，非礼不行，学者皆师尊之。及为江都相，事易王。易王，帝兄，素骄，好勇。仲舒以礼匡正，王敬重焉。

注释

① 六艺：六经，指《诗》《书》《礼》《乐》《易》《春秋》六部儒家典籍。
② 中大夫：郎中令属官，掌议论，汉武帝时更名为光禄大夫。
③ 申、韩、苏、张：指申不害、韩非子、苏秦、张仪。

评析

本篇选自《资治通鉴》卷一七。汉武帝"独尊儒术"和秦始皇"焚书坑儒"，目的都是统一思想，但从结果来看，后者加速了秦王朝的覆亡，前者却奠定了两千年来儒家对王朝统治的重要地位。

独尊儒家，是经过长时期统治实践选择的结果。先秦时期的诸子百家，各有不同主张，有的甚至还针锋相对，但其有一个共同的目标，即"以治为务"。他们并不是纯粹的学者，有着强烈的"入仕"愿望。战国秦汉间，统治者曾先后采用法、道两家的政治学说，作为执政的指导思想。

法家主张法治，依靠严刑峻法建立强大的国家机器，并且提供了操作性极强的行政手段，受到战国时期的秦国君主以及后来秦朝皇帝的青睐。秦孝公任用主张"霸道"的商鞅，主持变法；秦始皇说若是能和韩非子同游，死而无憾，又接受丞相李斯的建议，颁焚书令，以文法吏为师。秦二世据说年幼时跟赵高习法。秦朝将法家思想奉为圭臬，统治过于严苛，二世而亡的教训为汉初君臣所警戒。

道家主张清静无为,提倡人应该"因循"于"道",不能强有作为。刘邦做皇帝时,陆贾主张"夫道莫大于无为",汉文帝和窦皇后尊奉黄老之术。这一套统治策略对于恢复和发展生产、稳定社会秩序起到了重要作用。但是,这样一种放慢国家机器运转速度的方式并不能长久运行。当汉帝国积累了一定财富,具备一定实力之后,主张"无为而治"的黄老思想就不再适应帝国统治的需要,统治思想亟待发生转变。

先秦的儒家思想提倡仁、义、忠、孝等社会的基本道义,可以教化民众、凝聚社会,在意识形态层面具有法家、道家不具备的优势。经过董仲舒等儒生的改造,汉代的儒家发展出能够维护帝国统治的完整理论体系。当然,我们也要注意到以下两方面的事实:一是独尊儒术后,百家并未立即被罢黜,汉代大臣中熟习诸子学说者不乏其人,儒术本身也非一成不变,而是发生了与法术的融合;二是统治者并未仅仅尊奉儒术,而是体现"霸王道杂之"或者"儒表法里"的统治特征。儒家思想在意识形态上占据主导地位后,形成了一套相应的选官和教育制度,催生了士大夫阶层,成为此后专制帝国的政治特色。

遣 使 西 域

汉武帝元朔三年(乙卯,前126年)

初,匈奴降者言:"月氏①故居敦煌、祁连间,为强国,匈奴冒顿②攻破之。老上单于③杀月氏王,以其头为饮器。余众遁逃远去,怨匈奴,无与共击之。"上募能通使月氏者。汉中④张骞以郎应募,出陇西⑤,径匈奴中⑥;单于得之,留骞十余岁。骞得间亡,向月氏西走,数十日,至大宛⑦。大宛闻汉之饶财,欲通不得,见骞,喜,为发导译抵康居⑧,传致⑨大月氏。大月氏太子为王,既击大夏⑩,分其地而居之,地肥饶,少寇,殊无报胡之心。骞留岁余,竟不能得月氏要领⑪,乃还;并南山,欲从羌中归,复为匈奴所得,留岁余。会伊稚斜逐於单,匈奴国内乱⑫,骞乃与堂邑氏奴甘父逃归。上拜骞为太中大夫⑬,甘父为奉使君。骞初行时百余人,去十三岁,唯二人得还。

注释

① 月氏:秦汉间活动于今甘肃敦煌、祁连山间的游牧部落。汉初,为匈奴冒顿单于所败,后月氏王被匈奴老上单于所杀。一部分月氏人被迫西迁至今伊犁河上游,又被乌孙所迫,再次迁徙至中亚地区并建立政权,国号贵霜,中国称其为大月氏。部分月氏仍留在祁连山区,同羌族杂居,称为小月氏。

② 冒顿:匈奴单于,公元前209—公元前174年在位。

③ 老上单于:冒顿单于子,名稽粥。

④ 汉中:秦汉郡名,治南郑县(在今陕西汉中市东)。

⑤ 陇西:地区名,指甘肃陇山以西地区。

⑥ 径匈奴中:从匈奴国中经过。径:途经。

⑦ 大宛:西域古国名,在今乌兹别克斯坦费尔干纳盆地。

⑧ 导译:导,引路之人;译,传言之人。康居:古西域国名,在今哈萨克斯坦巴尔喀什湖和咸海之间。

⑨ 传致:用驿车送至(大月氏)。

⑩ 大夏:西域古国名,古希腊人称为巴克特里亚,在今中亚阿姆河以南,兴都库什山以北地区。

⑪ 要领:主旨、要点,此言大月氏的具体表示。

⑫ 匈奴国内乱:指汉武帝元朔三年(前126年)匈奴军臣单于病死,军臣弟伊

稚斜自立为单于,军臣单于子於单出奔汉朝。
⑬ 太中大夫:郎中令(光禄勋)属官之一,无行政职务,在宫内为侍从,备皇帝顾问。

汉武帝元狩元年(己未,前122年)

初,张骞自月氏还,具为天子言西域诸国风俗:"大宛在汉正西,可万里。其俗土著①,耕田;多善马,马汗血;有城郭、室屋,如中国。其东北则乌孙②,东则于寘③。于寘之西,则水皆西流注西海④,其东,水东流注盐泽⑤。盐泽潜行地下,其南则河源出焉。盐泽去长安可五千里。匈奴右方居盐泽以东,至陇西长城,南接羌,鬲⑥汉道焉。乌孙、康居、奄蔡⑦、大月氏,皆行国,随畜牧,与匈奴同俗。大夏在大宛西南,与大宛同俗。臣在大夏时,见邛竹杖、蜀布,问曰:'安得此?'大夏国人曰:'吾贾人往市之身毒⑧。'身毒在大夏东南可数千里,其俗土著,与大夏同。以骞度之,大夏去汉万二千里,居汉西南;今身毒国又居大夏东南数千里,有蜀物,此其去蜀不远矣。今使大夏,从羌中,险,羌人恶之;少北,则为匈奴所得;从蜀,宜径,又无寇。"

注释

① 土著:胡三省注,谓有城郭常居,不随水草移徙。此为西域诸国中一种社会生活形态,另一种主要从事畜牧业。
② 乌孙:原活动于今甘肃地区的游牧部族,后为匈奴所迫,西迁至伊犁河地区,建立乌孙国,都赤谷城(在今吉尔吉斯斯坦伊塞克湖东南伊什提克附近)。
③ 于寘:或作"于阗",西域三十六国之一,都西城(今新疆和田市约特干

④ 西海：此处指咸海或里海。

⑤ 盐泽：又称蒲昌海、盐水，今新疆罗布泊。

⑥ 鬲：阻隔。

⑦ 奄蔡：西域古国名，又称阿兰，在今咸海至里海一带。

⑧ 身毒：或写作"捐毒""天竺"，古印度的音译。

  天子既闻大宛及大夏、安息①之属，皆大国，多奇物，土著，颇与中国同业，而兵弱，贵汉财物。其北有大月氏、康居之属，兵强，可以赂遗设利朝也②。诚得而以义属之③，则广地万里，重九译④，致殊俗⑤，威德遍于四海，欣然以骞言为然。乃令骞因蜀、犍为发间使王然于等四道并出，出駹，出冉，出徙，出邛、僰⑥，指⑦求身毒国，各行一二千里，其北方闭氐、筰，南方闭嶲、昆明。昆明之属无君长，善寇盗，辄杀略汉使，终莫得通。于是汉以求身毒道，始通滇国⑧。滇王当羌谓汉使者曰："汉孰与我大？"及夜郎侯亦然。以道不通，故各自以为一州主，不知汉广大。使者还，因盛言滇大国，足事亲附；天子注意焉，乃复事西南夷。

注释

① 安息：古西域国名，或以之为帕提亚王国。安息国力强大时，占有伊朗高原及两河流域。张骞通西域后，始与汉往来。

② 可以赂遗设利朝也：可以用赠礼的方式使之（大月氏、康居等）朝贡。

③ 以义属之：以仁义使其服属。

④ 重九译：经过多次辗转翻译。

⑤ 致殊俗：招致异方习俗之人。

⑥ 出駹(máng),出冉,出徙,出邛、僰:駹、冉、徙、邛、僰,均为西南古族名。下文氐、莋、巂(xī)、昆明,等等,亦是西南古族名。

⑦ 指:意指。

⑧ 滇国:古西南夷国名,在今云南滇池一带。

汉武帝元鼎二年(丙寅,前115年)

浑邪王①既降汉,汉兵击逐匈奴于幕北②,自盐泽以东空无匈奴,西域道可通。于是张骞建言:"乌孙王昆莫③本为匈奴臣,后兵稍强,不肯复朝事匈奴,匈奴攻不胜而远之④。今单于新困于汉,而故浑邪地空无人,蛮夷俗恋故地,又贪汉财物,今诚以此时厚币赂乌孙,招以益东⑤,居故浑邪之地,与汉结昆弟,其势宜听,听则是断匈奴右臂⑥也。既连乌孙,自其西大夏之属皆可招来而为外臣。"天子以为然,拜骞为中郎将⑦,将三百人,马各二匹,牛羊以万数,赍金币帛直数千巨万⑧;多持节副使,道可便⑨,遣之他旁国。

骞既至乌孙,昆莫见骞,礼节甚倨⑩。骞谕指⑪曰:"乌孙能东居故地,则汉遣公主为夫人,结为兄弟,共距⑫匈奴,匈奴不足破⑬也。"乌孙自以远汉,未知其大小;素服属匈奴日久,且又近之,其大臣皆畏匈奴,不欲移徙。骞留久之,不能得其要领,因分遣副使使大宛、康居、大月氏、大夏、安息、身毒、于阗及诸旁国。乌孙发译道送骞还,使数十人,马数十匹,随骞报谢,因令窥汉大小。是岁,骞还,到,拜为大行⑭。后岁余,骞所遣使通大夏之属者皆颇与其人俱来,于是西域始通于汉矣。

注释

① 浑邪王:匈奴部落首领,屡次为汉兵所败,因惧怕单于惩处,故率众降汉。

① 事在汉武帝元狩二年(前121年)。
② 幕北：大戈壁之北。幕：通"漠"。
③ 昆莫：亦称"昆弥"，乌孙王名号。
④ 此句言乌孙本分布于祁连山、敦煌间，后被匈奴击败而西迁。
⑤ 益东：更向东来。
⑥ 断匈奴右臂：匈奴强盛时，不仅控制河西走廊一带，其势力范围还延伸至西域，是为匈奴右方。如乌孙与汉通好，并返回其故地，犹如斩断匈奴右臂。
⑦ 中郎将：西汉有五官、左、右中郎将，职掌禁卫。
⑧ 数千巨万：数千万万，极言其多。巨万：万万。
⑨ 可便：如果方便。
⑩ 倨：傲慢。
⑪ 谕指：宣扬汉廷意旨。
⑫ 距：通"拒"。
⑬ 不足破：容易被打败。
⑭ 大行：又名大鸿胪、典客，负责外交及归顺少数民族等事务。

西域凡三十六国，南北有大山①，中央有河②，东西六千余里，南北千余里，东则接汉玉门、阳关，西则限以葱岭。河有两源，一出葱岭③，一出于阗，合流东注盐泽。盐泽去玉门、阳关三百余里。自玉门、阳关出西域有两道：从鄯善傍南山北④，循河西行至莎车⑤，为南道；南道西逾葱岭，则出大月氏、安息。自车师前王廷随北山循河西行至疏勒⑥，为北道；北道西逾葱岭，则出大宛、康居、奄蔡焉。故皆役属匈奴，匈奴西边日逐王⑦，置僮仆都尉⑧，使领西域，常居焉耆、危须、尉黎⑨间，赋税诸国，取富给焉。

乌孙王既不肯东还，汉乃于浑邪王故地置酒泉郡⑩，稍发徙民以充实之；后又分置武威郡⑪，以绝匈奴与羌通之道。

天子得宛汗血马,爱之,名曰"天马"。使者相望于道以求之。诸使外国,一辈⑫大者数百,少者百余人,人所赍操大放博望侯时⑬,其后益习而衰少⑭焉。汉率一岁中使多者十余,少者五六辈;远者八九岁,近者数岁而反⑮。

> 注释

① 南北有大山:南面有阿尔金山,北面有天山山脉。

② 中央有河:指塔里木河。

③ 葱岭:古时对今帕米尔高原及昆仑山、天山西段的统称。

④ 鄯善:西域三十六国之一,本名楼兰,后改为鄯善,都扜泥城(故址在今新疆若羌县)。南山:即今喀喇昆仑山。

⑤ 莎车:西域三十六国之一,都莎车城(故址在今新疆莎车县)。

⑥ 车师:西域三十六国之一,又名姑师,都交河城(故址在今新疆吐鲁番市),汉宣帝时分为车师前、后国。北山:今天山山脉。疏勒:西域三十六国之一,都疏勒城(故址在今新疆喀什市)。

⑦ 日逐王:匈奴王号。

⑧ 僮仆都尉:匈奴官名,掌管西域。

⑨ 焉耆、危须、尉黎:西域古国名。焉耆,都员渠城(故址在今新疆焉耆回族自治县);危须,都危须(故址在今新疆和硕县);尉黎,都尉黎城(故址在今新疆焉耆回族自治县)。

⑩ 酒泉郡:汉武帝时置,治禄福(今甘肃酒泉市)。

⑪ 武威郡:汉武帝时置,治姑臧(今甘肃武威市)。

⑫ 一辈:一批。

⑬ 赍操:携带之物。放:通"仿",效仿。

⑭ 益习而衰少:此言对西域情况逐渐了解后,(出使的人及所带礼物)就不像

从前那样多了。

⑮ 反：通"返"，返回。

汉武帝元鼎六年(庚午，前111年)

博望侯既以通西域尊贵，其吏士争上书言外国奇怪利害求使。天子为其绝远，非人所乐往，听其言，予节，募吏民，毋问所从来①，为具备人众遣之，以广其道。来还，不能毋侵盗币物及使失指②，天子为其习之③，辄覆按致重罪④，以激怒令赎，复求使，使端无穷，而轻犯法。其吏卒亦辄复盛推外国所有，言大者予节，言小者为副，故妄言无行之徒皆争效之。其使皆贫人子，私县官赍物⑤，欲贱市以私其利。外国亦厌汉使，人人有言轻重⑥，度汉兵远不能至，而禁其食物以苦汉使。汉使乏绝，积怨至相攻击。而楼兰、车师，小国当空道⑦，攻劫汉使王恢等尤甚，而匈奴奇兵又时遮击之。使者争言西域皆有城邑，兵弱易击。于是天子遣浮沮将军公孙贺将万五千骑出九原二千余里，至浮沮井而还⑧；匈河将军赵破奴将万余骑出令居⑨数千里，至匈河水而还；以斥逐匈奴，不使遮汉使，皆不见匈奴一人。乃分武威、酒泉地置张掖、敦煌郡⑩，徙民以实之。

汉武帝元封三年(癸酉，前108年)

(冬，十二月)上遣将军赵破奴击车师。破奴与轻骑七百余先至，虏楼兰王，遂破车师，因举兵威以困乌孙、大宛之属。春，正月，甲申，封破奴为浞野侯。王恢佐破奴击楼兰，封恢为浩侯。于是酒泉列亭障⑪至玉门矣。

注释

① 毋问所从来：不问其出身来历。

② 失指：使节有失出使目的。

③ 习之：熟习西域之事。

④ 覆按致重罪：此言因其过失，致其重罪。

⑤ 此句言私自占有皇帝给外国的礼物。县官，汉代称皇帝为县官。

⑥ 人人有言轻重：汉使说话，轻重不一，故为外国所厌恶。

⑦ 空道：孔道，空，通"孔"。楼兰、车师地理位置重要，常常挡住交通孔道。

⑧ 浮沮井：匈奴地名。当时汉廷遣公孙贺出兵，希望他能到达浮沮井，故称其为浮沮将军。后文匈河将军、贰师将军等名号亦如此。

⑨ 令居：即令居塞，汉武帝时筑，在今甘肃兰州市永登县城附近。

⑩ 张掖：治觻（lù）得（在今甘肃张掖市西北）。敦煌：治敦煌县（在今甘肃敦煌市西）。

⑪ 列：排列。亭障：亭即亭候，障即候城，为汉代边防候望敌情的工程建筑。

汉武帝元封六年（丙子，前105年）

（秋）乌孙使者见汉广大，归报其国，其国乃益重汉。匈奴闻乌孙与汉通，怒，欲击之；又其旁大宛、月氏之属皆事汉；乌孙于是恐，使使愿得尚①汉公主，为昆弟。天子与群臣议，许之。乌孙以千匹马聘汉女。汉以江都王建②女细君为公主，往妻乌孙，赠送甚盛；乌孙王昆莫以为右夫人。匈奴亦遣女妻昆莫，以为左夫人③。公主自治宫室居，岁时一再与昆莫会，置酒饮食。昆莫年老，言语不通，公主悲愁思归，天子闻而怜之，间岁④遣使者以帷帐锦绣给遗焉。昆莫曰"我老"，欲使其孙岑娶⑤尚公主。公主不听，上书言状。天子报曰："从其国俗，欲与乌孙共灭胡。"岑娶遂妻公主。昆莫死，岑娶代立，为昆弥⑥。

是时，汉使西逾葱岭，抵安息。安息发使，以大鸟卵及黎轩善眩人献于汉⑦，及诸小国驩潜、大益、车（姑）师、扞采、苏薤⑧之属皆随汉使献见天子，天子大悦。西国使更来更去，天子每巡狩⑨海上，悉从外国客，大都、多人则过之，散财帛以赏赐，厚具以饶给之，以览示汉富厚焉。大角抵⑩，出奇戏、诸怪物，多聚观者。行赏赐，酒池肉林，令外国客遍观各仓库府藏之积，见汉之广大，倾骇之。大宛左右多蒲萄，可以为酒；多苜蓿，天马嗜之；汉使采其实以来，天子种之于离宫别观旁，极望。然西域以近匈奴，常畏匈奴使，待之过于汉使焉。

注释

① 尚：取帝王之女为妻。

② 江都王建：汉景帝之孙刘建。

③ 当时匈奴、乌孙皆尚左。乌孙畏惧匈奴，故以匈奴女为左夫人。

④ 间岁：每隔一年。

⑤ 岑娶：一说为乌孙王之孙，一说为乌孙官名，以其代指人名。

⑥ 昆弥：亦称昆莫，乌孙王号。

⑦ 大鸟卵：鸵鸟蛋。黎轩，或作犁鞬、犁靬，又名大秦，汉、晋时对罗马帝国的称呼。善眩人，善于吞刀吐火等幻术表演的人。眩：通"幻"，幻术。

⑧ 驩潜、大益、车（姑）师、扜采、苏薤：均为西域国家。驩潜，在今乌兹别克斯坦咸海南阿姆河下游；大益，为宛西小国，或认为是中亚古族名，在今里海东南地区；扜采，或写作"扜弥"，都扜弥城（在今新疆于田县北克里雅河东岸）。

⑨ 巡狩：视察地方。

⑩ 角抵：角力、摔跤。

汉武帝太初元年（丁丑，前104年）

（秋，八月）汉使入西域者言："宛有善马，在贰师城①，匿不肯与汉使。"天子使壮士车令等持千金及金马以请之。宛王与其群臣谋曰:"汉去我远,而盐水中数败,出其北有胡寇,出其南乏水草,又且往往而绝邑②,乏食者多,汉使数百人为辈来,而常乏食,死者过半,是安能致大军乎!无奈我何。贰师马,宛宝马也。"遂不肯予汉使。汉使怒,妄言,椎金马而去③。宛贵人怒曰:"汉使至轻我!"遣汉使去,令其东边郁成王遮攻,杀汉使,取其财物。

于是天子大怒。诸尝使宛姚定汉等言:"宛兵弱,诚以汉兵不过三千人,强弩射之,可尽虏矣。"天子尝使浞野侯以七百骑虏楼兰王,以定汉等言为然;而欲侯宠姬李氏,乃拜李夫人兄广利④为贰师将军,发属国六千骑及郡国恶少年数万人⑤,以往伐宛。期至贰师城取善马,故号贰师将军。赵始成为军正⑥,故浩侯王恢使导军⑦,而李哆为校尉,制军事。

臣光曰:武帝欲侯宠姬李氏,而使广利将兵伐宛,其意以为非有功不侯,不欲负高帝之约也。夫军旅大事,国之安危、民之死生系焉。苟为不择贤愚而授之,欲徼幸咫尺之功,藉以为名而私其所爱,不若无功而侯之为愈也。然则武帝有见于封国,无见于置将;谓之能守先帝之约,臣曰过矣。

汉武帝太初二年(戊寅,前103年)

(秋)贰师将军之西也,既过盐水,当道小国各城守,不肯给食,攻之不能下;下者得食,不下者数日则去。比至郁成,士至者不过数千,皆饥罢⑧。攻郁成,郁成大破之,所杀伤甚众。贰师将军与李哆、赵始成等计:"至郁成尚不能举,况至其王都乎!"引兵而还。至敦煌,士不过什一二⑨。使使上书言:"道远乏食,且士卒不患战而患饥,人少,不足以拔宛,愿且罢兵,益发而复往。"天子闻之,大怒,使使遮玉门曰:"军有敢入者辄斩之!"贰师恐,因留敦煌。

注释

① 贰师城：本大宛属地，在今吉尔吉斯斯坦西南奥西以西马尔哈马特。
② 此言道路附近没有城邑可以居住。
③ 妄言，椎金马而去：汉使诟骂之，且椎破金马返回长安。
④ 广利：汉武帝宠姬李夫人之兄。
⑤ 属国：一说为属国骑之省称，征调内附少数民族组成的骑兵；一说为属国都尉之省称，是汉朝在西北边境地区设立的安置归顺少数民族的组织机构，所辖皆为蛮夷，便习弓马，善骑射，故属国骑为时所重。恶少年：品行不端的无赖少年。
⑥ 军正：掌军法的官员。
⑦ 导军：作行军向导。
⑧ 罢：通"疲"，疲乏。
⑨ 士不过什一二：十人中不过一二人得还。

上犹以受降城去匈奴远，遣浚稽将军赵破奴将二万余骑出朔方西北二千余里，期至浚稽山而还。浞野侯既至期，左大都尉欲发而觉，单于诛之，发左方兵击浞野侯。浞野侯行捕首虏，得数千人，还，未至受降城四百里，匈奴兵八万骑围之。浞野侯夜自出求水，匈奴间捕生得浞野侯，因急击其军，军吏畏亡将而诛，莫相劝归者，军遂没于匈奴。儿单于①大喜，因遣奇兵攻受降城，不能下，乃寇入边而去。

汉武帝太初三年（己卯，前102年）

汉既亡浞野之兵②，公卿议者皆愿罢宛军，专力攻胡。天子业出兵诛宛,宛小国而不能下,则大夏之属渐轻汉,而宛善马绝不来,乌孙、轮台易苦汉使,为外国笑,乃案言伐宛尤不便者邓光等。赦囚徒,发恶少年及边骑,岁余而出敦煌者六万人,负私从者不与③,牛十万,马三万匹,驴、橐驼④以万数,赍粮、兵弩甚设⑤。天下骚动,转相奉伐宛五十余校尉。宛城中无井,汲城外流水,于是遣水工徙其城下水,空以穴其城。益发戍甲卒十八万酒泉、张掖北,置居延、休屠屯兵以卫酒泉,而发天下吏有罪者、亡命者及赘婿、贾人、故有市籍、父母大父母有市籍者凡七科⑥,谪为兵;及载糒⑦给贰师,转车人徒相连属;而拜习马者二人为执、驱马校尉,备破宛择取其善马云。

注释

① 儿单于:乌维单于之子。汉武帝元封六年(前105年),继其父为匈奴单于。
② 汉既亡浞野之兵:此前一年,将军赵破奴兵败,为匈奴所俘。
③ 负私从者不与:携带私人物资随军前往的,不在六万数中。
④ 橐驼:骆驼。
⑤ 赍粮、兵弩甚设:携带的粮食、兵器等都很完备。
⑥ 七科谪是秦汉时代的谪戍制度,规定七种人应服役。七科指犯法的官吏、逃亡脱籍之人、赘婿、商人、曾经商、父母曾经商、祖父母曾经商的七种人。
⑦ 糒(bèi):干粮。

于是贰师后复行,兵多,所至小国莫不迎,出食给军。至轮台,轮台不下。攻数日,屠之。自此而西,平行①至宛城,兵到者三万。宛兵迎击汉兵,汉兵射败之,宛兵走入,保其城。贰师欲攻郁成城,恐留行而令宛益生诈,乃先至宛,决其水原②移之,则宛固已忧困,围其城,攻之四十余日。宛贵人谋曰:"王毋寡匿善马,杀汉使,今杀王而出善马,汉兵宜解;即不解,乃力战而死,未晚也。"宛贵人皆以为然,共杀王。其外城坏,虏宛贵人勇将煎靡。宛大恐,走入城中,持王毋寡头,遣人使贰师约曰:"汉无攻我,我尽出善马恣所取,而给汉军食。即不听我,我尽杀善马,康居之救又且③至,至,我居内,康居居外,与汉军战。孰计之④,何从?"是时,康居候视⑤汉兵尚盛,不敢进。贰师闻宛城中新得汉人,知穿井,而其内食尚多,计以为"来诛首恶毋寡,毋寡头已至,如此不许则坚守,而康居候汉兵罢来救宛,破汉兵必矣",乃许宛之约。宛乃出其马,令汉自择之,而多出食食汉军。汉军取其善马数十匹,中马以下牝牡⑥三千余匹,而立宛贵人之故时遇汉善者名昧蔡为宛王,与盟而罢兵。

初,贰师起敦煌西⑦,分为数军,从南、北道。校尉王申生将千余人别至郁成,郁成王击灭之,数人脱亡,走贰师。贰师令搜粟都尉⑧上官桀往攻破郁成,郁成王亡走康居,桀追至康居。康居闻汉已破宛,出郁成王与桀,桀令四骑士缚守诣贰师。上邽骑士赵弟恐失郁成王,拔剑击斩其首,追及贰师。

注释

① 平行:一路顺行,无阻碍。

② 水原:水源。

③ 且:将要。

④ 孰计之:考虑成熟。孰:通"熟"。

⑤ 候视:伺望。

⑥ 牝牡(pìn mǔ):雌雄。

⑦ 起:发兵。此句言从敦煌发兵向西。

⑧ 搜粟都尉:汉武帝时所置官,属大司农,职掌农耕及屯田诸事。

汉武帝太初四年(庚辰,前101年)

春,贰师将军来至京师。贰师所过小国闻宛破,皆使其子弟从入贡献,见天子,因为质焉。军还,入马千余匹。后行①,军非乏食,战死不甚多,而将吏贪,不爱卒,侵牟之,以此物故者众。天子为万里而伐,不录其过,乃下诏封李广利为海西侯,封赵弟为新畤侯,以上官桀为少府②,军官吏为九卿者三人,诸侯相、郡守、二千石百余人,千石以下千余人,奋行者官过其望,以谪过行,皆黜其劳③,士卒赐直四万钱。

匈奴闻贰师征大宛,欲遮④之,贰师兵盛,不敢当,即遣骑因楼兰候汉使后过者,欲绝勿通。时汉军正任文将兵屯玉门关,捕得生口,知状以闻。上诏文便道引兵捕楼兰王,将诣阙簿责。王对曰:"小国在大国间,不两属无以自安,愿徙国入居汉地。"上直其言,遣归国,亦因使候司⑤匈奴,匈奴自是不甚亲信楼兰。

自大宛破后,西域震惧,汉使入西域者益得职⑥。于是自敦煌西至盐泽往往起亭,而轮台、渠犁皆有田卒数百人,置使者、校尉领护,以给使外国者。

后岁余,宛贵人以为昧蔡善谀,使我国遇屠,乃相与杀昧蔡,立毋寡昆弟蝉封为宛王,而遣其子入侍于汉。汉因使使赂赐,以镇抚之。蝉封与汉约,岁献天马二匹。

注释

① 后行:已还敦煌而再次出师。
② 少府:官名,汉承秦置,职掌山泽陂池市肆之租税收入,供皇室日常生活、祭祀及赏赐开支,兼管皇帝衣食器用、医药娱乐、丧葬等诸多事务,系皇帝私人属官。

③ 以谪过行，皆黜其劳：以罪谪而行者，免其所犯，不叙其功劳。
④ 遮：阻拦。
⑤ 司：通"伺"，侦察。
⑥ 汉使入西域者益得职：汉使出行西域，诸国不敢轻辱，汉使得以出行顺畅，不失其职。

评析

本篇选自《资治通鉴》卷一八至卷二一。张骞通西域是中外交流史上的大事，史籍记载中有所谓"凿空"之说，即古人认为西域本无道路，张骞出使之后始通之。从地缘政治和区域发展的角度而言，这一事件具有深远的历史影响和意义。

汉朝与西域的交往，除了遣使往来，军事行动也是重要的组成部分。汉朝之所以重视与西域的交通往来，汉匈关系是其中的重要因素。张骞出使西域，本来的目的就是联合大月氏共同对抗匈奴，而西域诸国请置都护府，很大程度上也是为了摆脱匈奴的控制。当然，汉朝与西域关系时而紧密，时而隔绝，受到汉匈双方实力兴衰变化的影响。

带有军事目的的张骞通西域，还有其他方面的影响。这些影响，甚至比其达到的军事或政治目的更为深远。

首先，张骞通西域极大扩展了当时中国人的认知范围，增进了时人对于西域地理、经济、社会风俗、物种诸多方面的认识。我们今天熟知的葡萄、苜蓿等植物，皆是张骞时期或其后传入中国的。

其次，汉朝曾经希望探索由西域通往身毒（古印度）的道路，虽未能成功，但意外地加强了与西南各少数民族部落的联系，并逐步建立中原王朝对西南地区的控制。

最后，张骞通西域促成了东西方物质文化和精神文化交流，特别是西域地区社会文化的繁荣。19世纪末，德国地理学家李希霍芬提出"丝绸之路"的概念，并将张骞通西域定为丝绸之路开通的标志。当然，从今天的考古发现来看，东西方文化的交流始于更早时期，但张骞通西域确实在丝绸之路的开通中发挥了重要作用，打通了长期被匈奴阻碍的东西陆路交通，也将汉朝的政治力量带入了西域。随着汉朝对匈奴战争取得的一系列胜利，以及武威、酒泉、张掖、敦煌"河西四郡"的设立，丝绸之路得以进一步畅通。此后，西域作为东西方贸易的集散地与人员往来的中转站，逐渐成为东西方文明交融之地，社会文化的发展程度得以提升，形成独具特色的西域文明。

巫蛊之祸

汉武帝太始三年（丁亥，前94年）

是岁，皇子弗陵生。弗陵母曰河间赵婕妤，居钩弋宫，任身十四月而生。上曰："闻昔尧十四月而生，今钩弋亦然。"乃命其所生门曰尧母门。

臣光曰：为人君者，动静举措不可不慎，发于中必形于外，天下无不知之。当是时也，皇后、太子皆无恙，而命钩弋之门曰尧母，非名也。是以奸臣逆探上意，知其奇爱少子，欲以为嗣，遂有危皇后、太子之心，卒成巫蛊之祸，悲夫！

赵人江充为水衡都尉①。初，充为赵敬肃王②客，得罪于太子丹③，亡逃；诣阙告赵太子阴事，太子坐废。上召充入见。充容貌魁岸，被服轻靡，上奇之；与语政事，大悦，由是有宠，拜为直指绣衣使者④，使督察贵戚、近臣逾侈者。充举劾无所避，上以为忠直，所言皆中意。尝从上甘泉，逢太子⑤家使乘车马行驰道中，充以属吏。太子闻之，使人谢充曰："非爱车马，诚不欲令上闻之，以教敕亡⑥素者；唯江君宽之！"充不听，遂白奏。上曰："人臣当如是矣！"大见信用，威震京师。

汉武帝征和元年(己丑，前92年)

上居建章宫，见一男子带剑入中龙华门，疑其异人，命收之。男子捐剑走，逐之弗获。上怒，斩门候。冬，十一月，发三辅骑士大搜上林，闭长安城门索；十一日乃解。巫蛊始起。

丞相公孙贺夫人君孺，卫皇后姊也，贺由是有宠。贺子敬声代父为太仆，骄奢不奉法，擅用北军钱千九百万；发觉，下狱。是时诏捕阳陵大侠朱安世甚急，贺自请逐捕安世以赎敬声罪，上许之。后果得安世。安世笑曰："丞相祸及宗矣！"遂从狱中上书，告"敬声与阳石公主⑦私通；上且上甘泉，使巫当驰道埋偶人⑧，祝诅上，有恶言"。

注释

① 水衡都尉：汉武帝元鼎二年(前115年)置，掌管上林苑。
② 赵敬肃王：名彭祖，汉景帝子。
③ 太子丹：赵国太子丹。汉代诸侯王世子亦称太子。
④ 直指绣衣使者：汉武帝时设置的负责巡视、处理各地政事的官员，因出巡时穿着绣衣，故称。
⑤ 太子：名据，汉武帝长子，卫皇后所生。元狩元年(前122年)立为太子。
⑥ 教敕：教诫，教训。亡：通"无"。
⑦ 阳石公主：与下文的诸邑公主同为汉武帝之女，卫皇后所出。

⑧ 偶人：刻木为人，象人之形，称为偶人。将偶人埋于土中，祝诅祈祷，可危害仇人。这是秦汉时流行的巫蛊之术。

汉武帝征和二年（庚寅，前91年）

春，正月，下贺狱，案验；父子死狱中，家族①。以涿郡太守刘屈牦为左丞相，封澎侯。屈牦，中山靖王子也。

闰（四）月，诸邑公主、阳石公主及皇后弟子长平侯伉皆坐巫蛊诛。

初，上年二十九乃生戾太子②，甚爱之。及长，性仁恕温谨，上嫌其材能少，不类己；而所幸王夫人生子闳，李姬生子旦、胥，李夫人生子髆，皇后、太子宠浸衰，常有不自安之意。上觉之，谓大将军青曰："汉家庶事草创，加四夷侵陵中国，朕不变更制度，后世无法；不出师征伐，天下不安，为此者不得不劳民。若后世又如朕所为，是袭亡秦之迹也。太子敦重好静，必能安天下，不使朕忧。欲求守文之主，安有贤于太子者乎！闻皇后与太子有不安之意，岂有之邪？可以意晓之。"大将军顿首谢。皇后闻之，脱簪请罪。太子每谏征伐四夷，上笑曰："吾当其劳，以逸遗汝，不亦可乎！"

上每行幸，常以后事付太子，宫内付皇后；有所平决，还，白其最③，上亦无异，有时不省也。上用法严，多任深刻吏；太子宽厚，多所平反，虽得百姓心，而用法大臣皆不悦。皇后恐久获罪，每戒太子，宜留取上意，不应擅有所纵舍。上闻之，是太子而非皇后。群臣宽厚长者皆附太子，而深酷用法者皆毁之；邪臣多党与，故太子誉少而毁多。卫青薨后，臣下无复外家为据，竞欲构太子。④

注释

① 家族：其家皆族诛。

② 戾太子：太子刘据，死后谥为"戾"，故又称"戾太子"。
③ 最：大最，总目。
④ 胡三省注：言自卫青既薨之后，奸臣以太子无复外家以为凭依，竞欲构成其罪。

上与诸子疏，皇后希得见。太子尝谒皇后，移日乃出。黄门①苏文告上曰："太子与宫人戏。"上益太子宫人满二百人。太子后知之，心衔文。文与小黄门常融、王弼等常微伺太子过，辄增加白之。皇后切齿，使太子白诛文等。太子曰："第勿为过，何畏文等！上聪明，不信邪佞，不足忧也！"上尝小不平②，使常融召太子，融言"太子有喜色"，上嘿然。及太子至，上察其貌，有涕泣处，而伴语笑，上怪之；更微问，知其情，乃诛融。皇后亦善自防闲，避嫌疑，虽久无宠，尚被礼遇。

是时，方士及诸神巫多聚京师，率皆左道惑众，变幻无所不为。女巫往来宫中，教美人度厄，每屋辄埋木人祭祀之；因妒忌恚詈③，更相告讦④，以为祝诅上，无道。上怒，所杀后宫延及大臣，死者数百人。上心既以为疑，尝昼寝，梦木人数千持杖欲击上，上惊寤，因是体不平，遂苦忽忽善忘。江充自以与太子及卫氏有隙，见上年老，恐晏驾后为太子所诛，因是为奸，言上疾祟在巫蛊。于是上以充为使者，治巫蛊狱。充将胡巫掘地求偶人，捕蛊及夜祠、视鬼⑤，染污令有处，辄收捕验治，烧铁钳灼，强服之。民转相诬以巫蛊，吏辄劾以为大逆无道；自京师、三辅连及郡、国，坐而死者前后数万人。

是时，上春秋高，疑左右皆为蛊祝诅；有与无，莫敢讼其冤者。充既知上意，因胡巫檀何言："宫中有蛊气；不除之，上终不差。"上乃使充入宫，至省中，坏御座，掘地求蛊；又使按道侯韩说、御史章赣、黄门苏文等助充。充先治后宫希幸夫人，以次及皇后、太子宫，掘地纵横，太子、皇后无复施床处。充云："于太子宫得木人尤多，又有帛书，所言不道；当奏闻。"太子惧，问少傅石德。

德惧为师傅并诛,因谓太子曰:"前丞相父子、两公主及卫氏皆坐此,今巫与使者掘地得征验,不知巫置之邪,将实有也,无以自明。可矫⑥以节收捕充等系狱,穷治其奸诈。且上疾在甘泉,皇后及家吏⑦请问皆不报;上存亡未可知,而奸臣如此,太子将不念秦扶苏事邪!"太子曰:"吾人子,安得擅诛!不如归谢,幸得无罪。"太子将往之甘泉,而江充持太子甚急;太子计不知所出,遂从石德计。秋,七月,壬午,太子使客诈为使者,收捕充等;按道侯说疑使者有诈,不肯受诏,客格杀说。太子自临斩充,骂曰:"赵虏!前乱乃国王父子不足邪!乃复乱吾父子也!"又炙胡巫上林中。

注释

① 黄门:属少府,以宦者任之。
② 小不平:身体微恙。
③ 恚詈(huì lì):怒骂。
④ 告讦:责人过失或揭发他人隐私。
⑤ 夜祠、视鬼:夜间祝祠祭祀及自称能见到鬼魂之人。
⑥ 矫:矫诏。
⑦ 皇后及家吏:皇后吏及太子吏。家,太子称家。

太子使舍人无且持节夜入未央宫殿长秋门,因长御①倚华具白皇后,发中厩②车载射士,出武库兵,发长乐宫卫卒。长安扰乱,言太子反。苏文逆走,得亡归甘泉,说太子无状。上曰:"太子必惧,又忿充等,故有此变。"乃使使召太子。使者不敢进,归报云:"太子反已成,欲斩臣,臣逃归。"上大怒。丞相屈牦闻变,挺身逃③,亡其印绶,使长史乘疾置④以闻。上问:"丞相何为?"对曰:"丞相秘之,未敢发兵。"上怒曰:"事籍籍⑤如此,何谓秘也!丞相无周公之风矣,周公不诛管、蔡乎!⑥"乃赐丞相玺书曰:"捕斩反者,自有赏罚。以牛车为橹⑦,毋接短兵,多杀伤士众!坚闭城门,毋令反者得出!"太子宣言告令百官云:"帝在甘泉病困,疑有变;奸臣欲作乱。"上于是从甘泉来,幸城西建章宫,诏发三辅近县兵,部中二千石以下,丞相兼将之。太子亦遣使者矫制赦长安中都官囚徒,命少傅石德及宾客张光等分将;使长安囚如侯持节发长水及宣曲胡骑⑧,皆以装会。侍郎马通使长安,因追捕如侯,告胡人曰:"节有诈,勿听也!"遂斩如侯,引骑入长安;又发楫棹士以予大鸿胪商丘成⑨。初,汉节纯赤;以太子持赤节,故更为黄旄加上以相别。

注释

① 长御:宫中女官名。

② 中厩:皇帝内厩。

③ 挺身逃:脱身而逃。

④ 疾置:古时供紧急传递公文的使者途中停宿、换乘马匹等而设置的驿站。

⑤ 籍籍:纷纷,众口喧腾貌。

⑥ 周公不诛管、蔡乎:管叔、蔡叔乃周公之兄。周武王死后,周公摄政,辅佐年幼的成王。管叔、蔡叔勾结武庚及东方的夷族反叛,周公奉成王命出兵征讨。胡三省注:屈牦于太子为兄弟,故武帝以周公之事责之。

⑦ 橹:盾。

⑧ 长水及宣曲胡骑:长水、宣曲,皆关中河名。汉武帝置长水校尉,掌屯于长水及宣曲的乌桓人和胡人骑兵。

⑨ 楫棹士:用楫棹行船者。汉水衡都尉有楫棹令、丞,盖掌楫棹士之官也。大鸿胪:汉武帝太初元年(前104年),改典客为大鸿胪,凡朝会,使之鸿声胪传以赞导宾客。

太子立车北军南门外，召护北军使者任安，与节，令发兵。安拜受节；入，闭门不出。太子引兵去，驱四市人凡数万众，至长乐西阙下，逢丞相军，合战五日，死者数万人，血流入沟中①。民间皆云"太子反"，以故众不附太子，丞相附兵浸多。

庚寅，太子兵败，南奔覆盎城门。司直田仁部闭城门，以为太子父子之亲，不欲急之；太子由是得出亡。丞相欲斩仁，御史大夫暴胜之谓丞相曰："司直，吏二千石，当先请，奈何擅斩之！"丞相释仁。上闻而大怒，下吏责问御史大夫曰："司直纵反者，丞相斩之，法也；大夫何以擅止之？"胜之惶恐，自杀。诏遣宗正刘长、执金吾刘敢奉策收皇后玺绶，后自杀。上以为任安老吏，见兵事起，欲坐观成败，见胜者合从之②，有两心，与田仁皆要斩。上以马通获如侯，长安男子景建从通获石德，商丘成力战获张光，封通为重合侯，建为德侯，成为秺侯。诸太子宾客尝出入宫门，皆坐诛；其随太子发兵，以反法族；吏士劫略者皆徙敦煌郡。以太子在外，始置屯兵长安诸城门。

上怒甚，群下忧惧，不知所出。壶关三老茂上书曰③："臣闻父者犹天，母者犹地，子犹万物也，故天平，地安，物乃茂成；父慈，母爱，子乃孝顺。今皇太子为汉嫡嗣，承万世之业，体祖宗之重，亲则皇帝之宗子也。江充，布衣之人，闾阎之隶臣耳；陛下显而用之，衔至尊之命以迫蹴④皇太子，造饰奸诈，群邪错缪，是以亲戚之路隔塞而不通。太子进则不得见上，退则困于乱臣，独冤结而无告，不忍忿忿之心，起而杀充，恐惧逋逃，子盗父兵，以救难自免耳；臣窃以为无邪心。《诗》曰：'营营青蝇，止于藩。恺悌君子，无信谗言。谗言罔极，交乱四国。'⑤往者江充谗杀赵太子，天下莫不闻。陛下不省察，深过太子，发盛怒，举大兵而求之，三公自将；智者不敢言，辩士不敢说，臣窃痛之！唯陛下宽心慰意，少察所亲，毋患太子之非，亟罢甲兵，无令太子久亡！臣不胜惓惓⑥，出一旦之命，待罪建章宫下。"书奏，天子感寤，然尚未显言赦之也。

太子亡，东至湖⑦，藏匿泉鸠里；主人家贫，常卖屦以给太子。太子有故人在湖,闻其富赡,使人呼之而发觉。八月,辛亥,吏围捕太子。太子自度不得脱,即入室距户自经⑧。山阳男子张富昌为卒,足蹋开户,新安令史李寿趋抱解太子,主人公遂格斗死,皇孙二人并皆遇害。上既伤太子,乃封李寿为邘侯,张富昌为题侯。

注释

① 胡三省注：街衢之侧有沟以通水。

② 胡三省注：言与之合而从之也。

③ 三老：古代掌教化的乡官。茂：人名,即令狐茂。

④ 蹋：践踏。

⑤ 营营：蝇飞之声。藩：篱笆。恺悌：和乐平易。罔极：没有止境。交乱四国：使四方邻国相互搅乱。此言蝇往来止于藩篱,变白作黑；谗人构毁,间亲令疏,乐易君子不当信用；谗言无止,则四邻亦作乱。

⑥ 惓惓：真挚诚恳。

⑦ 湖：湖县,在今河南灵宝市西北。

⑧ 距户：撑拄门户。距：通"拒"。自经：上吊自杀。

初,上为太子立博望苑,使通宾客,从其所好,故宾客多以异端进者。

臣光曰：古之明王教养太子,为之择方正敦良之士,以为保傅、师友,使朝夕与之游处。左右前后无非正人,出入起居无非正道,然犹有淫放邪僻而陷于祸败者焉。今乃使太子自通宾客,从其所好。夫正直难亲,谄谀易合,此固中人之常情,宜太子之不终也！

汉武帝征和三年（辛卯,前90年）

（春,正月）匈奴入五原、酒泉①,杀两都尉。三月,遣李广利将七万人出五原,商丘成将二万人出西河,马通将四万骑出酒泉,击匈奴。

初,贰师之出也,丞相刘屈牦为祖道②,送至渭桥。广利曰："愿君侯早请昌邑王为太子;如立为帝,君侯长何忧乎！"屈牦许诺。昌邑王者,贰师将军女弟李夫人子也;贰师女为屈牦子妻,故共欲立焉。会内者令③郭穰告"丞相夫人祝诅上及与贰师共祷祠,欲令昌邑王为帝",按验,罪至大逆不道。六月,诏载屈牦厨车④以徇,要斩东市,妻子枭首华阳街;贰师妻子亦收。贰师闻之,忧惧,其掾胡亚夫亦避罪从军,说贰师曰："夫人、室家皆在吏,若还,不称意适与狱会,郅居以北,可复得见乎！"⑤贰师由是狐疑,深入要功,遂北至郅居水上。虏已去,贰师遣护军将二万骑度郅居之水,逢左贤王、左大将将二万骑,与汉兵合战一日,汉军杀左大将,虏死伤甚众。军长史与决眭都尉辉渠侯谋曰："将军怀异心,欲危众求功,恐必败。"谋共执贰师。贰师闻之,斩长史,引兵还至燕然山⑥。单于知汉军劳倦,自将五万骑遮击贰师,相杀伤甚众;夜,堑汉军前,深数尺,从后急击之,军大乱,败;贰师遂降。单于素知其汉大将,以女妻之,尊宠在卫律⑦上。宗族遂灭。

注释

① 五原：汉郡名,治九原县,在今内蒙古包头市西。酒泉：汉郡名,治禄福县,今甘肃酒泉市。
② 祖道：古代为出行者祭祀路神及设宴送行的礼仪。此为饯行送别。
③ 内者令：属少府。
④ 厨车：载食之车。

⑤ 郅居：郅居水，今色楞格河，源于杭爱山脉，流入贝加尔湖。此句言李广利若回长安就诛，即使想投降匈奴都没有机会了。

⑥ 燕然山：今杭爱山脉。

⑦ 卫律：汉人，出使匈奴后投降匈奴，被封为王。

（九月）吏民以巫蛊相告言者，案验多不实。上颇知太子惶恐无他意，会高寝郎田千秋上急变①，讼太子冤曰："子弄父兵，罪当笞。天子之子过误杀人，当何罪哉！臣尝梦一白头翁教臣言。"上乃大感寤，召见千秋，谓曰："父子之间，人所难言也，公独明其不然。此高庙神灵使公教我，公当遂为吾辅佐。"立拜千秋为大鸿胪，而族灭江充家，焚苏文于横桥上，及泉鸠里加兵刃于太子者，初为北地②太守，后族。上怜太子无辜，乃作思子宫，为归来望思之台于湖，天下闻而悲之。

汉武帝征和四年（壬辰，前89年）

三月，上耕于钜定③。还，幸泰山，修封。庚寅，祀于明堂。癸巳，禅石闾，见群臣，上乃言曰："朕即位以来，所为狂悖，使天下愁苦，不可追悔。自今事有伤害百姓，糜费天下者，悉罢之。"田千秋曰："方士言神仙者甚众，而无显功，臣请皆罢斥遣之。"上曰："大鸿胪言是也。"于是悉罢诸方士候神人者。是后上每对群臣自叹："向时愚惑，为方士所欺。天下岂有仙人，尽妖妄耳！节食服药，差可少病而已。"夏，六月，还，幸甘泉。

丁巳，以大鸿胪田千秋为丞相，封富民侯。千秋无他材能术学，又无伐阅④功劳，特以一言寤意，数月取宰相，封侯，世未尝有也。然为人敦厚有智，居位自称，逾于前后数公。

注释

① 高寝郎：负责汉高祖陵寝守护之官。急变：所告非常，故云急变。
② 北地：郡名，治马领县，在今甘肃庆阳市西北。
③ 钜定：县名，在今山东东营市广饶县北。
④ 伐阅：功绩和资历。

先是搜粟都尉桑弘羊与丞相、御史奏言："轮台①东有溉田五千顷以上，可遣屯田卒，置校尉三人分护，益种五谷；张掖、酒泉遣骑假司马为斥候②；募民壮健敢徙者诣田所，益垦溉田，稍筑列亭，连城而西，以威西国，辅乌孙。"上乃下诏，深陈既往之悔曰："前有司奏欲益民赋三十，助边用，是重困老弱孤独也。而今又请遣卒田轮台。轮台西于车师千余里，前开陵侯击车师时，虽胜，降其王，以辽远乏食，道死者尚数千人，况益西乎！曩者朕之不明，以军候弘上书，言'匈奴缚马前后足置城下，驰言"秦人，我丐若马③"'。又，汉使者久留不还，故兴遣贰师将军，欲以为使者咸重也。古者卿、大夫与谋，参以蓍、龟，不吉不行。乃者以缚马书遍视丞相、御史、二千石、诸大夫、郎、为文学者，乃至郡、属国都尉等，皆以'虏自缚其马，不祥甚哉'！或以为'欲以见强，夫不足者视人有余'。公车方士、太史、治星、望气及太卜龟蓍皆以为'吉，匈奴必破，时不可再得也'。又曰：'北伐行将④，于鬴山必克。卦，诸将贰师最吉。'故朕亲发贰师下鬴山，诏之必毋深入。今计谋、卦兆皆反缪⑤。重合侯得虏候者，乃言'缚马者匈奴诅军事也'。匈奴常言'汉极大，然不耐饥渴，失一狼，走千羊'。乃者贰师败，军士死略离散，悲痛常在朕心。今又请远田轮台，欲起亭隧，是扰劳天下，非所以优民也，朕不忍闻！大鸿胪等又议欲募囚徒送匈奴使者，明封侯之赏以报忿，此五伯⑥所弗为也。且匈奴得汉降者常提掖⑦搜索,问以所闻,岂得行其计乎!当今务在禁苛暴,止擅赋,力本农,修马复令⑧,以补缺、毋乏武备而已。郡国二千石各上进畜马方略补边状,与计对。"

注释

① 轮台:原为西域小国,抵触河西走廊北道要冲,在今新疆轮台南。汉武帝太初三年(前102年)李广利征大宛时被灭。天汉元年(前100年)前,汉朝已在此设立使者校尉,管理屯田。
② 斥候:侦察敌情的哨兵。
③ 秦人:汉时匈奴称中国人为秦人。丐:给予。若:你。
④ 行将:遣将率行。
⑤ 反缪:无效。
⑥ 五伯:春秋五霸。
⑦ 提挈:提取、提来。
⑧ 马复令:因养马而免徭役、赋税的政令。

由是不复出军,而封田千秋为富民侯,以明休息,思富养民也。又以赵过为搜粟都尉。过能为代田①,其耕耘田器皆有便巧,以教民,用力少而得谷多,民皆便之。

臣光曰:天下信未尝无士也!武帝好四夷之功,而勇锐轻死之士充满朝廷,辟土广地,无不如意。及后息民重农,而赵过之俦教民耕耘,民亦被其利。此一君之身趣好殊别,而士辄应之,诚使武帝兼三王之量以兴商、周之治,其无三代之臣乎!

汉武帝后元元年(癸巳,前88年)

(春,正月)昌邑哀王髆薨。

夏,六月,商丘成坐祝诅自杀。

秋,七月,地震。燕王旦自以次第当为太子,上书求入宿卫。上怒,斩其使于北阙;又坐藏匿亡命,削良乡、安次、文安三县。上由是恶旦。旦辩慧博学,其弟广陵王胥,有勇力,而皆动作无法度,多过失,故上皆不立。

时钩弋夫人之子弗陵,年数岁,形体壮大,多知,上奇爱之,心欲立焉;以其年稚,母少,犹与久之。欲以大臣辅之,察群臣,唯奉车都尉、光禄大夫霍光,忠厚可任大事,上乃使黄门画周公负成王朝诸侯以赐光。后数日,帝谴责钩弋夫人;夫人脱簪珥,叩头。帝曰:"引持去,送掖庭狱!"②夫人还顾,帝曰:"趣行③,汝不得活!"卒赐死。顷之,帝闲居,问左右曰:"外人言云何?"左右对曰:"人言'且立其子,何去其母乎?'"帝曰:"然,是非儿曹愚人之所知也。往古国家所以乱,由主少、母壮也。女主独居骄蹇,淫乱自恣,莫能禁也。汝不闻吕后邪!故不得不先去之也。"

汉武帝后元二年(甲午,前87年)

春,正月,上朝诸侯王于甘泉宫。二月,行幸盩厔④五柞宫。

> **注释**

① 代田:一亩地里三条垄、三条沟,垄、沟每年互换种植作物,以恢复地力。
② 胡三省注:掖庭属少府,有祕狱,凡宫人有罪者下之。
③ 趣行:快走。
④ 盩厔:县名,今陕西西安市周至县。

上病笃,霍光涕泣问曰:"如有不讳,谁当嗣者?"上曰:"君未谕前画意邪?立少子,君行周公之事!"光顿首让曰:"臣不如金日䃅。"日䃅亦曰:"臣,外国人,不如光;且使匈奴轻汉矣!"乙丑,诏立弗陵为皇太子,时年八岁。丙寅,以光为大司马、大将军,日䃅为车骑将军,太仆上官桀为左将军,受遗诏辅少主,又以搜粟都尉桑弘羊为御史大夫,皆拜卧内床下。光出入禁闼二十余年,出则奉车,入侍左右,小心谨慎,未尝有过。为人沈静详审,每出入、下殿门,止进有常处,郎、仆射窃识视之,不失尺寸。日䃅在上左右,目不忤视者数十年;赐出宫女,不敢近;上欲内①其女后宫,不肯;其笃慎如此,上尤奇异之。日䃅长子为帝弄儿,帝甚爱之。其后弄儿壮大,不谨,自殿下与宫人戏;日䃅适见之,恶其淫乱,遂杀弄儿。上闻之,大怒。日䃅顿首谢,具言所以杀弄儿状。上甚哀,为之泣;已而心敬日䃅。上官桀始以材力得幸②,为未央厩令;上尝体不安,及愈,见马,马多瘦,上大怒曰:"令以我不复见马邪!"欲下吏。桀顿首曰:"臣闻圣体不安,日夜忧惧,意诚不在马。"言未卒,泣数行下。上以为爱己,由是亲近,为侍中,稍迁至太仆。三人皆上素所爱信者,故特举之,授以后事。丁卯,帝崩于五柞宫;入殡未央宫前殿。

注释

① 内:纳。

② 胡三省注:桀少时为羽林期门郎,从帝上甘泉,天大风,车不得行,解盖授桀;桀奉盖,虽风,常属车,雨下,盖辄御,上奇其材力。

班固赞曰:汉承百王之弊,高祖拨乱反正,文、景务在养民,至于稽古礼文之事,犹多阙焉。孝武初立,卓然罢黜百家,表章六经,遂畴咨海内,举其俊茂,与之立功;兴太学,修郊祀,改正朔,定历数,协音律,作诗乐,建封禅，礼百神，绍周后，号令文章，焕然可述，后嗣得遵洪业而有三代之风。如武帝之雄材大略，不改文、景之恭俭以济斯民，虽《诗》《书》所称何有加焉！

臣光曰：孝武穷奢极欲，繁刑重敛，内侈宫室，外事四夷，信惑神怪，巡游无度，使百姓疲敝，起为盗贼，其所以异于秦始皇者无几矣。然秦以之亡，汉以之兴者，孝武能尊先王之道，知所统守，受忠直之言，恶人欺蔽，好贤不倦，诛赏严明，晚而改过，顾托得人，此其所以有亡秦之失而免亡秦之祸乎！

评析

本篇选自《资治通鉴》卷二二。历史上好几位雄才远略的君王，晚年都遭遇皇位继承危机，汉武帝有"巫蛊之祸"、唐太宗有废立之忧，康熙皇帝有"九王夺嫡"。这些危机的解决，都引发了严重的政治动荡，考验着所谓"一代明君"的政治智慧。

汉武帝统治时代，西汉王朝全面振兴，但盛世之中又蕴含着危机。汉武帝好大喜功，连年征伐，重用酷吏，采取严刑峻法。他个人又信用方士，四处求仙问药。司马光称之为"异于秦始皇者无几矣"，不无道理。

"巫蛊之祸"发生的原因相当复杂，既有汉武帝个人的迷信和猜忌，也有臣僚之间的恩怨，还有皇帝和太子之间关于治国路线的分歧。祸起于巫蛊，演变为大规模的政治整肃。学术界关注巫蛊之祸，不仅因其与皇位继承有关，还因为其涉及汉武帝晚年政策转向。支持汉武帝晚年政策转向的观点，以《资治通鉴》里的相关记载为依据，系统论证了汉武帝"轮台罪己"的历史意义。近年来出现另一种观点，怀疑《资治通鉴》中这些记载的史料价值，认为《资治通鉴》相关记载的来源是后世《汉武故事》，可信度存疑，进而指出司马光为体现自己政治理念而取舍裁剪史事,汉武帝晚年政治取向的转变,有主观重构之嫌。

　　学术观点之争,应该是纯净无瑕的。《资治通鉴》的编纂特色与史料价值,在学术争辩中,得以愈发彰明,读者和使用者当然是乐见其成。

第七编
东汉风云

光武起兵

王莽地皇三年（壬午，22年）

初，长沙定王发①生舂陵节侯买，买生戴侯熊渠，熊渠生考侯仁。仁以南方卑湿，徙封南阳之白水乡，与宗族往家焉。仁卒，子敞嗣；值莽篡位，国除。节侯少子外为郁林太守，外生巨鹿都尉回，回生南顿令钦。钦娶湖阳樊重女，生三男：縯、仲、秀，兄弟早孤，养于叔父良。縯性刚毅，慷慨有大节，自莽篡汉，常愤愤，怀复社稷之虑，不事家人居业，倾身破产，交结天下雄俊。秀隆准日角②，性勤稼穑③；縯常非笑之，比于高祖兄仲。秀姊元为新野邓晨妻，秀尝与晨俱过穰人蔡少公，少公颇学图谶，言"刘秀当为天子"；或曰："是国师公刘秀乎？"秀戏曰："何用知非仆邪！"坐者皆大笑。晨心独喜。

宛人李守，好星历、谶记，为莽宗卿师④，尝谓其子通曰："刘氏当兴，李氏为辅。"及新市、平林兵起，南阳骚动，通从弟轶谓通曰："今四方扰乱，汉当复兴。南阳宗室，独刘伯升⑤兄弟泛爱容众，可与谋大事。"通笑曰："吾意也！"会秀卖谷于宛，通遣轶往迎秀，与相见，因具言谶文事，与相约结，定计议。通欲以立秋材官都试骑士日，劫前队大夫⑥甄阜及属正梁丘赐，因以号令大众，使轶与秀归舂陵举兵以相应。于是縯召诸豪桀计议曰："王莽暴虐，百姓分崩；今枯旱连年，兵革并起，此亦天亡之时，复高祖之业，定万世之秋也！"⑦众皆然之。于是分遣亲客于诸县起兵，縯自发舂陵子弟。诸家子弟恐惧，皆亡匿，曰："伯升杀我！"及见秀绛衣大冠⑧，皆惊曰："谨厚者亦复为之！"乃稍自安。凡得子弟七八千人，部署宾客，自称"柱天都部"。秀时年二十八。李通未发，事觉，亡走；父守及家属坐死者六十四人。

注释

① 长沙定王发：汉景帝子刘发。

② 隆准日角：高鼻梁，额骨中央隆起如日，是古代相术家所说的大贵之相。

③ 稼穑：播种与收获，农事的总称。

④ 宗卿师：汉平帝元始五年（5年），王莽摄政，郡国置宗师以主宗室。盖时尊之，故曰宗卿师。一说此宗卿师为王莽篡汉时所置也。

⑤ 刘伯升：刘縯，字伯升。

⑥ 前队大夫：王莽改南阳曰前队，置大夫，职如太守，属正职。

⑦ 胡三省注：言定天下传之万世，此其时也。

⑧ 绛衣大冠：将军服。大冠，武官所戴之冠。

縯使族人嘉招说新市、平林兵，与其帅王凤、陈牧西击长聚；进屠唐子乡，又杀湖阳尉。军中分财物不均，众恚恨，欲反攻诸刘；刘秀敛宗人所得物，悉以与之，众乃悦。进拔棘阳，李轶、邓晨皆将宾客来会。

淮阳王更始元年（癸未，23年）

（二月）莽①赦天下，诏："王匡、哀章等讨青、徐盗贼②，严尤、陈茂等讨前队丑虏，明告以生活、丹青之信③；复迷惑不解散，将遣大司空、隆新公④将百万之师剿绝之矣。"

三月，王凤与太常偏将军刘秀等徇昆阳、定陵、郾⑤，皆下之。

王莽闻严尤、陈茂败⑥，乃遣司空王邑驰传，与司徒王寻发兵平定山东；征诸明兵法六十三家以备军吏⑦，以长人巨毋霸为垒尉⑧，又驱诸猛兽虎、豹、犀、象之属以助威武。邑至洛阳，州郡各选精兵，牧守自将，定会⑨

者四十二万人,号百万;余在道者,旌旗、辎重,千里不绝。夏,五月,寻、邑南出颍川,与严尤、陈茂合。

注释

① 莽:王莽。

② 青、徐盗贼:此处指活动于青州、徐州的赤眉军。

③ 生活、丹青之信:生活,不杀降者;丹青,鲜明显著的信约。

④ 大司空、隆新公:王邑。

⑤ 王凤:绿林军领袖之一。昆阳、定陵、郾:县名,并属颍川郡。昆阳在今河南平顶山市叶县,郾在今河南漯河市郾城区,定陵在今两地之间。

⑥ 严尤、陈茂于当年正月向宛县进军,被刘縯打败。

⑦ 以备军吏:用为军官。

⑧ 长人:高大之人。巨毋霸:人名。垒尉:主壁垒之事。

⑨ 定会:约定集会。

诸将见寻、邑兵盛,皆反走①,入昆阳,惶怖,忧念妻孥②,欲散归诸城。刘秀曰:"今兵谷既少而外寇强大,并力御之,功庶可立;如欲分散,势无俱全。且宛城未拔③,不能相救;昆阳即拔,一日之间,诸部亦灭矣。今不同心胆,共举功名,反欲守妻子财物邪!"诸将怒曰:"刘将军何敢如是!"秀笑而起。会候骑④还,言:"大兵且至城北,军陈数百里,不见其后。"诸将素轻秀,及迫急,乃相谓曰:"更请刘将军计之。"秀复为图画⑤成败,诸将皆曰:"诺。"时城中唯有八九千人,秀使王凤与廷尉大将军王常守昆阳,夜与五威将军⑥李轶等十三骑出城南门,于外收兵。

> **注释**

① 反走：回头走。
② 妻孥：妻与子女。
③ 此言刘縯尚未攻下宛城。
④ 候骑：负责侦察的骑兵。
⑤ 图画：谋划。
⑥ 五威将军：王莽置五威将军，其衣服依五方之色，以威天下。李轶起兵，犹假以为号。一说如太常偏将军、廷尉大将军之类，亦犹莽之纳言大将军、秩宗大将军。

　　时莽兵到城下者且十万，秀等几不得出。寻、邑纵兵围昆阳，严尤说邑曰："昆阳城小而坚，今假号者^①在宛，亟进大兵，彼必奔走；宛败，昆阳自服。"邑曰："吾昔围翟义^②，坐不生得以见责让^③，今将百万之众，遇城而不能下，非所以示威也。当先屠此城，喋血而进，前歌后舞，顾不快^④邪！"遂围之数十重，列营百数，钲^⑤鼓之声闻数十里，或为地道、冲輣^⑥撞城；积弩乱发，矢下如雨，城中负户而汲^⑦。王凤等乞降，不许。寻、邑自以为功在漏刻^⑧，不以军事为忧。严尤曰："《兵法》：'围城为之阙'^⑨，宜使得逸出以怖宛下。"邑又不听。

　　棘阳守长岑彭与前队贰^⑩严说共守宛城，汉兵攻之数月，城中人相食，乃举城降；更始入都^⑪之。诸将欲杀彭，刘縯曰："彭，郡之大吏，执心固守，是其节也。今举大事，当表义士，不如封之。"更始乃封彭为归德侯。

> **注释**

① 假号者：更始帝刘玄，时与刘縯等围攻宛城。

② 翟义：西汉东郡太守，于王莽居摄二年(7年)起兵讨伐王莽，败于王邑，后被杀害。
③ 坐：因……而获罪。生得：活捉。
④ 快：痛快。
⑤ 钲：行军时敲打的乐器，形似钟，作战时鸣钲收兵。
⑥ 冲：橦车。䡊：楼车。
⑦ 户：门板。汲：汲水。
⑧ 漏刻：形容片刻。
⑨ 语见《孙子兵法·军争篇》。意为围其三面，阙其一面，以示生路。
⑩ 前队贰：贰，副也。王莽使严说为前队大夫甄阜之副手。
⑪ 都：以……为都城。

　　刘秀至郾、定陵，悉发诸营兵；诸将贪惜财物，欲分兵守之。秀曰："今若破敌，珍宝万倍，大功可成；如为所败，首领无余①，何财物之有！"乃悉发之。六月，己卯朔，秀与诸营俱进，自将步骑千余为前锋，去大军四五里而陈；寻、邑亦遣兵数千合战，秀奔之②，斩首数十级③。诸将喜曰："刘将军平生见小敌怯，今见大敌勇，甚可怪也！且复居前，请助将军！"秀复进，寻、邑兵却，诸部共乘之，斩首数百、千级④。连胜，遂前，诸将胆气益壮，无不一当百，秀乃与敢死者三千人从城西水上冲其中坚⑤。寻、邑易⑥之，自将万余人行陈⑦，敕诸营皆按部毋得动，独迎与汉兵战，不利，大军不敢擅相救；寻、邑陈乱，汉兵乘锐崩之，遂杀王寻。城中亦鼓噪而出，中外合势，震呼动天地；莽兵大溃，走者相腾践，伏尸百余里。会大雷、风，屋瓦皆飞，雨下如注，滍川⑧盛溢，虎豹皆股战，士卒赴水溺死者以万数，水为不流。王邑、严尤、陈茂轻骑乘死人渡水逃去，尽获其军实辎重，不可胜算，举之连月不尽，或燔烧其余。士卒奔走，各还其郡，王邑独与所将长安勇敢数千人还洛阳，关中闻之震恐。于是海内豪桀翕然⁹响应,皆杀其牧守,自称将军,用汉年号以待诏命;旬月之间,遍于天下。

注释

① 首领无余:首级没了,即被杀。

② 奔之:冲击数千军队。

③ 斩首数十级:按照秦代法令,斩首一,赐爵一级。后以级为计算斩首的数量单位。

④ 胡三省注:自数百级以至千级也。

⑤ 敢死:敢于致死者。中坚:军队之中,中军将军至尊,以坚锐自辅,故称中坚。

⑥ 易:轻视。

⑦ 行陈:巡行军阵。陈:通"阵"。

⑧ 滍(zhì)川:滍水,今河南沙河。

⑨ 翕(xī)然:一致。

刘秀复徇颍川,攻父城不下,屯兵巾车乡。颍川郡掾冯异监五县,为汉兵所获。异曰:"异有老母在父城,愿归,据五城以效功报德!"秀许之。异归,谓父城长苗萌曰:"诸将多暴横,独刘将军所到不虏略,观其言语举止,非庸人也!"遂与萌率五县以降。

新市、平林诸将以刘縯兄弟威名益盛,阴劝更始除之。秀谓縯曰:"事欲不善。"①縯笑曰:"常如是耳。"更始大会诸将,取縯宝剑视之;绣衣御史申徒建随献玉玦;更始不敢发。縯舅樊宏谓縯曰:"建得无有范增之意乎?"縯不应。李轶初与縯兄弟善,后更谄事新贵②;秀戒縯曰:"此人不可复信!"縯不从。縯部将刘稷,勇冠三军,闻更始立,怒曰:"本起兵图大事者,伯升兄弟也。今更始何为者邪!"更始以稷为抗威将军,稷不肯拜;更始乃与诸将陈兵数千人,先收稷,将诛之;縯固争。李轶、朱鲔因劝更始并执縯,即日杀之;以族兄光禄勋赐为大司徒。秀闻之,自父城驰诣宛谢③。司徒官属④迎吊秀,秀不与交私语,惟深引过而已⑤,未尝自伐昆阳之功;又不敢为縯服丧,饮食言笑如平常。更始以是惭,拜秀为破虏大将军,封武信侯。

> 注释

① 胡三省注:言更始欲相图也。
② 新贵:朱鲔等。
③ 谢:谢罪。
④ 司徒官属:刘縯之官属。
⑤ 胡三省注:引过以归己。

> 评析

　　本篇选自《资治通鉴》卷三八至卷三九。有句话叫"秀才造反,十年不成",刘秀偏偏以读书人出身,参与造反,做了皇帝。

　　刘秀年轻时在长安上过太学,史书里还记录了他上学时的事迹。刘秀家境虽然比较富裕,但还算不上"豪强"的级别,他曾与同学合伙买了一头驴,租出去,赚点学杂费和生活费。刘秀28岁时,还没有结婚,因为暗恋一位大户人家的小姐,叫阴丽华。刘秀在长安城里看见皇家禁卫军执金吾威风凛凛,立下志向:仕宦当作执金吾,娶妻当娶阴丽华。这样的人,在太平盛世,生活一定会比较平顺。可他又偏偏生在一个动荡的年代,还有一个不安分的哥哥。

刘秀从太学回到家乡后,勤于农事,老实本分。大哥刘縯自比汉高祖刘邦"不事家人居业,倾身破产,交结天下雄俊",确实有些刘邦的架势。然而,最后成就帝业的,却不是他。

绿林起事后,刘縯在家乡春陵起兵,反对新莽统治,刘秀积极追随,并在战争中表现出与一般起事者不同的志向。春陵兵与其他几支军队联合攻下湖阳县。战后"军中分财物不均,众恚恨,欲反攻诸刘",这时刘秀"敛宗人所得物,悉以与之,众乃悦"。不为浮财所惑,是起义军首领能攻取天下的重要素质。

这时,绿林军将汉朝的没落宗室刘玄立为皇帝,恢复汉的国号,年号更始。王莽发兵42万,试图剿灭绿林军。双方在昆阳进行一次决定生死存亡的战争。刘秀率轻骑突围,征集援兵,解昆阳之围,为绿林军入关和王莽覆灭,立下了汗马功劳。

昆阳大捷,是刘秀得天下的重要一步。王夫之《读通鉴论》说,"光武之得天下,较高帝而尤难矣"。刘邦只有一个对手,就是项羽,而刘秀面对的,先是王莽军,后是绿林军中的其他力量,还有赤眉军、陇西隗嚣、蜀地公孙述。从22年春陵起兵,到36年最终统一全国,刘秀花了将近15年的时间才坐稳皇位。"秀才造反,十年不成",还真有些道理。

党 锢 之 祸

汉桓帝延熹九年(丙午,166年)

(秋,七月)初,帝为蠡吾侯①,受学于甘陵周福,及即位,擢福为尚书②。时同郡河南尹③房植有名当朝,乡人为之谣曰:"天下规矩④,房伯武;因师获印,周仲进。"二家宾客,互相讥揣,遂各树朋徒⑤,渐成尤隙⑥。由是甘陵有南北部,党人之议自此始矣。

汝南太守宗资以范滂为功曹⑦,南阳太守成瑨以岑晊为功曹,皆委心听任,使之褒善纠违,肃清朝府⑧。滂尤刚劲,疾恶如仇。滂甥李颂,素无行,中常侍⑨唐衡以属资,资用为吏;滂寝而不召。资迁怒,捶书佐朱零,零仰曰:"范滂清裁,今日宁受笞而死,滂不可违。"资乃止。郡中中人以下,莫不怨之。于是二郡为谣曰:"汝南太守范孟博,南阳宗资主画诺⑩;南阳太守岑公孝,弘农成瑨但坐啸⑪。"

注释

① 蠡吾侯:汉桓帝继位前,曾袭其父之爵位为蠡吾侯。

② 尚书:原为皇帝身边掌文书之小官,后职掌有较大变化。东汉时,尚书级别不高,但职权甚重。

③ 河南尹:东汉定都洛阳,长官称河南尹,主治京师及周围事务。

④ 规矩:指楷模、典范。

⑤ 朋徒:拉帮结派,同为党徒。

⑥ 尤隙:怨隙。

⑦ 功曹:郡太守佐吏,职掌选举,兼参诸曹事务。

⑧ 朝府:汉时对郡县官府,或称朝,或称府,或朝府连称。

⑨ 中常侍:西汉为加官,得入禁中,亲近皇帝。东汉时,渐由宦官专任,以致宦官专权。

⑩ 主画诺:在文书上画诺签字。

⑪ 但坐啸:只是坐着吟啸,无所事事。啸:撮口作声,即吹口哨。

太学诸生三万余人,郭泰及颍川贾彪为其冠,与李膺、陈蕃、王畅更相褒重。学中语曰:"天下模楷,李元礼;不畏强御,陈仲举;天下俊秀,王叔茂。"于是中外承风,竞以臧否①相尚,自公卿以下,莫不畏其贬议,屣履到门②。

宛③有富贾张汜者,与后宫有亲,又善雕镂玩好之物,颇以赂遗中官,以此得显位,用势纵横。岑旺与贼曹史张牧劝成瑨收捕汜等;既而遇赦,瑨竟诛之,并收其宗族宾客,杀二百余人,后乃奏闻。小黄门晋阳④赵津,贪暴放恣,为一县巨患。太原太守平原刘瓆使郡吏王允讨捕,亦于赦后杀之。于是中常侍侯览使张汜妻上书讼冤,宦官因缘谮诉瑨、瓆。帝大怒,征瑨、瓆,皆下狱。有司承旨,奏瑨、瓆罪当弃市。

山阳太守翟超以郡人张俭为东部督邮⑤。侯览家在防东⑥,残暴百姓;览丧母还家,大起茔冢。俭举奏览罪,而览伺候遮截,章竟不上。俭遂破览家宅,藉没资财,具奏其状,复不得御。徐璜兄子宣为下邳⑦令,暴虐尤甚。尝求故汝南太守李暠女不能得,遂将吏卒至暠家,载其女归,戏射杀之。东海相汝南黄浮闻之,收宣家属,无少长,悉考之。掾史以下固争,浮曰:"徐宣国贼,今日杀之,明日坐死,足以瞑目矣!"即案宣罪弃市,暴其尸。于是宦官诉冤于帝,帝大怒,超、浮并坐髡钳⑧,输作左校⑨。

注释

① 臧否:称善曰臧,举恶曰否,评论人之善恶,是为臧否人物。
② 屣履到门:形容趋附惟恐不及。屣履:穿鞋而不提上鞋跟。
③ 宛:县名,南阳郡治,今河南南阳市。
④ 黄门:少府属官有黄门令、丞,主宫省宦官,小黄门为其属下。晋阳,在今山西太原市西南,时为太原郡治所。
⑤ 督邮:汉代郡府属吏,掌督送邮书、监察诸县、奉宣教令等事。督邮分部,

从两部到五部不等,故其官名前冠以东、西、南、北、中。

⑥ 防东:县名,属山阳郡,在今山东荷泽市单县东北。

⑦ 下邳:县名,属东海郡,东汉时属东海国,在今江苏徐州市睢宁县西北。

⑧ 髡(kūn)钳:刑名。髡是剃去长发,钳是以铁束颈。

⑨ 输作左校:在左校罚作苦役。输作:因罪罚作劳役。左校:东汉将作大将下有左、右校署令,掌左右校刑徒。

  太尉陈蕃、司空刘茂共谏,请瑨、瓆、超、浮等罪;帝不悦。有司劾奏之,茂不敢复言。蕃乃独上疏曰:"今寇贼在外,四支之疾;内政不理,心腹之患。臣寝不能寐,食不能饱,实忧左右日亲,忠言日疏,内患渐积,外难方深。陛下超从列侯,继承天位,小家畜产百万之资,子孙尚耻愧失其先业,况乃产兼天下,受之先帝,而欲懈怠以自轻忽乎!诚不爱己,不当念先帝得之勤苦邪!前梁氏五侯①,毒遍海内,天启圣意,收而戮之。天下之议,冀当小平;明鉴未远,覆车如昨,而近习之权,复相扇结。小黄门赵津、大猾张汜等,肆行贪虐,奸媚左右。前太原太守刘瓆、南阳太守成瑨纠而戮之,虽言赦后不当诛杀,原其诚心,在乎去恶,至于陛下,有何悁悁②!而小人道长,荧惑③圣听,遂使天威为之发怒,必加刑谴,已为过甚,况乃重罚令伏欧刀乎!又,前山阳太守翟超、东海相黄浮,奉公不桡,疾恶如仇,超没侯览财物,浮诛徐宣之罪,并蒙刑坐,不逢赦恕。览之从横,没财已幸;宣犯衅过,死有余辜。昔丞相申屠嘉召责邓通④,雒阳令董宣折辱公主⑤,而文帝从而请之,光武加以重赏,未闻二臣有专命之诛。而今左右群竖,恶伤党类,妄相交构,致此刑谴,闻臣是言,当复啼诉。陛下深宜割塞近习与政之源,引纳尚书朝省之士,简练清高,斥黜佞邪。如是天和于上,地洽于下,休祯符瑞,岂远乎哉!"帝不纳。宦官由此疾蕃弥甚,选举奏议,辄以中诏谴却,长史以下多至抵罪,犹以蕃名臣,不敢加害。

注释

① 前梁氏五侯：汉桓帝时期长期把持朝政的外戚梁冀，梁胤、梁让、梁淑、梁忠、梁戟（即五侯）等梁氏成员，后被诛灭。

② 悁悁：忿怒。

③ 荧惑：迷乱、诱惑。

④ 申屠嘉召责邓通：邓通，汉文帝任太中大夫，受到文帝宠信，上朝时对丞相申屠嘉有怠慢之礼。申屠嘉召邓通至相府，通不至，欲斩之；邓通恐惧，上言文帝，文帝则命之至丞相府；通至相府，为申屠嘉严加申斥，顿首谢罪。文帝揣度丞相已困通，使人持节请至相府请求释放邓通。

⑤ 雒阳令董宣折辱公主：雒，通"洛"，东汉建武十九年（43年），光武帝姊湖阳公主家奴白日杀人，藏匿于公主府中。洛阳令董宣不畏权势，趁公主出行时，叩马拦车，斥责公主过失，并捕杀其奴。公主向光武帝上诉，光武盛怒，迫其向公主叩头谢罪；董宣不从，双手据地，颈项强直，终不肯俯。光武称其为"强项令"，并赏赐钱财。

河内①张成，善风角②，推占当赦，教子杀人。司隶③李膺督促收捕，既而逢宥获免；膺愈怀愤疾，竟按杀之。成素以方伎交通宦官，帝亦颇讯其占；宦官教成弟子牢脩上书，告"膺等养太学游士，交结诸郡生徒，更相驱驰，共为部党，诽讪朝廷，疑乱风俗"。于是天子震怒，班下郡国，逮捕党人，布告天下，使同忿疾。案经三府④，太尉陈蕃却之曰："今所按者，皆海内人誉，忧国忠公之臣，此等犹将十世宥也，岂有罪名不章而致收掠者乎！"不肯平署。帝愈怒，遂下膺等于黄门北寺狱⑤，其辞所连及，太仆颍川杜密、御史中丞陈翔及陈寔、范滂之徒二百余人。或逃遁不获，皆悬金购募，使者四出相望。陈寔曰："吾不就狱,众无所恃。"乃自往请囚。范滂至狱,狱吏谓曰:"凡坐系者,皆祭皋陶⑥。"滂曰:"皋陶,古之直臣,知滂无罪,将理之于帝;如其有罪,祭之何益!"众人由此亦止。陈蕃复上书极谏,帝讳其言切,托以蕃辟召非其人,策免之。

注释

① 河内:河内郡,治怀县,在今河南焦作市武陟县西南。

② 风角:一种占卜方术,候四方、四隅之风,以预测吉凶。

③ 司隶:司隶校尉。东汉时,督察除三公以外百官,以及所领的一州七郡,兼掌兵权。

④ 案:文案。三府:东汉时,太尉、司徒、司空为三公,三公治事府署为三公府,即三府。

⑤ 胡三省注:时宦官专权,置黄门北寺狱,自武帝以来,中都官诏狱所未有也。

⑥ 皋陶:传说中尧时掌刑法之臣,后被奉为狱神。

    时党人狱所染逮①者,皆天下名贤,度辽将军皇甫规,自以西州②豪桀,耻不得与,乃自上言:"臣前荐故大司农张奂,是附党也。又,臣昔论输左校时,太学生张凤等上书讼臣,是为党人所附也,臣宜坐之。"朝廷知而不问。

    杜密素与李膺名行相次,时人谓之李、杜,故同时被系。密尝为北海相,行春③,到高密,见郑玄为乡啬夫④,知其异器,即召署郡职,遂遣就学,卒成大儒。后密去官还家,每谒守令,多所陈托。同郡刘胜,亦自蜀郡告归乡里,闭门扫轨,无所干及。太守王昱谓密曰:"刘季陵清高士,公卿多举之者。"密知昱以激己,对曰:"刘胜位为大夫,见礼上宾,而知善不荐,闻恶无言,隐情惜己,自同寒蝉,此罪人也。今志义力行之贤而密达之,违道失节之士而密纠之,使明府赏刑得中,令问休扬,不亦万分之一乎!"昱惭服,待之弥厚。

(冬,十二月)以越骑校尉窦武为城门校尉。武在位,多辟名士,清身疾恶,礼略不通;妻子衣食裁⑤充足而已,得两宫⑥赏赐,悉散与太学诸生及丐施⑦贫民,由是众誉归之。

注释

① 染逮:牵累、牵连。
② 西州:泛指凉州,在今甘肃中部和西北部一带。
③ 行春:汉代郡国守相常于春季巡行诸县,意在考察、监督地方施政。
④ 乡啬夫:县属吏,掌听讼、赋税。
⑤ 裁:通"才",仅仅。
⑥ 两宫:指天子与皇后。窦武之女为桓帝皇后。
⑦ 丐施:施予。

汉灵帝永康元年(丁未,167年)

(五月)陈蕃既免,朝臣震栗,莫敢复为党人言者。贾彪曰:"吾不西行,大祸不解。"乃入雒阳,说城门校尉窦武、尚书魏郡霍谞等,使讼之。武上疏曰:"陛下即位以来,未闻善政,常侍、黄门,竞行谲诈,妄爵非人。伏寻西京,佞臣执政,终丧天下。今不虑前事之失,复循覆车之轨,臣恐二世之难①,必将复及,赵高之变,不朝则夕。近者奸臣牢修造设党议,遂收前司隶校尉李膺等逮考,连及数百人,旷年拘录,事无效验。臣惟膺等建忠抗节,志经王室,此诚陛下稷、契、伊、吕②之佐;而虚为奸臣贼子之所诬枉,天下寒心,海内失望。惟陛下留神澄省,时见理出,以厌人鬼喁喁之心③。今台阁近臣,尚书朱寓、荀绲、刘祐、魏朗、刘矩、尹勋等,皆国之贞士,朝之良佐;尚书郎张陵、妫皓、苑康、杨乔、边韶、戴恢等,文质彬彬,明达国典,内外之职,群才并列。而陛下委任近习,专树饕餮,外典州郡,内干心膂④,宜以次贬黜,案罪纠罚;信任忠良,平决臧否,使邪正毁誉,各得其所,宝爱天官,唯善是授,如此,咎征可消,天应可待。间者有嘉禾、芝草、黄龙之见。夫瑞生必于嘉士,福至实由善人,在德为瑞,无德为灾。陛下所行不合天意,不宜称庆。"书奏,因以病上还城门校尉、槐里侯印绶。霍谞亦为表请。帝意稍解,使中常侍王甫就狱讯党人范滂等,皆三木囊头⑤,暴于阶下,甫以次辩诘曰:"卿等更相拔举,迭为唇齿,其意如何?"滂曰:"仲尼之言,'见善如不及,见恶如探汤'⑥,滂欲使善善同其清,恶恶同其污,谓王政之所愿闻,不悟更以为党。古之修善,自求多福。今之修善,身陷大戮。身死之日,愿埋滂于首阳山侧,上不负皇天,下不愧夷、齐。"甫愍然为之改容,乃得并解桎梏。李膺等又多引宦官子弟,宦官惧,请帝以天时宜赦。

注释

① 二世之难:秦二世三年(前207年),赵高指使亲信阎乐等人,在望夷宫杀秦二世,即后文所谓"赵高之变"。

② 稷、契、伊、吕:稷,后稷,与契为舜时名臣;伊,伊尹,商汤时名臣;吕,吕尚,周文王、武王时贤臣。

③ 以厌人鬼喁喁之心:顺从人鬼之心。厌:心服。喁喁:众心向慕的样子。

④ 心膂(lǚ):心与脊骨,比喻亲信之人。

⑤ 三木囊头:头、手、足都加木械,并以物将头蒙起来。

⑥ 语出《论语·季氏》。

六月,庚申,赦天下,改元;党人二百余人皆归田里,书名三府,禁锢终身。

范滂往候霍谞而不谢。或让之,滂曰:"昔叔向不见祁奚①,吾何谢焉!"滂南归汝南,南阳士大夫迎之者,车数千两②,乡人殷陶、黄穆侍卫于旁,应对宾客。滂谓陶等曰:"今子相随,是重吾祸也!"遂遁还乡里。

初,诏书下举钩党,郡国所奏相连及者,多至百数,唯平原相史弼独无所上。诏书前后迫切州郡,髡笞掾史,从事坐传舍责曰:"诏书疾恶党人,旨意恳恻。青州六郡,其五有党,平原何治而得独无?"弼曰:"先王疆理天下,画界分境,水土异齐③,风俗不同。他郡自有,平原自无,胡可相比!若承望上司,诬陷良善,淫刑滥罚,以逞非理,则平原之人,户可为党。相有死而已,所不能也!"从事大怒,即收郡僚职④送狱,遂举奏弼。会党禁中解,弼以俸赎罪。所脱者甚众。

窦武所荐:朱寓,沛人;苑康,勃海人;杨乔,会稽人;边韶,陈留人。乔容仪伟丽,数上言政事,帝爱其才貌,欲妻以公主,乔固辞,不听,遂闭口不食,七日而死。

汉灵帝建宁元年(戊申,168年)

春,正月,壬午,以城门校尉窦武为大将军。前太尉陈蕃为太傅,与武及司徒胡广参录尚书事⑤。

初,窦太后之立也,陈蕃有力焉。及临朝,政无大小,皆委于蕃。蕃与窦武同心戮力,以奖王室,征天下名贤李膺、杜密、尹勋、刘瑜等,皆列于朝廷,与共参政事。于是天下之士,莫不延颈想望太平。而帝乳母赵娆及诸女尚书⑥,旦夕在太后侧,中常侍曹节、王甫等共相朋结,谄事太后,太后信之,数出诏命,有所封拜。蕃、武疾之,尝共会朝堂,蕃私谓武曰:"曹节、王甫等,自先帝时操弄国权,浊乱海内,今不诛之,后必难图。"武深然之。蕃大喜,以手椎席而起。武于是引同志尚书令尹勋等共定计策。

注释

① 胡三省注：晋范宣子囚叔向，祁奚请而免之，不见叔向而归，叔向亦不告免焉而朝。
② 两：辆。车有两轮，故称一两车。
③ 异齐：不同。
④ 郡僚职：郡诸曹掾史。
⑤ 录尚书事：加官，多由大将军、太傅及三公兼领，参与军国大事。
⑥ 女尚书：宫内女官。

九月，辛亥，武出宿归府。典中书者先以告长乐五官史朱瑀，瑀盗发武奏，骂曰："中官放纵者，自可诛耳，我曹何罪，而当尽见族灭！"因大呼曰："陈蕃、窦武奏白太后废帝，为大逆！"乃夜召素所亲壮健者长乐从官史共普、张亮等十七人，歃血①共盟，谋诛武等。曹节白帝曰："外间切切②，请出御德阳前殿。"令帝拔剑踊跃，使乳母赵娆等拥卫左右，取棨信，闭诸禁门，召尚书官属，胁以白刃，使作诏板，拜王甫为黄门令，持节至北寺狱，收尹勋、山冰。冰疑，不受诏，甫格杀之，并杀勋；出郑飒，还兵劫太后，夺玺绶。令中谒者守南宫，闭门绝复道。使郑飒等持节及侍御史谒者捕收武等。武不受诏，驰入步兵营，与其兄子步兵校尉绍共射杀使者。召会北军五校士数千人屯都亭，下令军士曰："黄门、常侍反，尽力者封侯重赏。"陈蕃闻难，将官属诸生八十余人，并拔刃突入承明门，到尚书门，攘臂呼曰："大将军忠以卫国，黄门反逆，何云窦氏不道邪！"王甫时出与蕃相遇，适闻其言，而让蕃曰："先帝新弃天下，山陵未成，武有何功，兄弟父子并封三侯！又设乐饮宴，多取掖庭宫人，旬日之间，赀财巨万，大臣若此，为是道邪！公为宰辅，苟相阿党，复何求贼！"使剑士收蕃,蕃拔剑叱甫,辞色逾厉。遂执蕃,送北寺狱。黄门从官驺蹋踧蕃曰③:"死老魅!复能损我曹员数、夺我曹禀假不!"即日,杀之。时护匈奴中郎将张奂征还京师,曹节等以奂新至,不知本谋,矫制以少府周靖行车骑将军、加节,与奂率五营士讨武。夜漏尽④,王甫将虎贲、羽林等合千余人,出屯朱雀掖门,与奂等合,已而悉军阙下,与武对陈。甫兵渐盛,使其士大呼武军曰:"窦武反,汝皆禁兵,当宿卫宫省,何故随反者乎!先降有赏!"营府兵素畏服中官,于是武军稍稍归甫,自旦至食时⑤,兵降略尽。武、绍走,诸军追围之,皆自杀,枭首雒阳都亭;收捕宗亲宾客姻属,悉诛之,及侍中刘瑜、屯骑校尉冯述,皆夷其族。宦官又谮虎贲中郎将河间刘淑、故尚书会稽魏朗,云与武等通谋,皆自杀。迁皇太后于南宫,徙武家属于日南;自公卿以下尝为蕃、武所举者及门生故吏,皆免官禁锢。议郎勃海巴肃,始与武等同谋,曹节等不知,但坐禁锢,后乃知而收之。肃自载诣县,县令见肃,入阁,解印绶,欲与俱去。肃曰:"为人臣者,有谋不敢隐,有罪不逃刑,既不隐其谋矣,又敢逃其刑乎!"遂被诛。

注释

① 唼血:歃血,盟誓时饮血以示守信。

② 切切:迫急。

③ 驺:骑士。蹋踧:践踩。踧:通"蹴",踩、蹬。

④ 夜漏尽:天将亮之时。

⑤ 自旦至食时:旦时,清晨,约今四点半至六点;食时,早饭时间,约今九点至十点半。

曹节迁长乐卫尉,封育阳侯。王甫迁中常侍,黄门令如故。朱瑀、共普、张亮等六人皆为列侯,十一人为关内侯。于是群小得志,士大夫皆丧气。

蕃友人陈留朱震收葬蕃尸,匿其子逸,事觉,系狱,合门桎梏。震受考掠,誓死不言,逸由是得免。武府掾桂阳胡腾殡敛武尸,行丧,坐以禁锢。武孙辅,年二岁,腾诈以为己子,与令史南阳张敞共匿之于零陵界中,亦得免。

汉灵帝建宁二年(己酉,169年)

初,李膺等虽废锢,天下士大夫皆高尚其道而污秽朝廷①,希②之者唯恐不及,更共相标榜,为之称号:以窦武、陈蕃、刘淑为三君,君者,言一世之所宗也;李膺、荀翌、杜密、王畅、刘祐、魏朗、赵典、朱㝢为八俊,俊者,言人之英也;郭泰、范滂、尹勋、巴肃及南阳宗慈、陈留夏馥、汝南蔡衍、泰山羊陟为八顾,顾者,言能以德行引人者也;张俭、翟超、岑晊、苑康及山阳刘表、汝南陈翔、鲁国孔昱、山阳檀敷为八及,及者,言其能导人追宗者也;度尚及东平张邈、王孝、东郡刘儒、泰山胡母班、陈留秦周、鲁国蕃向、东莱王章为八厨,厨者,言能以财救人者也。及陈、窦用事,复举拔膺等;陈、窦诛,膺等复废。

宦官疾恶膺等,每下诏书,辄申党人之禁。侯览怨张俭尤甚,览乡人朱并素佞邪,为俭所弃,承览意指,上书告俭与同乡二十四人别相署号,共为部党,图危社稷,而俭为之魁。诏刊章③捕俭等。冬,十月,大长秋曹节因此讽有司奏"诸钩党④者故司空虞放及李膺、杜密、朱㝢、荀翌、翟超、刘儒、范滂等,请下州郡考治"。是时上年十四,问节等曰:"何以为钩党?"对曰:"钩党者,即党人也。"上曰:"党人何用为恶而欲诛之邪?"对曰:"皆相举群辈,欲为不轨。"上曰:"不轨欲如何?"对曰:"欲图社稷。"上乃可其奏。

或谓李膺曰:"可去矣!"对曰:"事不辞难,罪不逃刑,臣之节也。吾年已六十,死生有命,去将安之!"乃诣诏狱,考死;门生故吏并被禁锢。侍御史蜀郡景毅子顾为膺门徒,未有录牒⑤,不及于谴,毅慨然曰:"本谓膺贤,遣子师之,岂可以漏脱名籍,苟安而已!"遂自表免归。

注释

① 污秽朝廷:鄙视朝廷。
② 希:迎合。
③ 刊章:削去章奏中告发者姓名。
④ 钩党:互相牵引而聚为朋党。
⑤ 胡三省注:录,记也。牒,籍也。时聚徒教授,多者以千计,各录记其姓名于谱牒。

　　汝南督邮吴导受诏捕范滂,至征羌,抱诏书闭传舍,伏床而泣,一县不知所为。滂闻之曰:"必为我也。"即自诣狱。县令郭揖大惊,出,解印绶,引与俱亡,曰:"天下大矣,子何为在此!"滂曰:"滂死则祸塞,何敢以罪累君。又令老母流离乎!"其母就与之诀,滂白母曰:"仲博孝敬,足以供养。滂从龙舒君归黄泉,存亡各得其所。惟大人割不可忍之恩,勿增感戚!"仲博者,滂弟也。龙舒君者,滂父龙舒侯相显也。母曰:"汝今得与李、杜①齐名,死亦何恨!既有令名,复求寿考,可兼得乎!"滂跪受教,再拜而辞。顾其子曰:"吾欲使汝为恶,恶不可为;使汝为善,则我不为恶。"行路闻之,莫不流涕。

　　凡党人死者百余人,妻子皆徙边,天下豪桀及儒学有行义者,宦官一切指为党人;有怨隙者,因相陷害,睚眦②之忿,滥入党中。州郡承旨,或有未尝交关③,亦离④祸毒,其死、徙、废、禁者又六七百人。

　　郭泰闻党人之死,私为之恸曰:"《诗》云:'人之云亡,邦国殄瘁。'⑤汉室灭矣,但未知'瞻乌爰止,于谁之屋'⑥耳!"泰虽好臧否人伦,而不为危言核论⑦,故能处浊世而怨祸不及焉。

注释

① 李、杜：李膺、杜密。
② 睚眦：发怒时瞪着眼睛的样子，借指极小的仇恨。
③ 交关：结交、来往。
④ 离：通"罹"，遭受。
⑤ 语出《诗经·大雅·瞻仰》。
⑥ 语出《诗经·小雅·正月》。
⑦ 危言核论：危言耸听、深刻之论。

张俭亡命困迫，望门投止①，莫不重其名行，破家相容。后流转东莱，止李笃家。外黄令毛钦操兵到门，笃引钦就席曰："张俭负罪亡命，笃岂得藏之！若审在此，此人名士，明廷②宁宜执之乎？"钦因起抚笃曰："蘧伯玉③耻独为君子，足下如何专取仁义！"笃曰："今欲分之，明廷载半去矣。"钦叹息而去。笃导俭经北海戏子然家，遂入渔阳出塞。其所经历，伏重诛者以十数，连引收考者布遍天下，宗亲并皆殄灭，郡县为之残破。俭与鲁国孔褒有旧，亡抵褒，不遇，褒弟融，年十六，匿之。后事泄，俭得亡走，国相收褒、融送狱，未知所坐。融曰："保纳舍藏者，融也，当坐。"褒曰："彼来求我，非弟之过。"吏问其母，母曰："家事任长，妾当其辜。"一门争死，郡县疑不能决，乃上谳之，诏书竟坐褒。及党禁解，俭乃还乡里，后为卫尉，卒，年八十四。夏馥闻张俭亡命，叹曰："孽自己作，空污良善，一人逃死，祸及万家，何以生为！"乃自翦须变形，入林虑山中，隐姓名，为冶家佣，亲突烟炭，形貌毁瘁，积二三年，人无知者。馥弟静载缣帛追求饷之，馥不受曰："弟奈何载祸相饷乎！"党禁未解而卒。

初，中常侍张让父死，归葬颍川，虽一郡毕至，而名士无往者，让甚耻之，陈寔独吊焉。及诛党人，让以寔故，多所全宥。南阳何颙，素与陈蕃、李膺善，亦被收捕，乃变名姓匿汝南间，与袁绍为奔走之交，常私入雒阳，从绍计议，为诸名士罹党事者求救援，设权计，使得逃隐，所全免甚众。

初，太尉袁汤三子，成、逢、隗。成生绍，逢生术。逢、隗皆有名称，少历显官。时中常侍袁赦以逢、隗宰相家④，与之同姓，推崇以为外援，故袁氏贵宠于世，富奢甚，不与它公族同。绍壮健有威容，爱士养名，宾客辐凑归之，辎軿、柴毂⑤，填接街陌。术亦以侠气闻。逢从兄子闳，少有操行，以耕学为业，逢、隗数馈之，无所受。闳见时方险乱，而家门富盛，常对兄弟叹曰："吾先公福祚，后世不能以德守之，而竞为骄奢，与乱世争权，此即晋之三郤⑥矣。"及党事起，闳欲投迹深林，以母老，不宜远遁，乃筑土室四周于庭，不为户，自牖纳饮食。母思闳时，往就视，母去，便自掩闭，兄弟妻子莫得见也。潜身十八年，卒于土室。

初，范滂等非讦朝政，自公卿以下皆折节下之，太学生争慕其风，以为文学将兴，处士复用。申屠蟠独叹曰："昔战国之世，处士横议⑦，列国之王至为拥篲先驱⑧，卒有坑儒烧书之祸，今之谓矣。"乃绝迹于梁、砀之间，因树为屋，自同佣人。居二年，滂等果罹党锢之祸，唯蟠超然免于评论。

臣光曰：天下有道，君子扬于王庭以正小人之罪，而莫敢不服。天下无道，君子囊括不言以避小人之祸，而犹或不免。党人生昏乱之世，不在其位，四海横流，而欲以口舌救之，臧否人物，激浊扬清，撩虺蛇之头，践虎狼之尾，以至身被淫刑，祸及朋友，士类歼灭而国随以亡，不亦悲乎！夫唯郭泰既明且哲，以保其身，申屠蟠见几而作，不俟终日，卓乎其不可及已！

注释

① 胡三省注：望门而投之，以求止舍，困急之甚也。

② 明廷：汉代对县令的尊称。
③ 蘧伯玉：春秋时卫国的贤大夫，名瑗，字伯玉。
④ 宰相家：袁氏家族自袁汤父袁安以来，四世中居三公高位者多达五人，袁逢、袁隗均在其中，故称之为宰相家。
⑤ 辎軿、柴毂：辎、軿是古代带帷幔的车，属贵人之车；柴毂，贱者之车。
⑥ 三郤：指晋大夫郤锜、郤犫（chōu）、郤至。郤氏世为晋卿，三子凭借世资，骄奢侵权，为晋厉公所杀。
⑦ 横议：高谈阔论。
⑧ 拥篲先驱：手执扫帚扫地，以等候贵客的降临。篲：扫帚。

评析

本篇选自《资治通鉴》卷五五至卷五六。党锢之祸展现了东汉士大夫秉持名节大义、不畏强权的集体形象，这些人也因此受到史家的表彰。但是，所谓"士大夫"其实也是一个复杂的群体，人性之复杂而多样，在党锢之祸中体现得淋漓尽致。

汉武帝"罢黜百家"后，儒学在政治和社会中的影响逐渐提升。东汉光武帝、明帝、章帝等君主提倡儒学，士人数量迅速增加。士人们品评人物，臧否时政，称为"清议"。各地都出现了善于清议的名士，他们的"品题"，甚至可以左右乡里舆论，进而影响朝廷州郡的辟召察举。东汉桓帝、灵帝时期，宦官、外戚相互倾轧、朝政黑暗，正直的官僚士大夫受到排斥打压，他们与太学生联合起来，成为批评朝政、反对宦官专权的主要力量，但招致了杀身之祸或禁锢终身的迫害。顾炎武在《日知录》中说："党锢之流，独行之辈，依仁蹈义，舍命不渝，风雨如晦，鸡鸣不已。三代以下风俗之美，无尚于东京者！"这代表了一种对"党人"的积极评价。党锢士人之中，确实也有大量心怀天下，意欲整顿朝纲而不肯向黑暗势力低头的勇士,表现出正面的品质。

东汉名士,多爱表现傲人的名士风范,一旦过了头,就成了吕思勉先生所说的"矫激"。比如南阳樊英,三番五次推辞做官,汉安帝把他请到洛阳,又装病不起。皇帝公卿推崇之至,使得樊英名声大噪,但他在后来关于时政的应对中,"无奇谋深策,谈者以为失望"。再看一些所谓"党锢名士"的行事。如选文提到的张俭,是引发第二次党锢之祸的核心人物。许多人因为帮助张俭逃亡而受牵连。等到党禁解除之后,张俭回到乡里。时人评价:"孽自己作,空污良善,一人逃死,祸及万家,何以生为!"

党人的激进行为,固然有正义的诉求,但其中的一些做法,难免沽名钓誉,无益于政治清明,社会进步。选文最后,司马光对党人欲以口舌救国,导致"身被淫刑,祸及朋友,士类歼灭而国随以亡"的结局,不甚认可。王夫之在《读通鉴论》中说,"党锢诸贤,或曰忠以忘身,大节也;或曰激以召祸,畸行也。言畸行者,奖容容之福以堕士气;言大节者,较为长矣,而犹非定论也"。"犹非定论",可见党锢之祸,仍然需要反思和评价。

第八编

三国两晋

火烧赤壁

汉献帝建安十二年(丁亥,207 年)

初,琅邪诸葛亮寓居襄阳隆中,每自比管仲、乐毅;时人莫之许也,惟颍川徐庶与崔州平谓为信然。州平,烈之子也。

刘备在荆州,访士于襄阳司马徽。徽曰:"儒生俗士,岂识时务,识时务者在乎俊杰。此间自有伏龙、凤雏。"备问为谁,曰:"诸葛孔明、庞士元也。"徐庶见备于新野,备器之。庶谓备曰:"诸葛孔明,卧龙也,将军岂愿见之乎?"备曰:"君与俱来。"庶曰:"此人可就见,不可屈致也,将军宜枉驾①顾之。"

备由是诣亮②,凡三往,乃见。因屏③人曰:"汉室倾颓,奸臣窃命,孤不度德量力,欲信④大义于天下,而智术浅短,遂用猖蹶⑤,至于今日。然志犹未已,君谓计将安出?"亮曰:"今曹操已拥百万之众,挟天子而令诸侯,此诚不可与争锋。孙权据有江东⑥,已历三世,国险而民附,贤能为之用,此可与为援而不可图也。荆州北据汉、沔,利尽南海,东连吴会⑦,西通巴、蜀,此用武之国,而其主不能守,此殆天所以资将军也。益州险塞,沃野千里,天府之土;刘璋暗弱,张鲁在北,民殷国富而不知存恤,智能之士思得明君⑧。将军既帝室之胄⑨,信义著于四海,若跨有荆、益,保其岩阻⑩,抚和戎、越,结好孙权,内修政治,外观时变,则霸业可成,汉室可兴矣。"⑪备曰:"善!"于是与亮情好日密。关羽、张飞不悦,备解之曰:"孤之有孔明,犹鱼之有水也。愿诸君勿复言。"羽、飞乃止。

注释

① 枉驾:屈驾。

② 胡三省注：备以枭雄之才，闻徐庶一言，三枉驾以见孔明，此必庶之材器有以取重于备，备遂信之也。庶自辞备归操之后，寂无所闻。今观其舍旧从新之言，质天地而无愧，则其人从可知矣。

③ 屏：使退避。

④ 信：通"伸"，伸张。

⑤ 猖蹶：颠覆，失败。

⑥ 江东：长江在芜湖至南京段，呈东北流向，习惯上称自此以下的长江南部为江东。三国时江东是孙吴政权根据地，故称孙吴政权的统治范围为江东。

⑦ 吴会：东汉分会稽郡为吴、会稽二郡，并称吴会。后世称两郡故地（今江浙地区）为吴会。

⑧ 胡三省注：张松、法正之徒虽未与亮交际，亮固逆知之矣。

⑨ 胄：后裔。

⑩ 岩阻：险阻之处。

⑪ 胡三省注：所谓俊杰者，量时审势，规画定于胸中，傥非其人，未易与之言也。

汉献帝建安十三年（戊子，208年）

（春，正月）曹操还邺，作玄武池以肄舟师。

秋，七月，曹操南击刘表。

初，刘表二子，琦、琮。表为琮娶其后妻蔡氏之侄，蔡氏遂爱琮而恶琦，表妻弟蔡瑁、外甥张允并得幸于表，日相与毁琦而誉琮。琦不自宁，与诸葛亮谋自安之术，亮不对。后乃共升高楼，因令去梯。谓亮曰："今日上不至天，下不至地，言出子口，而入吾耳，可以言未？"亮曰："君不见申生在内而危，重耳居外而安乎？"①琦意感悟，阴规出计。会黄祖死，琦求代其任,表乃以琦为江夏太守。表病甚,琦归省疾②。瑁、允恐其见表而父子相感,更有托后之意,乃谓琦曰:"将军命君抚临江夏,其任至重;今释众擅来,必见谴怒。伤亲之欢,重增其疾,非孝敬之道也。"遂遏于户外,使不得见,琦流涕而去。表卒,瑁、允等遂以琮为嗣。琮以侯印授琦,琦怒,投之地,将因奔丧作难。会曹操军至,琦奔江南③。

章陵太守蒯越及东曹掾傅巽等劝刘琮降操,曰:"逆顺有大体,强弱有定势。以人臣而拒人主,逆道也;以新造之楚而御中国,必危也;以刘备而敌曹公,不当④也。三者皆短,将何以待敌?且将军自料何如刘备?若备不足御曹公,则虽全楚不能以自存也;若足御曹公,则备不为将军下也。"琮从之。九月,操至新野,琮遂举州降,以节迎操⑤。诸将皆疑其诈,娄圭曰:"天下扰攘,各贪王命以自重,今以节来,是必至诚。"操遂进兵。

注释

① 胡三省注:申生,晋献公之太子,为骊姬所谮,自缢而死。重耳,申生之弟,惧骊姬之谗,出奔。献公卒后,重耳入,是为文公,遂为霸主。
② 省疾:探病。
③ 胡三省注:按刘备败于当阳,济沔与琦会,然后俱到夏口。琦奔江南,在刘琮降后。史究其终言之。
④ 不当:不敌。
⑤ 胡三省注:节,汉节也。琮父表受之于汉。

时刘备屯樊,琮不敢告备。备久之乃觉,遣所亲问琮,琮令官属宋忠诣备宣旨。时曹操已在宛,备乃大惊骇,谓忠曰:"卿诸人作事如此,不早相语,今祸至方告我,不亦太剧①乎!"引刀向忠曰:"今断卿头,不足以解忿,亦耻丈夫临别复杀卿辈!"遣忠去。乃呼部曲共议,或劝备攻琮,荆州可得。备曰:"刘荆州临亡托我以孤遗②,背信自济,吾所不为,死何面目以见刘荆州乎!"备将其众去,过襄阳,驻马呼琮;琮惧,不能起。琮左右及荆州人多归备。备过辞表墓,涕泣而去。比到当阳③,众十余万人,辎重数千两,日行十余里,别遣关羽乘船数百艘,使会江陵④。或谓备曰:"宜速行保江陵,今虽拥大众,被甲者少,若曹公兵至,何以拒之!"备曰:"夫济大事必以人为本,今人归吾,吾何忍弃去!"

习凿齿论曰:刘玄德虽颠沛⑤险难而信义愈明,势逼事危而言不失道。追景升之顾,则情感三军;恋赴义之士,则甘与同败。终济大业,不亦宜乎!

操以江陵有军实⑥,恐刘备据之,乃释辎重,轻军到襄阳。闻备已过,操将精骑五千急追之,一日一夜行三百余里,及于当阳之长坂。备弃妻子,与诸葛亮、张飞、赵云等数十骑走,操大获其人众辎重。

徐庶母为操所获,庶辞备,指其心曰:"本欲与将军共图王霸之业者,以此方寸之地也。今已失老母,方寸乱矣,无益于事,请从此别。"遂诣操。

张飞将二十骑拒后⑦,飞据水断桥,瞋目横矛曰:"身是张益德也⑧,可来共决死!"操兵无敢近者。或谓备:"赵云已北走。"备以手戟擿之曰:"子龙不弃我走也。"顷之,云身抱备子禅,与关羽船会,得济沔,遇刘琦众万余人,与俱到夏口⑨。

注释

① 剧:严重。
② 胡三省注:无父曰孤。遗,弃也;言父母弃之而去,故曰孤遗。今人谓孤独无所依仰者为孤遗。
③ 当阳:今湖北当阳市。

④ 江陵:南郡治所,今湖北荆州市。
⑤ 颠沛:受磨难。
⑥ 军实:军队中的粮草和器械。
⑦ 拒后:断后。
⑧ 胡三省注:自此迄于梁、陈,士大夫率自谓曰"身"。
⑨ 夏口:今湖北武汉市。

　　(冬,十月)初,鲁肃闻刘表卒,言于孙权曰:"荆州与国①邻接,江山险固,沃野万里,士民殷富,若据而有之,此帝王之资也。今刘表新亡,二子不协,军中诸将,各有彼此②。刘备天下枭雄,与操有隙③,寄寓④于表,表恶其能而不能用也。若备与彼协心,上下齐同,则宜抚安,与结盟好;如有离违⑤,宜别图之,以济大事。肃请得奉命吊表二子,并慰劳其军中用事者,及说备使抚表众,同心一意,共治⑥曹操,备必喜而从命。如其克谐⑦,天下可定也。今不速往,恐为操所先。"权即遣肃行。

　　到夏口,闻操已向荆州,晨夜兼道⑧,比⑨至南郡,而琮已降,备南走,肃径迎之,与备会于当阳长坂。肃宣权旨,论天下事势,致殷勤之意。且问备曰:"豫州今欲何至?"备曰:"与苍梧太守吴巨有旧,欲往投之。"肃曰:"孙讨虏⑩聪明仁惠,敬贤礼士,江表⑪英豪,咸归附之,已据有六郡,兵精粮多,足以立事。今为君计,莫若遣腹心自结于东,以共济世业⑫。而欲投吴巨,巨是凡人,偏在远郡,行将为人所并,岂足托乎!"备甚悦。肃又谓诸葛亮曰:"我,子瑜友也。"即共定交。子瑜者,亮兄瑾也,避乱江东,为孙权长史。备用肃计,进住鄂县之樊口。

注释

① 国:指孙权政权。

② 胡三省注：谓有附琦者，有附琮者。

③ 隙：矛盾、冤仇。

④ 寄寓：寄人篱下。

⑤ 离违：人有离心，互相违异。

⑥ 治：对抗。

⑦ 克谐：能够成功。

⑧ 兼道：兼程，加倍速度行军。

⑨ 比：及，等到。

⑩ 胡三省注：曹操表权为讨虏将军，故称之。

⑪ 江表：从中原看，长江以南的地区在长江之外，故称为江表。

⑫ 胡三省注：荆州在西，吴在东。世业，犹言世事也。

曹操自江陵将顺江东下。诸葛亮谓刘备曰："事急矣，请奉命求救于孙将军。"遂与鲁肃俱诣孙权。亮见权于柴桑①，说权曰："海内大乱，将军起兵江东，刘豫州收众汉南，与曹操共争天下。今操芟夷②大难，略已平矣，遂破荆州，威震四海。英雄无用武之地，故豫州遁逃至此，愿将军量力而处之！若能以吴、越之众与中国抗衡，不如早与之绝；若不能，何不按兵束甲，北面而事之③！今将军外托服从之名而内怀犹豫之计，事急而不断，祸至无日矣。"权曰："苟如君言，刘豫州何不遂事之乎？"亮曰："田横，齐之壮士耳，犹守义不辱；况刘豫州王室之胄，英才盖世，众士慕仰，若水之归海。若事之不济，此乃天也，安能复为之下乎！"权勃然曰："吾不能举全吴之地，十万之众，受制于人。吾计决矣！非刘豫州莫可以当曹操者；然豫州新败之后，安能抗④此难乎？"亮曰："豫州军虽败于长坂，今战士还者及关羽水军精甲万人，刘琦合江夏战士亦不下万人。曹操之众，远来疲敝，闻追豫州，轻骑一日一夜行三百余里，此所谓'强弩之末势不能穿鲁缟'者也。故《兵法》忌之，曰'必蹶上将军'⑤。且北方之人，不习水战；又，荆州之民附操者，逼兵势耳，非心服也。今将军诚能命猛将统兵数万，与豫州协规同力⑥，破操军必矣。操军破，必北还；如此，则荆、吴之势强，鼎足之形成矣。成败之机，在于今日！"权大悦，与其群下谋之。

  是时，曹操遗权书曰："近者奉辞⑦伐罪，旌麾南指，刘琮束手。今治水军八十万众，方与将军会猎⑧于吴。"权以示群下，莫不响震⑨失色。长史张昭等曰："曹公，豺虎也，挟天子以征四方，动以朝廷为辞；今日拒之，事更不顺。且将军大势可以拒操者，长江也；今操得荆州，奄有其地，刘表治水军，蒙冲斗舰⑩乃以千数，操悉浮以沿江，兼有步兵，水陆俱下，此为长江之险已与我共之矣，而势力众寡又不可论。愚谓大计不如迎之。"鲁肃独不言。权起更衣，肃追于宇下。权知其意，执肃手曰："卿欲何言？"肃曰："向察众人之议，专欲误将军，不足与图大事。今肃可迎操耳，如将军不可也。何以言之？今肃迎操，操当以肃还付乡党，品其名位，犹不失下曹从事⑪，乘犊车，从吏卒，交游士林⑫，累官故不失州郡也。将军迎操，欲安所归乎？愿早定大计，莫用众人之议也！"权叹息曰："诸人持议，甚失孤望。今卿廓开⑬大计，正与孤同。"

注释

① 柴桑：县名，属豫章郡，在今江西九江市西南。

② 芟夷：削平。

③ 北面而事之：此言向曹操称臣投降。

④ 抗：通"扛"，担当。

⑤《孙子兵法》："五十里而争利，则蹶上将军。"蹶：挫折。

⑥ 协规同力：通力合作。

⑦ 奉辞：奉天子辞命。

⑧ 会猎：会同打猎，暗示曹军已大兵压境。

⑨ 响震：震动、震惊。

⑩ 蒙冲：古代战船名。以生牛皮蒙船覆背，两厢开掣棹孔，左右有弩窗、矛穴。斗舰，船上设矮墙，墙下开制棹孔。船内又建棚，与矮齐。棚上又建墙，重列战敌。上无覆背，前后左右树牙旗、帜艕、金鼓。

⑪ 下曹从事：诸曹从事之最下者。

⑫ 胡三省注：士林，多士之林；谓京邑大都，四方贤士所聚也。

⑬ 廓开：阐明。

　　时周瑜受使至番阳，肃劝权召瑜还。瑜至，谓权曰："操虽托名汉相，其实汉贼也。将军以神武雄才，兼仗父兄之烈，割据江东，地方数千里，兵精足用，英雄乐业①，当横行天下，为汉家除残去秽；况操自送死，而可迎之邪！请为将军筹之：今北土未平，马超、韩遂尚在关西，为操后患；而操舍鞍马，仗舟楫，与吴、越争衡；今又盛寒，马无藁草；驱中国士众远涉江湖之间，不习水土，必生疾病。此数者用兵之患也，而操皆冒行之，将军禽操，宜在今日。瑜请得精兵数万人，进住夏口，保为将军破之！"权曰："老贼欲废汉自立久矣，徒忌二袁、吕布、刘表与孤耳；今数雄已灭，惟孤尚存。孤与老贼势不两立，君言当击，甚与孤合，此天以君授孤也。"因拔刀斫前奏案②曰："诸将吏敢复有言当迎操者，与此案同！"乃罢会。

　　是夜，瑜复见权曰："诸人徒见操书言水步八十万而各恐慑，不复料其虚实，便开此议，甚无谓也③。今以实校之④，彼所将中国人不过十五六万，且已久疲；所得表众亦极七八万耳，尚怀狐疑。夫以疲病之卒御狐疑之众⑤，众数虽多，甚未足畏。瑜得精兵五万，自足制之，愿将军勿虑！"权抚其背曰："公瑾，卿言至此，甚合孤心。子布、元表诸人，各顾妻子，挟持私虑，深失所望；独卿与子敬与孤同耳，此天以卿二人赞孤也。五万兵难卒合，已选三万人，船粮战具俱办。卿与子敬、程公便在前发⑥,孤当续发人众,多载资粮,为卿后援。卿能办之者诚决⑦,邂逅不如意⑧,便还就孤,孤当与孟德决之。"遂以周瑜、程普为左右督,将兵与备并力逆操;以鲁肃为赞军校尉,助画方略。

刘备在樊口,日遣逻吏⑨于水次候望权军。吏望见瑜船,驰往白备,备遣人慰劳之。瑜曰:"有军任,不可得委署⑩;傥能屈威⑪,诚副其所望。"备乃乘单舸往见瑜曰:"今拒曹公,深为得计。战卒有几?"瑜曰:"三万人。"备曰:"恨⑫少。"瑜曰:"此自足用,豫州但观瑜破之。"备欲呼鲁肃等共会语,瑜曰:"受命不得妄委署;若欲见子敬,可别过之。"备深愧喜⑬。

注释

① 胡三省注:英雄之士犹乐其业,言无他志也。

② 奏案:陈放奏章的几案。

③ 此言群臣迎操之议毫无价值。

④ 以实校之:以实际情况来衡量。

⑤ 胡三省注:言新附之人,心怀狐疑,未能出死命而为之力战也。

⑥ 程公:程普。前发:发兵前进。

⑦ 此言如果能迎战曹操,就与他决战。

⑧ 胡三省注:不期而会曰邂逅,谓兵之胜负,或有不如本心之所期者也。

⑨ 逻吏:巡逻的吏卒。

⑩ 委署:委派人代理。

⑪ 胡三省注:谓能自屈其威而来见。

⑫ 恨:遗憾。

⑬ 胡三省注:愧者,自愧呼肃之非;喜者,喜瑜之整也。

进，与操遇于赤壁。

时操军众，已有疾疫。初一交战，操军不利，引次①江北。瑜等在南岸，瑜部将黄盖曰："今寇众我寡，难与持久。操军方连船舰，首尾相接，可烧而走也。"乃取蒙冲斗舰十艘，载燥荻、枯柴，灌油其中，裹以帷幕，上建旌旗，豫备走舸②，系于其尾。先以书遗操，诈云欲降。时东南风急，盖以十舰最著前，中江③举帆，余船以次俱进。操军吏士皆出营立观，指言盖降。去北军二里余，同时发火，火烈风猛，船往如箭，烧尽北船，延及岸上营落。顷之，烟炎张天，人马烧溺死者甚众。瑜等率轻锐继其后，雷④鼓大进，北军大坏。操引军从华容道⑤步走，遇泥泞，道不通，天又大风，悉使羸⑥兵负草填之，骑乃得过。羸兵为人马所蹈藉，陷泥中，死者甚众。刘备、周瑜水陆并进，追操至南郡。时操军兼以饥疫，死者太半⑦。操乃留征南将军曹仁、横野将军徐晃守江陵，折冲将军乐进守襄阳，引军北还。

> [!NOTE] 注释

① 次：临时驻扎。
② 走舸：舷上立矮墙，棹夫多，战卒少，皆选勇力精兑者，往返如飞鸥，乘人之所不及。金鼓旗帜，列之于上。
③ 中江：江中。
④ 雷：通"擂"，敲击。
⑤ 华容道：通往华容县的道路。华容县，属南郡，在今湖北监利市以北。
⑥ 羸：瘦弱。
⑦ 太半：大半。

> [!NOTE] 评析

本篇选自《资治通鉴》卷六五。赤壁之战，因明代小说《三国演义》及现代影视作品的艺术加工而深入人心,以至于我们读了《资治通鉴》里的"历史记载",反而觉得没那么精彩,不免大失所望。这本是再正常不过的事情。

赤壁之战的意义,要放在曹、孙、刘三家的实力对比中观察。这一战,对刘备的发展尤其重要。可以这么说,刘备的一生,以赤壁之战为界,为前后两阶段。前一阶段,刘备的事业并不顺利。他在与黄巾军的作战中起家,凭借微薄的军功获得一官半职,辗转在公孙瓒、吕布、曹操、袁绍、刘表手下讨生活,郁郁不得志。但刘备有一大优势,就是善于笼络人心。关羽、张飞是他出道前的铁杆兄弟,一直伴随左右。在一次次的投奔中,刘备周围又聚集起一批谋臣良将,赵云、诸葛亮就是其中的杰出代表。

官渡之战后,刘备脱离袁绍,投靠荆州刘表,但刘表看不起刘备,甚至对他严加防范。刘表去世后,曹操南下,荆州局势危急,刘备不得已,与孙权联合抗曹,其实就是投奔了孙权。赤壁之战期间,刘备有两万人,周瑜动员了三万人,从人数上说,双方出兵相当。但此时的孙权,割据江东,人才济济,实力雄厚,并未把刘备放在眼里。

赤壁之战之后,刘备获得了荆州,得了一块属于自己的土地。但荆州是四战之地,难以防守,且当时荆州有一半的辖地在曹操和孙权手里,直到刘备亲自去东吴,与孙权联姻,孙刘联盟才进一步巩固,曹操才无法继续其攻势。刘备稳住了脚跟,又利用刘璋的邀请夺取益州,攻占汉中,成就一番偏安的事业。

淝 水 之 战

东晋孝武帝太元七年(壬午,382年)

冬,十月,秦王坚会群臣于太极殿①,议曰:"自吾承业,垂三十载②,四方略定,唯东南一隅③,未沾王化。今略计吾士卒,可得九十七万,吾欲自将以讨之,何如?"秘书监④朱肜曰:"陛下恭行天罚,必有征无战,晋主不衔璧军门⑤,则走死江海,陛下返中国士民,使复其桑梓⑥,然后回舆东巡,告成岱宗⑦,此千载一时也。"坚喜曰:"是吾志也。"

尚书左仆射⑧权翼曰:"昔纣为无道,三仁⑨在朝,武王犹为之旋师。今晋虽微弱,未有大恶;谢安、桓冲皆江表伟人,君臣辑睦,内外同心,以臣观之,未可图也!"坚嘿然良久,曰:"诸君各言其志。"

注释

① 太极殿:前秦定都长安,太极殿为长安宫殿的正殿。
② 垂三十载:苻坚于东晋穆帝升平元年(357年)自立,故说近30年。垂:将近。
③ 此指东晋政权。
④ 秘书监:官名,掌管藏书。
⑤ 衔璧军门:古代战败国君主口衔玉璧,双手反缚,到战胜方的军营门前表示降服。
⑥ 胡三省注:谓永嘉之末避乱南渡之子孙也。桑梓:古人在住宅旁往往种植桑树和梓树,留给子孙,故桑梓为故乡代称。
⑦ 告成岱宗:到泰山祭祀天地,报告成功。岱宗:泰山。
⑧ 尚书左仆射:官名。尚书省副长官,位次尚书令。
⑨ 三仁:指商纣王时的三位贤臣微子、箕子和比干。

太子左卫率①石越曰:"今岁镇守斗,福德在吴②,伐之,必有天殃。且彼据长江之险,民为之用,殆未可伐也!"坚曰:"昔武王伐纣,逆岁违卜③。天道幽远,未易可知。夫差、孙皓皆保据江湖,不免于亡。今以吾之众,投鞭于江,足断其流，又何险之足恃乎！"对曰："三国之君皆淫虐无道，故敌国取之，易于拾遗。今晋虽无德，未有大罪，愿陛下且按兵积谷，以待其衅④。"于是群臣各言利害，久之不决。坚曰："此所谓筑舍道傍，无时可成⑤。吾当内断于心耳！"

群臣皆出，独留阳平公融，谓之曰："自古定大事者，不过一二臣而已。今众言纷纷，徒乱人意，吾当与汝决之。"对曰："今伐晋有三难：天道不顺，一也；晋国无衅，二也；我数战兵疲，民有畏敌之心，三也。群臣言晋不可伐者，皆忠臣也，愿陛下听之。"坚作色曰："汝亦如此，吾复何望！吾强兵百万，资仗如山；吾虽未为令主⑥，亦非暗劣⑦。乘累捷之势，击垂亡之国，何患不克，岂可复留此残寇，使长为国家之忧哉！"融泣曰："晋未可灭，昭然甚明。今劳师大举，恐无万全之功。且臣之所忧，不止于此。陛下宠育鲜卑、羌、羯，布满畿甸⑧，此属皆我之深仇。太子独与弱卒数万留守京师，臣惧有不虞之变生于腹心肘掖⑨，不可悔也。臣之顽愚，诚不足采；王景略一时英杰，陛下常比之诸葛武侯，独不记其临没之言乎！"坚不听。于是朝臣进谏者众，坚曰："以吾击晋，校其强弱之势，犹疾风之扫秋叶，而朝廷内外皆言不可，诚吾所不解也！"

注释

① 太子左卫率：太子属官，掌东宫侍卫。

② 岁镇守斗：岁，岁星，即木星；镇，镇星，即土星；斗，斗宿，此指南斗。木星和土星运行到斗宿区域。古人将天上的星宿方位与地上州国相对应，称为分野，并认为岁星运行至某一个星宿的区域，与之对应的分野就会吉利，斗宿的对应分野是吴地，所以说福德在吴（指东晋）。

③ 胡三省注：《荀子》曰，武王之诛纣也，东面而迎太岁。杨倞《注》曰，迎，谓逆太岁也。《尸子》曰，武王伐纣，鱼辛谏曰："岁在北方，不可北征。"武王

不从。《史记·齐世家》：武王将伐纣，卜龟，兆不吉，风雨暴至，群公尽惧。唯太公强之，劝武王，武王遂行。逆岁：逆着岁星所在的方位。违卜：违背占卜结果。

④ 衅：间隙，指可乘之机。

⑤ 筑舍道旁，无时可成：语见《诗经·小雅·小旻》："如彼筑室于道谋，是用不溃于成"，意为在道旁盖房子，向行人征求意见，人言各异，所以房子终究盖不成。

⑥ 令主：贤主。

⑦ 暗劣：昏庸无能。

⑧ 畿甸：指京城附近地区。

⑨ 虞：意料。腹心肘掖：指非常接近的地方。掖：通"腋"，肘腋。

太子宏曰："今岁在吴分，又晋君无罪，若大举不捷，恐威名外挫，财力内竭，此群下所以疑也！"坚曰："昔吾灭燕，亦犯岁而捷①，天道固难知也。秦灭六国，六国之君岂皆暴虐乎！"

冠军②、京兆尹慕容垂言于坚曰："弱并于强，小并于大，此理势自然，非难知也。以陛下神武应期③，威加海外，虎旅百万，韩、白④满朝，而蕞尔⑤江南，独违王命，岂可复留之以遗子孙哉！《诗》云：'谋夫孔多，是用不集。'⑥陛下断自圣心足矣，何必广询朝众！晋武平吴，所仗者张、杜⑦二三臣而已，若从朝众之言，岂有混壹之功！"坚大悦曰："与吾共定天下者，独卿而已。"赐帛五百匹。

坚锐意欲取江东，寝不能旦。阳平公融谏曰："'知足不辱，知止不殆。'⑧自古穷兵极武，未有不亡者。且国家本戎狄也，正朔会不归人。江东虽微弱仅存，然中华正统，天意必不绝之。"坚曰："帝王历数⑨，岂有常邪，惟德之所在耳！刘禅岂非汉之苗裔邪，终为魏所灭。汝所以不如吾者，正病此不达变通耳⑩！"

注释

① 370年，前秦灭前燕，而该年岁星正运行到燕的分野。

② 冠军：将军号，即冠军将军。

③ 应期：顺应天命。

④ 韩、白：韩信、白起，此代指良将。

⑤ 蕞尔：渺小的样子。

⑥ 谋夫孔多，是用不集：语见《诗经·小雅·小旻》，意为出主意的人太多，事情反而办不成。孔：非常。用：以。集：成功。

⑦ 张：张华。杜：杜预。

⑧ 知足不辱，知止不殆：语见《老子》第四十四章。殆：危险。

⑨ 历数：帝王相承的次序。

⑩ 病：有缺陷。达：通晓。

　　坚素信重沙门道安①，群臣使道安乘间②进言。十一月，坚与道安同辇游于东苑，坚曰："朕将与公南游吴、越，泛长江，临沧海，不亦乐乎！"安曰："陛下应天御世③，居中土而制四维，自足比隆尧、舜；何必栉风沐雨④，经略遐方⑤乎！且东南卑湿⑥，沴气易构⑦，虞舜游而不归，大禹往而不复⑧，何足以上劳大驾也！"坚曰："天生蒸民而树之君，使司牧之⑨，朕岂敢惮劳，使彼一方独不被泽乎！必如公言，是古之帝王皆无征伐也！"道安曰："必不得已，陛下宜驻跸⑩洛阳，遣使者奉尺书⑪于前，诸将总六师⑫于后，彼必稽首入臣，不必亲涉江、淮也。"坚不听。

　　坚所幸张夫人谏曰："妾闻天地之生万物，圣王之治天下，皆因其自然而顺之,故功无不成。是以黄帝服牛乘马⑬,因其性也;禹浚九川,障九泽,因其势也;后稷播殖百谷,因其时也;汤、武帅天下而攻桀、纣,因其心也;皆有因则成,无因则败。今朝野之人皆言晋不可伐,陛下独决意行之,妾不知陛下何所因也。《书》曰:'天聪明自我民聪明。'⑭天犹因民,而况人乎!妾又闻王者出师,必上观天道,下顺人心。今人心既不然矣,请验之天道。谚云:'鸡夜鸣者不利行师,犬群嗥者宫室将空,兵动马惊,军败不归。'自秋、冬以来,众鸡夜鸣,群犬哀嗥,厩马多惊,武库兵器自动有声,此皆非出师之祥也。"坚曰:"军旅之事,非妇人所当预也!"

注释

① 沙门:佛教中对出家修行者的称呼。道安(314—385年):东晋高僧,常山扶柳(今河北衡水市冀州区)人,前秦攻破襄阳,苻坚迎其至长安。

② 乘间:借机。

③ 御世:统治人间。

④ 栉风沐雨:以风梳发,以雨洗头,指不避风雨,奔波劳顿。

⑤ 遐方:远方。

⑥ 卑湿:地势低,气候潮湿。

⑦ 沴气:恶气。构:通"遘",遭受。

⑧ 虞舜游而不归:传说舜到南方巡视,死于苍梧(在今湖南永州市宁远县东南)。大禹往而不复:传说禹到东方巡视,死于会稽(今浙江绍兴市)。

⑨ 烝民:众民。司牧:管理,统治。

⑩ 驻跸:帝王出行所经之处,要清除道路,禁止行人,称为跸,故帝王出行,在某处暂时停留,称驻跸。

⑪ 尺书:指书信,亦指诏书。

⑫ 六师：六军，泛指天子所统领的军队。
⑬ 服牛乘马：役使牛马驾车。语见《易·系辞下》。
⑭ 语见《尚书·皋陶谟》，此言上天以民众的视听作为自己的视听，意为天顺民意。

坚幼子中山公诜最有宠，亦谏曰："臣闻国之兴亡，系贤人之用舍。今阳平公，国之谋主①，而陛下违之，晋有谢安、桓冲，而陛下伐之，臣窃惑之！"坚曰："天下大事，孺子安知！"

东晋孝武帝太元八年（癸未，383年）

夏，五月，桓冲帅众十万伐秦，攻襄阳；遣前将军刘波等攻沔北诸城；辅国将军杨亮攻蜀，拔五城，进攻涪城②；鹰扬将军郭铨攻武当③。六月，冲别将攻万岁、筑阳④，拔之。秦王坚遣征南将军巨鹿公叡⑤、冠军将军慕容垂等帅步骑五万救襄阳，兖州刺史张崇救武当，后将军张蚝、步兵校尉姚苌救涪城；叡军于新野⑥，垂军于邓城。桓冲退屯沔南。秋，七月，郭铨及冠军将军桓石虔败张崇于武当，掠二千户以归。巨鹿公叡遣慕容垂为前锋，进临沔水。垂夜命军士人持十炬，系于树枝，光照数十里。冲惧，退还上明。张蚝出斜谷⑦；杨亮引兵还。冲表其兄子石民领襄城太守，戍夏口。冲自求领江州刺史；诏许之。

注释

① 谋主：主要的谋臣。
② 涪城：治今四川绵阳市东。
③ 武当：今湖北丹江口市。

④ 筑阳：今湖北襄阳市谷城县东。

⑤ 巨鹿公叡：苻叡，苻坚子，苻坚即位后，封为巨鹿公。

⑥ 新野：今河南南阳市新野县。

⑦ 斜谷：斜谷道，在今陕西宝鸡市眉县西南。

  秦王坚下诏大举入寇，民每十丁遣一兵；其良家子①年二十已下，有材勇者，皆拜羽林郎②。又曰："其以司马昌明③为尚书左仆射，谢安为吏部尚书，桓冲为侍中；势还不远④，可先为起第⑤。"良家子至者三万余骑，拜秦州主簿金城赵盛之为少年都统。是时，朝臣皆不欲坚行，独慕容垂、姚苌及良家子劝之。阳平公融言于坚曰："鲜卑、羌虏，我之仇雠⑥，常思风尘之变⑦以逞其志，所陈策画，何可从也！良家少年皆富饶子弟，不闲⑧军旅，苟⑨为谄谀之言以会陛下之意。今陛下信而用之，轻举大事，臣恐功既不成，仍有后患，悔无及也！"坚不听。

注释

① 良家子：清白人家子弟。

② 羽林郎：羽林军（禁卫军）的军官。

③ 司马昌明：东晋孝武帝司马曜，字昌明。

④ 胡三省注：谓以势言之，克晋之期，近在旦夕，还师不远也。

⑤ 第：建造的宅院，此指官邸。

⑥ 胡三省注：慕容垂，鲜卑也；姚苌，羌也；其国皆为秦所灭，虽曰臣服，其实仇雠。

⑦ 风尘之变：指政局变动、战乱迭起的局势变化。

⑧ 闲：通"娴"，熟悉。

⑨ 苟：苟且、随便。

八月,戊午,坚遣阳平公融督张蚝、慕容垂等步骑二十五万为前锋;以兖州刺史姚苌为龙骧将军、督益梁州诸军事。坚谓苌曰:"昔朕以龙骧建业①,未尝轻以授人,卿其勉之!"左将军窦冲曰:"王者无戏言,此不祥之征也!"坚默然。

慕容楷、慕容绍言于慕容垂曰:"主上骄矜已甚,叔父建中兴之业,在此行也!"垂曰:"然。非汝,谁与成之!"

甲子,坚发长安,戎卒六十余万,骑二十七万,旗鼓相望,前后千里。九月,坚至项城,凉州之兵始达咸阳②,蜀、汉之兵方顺流而下,幽、冀之兵至于彭城,东西万里,水陆齐进,运漕万艘。阳平公融等兵三十万,先至颍口③。

诏以尚书仆射谢石为征虏将军、征讨大都督,以徐、兖二州刺史谢玄为前锋都督,与辅国将军谢琰、西中郎将桓伊等众共八万拒之;使龙骧将军胡彬以水军五千援寿阳④。琰,安之子也。

是时,秦兵既盛,都下⑤震恐。谢玄入,问计于谢安,安夷然⑥,答曰:"已别有旨。"既而寂然。玄不敢复言,乃令张玄重请。安遂命驾⑦出游山墅,亲朋毕集,与玄围棋赌墅。安棋常劣于玄,是日,玄惧,便为敌手而又不胜⑧。安遂游陟,至夜乃还。桓冲深以根本为忧,遣精锐三千入卫京师;谢安固却之,曰:"朝廷处分已定,兵甲无阙,西藩宜留以为防。"冲对佐吏叹曰:"谢安石有庙堂之量,不闲将略⑨。今大敌垂至,方游谈不暇,遣诸不经事少年拒之,众又寡弱,天下事已可知,吾其左衽矣!⑩"

注释

① 以龙骧建业：苻坚杀秦帝苻生而夺得君位,为龙骧将军。

② 项城：项县，今河南周口市沈丘县。凉州：治姑臧，今甘肃武威市。

③ 颍口：今安徽阜阳市颍上县，颍水由此入淮。

④ 寿阳：县名，今安徽淮南市寿县。寿阳在淮河南岸淝水入淮处，颍口以东，与之隔岸相对。因苻融等所率三十万先遣部队已至颍口，寿阳危及，故东晋出兵增援。

⑤ 都下：东晋都城建康（今江苏南京市）。

⑥ 夷然：坦然。

⑦ 命驾：命令准备车马。

⑧ 胡三省注：敌手，谓下子争行劫，智算相敌也。玄意不在棋，故不能胜安。

⑨ 庙堂之量：治理国家的才能。庙堂：朝廷。闲：通"娴"，熟练，熟悉。

⑩ 左衽：衽，衣襟。古代北方游牧民族衣服前襟向左掩，此句意为东晋将被前秦所灭。

冬，十月，秦阳平公融等攻寿阳；癸酉，克之，执平虏将军徐元喜等。融以其参军河南郭褒为淮南太守。慕容垂拔郧城①。胡彬闻寿阳陷，退保硖石②，融进攻之。秦卫将军梁成等帅众五万屯于洛涧③，栅淮以遏东兵④。谢石、谢玄等去洛涧二十五里而军，惮成不敢进。胡彬粮尽，潜遣使告石等曰："今贼盛粮尽，恐不复见大军！"秦人获之，送于阳平公融。融驰使白秦王坚曰："贼少易擒，但恐逃去，宜速赴之！"⑤坚乃留大军于项城，引轻骑八千，兼道就融于寿阳。遣尚书朱序来说谢石等，以为："强弱异势，不如速降。"序私谓石等曰："若秦百万之众尽至，诚难与为敌。今乘诸军未集，宜速击之；若败其前锋，则彼已夺气，可遂破也。"

注释

① 郧城：今湖北孝感市安陆市。

② 硖石：山名。在今安徽淮南市寿县西北。
③ 洛涧：今安徽淮河支流洛河。
④ 栅淮以遏东兵：在淮水边设栅栏，修筑防御工事，以阻止晋军西进。
⑤ 胡三省注：融持议以为晋不可伐，今临敌乃轻脱如此，亦天夺其鉴也。

石闻坚在寿阳，甚惧，欲不战以老①秦师。谢琰劝石从序言。十一月，谢玄遣广陵相刘牢之帅精兵五千趣洛涧②，未至十里，梁成阻涧为陈③以待之。牢之直前渡水，击成，大破之，斩成及弋阳④太守王咏；又分兵断其归津，秦步骑崩溃，争赴淮水，士卒死者万五千人，执秦扬州刺史王显等，尽收其器械军实。于是谢石等诸军，水陆继进。秦王坚与阳平公融登寿阳城望之，见晋兵部阵严整，又望八公山⑤上草木皆以为晋兵，顾谓融曰："此亦劲敌⑥，何谓弱也！"怃然⑦始有惧色。

注释

① 老：使疲惫。
② 广陵：封国名，今江苏扬州市。相：封国的行政长官。趣：同"趋"，迅速前往。
③ 陈：通"阵"，军阵。
④ 弋阳：今河南信阳市潢川县。
⑤ 八公山：又名北山，在寿阳城北。
⑥ 劲（qíng）敌：强劲的敌人。
⑦ 怃然：失意的样子。

秦兵逼肥水①而陈，晋兵不得渡。谢玄遣使谓阳平公融曰："君悬军②深入,而置陈逼水,此乃持久之计,非欲速战者也。若移陈少却,使晋兵得渡,以决胜负,不亦善乎!"秦诸将皆曰:"我众彼寡,不如遏之,使不得上,可以万全。"坚曰:"但引兵少却,使之半渡,我以铁骑蹙而杀之,蔑不胜矣!③"融亦以为然,遂麾兵使却。秦兵遂退,不可复止。谢玄、谢琰、桓伊等引兵渡水击之。融驰骑略陈④,欲以帅退者,马倒,为晋兵所杀,秦兵遂溃。玄等乘胜追击,至于青冈⑤;秦兵大败,自相蹈藉⑥而死者,蔽野塞川。其走者闻风声鹤唳⑦,皆以为晋兵且至,昼夜不敢息,草行露宿,重以饥冻,死者什七、八。初,秦兵少却,朱序在陈后呼曰:"秦兵败矣!"众遂大奔。序因与张天锡⑧、徐元喜皆来奔。获秦王坚所乘云母车⑨及仪服、器械、军资、珍宝、畜产不可胜计,复取寿阳,执其淮南太守郭褒。

> **注释**

① 肥水:又作淝水,源出今安徽合肥市西北将军岭,向西北流经寿县,经八公山西南入淮河。
② 悬军:孤军。
③ 蹙:逼迫。蔑:无。
④ 驰骑略陈:飞马巡视阵地。略:巡视。
⑤ 青冈:地名,在寿县西北。
⑥ 蹈藉:践踏。
⑦ 走者:逃兵。风声鹤唳:形容惊慌失措、自相惊扰的样子。唳:鸣叫。
⑧ 张天锡:十六国时期前凉国主,376年苻坚攻凉州,张天锡战败投降前秦。
⑨ 云母车:用云母镶饰的车子。

坚中流矢,单骑走至淮北,饥甚,民有进壶飧、豚髀者①,坚食之,赐帛十四,绵十斤。辞曰:"陛下厌苦安乐②,自取危困。臣为陛下子,陛下为臣父,安有子饲其父而求报乎!"弗顾而去。坚谓张夫人曰:"吾今复何面目治天下乎!"潸然流涕。

谢安得驿书③,知秦兵已败,时方与客围棋,摄书置床上④,了无喜色,围棋如故。客问之,徐答曰:"小儿辈遂已破贼。"既罢,还内⑤,过户限⑥,不觉屐齿之折⑦。

注释

① 飨:熟食。髀:大腿。
② 厌苦安乐:厌恶艰难困苦,喜欢安逸享乐。
③ 驿书:驿站传来的战报。
④ 摄:收折。床:放置器物的案几。
⑤ 内:内宅。
⑥ 户限:门槛。
⑦ 不觉屐齿之折:连木屐底下的木条折断了都不知道,形容谢安心内极度欢喜。

评析

本篇选自《资治通鉴》卷一〇四至卷一〇五。淝水之战是魏晋南北朝时期的一次大战,也是《资治通鉴》中浓墨重彩描写的名篇,历来为选译《资治通鉴》者所重视。

从以史为鉴的角度而言,《资治通鉴》重视写战争,司马光把用兵看作国家的大政,是影响治乱兴衰的关键;从历史写作的技巧来看,《资治通鉴》善于写战争,长平之战、赤壁之战、淝水之战等,在司马光的笔下详尽生动,发人深思。本篇选文,充分展示了《资治通鉴》刻画战争的写作特点。

其一,注重战前的分析,如战争动因、双方的酝酿和争论。苻坚的骄傲自大、刚愎自用,听不进任何理性的反对声音,在战前君臣的分析和讨论中暴露无遗。

其二,注重用兵的谋略。前秦军队进行如此大规模的作战,全部兵力分成四条战线,我们在历史记载中却看不到任何联合作战的记载。比如,中路的主力军,人数虽多,却如一字长蛇,浩浩荡荡,前后千里,先头部队经过长途跋涉,尚未得到休整便投入战斗。东晋兵力虽少,却沉着应战,能够集中优势兵力歼灭前秦军队主力。双方指挥部署的差异,给我们留下深刻印象。

其三,注重从政治角度分析战争胜败的原因。苻坚在统一北方的战争中屡屡获胜,因而产生了骄傲情绪,前秦的民众则在长期的征战中疲惫不堪。司马光曾精辟地指出,"以骄主御疲民,未有不亡也"。

阅读《资治通鉴》,一方面可以获取重要的历史信息,另一方面也可关注其叙事方式。司马光为了写好这场大战,如何精心布局,怎样锤炼文字,体现了《资治通鉴》在历史编纂学上的成就和贡献。

第九编
南北分立

孝文迁都

南齐武帝永明十一年（癸酉，493 年）

　　魏主以平城地寒①，六月雨雪，风沙常起，将迁都洛阳；恐群臣不从，乃议大举伐齐，欲以胁众。斋于明堂左个②，使太常卿王谌筮之，遇《革》，帝曰："'汤、武革命，应乎天而顺乎人。'吉孰大焉！"群臣莫敢言。尚书任城王澄③曰："陛下奕叶重光④，帝有中土；今出师以征未服，而得汤、武革命之象，未为全吉也。"帝厉声曰："繇云'大人虎变'，何言不吉！⑤"澄曰："陛下龙兴已久，何得今乃虎变！"帝作色曰："社稷我之社稷，任城欲沮⑥众邪！"澄曰："社稷虽为陛下之有，臣为社稷之臣，安可知危而不言！"帝久之乃解，曰："各言其志，夫亦何伤！"

　　既还宫，召澄入见，逆⑦谓之曰："向者《革卦》，今当更与卿论之。明堂之忿，恐人人竞言，沮我大计，故以声色怖文武耳。想识⑧朕意。"因屏人谓澄曰："今日之举，诚为不易。但国家兴自朔土⑨，徙居平城；此乃用武之地，非可文治。今将移风易俗，其道诚难，朕欲因此迁宅中原，卿以为何如？"澄曰："陛下欲卜宅中土以经略四海，此周、汉之所以兴隆也。"帝曰："北人习常恋故，必将惊扰，奈何？"澄曰："非常之事，故非常人之所及。陛下断自圣心，彼亦何所能为！"帝曰："任城，吾之子房⑩也！"

注释

① 魏主：北魏孝文帝元宏，471—499 年在位。平城：北魏迁都洛阳前的首都，今山西大同市东北。

② 明堂：古代帝王宣明政教的地方。凡朝会、祭祀、庆赏、选士、养老、教学等大典，都在此举行。左个：左侧偏室。

③ 任城王澄：元澄，北魏宗室，袭封任城王。

④ 奕叶重光：指继承前代帝王的功德。奕叶：累世。

⑤ 繇：占卜的占辞。大人虎变：《易经·革卦》之爻辞。虎变：虎的皮毛在换毛之后花纹更有光泽，指经过革命之后，新君主事业昭著。

⑥ 沮：阻止。

⑦ 逆：迎上去。

⑧ 识：知道。

⑨ 朔土：北方。

⑩ 子房：张良，字子房。有大臣建议刘邦迁都关中，刘邦犹豫不决，张良赞成，刘邦遂建都长安。

（秋，七月，癸未）魏主使录尚书事广陵王羽持节安抚六镇①，发其突骑②。丁亥，魏主辞永固陵③；己丑，发平城，南伐，步骑三十余万；使太尉丕与广陵王羽留守平城，并加使持节。羽曰："太尉宜专节度，臣正可为副。"魏主曰："老者之智，少者之决④，汝无辞也。"以河南王幹为车骑大将军、都督关右诸军事，又以司空穆亮、安南将军卢渊、平南将军薛胤皆为幹副，众合七万出子午谷。

（九月，乙亥）魏主自发平城至洛阳，霖雨不止。丙子，诏诸军前发。丁丑，帝戎服，执鞭乘马而出。群臣稽颡于马前⑤。帝曰："庙算⑥已定，大军将进，诸公更欲何云？"尚书李冲等曰："今者之举，天下所不愿，唯陛下欲之；臣不知陛下独行，竟何之也！臣等有其意而无其辞，敢以死请！"帝大怒曰："吾方经营天下，期于混壹，而卿等儒生，屡疑大计；斧钺有常，卿勿复言！"⑦策马将出。于是安定王休等并殷勤泣谏⑧。帝乃谕群臣曰："今者兴发不小，动而无成，何以示后！朕世居幽朔，欲南迁中土；苟不南伐，当迁都于此，王公以为何如？欲迁者左，不欲者右。"安定王休等相帅如右。南安王桢⑨进曰："'成大功者不谋于众。'今陛下苟辍南伐之谋，迁都洛邑，此臣等之愿，苍生之幸也。"群臣皆呼万岁。时旧人⑩虽不愿内徙，而惮于南伐，无敢言者；遂定迁都之计。

注释

① 六镇：北魏初都平城，为拱卫首都，抵御北方柔然等部的进攻，在平城北部自西向东设置六镇，集中部署主要军事力量。
② 突骑：精锐骑兵。
③ 永固陵：北魏文明太后之陵墓。
④ 胡三省注：言老者经事多，故智虑深远；少者气盛，故临事有断。
⑤ 胡三省注：稽颡于前，将谏南伐也。稽颡：跪拜时屈膝下拜，以额触地，表示极度虔诚。
⑥ 庙算：朝廷制定的谋略。
⑦ 胡三省注：此亦所以怖群臣而决迁都之计也。
⑧ 安定王休：元休，北魏太武帝孙，封安定王。
⑨ 南安王桢：元桢，北魏太武帝孙，封南安王。
⑩ 旧人：与魏同起于北土之子孙，即所谓国人。

　　李冲言于上曰："陛下将定鼎洛邑，宗庙宫室，非可马上游行以待之。愿陛下暂还代都，俟群臣经营毕功，然后备文物、鸣和鸾而临之。"①帝曰："朕将巡省州郡②，至邺小停，春首即还，未宜归北。"③乃遣任城王澄还平城，谕留司百官④以迁都之事，曰："今日真所谓革也⑤。王其勉之！"

　　帝以群臣意多异同，谓卫尉卿、镇南将军于烈曰："卿意如何？"烈曰："陛下圣略渊远，非愚浅所测。若隐⑥心而言，乐迁之与恋旧，适中半耳。"帝曰："卿既不唱异，即是肯同，深感不言之益。"使还镇平城，曰："留台⑦庶政，一以相委。"

冬,十月,戊寅朔,魏主如金墉城⑧,征穆亮,使与尚书李冲、将作大匠董尔经营洛都。己卯,如河南城⑨;乙酉,如豫州⑩;癸巳,舍于石济⑪。乙未,魏解严⑫,设坛于滑台城⑬东,告行庙⑭以迁都之意。大赦。起滑台宫。任城王澄至平城,众始闻迁都,莫不惊骇。澄援引古今,徐以晓之,众乃开伏⑮。澄还报于滑台,魏主喜曰:"非任城,朕事不成。"

注释

① 文物:车服、旌旗、仪仗之类。和鸾:车铃。挂在车前横木上者称"和",挂在轭首或车架上者称"鸾"。

② 巡省:巡视。

③ 胡三省注:不肯归北,盖虑北人归代复恋土重迁也。

④ 留司百官:留在平城的官员。

⑤ 胡三省注:谓前筮之遇《革》,今之迁都真以革北方之俗。

⑥ 隐:审度。

⑦ 留台:古代帝王离京,奉命留守京师的官署及官员。朝廷禁省称为台,称禁城为台城,故名。

⑧ 金墉城:城名,为当时洛阳城(在今河南洛阳市东北)西北的小城,为攻守要地。北魏初年为"河南四镇"之一。

⑨ 河南城:河南县城。在当时的洛阳城西南。

⑩ 豫州:治上蔡县,今河南驻马店市汝南县。

⑪ 石济:古黄河渡口,在今河南卫辉市。

⑫ 解严:解除应急戒备措施。

⑬ 滑台城:古城名,在今河南安阳市滑县东。北临古黄河,东晋南北朝时为军事要地。

⑭ 行庙：天子出巡或大军出征临时建立的祖庙。

⑮ 开伏：领悟心服。

南齐明帝建武元年（甲戌，494年）

（二月）壬寅，魏主北巡；癸卯，济河；三月壬申，至平城。使群臣更论迁都利害，各言其志。燕州刺史穆罴曰："今四方未定，未宜迁都。且征伐无马，将何以克？"帝曰："厩牧在代，何患无马！今代在恒山之北，九州之外，非帝王之都也。"尚书于果曰："臣非以代地为胜伊、洛之美也。但自先帝以来，久居于此，百姓安之；一旦南迁，众情不乐。"平阳公丕曰："迁都大事，当讯之卜筮。"帝曰："昔周、召①圣贤，乃能卜宅。今无其人，卜之何益！且'卜以决疑，不疑何卜！②'黄帝卜而龟焦③，天老④曰'吉'，黄帝从之。然则至人⑤之知未然，审于龟矣。王者以四海为家，或南或北，何常之有！朕之远祖，世居北荒。平文皇帝始都东木根山。昭成皇帝更营盛乐，道武皇帝迁于平城⑥。朕幸属胜残⑦之运，而独不得迁乎！"群臣不敢复言。罴，寿之孙；果，烈之弟也。癸酉，魏主临朝堂，部分⑧迁留。

（冬，十月）戊申，魏主亲告太庙，使高阳王雍、于烈奉迁神主⑨于洛阳；辛亥，发平城。

（十一月，戊子）魏主至洛阳，欲澄清流品⑩，以尚书崔亮兼吏部郎。

（十二月，辛丑朔）魏主欲变易旧风，壬寅，诏禁士民胡服。国人多不悦。

戊申，诏代民迁洛者复⑪租赋三年。

注释

① 周、召：周公、召公。

② 卜以决疑，不疑何卜：《左传》鲁桓公十一年载楚国大夫斗廉之言。

③ 龟焦：占卜用的龟甲因灼烧焦枯而未能显示裂纹。

④ 天老：相传为黄帝辅臣。

⑤ 至人：指道德修养达到最高境界的人。

⑥ 平文皇帝：拓跋郁律谥号。东木根山：山名，在今内蒙古自治区乌兰察布市兴和县北。昭成皇帝：拓跋什翼犍谥号。盛乐：古城名，在今内蒙古自治区呼和浩特市和林格尔县西北。道武皇帝：北魏开国皇帝拓跋珪谥号。

⑦ 幸属：有幸赶上。胜残：遏制残暴的人，使其不再作恶。

⑧ 部分：部署、处分。

⑨ 神主：太庙内本朝历代帝王的牌位。

⑩ 流品：官阶类别、等级。

⑪ 复：免除。

南齐明帝建武二年（乙亥，495年）

（三月）戊子，魏太师京兆武公冯熙卒于平城。

（夏，四月）辛丑，为冯熙举哀。太傅、录尚书事平阳公丕不乐南迁，与陆叡表请魏主还临熙葬。帝曰："开辟以来，安有天子远奔舅丧者乎！今经始洛邑，岂宜妄相诱引，陷君不义！令、仆以下①，可付法官贬之。"仍诏迎熙及博陵长公主之枢，南葬洛阳，礼如晋安平献王故事。

（五月）甲午，魏太子冠于庙。魏主欲变北俗，引见群臣，谓曰："卿等欲朕远追商、周，为欲不及汉、晋邪？"咸阳王禧对曰："群臣愿陛下度越前王耳。"帝曰："然则当变风易俗，当因循守故邪？"对曰："愿圣政日新。"帝曰："为止于一身，为欲传之子孙邪？"对曰："愿传之百世。"帝曰："然则必当改作，卿等不得违也。"对曰："上令下从，其谁敢违！"帝曰："夫'名不正，言不顺，则礼乐不可兴'。今欲断诸北语，一从正音。其年三十已上，习性已久，容不可猝革。三十已下，见在朝廷之人，语音不听仍旧；若有故为②，当加降黜。各宜深戒！王公卿士以为然不？"对曰："实如圣旨。"帝曰："朕尝与李冲论此，冲曰：'四方之语，竟知谁是；帝者言之，即为正矣。'冲之此言，其罪当死！"因顾冲曰："卿负社稷，当令御史牵下！"冲免冠顿首谢。又责留守之官曰："昨望见妇女犹服夹领小袖，卿等何为不遵前诏！"皆谢罪。帝曰："朕言非是，卿等当庭争。如何入则顺旨，退则不从乎！"六月，己亥，下诏："不得为北俗之语于朝廷，违者免所居官。"

癸卯，魏主使太子如平城赴太师熙之丧。

（癸丑）魏有司奏："广川王妃葬于代都，未审以新尊从旧卑，以旧卑就新尊？"魏主曰："代人迁洛者，宜悉葬邙山③。其先有夫死于代者，听妻还葬；夫死于洛者，不得还代就妻。其余州之人，自听从便。"丙辰，诏："迁洛之民死，葬河南，不得还北。"于是代人迁洛者悉为河南洛阳人。

（八月，乙丑）魏金墉宫成，立国子、太学、四门小学④于洛阳。

注释

① 胡三省注：此平城留台令、仆也。
② 胡三省注：谓故意为北语，不肯从华言者。
③ 邙山：山名，在今河南洛阳市东北，汉魏以来为王侯公卿归葬之处。
④ 国子：国子学。国子学与太学都是国家最高学府，但生员不同。国子学生员为上层贵族子弟，太学生员为中层贵族子弟。四门小学：提供初等教育的学校，设于京城四门。

九月，庚午，魏六宫、文武悉迁于洛阳。

南齐明帝建武三年（丙子，496年）

（春，正月，丁卯）魏主下诏，以为："北人谓土为拓，后为跋。魏之先出于黄帝，以土德王，故为拓跋氏。夫土者，黄中之色，万物之元也；宜改姓元氏。诸功臣旧族自代来者，姓或重复，皆改之。"于是始改拔拔氏为长孙氏，达奚氏为奚氏，乙旃氏为叔孙氏，丘穆陵氏为穆氏，步六孤氏为陆氏，贺赖氏为贺氏，独孤氏为刘氏，贺楼氏为楼氏，勿忸于氏为于氏，尉迟氏为尉氏；其余所改，不可胜纪。

魏太子恂不好学；体素肥大，苦河南地热，常思北归。魏主赐之衣冠，恂常私著胡服。中庶子辽东高道悦数切谏，恂恶之。八月，戊戌，帝如嵩高，恂与左右密谋，召牧马轻骑奔平城，手刃道悦于禁中。领军元俨勒门防遏①，入夜乃定。诘旦，尚书陆琇驰以启帝，帝大骇，秘其事，仍至汴口而还。甲寅，入宫，引见恂，数其罪，亲与咸阳王禧更代杖之百余下，扶曳出外，囚于城西，月余乃能起。

（冬，十月，戊戌）魏主引见群臣于清徽堂，议废太子恂。太子太傅穆亮、少保李冲免冠顿首谢。帝曰："卿所谢者私也，我所议者国也！'大义灭亲'，古人所贵。今恂欲违父逃叛，跨据恒、朔②，天下之恶孰大焉！若不去之，乃社稷之忧也。"闰月，丙寅，废恂为庶人，置于河阳无鼻城，以兵守之，服食所供，粗免饥寒而已。

初，魏文明太后欲废魏主，穆泰切谏而止，由是有宠。及帝南迁洛阳，所亲任者多中州儒士，宗室及代人往往不乐。泰自尚书右仆射出为定州③刺史，自陈久病，土湿则甚，乞为恒州；帝为之徙恒州刺史陆叡为定州，以泰代之。泰至，叡未发，遂相与谋作乱，阴结镇北大将军乐陵王思誉、安乐侯隆、抚冥镇将鲁郡侯业、骁骑将军超等，共推朔州刺史阳平王颐为主。思誉，天赐之子；业，丕之弟；隆、超，皆丕之子也。叡以为洛阳休明④，劝泰缓之，泰由是未发。

注释

① 胡三省注：严勒门卫以防遏其变。

② 恒：恒州，治平城。朔：朔州，后改为怀朔，又改为州，治盛乐。

③ 定州：治卢奴，今河北定州市。

④ 休明：用以赞美明君或盛世。

颐伪许泰等以安其意，而密以状闻。行吏部尚书任城王澄有疾，帝召见于凝闲堂，谓之曰："穆泰谋为不轨，扇诱宗室。朕或必然，今迁都甫尔，北人恋旧，南北纷扰，朕洛阳不立也。此国家大事，非卿不能办。卿虽疾，强为我北行，审观其势。傥其微弱，直往擒之；若已强盛可承制发并、肆①兵击之。"对曰："泰等愚惑，正由恋旧，为此计耳，非有深谋远虑；臣虽驽怯，足以制之，愿陛下勿忧。虽有犬马之疾，何敢辞也！"帝笑曰："任城肯行，朕复何忧！"遂授澄节、铜虎、竹使符、御仗左右，仍行恒州事。

行至雁门②，雁门太守夜告云："泰已引兵西就阳平。"澄遽令进发。右丞孟斌曰："事未可量，宜依敕召并、肆兵，然后徐进。"澄曰："泰既谋乱，应据坚城；而更迎阳平，度其所为，当似势弱。泰既不相拒，无故发兵，非宜也。但速往镇之，民心自定。"遂倍道兼行③。先遣治书侍御史李焕单骑入代，出其不意，晓谕泰党，示以祸福，皆莫为之用。泰计无所出，帅麾下数百人攻焕，不克，走出城西，追擒之。澄亦寻至，穷治党与，收陆叡等百余人，皆系狱，民间帖然。澄具状表闻，帝喜，召公卿，以表示之曰："任城可谓社稷臣也。观其狱辞，正复皋陶何以过之！"④顾谓咸阳王禧等曰："汝曹当此，不能办也。"

南齐明帝建武四年(丁丑,497年)

(二月)癸酉,魏主至平城,引见穆泰、陆叡之党问之,无一人称枉者;时人皆服任城王澄之明。穆泰及其亲党皆伏诛;赐陆叡死于狱,宥⑤其妻子,徙辽西⑥为民。

注释

① 肆:州名,北魏太平真君七年(466年)置,治所在今山西忻州市西北。
② 雁门:雁门郡,治广武县(今山西忻州市代县)。
③ 倍道兼行:加倍速度赶路。
④ 正:即使。复:复生,此作使动用法。皋陶:传说舜之臣,掌刑狱之事。
⑤ 宥:宽宥,赦免。
⑥ 辽西:辽西郡,治肥如县(今河北秦皇岛市卢龙县西北)。

初,魏主迁都,变易旧俗,并州刺史新兴公丕皆所不乐;帝以其宗室耆旧,亦不之逼,但诱示大理①,令其不生同异而已。及朝臣皆变衣冠,朱衣满坐,而丕独胡服于其间,晚乃稍加冠带,而不能修饰容仪,帝亦不强也。

太子恂自平城将迁洛阳,元隆与穆泰等密谋留恂,因举兵断关,规据陉北。丕在并州,隆等以其谋告之。丕外虑不成,口虽折难,心颇然之。及事觉,丕从帝至平城,帝每推问泰等,常令丕坐观。有司奏元业、元隆、元超罪当族,丕应从坐。帝以丕尝受诏许以不死,听免死为民,留其后妻、二子,与居于太原,杀隆、超、同产②乙升,余子徙敦煌。

初,丕、叡与仆射李冲、领军于烈俱受不死之诏。叡既诛,帝赐冲、烈诏曰:"叡反逆之志,自负幽冥;违誓在彼,不关朕也。反逆既异余犯,虽欲矜恕,如何可得?然犹不忘前言,听自死别府,免其孥戮。元丕二子、一弟,首为贼端,连坐应死,特恕为民。朕本期始终而彼自弃绝,违心乖念,一何可悲! 故此别示,想无致怪。谋反之外,皎如白日耳。"冲、烈皆上表谢。

臣光曰:夫爵禄废置,杀生予夺,人君所以驭臣之大柄也。是故先王之制,虽有亲、故、贤、能、功、贵、勤、宾,苟有其罪,不直赦也;必议于槐棘之下③,可赦则赦,可宥则宥,可刑则刑,可杀则杀;轻重视情,宽猛随时。故君得以施恩而不失其威,臣得以免罪而不敢自恃。及魏则不然,勋贵之臣,往往豫许之以不死;彼骄而触罪,又从而杀之。是以不信之令诱之使陷于死地也。刑政之失,无此为大焉!

是时,代乡旧族,多与泰等连谋,唯于烈无所染涉,帝由是益重之。帝以北方酋长及侍子畏暑,听秋朝洛阳,春还部落,时人谓之"雁臣"。

注释

① 胡三省注:示以事理之大归而已,不反复告语之。
② 同产:同母所生兄弟。
③ 胡三省注:此周礼所谓八议也。槐棘:公卿之位。《王制》:狱成,大司寇听之于棘木之下。

评析

本篇选自《资治通鉴》卷一三八至卷一四一。北魏孝文帝改革,分为前后两个阶段,第一阶段的改革实际由冯太后主持,建立俸禄制度、均田制度和三长制度。后世论者认为,冯太后改革成功的原因在于其抓住了北魏由一个胡族政权转向王朝国家的核心问题。俸禄制度，建立起规范的官僚薪酬制度；均田制度，解决了耕者有其田的问题；三长制度，建立起基层组织，实现了部分国家体制与汉文化的接轨；第二阶段的改革由孝文帝主持，进入改革的深水区，触动更大范围的既得利益集团而充满激烈的斗争。

北魏道武帝拓跋珪定都平城之后，人口逐渐集中于此，粮食供给逐渐发生困难。当均田制推行以后，中原的农业经济已经成为北魏王朝的重要基础，从关外平城迁往中原经济文化中心洛阳，已经成为当务之急。况且，地处拓跋氏北方的柔然势力崛起，平城难免有累卵之危。迁都势在必行。

迁都的过程困难重重。拓跋氏统治集团中的功勋元老极力抵制，反对派中甚至还有太子。他们与以孝文帝为首的改革派发生了激烈的冲突，继而发动叛乱。最终，孝文帝废太子并将其赐死，又诛杀了一批功臣。此后，改革事业才不再受到牵制，禁鲜卑语、改鲜卑复姓、禁胡服、改宗庙郊祀礼仪、改官制，汉化程度进一步提高。

孝文帝以极大的勇气和代价，试图把北魏政权改造成华夏正统文化的继承者。同时，有一批鲜卑旧势力留在了北方，保留鲜卑原有的生活习俗和意识形态。由此，北魏政权形成南北两种文化区域，双方隔阂日益加深。后来北方的六镇兵变、北魏政权分为东魏和西魏，均与此有关。

侯景之乱

梁武帝太清二年（戊辰，548年）

（八月，庚寅）侯景自至寿阳，征求无已，朝廷未尝拒绝。景请娶于王、谢，上曰："王、谢门高非偶①，可于朱、张②以下访之。"景恚③曰："会将吴儿女配奴！"又启求锦万匹为军人作袍，中领军朱异议以青布给之。又以台所给仗多不能精，启请东冶锻工，欲更营造，敕并给之。

　　上既不用景言，与东魏和亲，是后景表疏稍稍悖慢；又闻徐陵等使魏，反谋益甚。元贞知景有异志，累启还朝。景谓曰："河北事虽不果，江南何虑失之，何不小忍！"贞惧，逃归建康，具以事闻；上以贞为始兴内史，亦不问景④。

　　鄱阳王范密启景谋反。时上以边事专委朱异，动静皆关之，异以为必无此理。上报范曰："景孤危寄命，譬如婴儿仰人乳哺，以此事势，安能反乎！"范重陈之曰："不早翦扑⑤，祸及生民。"上曰："朝廷自有处分，不须汝深忧也。"范复请以合肥之众讨之，上不许。朱异谓范使曰："鄱阳王遂不许朝廷有一客！"自是范启，异不复为通⑥。

　　景邀羊鸦仁同反，鸦仁执其使以闻。异曰："景数百叛虏，何能为！"敕以使者付建康狱，俄解遣之。景益无所惮，启上曰："若臣事是实，应雁国宪；如蒙照察，请戮鸦仁！"景又言："高澄狡猾，宁可全信！陛下纳其诡语，求与连和，臣亦窃所笑也。臣宁堪粉骨，投命雠门，乞江西一境，受臣控督。如其不许，即帅甲骑，临江上，向闽、越，非唯朝廷自耻，亦是三公盱食。"上使朱异宣语答景使曰："譬如贫家，畜十客、五客，尚能得意；朕唯有一客，致有忿言，亦朕之失也。"益加赏赐锦彩钱布，信使相望⑦。

注释

① 偶：匹配。

② 胡三省注：朱、张，谓朱异、张绾之族也。

③ 恚：恨，怒。

④ 胡三省注：帝既不问景，又不为之备，盖耄期倦勤，直付之无可奈何。

⑤ 翦扑：剪灭。

⑥ 通：通报。

⑦ 胡三省注：史言帝养成侯景之祸以败国亡身。

戊戌，景反于寿阳，以诛中领军朱异、少府卿徐驎、太子右卫率陆验、制局监周石珍为名。异等皆以奸佞骄贪，蔽主弄权，为时人所疾，故景托以兴兵。驎、验，吴郡人；石珍，丹杨人。驎、验迭为少府丞，以苛刻为务，百贾怨之，异尤与之昵，世人谓之"三蠹"。

景西攻马头，遣其将宋子仙东攻木栅，执戍主曹璆等。上闻之，笑曰："是何能为！吾折棰笞之。"敕购斩景者，封三千户公，除州刺史。甲辰，诏以合州刺史鄱阳王范为南道都督，北徐州刺史封山侯正表为北道都督，司州刺史柳仲礼为西道都督，通直散骑常侍裴之高为东道都督，以侍中开府仪同三司邵陵王纶持节董督众军以讨景。

侯景闻台军讨之，问策于王伟，伟曰："邵陵若至，彼众我寡，必为所困。不如弃淮南，决志东向，帅轻骑直掩建康；临贺反其内，大王攻其外，天下不足定也。兵贵拙速，宜即进路。"景乃留外弟中军大都督王显贵守寿阳；癸未，诈称游猎，出寿阳，人不之觉。冬，十月，庚寅，景扬声趣合肥，而实袭谯州，助防董绍先开城降之。执刺史丰城侯泰。泰，范之弟也；先为中书舍人，倾财以事时要，超授谯州刺史。至州，遍发民丁，使担腰舆①、扇、伞等物，不限士庶；耻为之者，重加杖责，多输财者，即纵免之，由是人皆思乱。及侯景至，人无战心，故败。

庚子，诏遣宁远将军王质帅众三千巡江防遏。景攻历阳太守庄铁，丁未，铁以城降。因说景曰："国家承平岁久，人不习战，闻大王举兵，内外震骇，宜乘此际速趋建康，可兵不血刃而成大功。若使朝廷徐得为备，内外小安，遣羸兵千人直据采石②，大王虽有精甲百万，不得济矣。"景乃留仪同三司田英、郭骆守历阳，以铁为导，引兵临江。江上镇戍相次启闻。上问讨景之策于都官尚书羊侃，侃请"以二千人急据采石，令邵陵王袭取寿阳；使景进不得前，退失巢穴，乌合之众，自然瓦解。"朱异曰："景必无渡江之志。"遂寝其议。侃曰："今兹败矣！"

注释

① 腰舆：手挽的轿子，高仅及腰，故名。
② 羸兵：疲弱的士兵。采石：地名，在安徽马鞍山市当涂县西北，突出于长江中，地势险要，自古为兵家必争之地。

戊申，以临贺王正德为平北将军，都督京师诸军事，屯丹杨郡。正德遣大船十艘，诈称载荻，密以济景。景将济，虑王质为梗①，使谍②视之。会临川太守陈昕启称："采石急须重镇，王质水军轻弱，恐不能济③。"上以昕为云旗将军，代质戍采石，征质知丹杨尹事。昕，庆之之子也。质去采石，而昕犹未下渚④。谍告景云："质已退。"景使折江东树枝为验，谍如言而返，景大喜曰："吾事办矣！"己酉，自横江济于采石，有马数百匹，兵八千人。是夕，朝廷始命戒严。

景分兵袭姑孰⑤，执淮南太守文成侯宁。南津校尉江子一帅舟师千余人，欲于下流邀⑥景；其副董桃生，家在江北，与其徒先溃走。子一收余众，步还建康。

太子见事急，戎服入见上，禀受方略，上曰："此自汝事，何更问为！内外军事，悉以付汝。"太子乃停中书省，指授军事，物情⑦惶骇，莫有应募者。朝廷犹不知临贺王正德之情，命正德屯朱雀门，宁国公大临屯新亭，大府卿韦黯屯六门，缮修宫城，为受敌之备。

己酉，景至慈湖。建康大骇，御街人更相劫掠，不复通行。赦东西冶、尚方钱署及建康系囚,以扬州刺史宣城王大器都督城内诸军事,以羊侃为军师将军副之,南浦侯推守东府,西丰公大春守石头⑧,轻车长史谢禧、始兴太守元贞守白下⑨,韦黯与右卫将军柳津等分守宫城诸门及朝堂。

注释

① 梗:阻碍。

② 谍:秘密探察消息之人。

③ 胡三省注:恐其不能济国事也。

④ 胡三省注:未下渚者,未下秦淮渚也。

⑤ 姑孰:淮南郡治所,今安徽马鞍山市当涂县。

⑥ 邀:阻拦。

⑦ 物情:人心、民情。

⑧ 石头:石头城。故址在今江苏南京市清凉山。本战国楚金陵邑,汉献帝建安十七年(212年)孙权重筑改名。城背山面江,南临秦淮河口,当交通要冲,六朝时为建康军事重镇。

⑨ 白下:白下城。故址在今江苏南京市西北幕府山南麓。其地本名白石陂,后人在此筑白下城。

庚戌,侯景至板桥,遣徐思玉来求见上,实欲观城中虚实。上召问之。思玉诈称叛景请间陈事,上将屏左右,舍人高善宝曰:"思玉从贼中来,情伪难测,安可使独在殿上!"朱异侍坐,曰:"徐思玉岂刺客邪!"思玉出景启,言"异等弄权,乞带甲入朝,除君侧之恶。"异甚惭悚。景又请遣了事舍人出相领解①,上遣中书舍人贺季、主书郭宝亮随思玉劳景于板桥。景北面受敕,季曰:"今者之举何名?"景曰:"欲为帝也!"王伟进曰:"朱异等乱政,除奸臣耳。"

景既出恶言，遂留季，独遣宝亮还宫。

百姓闻景至，竞入城，公私混乱，无复次第，羊侃区分防拟②，皆以宗室间之。军人争入武库，自取器甲，所司不能禁，侃命斩数人，方止。是时，梁兴四十七年，境内无事，公卿在位及闾里士大夫罕见兵甲，贼至猝迫③，公私骇震。宿将已尽，后进少年并出在外，军旅指㧑，一决于侃，侃胆力俱壮，太子深仗④之。

壬子，景列兵绕台城⑤，幡旗皆黑，射启于城中曰："朱异等蔑弄朝权，轻作威福，臣为所陷，欲加屠戮。陛下若诛朱异等，臣则敛辔⑥北归。"上问太子："有是乎？"对曰："然。"上将诛之。太子曰："贼以异等为名耳；今日杀之，无救于急，适足贻笑将来，俟贼平诛之未晚。"上乃止。

注释

① 胡三省注：了事，犹言晓事也。领：总录也。解：分判也。领解：言总录景所欲言之事而分判是非也。凡此皆侯景诡言，以怠梁朝君臣，使无战心。
② 防拟：防备。
③ 猝迫：急迫。
④ 仗：依仗。
⑤ 台城：在今江苏南京市北极阁南大行宫一带。本三国吴后苑城。东晋成帝时改建，为东晋、南朝中央机构台省和宫殿所在地，故名。
⑥ 敛辔：收起车马，代指收兵。

景绕城既匝①，百道俱攻，鸣鼓吹唇，喧声震地。纵火烧大司马、东西华诸门。羊侃使凿门上为窍，下水沃火；太子自捧银鞍，往赏战士；直閤将军朱思帅战士数人逾城出外洒水,久之方灭。贼又以长柯斧斫东掖门,门将开,羊侃凿扇②为孔,以槊刺杀二人,斫者乃退。景据公车府③,正德据左卫府,景党宋子仙据东宫,范桃棒据同泰寺。景取东宫妓数百,分给军士。东宫近城,景众登其墙射城内。至夜,景于东宫置酒奏乐,太子遣人焚之,台殿及所聚图书皆尽。景又烧乘黄厩、士林馆、太府寺。癸丑,景作木驴数百攻城④,城上投石碎之。景更作尖顶木驴,石不能破。羊侃使作雉尾炬,灌以膏蜡,丛掷焚之,俄尽。景又作登城楼,高十余丈,欲临射城中。侃曰:"车高堑虚,彼来必倒,可卧而观之。"及车动,果倒。

景攻既不克,士卒死伤多,乃筑长围以绝内外,又启求诛朱异等。城中亦射赏格⑤出外曰:"有能送景首者,授以景位,并钱一亿万,布绢各万匹。"朱异、张绾议出兵击之,问羊侃,侃曰:"不可。今出人若少,不足破贼,徒挫锐气;若多,则一旦失利,门隘桥小,必大致失亡。"异等不从,使千余人出战;锋未及交,退走,争桥赴水死者大半。

注释

① 匝:一周、一圈。

② 扇:门扇。

③ 公车府:梁制,公车令属卫尉,其署舍在台城门外,故景得据之。府:衙署通称。

④ 木驴:胡三省引杜佑曰:以木为脊,长一丈,径一尺五寸,下安六脚,下阔而上尖,高七尺,内可容六人,以湿牛皮蒙之,人蔽其下,舁直抵城下,木石铁火所不能败,用以攻城,谓之木驴。

⑤ 赏格:悬赏所定的报酬数。

十一月，戊午朔，刑白马，祀蚩尤于太极殿前。

景声言上已晏驾，虽城中亦以为然。壬戌，太子请上巡城，上幸大司马门，城上闻跸声，皆鼓噪流涕，众心粗安。

景初至建康，谓朝夕可拔，号令严整，士卒不敢侵暴。及屡攻不克，人心离沮。景恐援兵四集，一旦溃去；又食石头常平诸仓既尽，军中乏食；乃纵士卒掠夺民米及金帛子女。是后米一升至七八万钱，人相食，饿死者什五六。

乙丑，景于城东、西起土山，驱迫士民，不限贵贱，乱加殴捶，疲羸者因杀以填山，号哭动地。民不敢窜匿，并出从之，旬日间，众至数万。城中亦筑土山以应之。太子、宣城王已下，皆亲负土，执畚锸①，于山上起芙蓉层楼②，高四丈，饰以锦罽③，募敢死士二千人，厚衣袍铠，谓之"僧腾客"，分配二山，昼夜交战不息。会大雨，城内土山崩，贼乘之，垂入，苦战不能禁。羊侃令多掷火，为火城以断其路，徐于内筑城，贼不能进。景募人奴降者，悉免为良；得朱异奴，以为仪同三司，异家赀产悉与之。奴乘良马，衣锦袍，于城下仰诟异曰："汝五十年仕宦，方得中领军；我始事侯王，已为仪同矣！"于是三日之中，群奴出就景者以千数，景皆厚抚以配军，人人感恩，为之致死。④

朱异遗景书，为陈祸福。景报书，并告城中士民，以为："梁自近岁以来，权幸用事，割剥⑤齐民，以供嗜欲。如曰不然，公等试观：今日国家池苑，王公第宅，僧尼寺塔；及在位庶僚，姬姜百室，仆从数千，不耕不织，锦衣玉食；不夺百姓，从何得之！⑥仆所以趋赴阙庭，指诛权佞，非倾社稷。今城中指望四方入援，吾观王侯、诸将，志在全身，谁能竭力致死，与吾争胜负哉！长江天险，二曹所叹，吾一苇航之⑦，日明气净。自非天人允协，何能如是！幸各三思，自求元吉！"

注释

① 畚锸（běn chā）：挖运泥土的器具。畚用以盛土，锸用以锹土。

② 芙蓉层楼：下施棉栱,层层迭出,若芙蓉花状。

③ 锦：彩帛。罽(jì)：用毛做成的毡子一类的东西。

④ 胡三省注：凡为奴者,皆群不逞也；一旦免之为良,固已踊跃,况又资之以金帛,安得不为贼致死乎！士大夫承平之时,虐用奴婢,岂特误其身,误其家,亦以误国事,可不戒哉！

⑤ 割剥：残害、剥削。

⑥ 胡三省注：景书及此,异等其何辞以对！

⑦ 语见《诗经·卫风·河广》"谁谓河广,一苇杭之"。用一捆芦苇作成一只小船就可以通行。形容水面相隔很近,不难渡过。此言用微薄之力就可以把事情解决。

景又奉启于东魏主,称："臣进取寿春,暂欲停憩。而萧衍识此运终,自辞宝位；臣军未入其国,已投同泰舍身。去月二十九日,届此建康。江海未苏,干戈暂止,永言故乡,人马同恋。寻当整辔,以奉圣颜。臣之母、弟,久谓屠灭,近奉明敕,始承犹在。斯乃陛下宽仁,大将军恩念,臣之弱岁,知何仰报！今辄贵启迎臣母、弟、妻、儿,伏愿圣慈,特赐裁放！"①

壬寅,侯景以火车焚台城东南楼。材官吴景,有巧思,于城内构地为楼,火才灭,新楼即立,贼以为神。景因火起,潜遣人于其下穿城。城将崩,乃觉之；吴景于城内更筑迂城,状如却月以拟之,兼掷火,焚其攻具,贼乃退走。

己酉,景土山稍逼城楼,柳津命作地道以取其土,外山崩,压贼且尽。又于城内作飞桥,悬罩二土山。景众见飞桥回出,崩腾而走；城内掷雉尾炬,焚其东山,楼栅荡尽,贼积死于城下②。乃弃土山不复修,自焚其攻具。材官将军宋嶷降于景,教之引玄武湖水以灌台城,阙前皆为洪流。

梁武帝太清三年(己巳,549年)

(春,正月)己巳,太子迁居永福省③。高州刺史李迁仕、天门太守樊文皎将援兵万余人至城下。台城与援军信命久绝,有羊车儿献策,作纸鸱④,系以长绳,写敕于内,放以从风,冀达众军,题云:"得鸱送援军,赏银百两。"太子自出太极殿前乘西北风纵之,贼怪之,以为厌胜⑤,射而下之。援军募人能入城送启者,鄱阳世子嗣左右李朗请先受鞭,诈为得罪,叛投贼,因得入城,城中方知援兵四集,举城鼓噪。上以朗为直阁将军,赐金遣之。朗缘钟山之后,宵行昼伏,积日乃达。

注释

① 胡三省注:景欲卑辞以迎其家,高澄兄弟讵能堕其数中邪!
② 胡三省注:死于城下者,岂真贼哉?侯景驱民以攻城,以其党迫蹙于后,攻城之人,退则死于贼手,进则死于矢石。呜呼!积死于城下者,得非梁之赤子乎!
③ 胡三省注:永福省在禁中,自宋以来,太子居之,取其福国于永也。
④ 纸鸱:即纸鸢,风筝。
⑤ 厌胜:一种巫术,能以诅咒制胜。

临贺王记室吴郡顾野王起兵讨侯景,二月,己丑,引兵来至。初,台城之闭也,公卿以食为念,男女贵贱并出负米,得四十万斛,收诸府藏钱帛五十万亿,并聚德阳堂,而不备薪刍、鱼盐。至是,坏尚书省为薪。撤荐①,锉以饲马,荐尽,又食以饭。军士无膜②,或煮铠、熏鼠、捕雀而食之。御甘露厨有干苔,味酸咸,分给战士。军人屠马于殿省间,杂以人肉,食者必病。侯景众亦饥,抄掠无所获;东城有米,可支一年,援军断其路。又闻荆州兵将至,景甚患之。王伟曰:"今台城不可猝拔,援兵日盛,吾军乏食,若伪求和以缓其势,东城之米,足支一年,因求和之际,运米入石头,援军必不得动,然后休士息马,缮修器械,伺其懈怠击之,一举可取也。"景从之,遣其将任约、于子悦至城下,拜表求和,乞复先镇③。太子以城中穷困,白上,请许之。上怒曰:"和不如死!"太子固请曰:"侯景围逼已久,援军相仗不战,宜且许其和,更为后图。"上迟回久之,乃曰:"汝自图之,勿令取笑千载。"遂报许之④。景乞割江右四州⑤之地,并求宣城王大器出送,然后济江。中领军傅岐固争曰:"岂有贼举兵围宫阙而更与之和乎!此特欲却援军耳。戎狄兽心,必不可信。且宣城嫡嗣之重,国命所系,岂可为质!"上乃以大器之弟石城公大款为侍中,出质于景。又敕诸军不得复进,下诏曰:"善兵不战,止戈为武。可以景为大丞相,都督江西四州诸军事、豫州牧、河南王如故。"己亥,设坛于西华门外,遣仆射王克、上甲侯韶、吏部郎萧瑳与于子悦、任约、王伟登坛共盟。太子詹事柳津出西华门,景出栅门,遥相对,更杀牲歃血为盟。既盟,而景长围不解,专修铠仗,托云"无船,不得即发",又云"恐南军见蹑"⑥,遣石城公还台,求宣城王出送;邀求稍广,了无去志。太子知其诈言,犹羁縻不绝。

乙卯,景又启曰:"适有西岸信至,高澄已得寿阳、钟离,臣今无所投足,求借广陵并谯州,俟得寿阳,即奉还朝廷。"又云:"援军既在南岸,须于京口渡江。"太子并答许之。

上常蔬食,及围城日久,上厨蔬茹皆绝,乃食鸡子。纶因使者暂通,上鸡子数百枚,上手自料简⑦,歔欷哽咽。

注释

① 荐:草席、草垫子。
② 膎(xié):肉食。

③ 胡三省注：先镇，谓寿阳时已降齐矣。
④ 胡三省注：太子纲疑范桃棒之来降而信侯景之请和，何其昧也！
⑤ 江右四州：南豫、西豫、合州、光州。
⑥ 胡三省注：援军时皆屯秦淮南岸，故谓之南军。
⑦ 料简：清点察看。

侯景运东府米入石头，既毕，王伟闻荆州军退，援军虽多，不相统壹，乃说景曰："王以人臣举兵，围守宫阙，逼辱妃主，残秽宗庙，擢王之发，不足数罪。今日持此，欲安所容身乎！背盟而捷，自古多矣，愿且观其变。"临贺王正德亦谓景曰："大功垂就，岂可弃去！"景遂上启，陈帝十失，且曰："臣方事睽违，所以冒陈谠直。陛下崇饰虚诞，恶闻实录，以祅怪为嘉祯①，以天谴为无咎。敷演六艺，排摈前儒，王莽之法也。以铁为货，轻重无常，公孙之制也②。烂羊镌印，朝章鄙杂，更始、赵伦之化也③。豫章以所天为血雠，邵陵以父存而冠布，石虎之风也。修建浮图，百度糜费，使四民饥馁，笮融、姚兴之代也。"又言："建康宫室崇侈，陛下唯与主书参断万机，政以贿成，诸阉豪盛，众僧殷实。皇太子珠玉是好，酒色是耽，吐言止于轻薄，赋咏不出《桑中》④；邵陵所在残破；湘东群下贪纵；南康、定襄之属，皆如沐猴而冠耳⑤。亲为孙侄，位则藩屏，臣至百日，谁肯勤王！此而灵长，未之有也。昔鬻拳兵谏，王卒改善⑥，今日之举，复奚罪乎！伏愿陛下小惩大戒⑦，放谗纳忠，使臣无再举之忧，陛下无婴城之辱，则万姓幸甚！"

上览启，且惭且怒⑧。三月，丙辰朔，立坛于太极殿前，告天地，以景违盟，举烽鼓噪。

注释

① 祅怪：反常、怪异的事物与现象。嘉祯：吉祥的征兆。

② 胡三省注：汉公孙述据蜀，用铁钱。

③ 胡三省注：汉更始滥授官爵，长安为之语曰："烂羊胃，骑都尉；烂羊头，关内侯。"晋赵王伦篡位，貂蝉盈坐，时人为之语曰："貂不足，狗尾续。"

④ 胡三省注：《桑中》，见《诗·鄘风》，淫放之诗也。

⑤ 胡三省注：南康王会理，帝子续之子，时镇广陵。定襄侯祗，南平王伟之子，时镇淮阴。沐猴而冠，用《汉书》语。

⑥ 语见《左传》庄公十九年："初，鬻拳强谏楚子，楚子弗从；临之以兵，惧而从之。"

⑦ 小惩大戒：意为稍加惩罚，使接受教训，不至于犯大错误。语出《易·系辞下》："小人不耻不仁，不畏不义，不见利不劝，不威不惩；小惩而大诫，此小人之福也。"

⑧ 胡三省注：言皆指实而无如之何，有惭怒而已。

　　景又使于子悦求和，上使御史中丞沈浚至景所。景实无去志，谓浚曰："今天时方热，军未可动，乞且留京师立效。"浚发愤责之，景不对，横刀叱之。浚曰："负恩忘义，违弃诅盟，固天地所不容！沈浚五十之年，常恐不得死所，何为以死相惧邪！"因径去不顾。景以其忠直，舍之。

　　于是景决石阙前水①，百道攻城，昼夜不息。邵陵世子坚屯太阳门②，终日蒱饮③，不恤吏士，其书佐董勋、熊昙朗恨之。丁卯，夜向晓，勋、昙朗于城西北楼引景众登城，永安侯确力战，不能却，乃排闼④入启上云："城已陷。"上安卧不动，曰："犹可一战乎？"确曰："不可。"上叹曰："自我得之，自我失之，亦复何恨！"因谓确曰："汝速去，语汝父：勿以二宫为念。"因使慰劳在外诸军。

　　俄而景遣王伟入文德殿奉谒，上命褰帘开户引伟入，伟拜呈景启，称："为奸佞所蔽，领众入朝，惊动圣躬，今诣阙待罪。"上问："景何在？可召来。"景入见于太极东堂，以甲士五百人自卫。景稽颡殿下，典仪⑤引就三公榻。上神色不变,问曰:"卿在军中日久,无乃为劳!"景不敢仰视,汗流被面。又曰:"卿何州人,而敢至此,妻子犹在北邪?"景皆不能对。任约从旁代对曰:"臣景妻子皆为高氏所屠,唯以一身归陛下。"上又问:"初渡江有几人?"景曰:"千人。""围台城几人?"曰:"十万。""今有几人?"曰:"率土之内,莫非己有。"上俯首不言⑥。

注释

① 胡三省注:石阙前水,景决玄武湖以灌城者也。

② 太阳门:台城六门之一。

③ 蒱(pú)饮:摴蒱(掷骰子的游戏)且饮酒。

④ 排闼:推门。

⑤ 典仪:典朝仪的官员。

⑥ 胡三省注:上辞穷势屈,故俯首不言,呜呼!

景复至永福省见太子,太子亦无惧容。侍卫皆惊散,唯中庶子徐摛、通事舍人陈郡殷不害侧侍。摛谓景曰:"侯王当以礼见,何得如此!"景乃拜。太子与言,又不能对。

景退,谓其厢公①王僧贵曰:"吾常跨鞍对陈,矢刃交下,而意气安缓,了无怖心;今见萧公,使人自慑,岂非天威难犯!吾不可以再见之。"于是悉撤两宫侍卫,纵兵掠乘舆、服御、宫人皆尽。收朝士、王侯送永福省,使王伟守武德殿,于子悦屯太极东堂。矫诏大赦,自加大都督中外诸军、录尚书事。

己巳,景遣石城公大款以诏命解外援军。柳仲礼召诸将议之,邵陵王纶曰:"今日之命,委之将军。"仲礼熟视不对。裴之高、王僧辩曰:"将军拥众百万,致宫阙沦没,正当悉力决战,何所多言!"仲礼竟无一言,诸军乃随方各散②。南兖州刺史临成公大连、湘东世子方等、鄱阳世子嗣、北兖州刺史湘潭侯退、吴郡太守袁君正、晋陵太守陆经等各还本镇。君正,昂之子也。邵陵王纶奔会稽。仲礼及弟敬礼、羊鸦仁、王僧辩、赵伯超并开营降,军士莫不叹愤。仲礼等入城,先拜景而后见上;上不与言。仲礼见父津,津恸哭曰:"汝非我子,何劳相见!"

上虽外为侯景所制,而内甚不平。景欲以宋子仙为司空,上曰:"调和阴阳,安用此物③!"景又请以其党二人更侍殿主帅,上不许。景不能强,心甚悍之。太子入,泣谏,上曰:"谁令汝来!若社稷有灵,犹当克复;如其不然,何事流涕!"景使其军士入直省中,或驱驴马,带弓刀,出入宫庭,上怪而问之,直阁将军周石珍对曰:"侯丞相甲士。"上大怒,叱石珍曰:"是侯景,何谓丞相!"左右皆惧。是后上所求多不遂志,饮膳亦为所裁节,忧愤成疾。太子以幼子大圜属④湘东王绎,并剪爪发以寄之。五月,丙辰,上卧净居殿,口苦,索蜜不得,再曰:"荷!荷!"遂殂。年八十六。景秘不发丧,迁殡于昭阳殿,迎太子于永福省,使如常入朝。王伟、陈庆皆侍太子,太子呜咽流涕,不敢泄声,殿外文武皆莫之知。

注释

① 厢公:侯景身边亲贵隆重者号曰左右厢公。
② 胡三省注:言诸军各随所来之方散去也。
③ 胡三省注:三公燮理阴阳,言宋子仙非其人也。
④ 属:托付。

评析

本篇选自《资治通鉴》卷一六一至卷一六二。侯景在攻入建康城以后,梁武帝躺在床上,曰:"犹可一战乎?"守将永安侯萧确曰:"不可。"武帝叹曰:"自我得之,自我失之,亦复何恨!"梁武帝面对政权的倾覆和个人的死亡,表现得如此镇定自若。萧梁的兴衰,仅仅源自武帝个人的得失吗?

萧衍是南朝最具传奇色彩的皇帝。萧梁国祚55年,萧衍在位47年,执政近半个世纪,是罕见的长寿皇帝。他是开国皇帝,也几近亡国之君。他又是才华横溢的学者,在位期间重视礼仪制度和学术文化,这时期出现的《昭明文选》《玉台新咏》《文心雕龙》都是中国文学史的名作。他还是有名的菩萨皇帝,在历代帝王中佛学造诣最深厚,于佛学理论、戒律、佛教事业和儒道融合贡献巨大。

梁武帝这样一种多面的形象,就个人层面而言,是多才多艺的。但从国家的层面而言,梁武帝身为皇帝,本应励精图治,却多次舍身佛门,朝廷和大臣施舍大量财物,才将其赎回;作为国君,本应赏罚分明,梁武帝却无视国法家规,慈悲泛滥,放任有罪,不诛奸邪。侯景在打下石头城后,给梁武帝上陈"十失",直指其为政之弊,"崇饰虚诞,恶闻实录","修建浮图,百度糜费,使四民饥馁",又说"建康宫室崇侈",武帝"唯与主书参断万机,政以贿成,诸阉豪盛,众僧殷实",皇太子以下的王公贵族,"皆如沐猴而冠"。"亲为孙侄,位则藩屏,臣至百日,谁肯勤王!"句句属实,字字扎心,梁武帝看后"且惭且怒",竟无言以对。

唐代修成的《梁书》中,有一段魏徵对萧衍的评价:"夫人之大欲,在乎饮食男女,至于轩冕殿堂,非有切身之急。高祖屏除嗜欲,眷恋轩冕,得其所难而滞于所易,可谓神有所不达,智有所不通矣。"用大白话说,梁武帝这人,真是愚蠢而糊涂。

第十编
隋朝兴亡

重建一统

陈后主祯明元年（丁未，587年）

初，隋主①受禅以来，与陈邻好甚笃，每获陈谍，皆给衣马礼遣之，而高宗犹不禁侵掠。故太建之末，隋师入寇；会高宗殂，隋主即命班师，遣使赴吊，书称姓名顿首。帝答之益骄，书末云："想彼统内如宜，此宇宙清泰。"隋主不悦，以示朝臣，上柱国杨素以为主辱臣死，再拜请罪。

隋主问取陈之策于高颎，对曰："江北地寒，田收差晚；江南水田早熟。量彼收获之际，微征士马，声言掩袭，彼必屯兵守御，足得废其农时。彼既聚兵，我便解甲。再三若此，彼以为常；后更集兵，彼必不信。犹豫之顷，我乃济师②；登陆而战，兵气益倍③。又，江南土薄，舍多茅竹，所有储积皆非地窖。若密遣行人因风纵火，待彼修立，复更烧之，不出数年，自可财力俱尽。"隋主用其策，陈人始困。

于是杨素、贺若弼及光州刺史高劢、虢州刺史崔仲方等争献平江南之策。仲方上书曰："今唯须武昌以下，蕲、和、滁、方、吴、海等州，更帖④精兵，密营度计；益、信、襄、荆、基、郢等州，速造舟楫，多张形势，为水战之具。蜀、汉二江是其上流⑤，水路冲要，必争之所。贼虽流头、荆门、延洲、公安、巴陵、隐矶、夏首、蕲口、盆城置船，然终聚汉口、峡口⑥，以水战大决。若贼必以上流有军，令精兵赴援者，下流诸将即须择便横渡；如拥众自卫，上江诸军⑦鼓行以前。彼虽恃九江、五湖之险，非德无以为固；徒有三吴、百越之兵，非恩不能自立矣。"隋主以仲方为基州刺史。

> **注释**

① 隋主：隋文帝杨坚。陈后主祯明元年为隋文帝开皇七年，因隋朝尚未统

一,故《资治通鉴》仍用陈年号。

② 济师:举兵渡江。

③ 胡三省注:谓兵既登岸,后限大江,士无反顾之心,有必死之志,其气益倍。

④ 帖:增添。

⑤ 胡三省注:蜀江出三峡,过南郡;汉江过襄阳、竟陵、沔阳而二江合流。国于东南者,二江其上流也。

⑥ 峡口:西陵峡口。

⑦ 胡三省注:上江诸军,谓蜀江、汉江顺流东下之军也。

及受萧岩等降,隋主益忿,谓高颎曰:"我为民父母,岂可限一衣带水①不拯之乎!"命大作战船。人请密之,隋主曰:"吾将显行天诛,何密之有!"使投其柿②于江,曰:"若彼惧而能改,吾复何求!"

杨素在永安③,造大舰,名曰"五牙"。上起楼五层,高百余尺;左右前后置六拍竿,并高五十尺,容战士八百人;次曰"黄龙",置兵百人。自余平乘、舴艋各有等差④。

晋州刺史皇甫绩将之官⑤,稽首言陈有三可灭。帝问其状,曰:"大吞小,一也。以有道伐无道,二也。纳叛臣萧岩,于我有词,三也。陛下若命将出师,臣愿展丝发之效⑥!"隋主劳而遣之。

吴兴章华,好学,善属文,朝臣以华素无伐阅,竞排诋之,除太市令。华郁郁不得志,上书极谏,略曰:"昔高祖南平百越⑦,北诛逆虏⑧,世祖东定吴会⑨,西破王琳,高宗克复淮南,辟地千里,三祖之功勤亦至矣。陛下即位,于今五年,不思先帝之艰难,不知天命之可畏;溺于嬖宠,惑于酒色;祠七庙而不出⑩,拜三妃而临轩⑪;老臣宿将弃之草莽,诌佞谗邪升之朝廷。今疆场日蹙,隋军压境,陛下如不改弦易张,臣见麋鹿复游于姑苏矣⑫!"帝大怒,即日斩之。

注释

① 一衣带水：指长江狭窄如条衣带，形容距离近。

② 柿：削下来的木片。

③ 胡三省注：蜀先主败于秭归，退还白帝，起永安宫居之，故巴东有永安之名。

④ 平乘、舴艋：皆船名。

⑤ 之官：做官上任。

⑥ 丝发之效：微小的贡献。

⑦ 南平百越：指平定卢子略、李贲、元景仲、兰裕、萧勃之乱。

⑧ 北诛逆虏：指平定侯景之乱。

⑨ 东定吴会：破斩杜龛、张彪。

⑩ 此言不祭祀先祖。

⑪ 此言热衷于选妃。

⑫ 胡三省注：伍子胥谏吴王而不听，曰："臣见麋鹿游于姑苏矣。"吴卒以亡。

陈后主祯明二年(戊申，588年)

（三月）戊寅，隋主下诏曰："陈叔宝据手掌之地，恣溪壑之欲，劫夺闾阎，资产俱竭，驱逼内外，劳役弗已；穷奢极侈，俾画作夜；斩直言之客，灭无罪之家；欺天造恶，祭鬼求恩；盛粉黛而执干戈，曳罗绮而呼警跸；自古昏乱，罕或能比。君子潜逃，小人得志。天灾地孽，物怪人妖。衣冠钳口，道路以目①。重以背德违言，摇荡疆场；昼伏夜游，鼠窃狗盗。天之所覆，无非朕臣，每关听览，有怀伤恻②。可出师授律，应机诛殄；在斯一举，永清吴越。"又送玺书暴③帝二十恶；仍散写诏书三十万纸，遍谕江外④。

（冬，十月）甲子，隋以出师，有事于太庙，命晋王广、秦王俊、清河公杨素皆为行军元帅。广出六合⑤，俊出襄阳⑥，素出永安⑦，荆州刺史刘仁恩出江陵⑧，蕲州刺史王世积出蕲春⑨，庐州总管韩擒虎出庐江⑩，吴州总管贺若弼出广陵⑪，青州总管弘农燕荣出东海⑫，凡总管九十，兵五十一万八千，皆受晋王节度。东接沧海，西拒巴、蜀，旌旗舟楫，横亘数千里。以左仆射高颎为晋王元帅长史，右仆射王韶为司马，军中事皆取决焉；区处⑬支度，无所凝滞。

注释

① 道路以目：在道路中行走时相遇，却因有所顾忌而只敢以目示意，不敢发言。语见《国语·周语上》。

② 伤恻：悲伤同情，哀伤不忍。

③ 暴：揭露。

④ 胡三省注：中原以江南为江外。

⑤ 六合：郡名，在今江苏南京市北部。

⑥ 时秦王杨俊以山南道行台镇襄阳。襄阳：今湖北襄阳市。

⑦ 胡三省注：素镇永安，自永安下三峡。

⑧ 胡三省注：荆江治江陵，使刘仁恩出师，会杨素东下。

⑨ 胡三省注：蕲州治蕲春，使王世积出师，自蕲口临江津。

⑩ 胡三省注：庐州治庐江，使韩擒虎出师，自横江渡，攻姑孰。

⑪ 胡三省注：吴州治广陵，使贺若弼自瓜洲渡江，攻京口。

⑫ 胡三省注：东海郡，海州。青州治益都。此盖使燕荣以青州之师出朐山渡海以攻南沙也。

⑬ 区处：分别处置。

十一月,丁卯,隋主亲饯将士;乙亥,至定城①,陈师誓众。

(十二月)隋军临江,高颎谓行台吏部郎中薛道衡曰:"今兹大举,江东必可克乎?"道衡曰:"克之。尝闻郭璞有言:'江东分王三百年,复与中国合,'今此数将周②,一也③。主上恭俭勤劳,叔宝荒淫骄侈,二也。国之安危在所委任,彼以江总为相,唯事诗酒,拔小人施文庆,委以政事,萧摩诃、任蛮奴为大将,皆一夫之用耳,三也。我有道而大,彼无德而小,量其甲士不过十万,西自巫峡,东至沧海,分之则势悬而力弱,聚之则守此而失彼,四也。席卷之势,事在不疑。"颎忻然曰:"得君言成败之理,令人豁然。本以才学相期,不意筹略乃尔④。"

秦王俊督诸军屯汉口,为上流节度⑤。诏以散骑常侍周罗睺都督巴峡缘江诸军事以拒之。

杨素引舟师下三峡,军至流头滩。将军戚昕以青龙⑥百余艘、兵数千人守狼尾滩⑦,地势险峭,隋人患之。素曰:"胜负大计,在此一举。若昼日下船,彼见我虚实,滩流迅激,制不由人,则吾失其便;不如以夜掩⑧之。"素亲帅黄龙数千艘,衔枚⑨而下,遣开府仪同三司王长袭引步卒自南岸击昕别栅,大将军刘仁恩帅甲骑自北岸趣白沙,迟明而至,击之;昕败走,悉俘其众,劳而遣之,秋毫不犯。

注释

① 定城:今陕西渭南市潼关县。
② 周:满。
③ 胡三省注:晋元帝南渡,即王位于建康,岁在丁丑,是年,岁在戊申,凡二百七十二年。
④ 乃尔:如此。

⑤ 上流节度：节制长江上流诸军。

⑥ 青龙：战船名。

⑦ 狼尾滩：在今湖北宜昌市西北。

⑧ 掩：袭击。

⑨ 衔枚：枚，形如箸，两端有带，可系于颈上。古代进军袭敌时，常令军士把枚衔在口中，以防喧哗而暴露行迹。

　　素帅水军东下，舟舻被江，旌甲曜日。素坐平乘大船，容貌雄伟，陈人望之，皆惧，曰："清河公①即江神也！"

　　江滨镇戍闻隋军将至，相继奏闻；施文庆、沈客卿并抑而不言。

　　初，上②以萧岩、萧瓛，梁之宗室，拥众来奔，心忌③之，故远散其众，以岩为东扬州刺史，瓛为吴州刺史；使领军任忠出守吴兴郡，以襟带二州④。使南平王嶷镇江州，永嘉王彦镇南徐州⑤。寻召二王赴明年元会⑥，命缘江诸防船舰悉从二王还都，为威势以示梁人之来者。由是江中无一斗船，上流诸州兵皆阻杨素军，不得至。

　　湘州刺史晋熙王叔文，在职既久，大得人和，上以其据有上流，阴忌之；自度素与群臣少恩，恐不为用，无可任者，乃擢施文庆为都督、湘州刺史，配以精兵二千，欲令西上；仍征叔文还朝。文庆深喜其事，然惧出外之后，执事者持己短长⑦，因进其党沈客卿以自代。

注释

① 清河公：杨素曾被封为清河郡公。

② 上：陈后主陈叔宝。

③ 忌：猜忌。

④ 襟带二州：如襟带般牵制东扬州和吴州。
⑤ 胡三省注：江州治寻阳，南徐州治京口，皆缘江重镇也。
⑥ 元会：元旦朝会。
⑦ 持己短长：抓住自己的短处。

　　未发间，二人共掌机密。护军将军樊毅言于仆射袁宪曰："京口、采石俱是要地，各须锐兵五千，并出金翅①二百，缘江上下，以为防备。"宪及骠骑将军萧摩诃皆以为然，乃与文武群臣共议，请如毅策②。施文庆恐无兵从己，废其述职③，而客卿又利文庆之任④，己得专权⑤，俱言于朝："必有论议，不假面陈；但作文启，即为通奏。⑥"宪等以为然，二人赍启入。白帝曰："此是常事，边城将帅足以当之。若出人船，必恐惊扰。"

　　及隋军临江，间谍骤至，宪等殷勤奏请，至于再三。文庆曰："元会将逼，南郊之日，太子多从；今若出兵，事便废阙。"帝曰："今且出兵，若北边无事，因以水军从郊，何为不可！"又曰："如此则声闻邻境，便谓国弱。"后又以货动江总，总内为之游说⑦，帝重违其意，而迫群官之请，乃令付外详议。总又抑宪等，由是议久不决。

注释

① 金翅：古代战船名。
② 胡三省注：未几，韩擒虎济采石，贺若弼拔京口，二道并进，而陈以亡。地有所必守，盖不待智者而后知也。
③ 述职：诸侯朝于天子曰述职。此言出守藩方。
④ 之任：赴任。
⑤ 胡三省注：文庆与客卿时共掌机密，文庆若出，则客卿得专之。

⑥ 胡三省注：谓朝臣若必有所陈说,不须面见陈主言之;但文字来,便为闻达。

⑦ 胡三省注：谓众言杂进之后,文庆又以货动江总,使之助己。

　　帝从容谓侍臣曰:"王气在此。齐兵三来,周师再来,无不摧败。①彼何为者邪!"都官尚书孔范曰:"长江天堑,古以为限隔南北,今日虏军岂能飞渡邪!边将欲作功劳,妄言事急。臣每患官卑,虏若渡江,臣定作太尉公矣②!"或妄言北军马死,范曰:"此是我马,何为而死③!"帝笑以为然,故不为深备,奏伎、纵酒、赋诗不辍。

隋文帝开皇九年(己酉,589年)

　　(春,正月,乙丑朔)是日,贺若弼自广陵④引兵济江。先是弼以老马多买陈船而匿之,买弊船五六十艘,置于渎内。陈人觇⑤之,以为内国无船⑥。弼又请缘江防人每交代之际,必集广陵,于是大列旗帜,营幕被野,陈人以为隋兵大至,急发兵为备,既知防人交代,其众复散;后以为常,不复设备。又使兵缘江时猎,人马喧噪。故弼之济江,陈人不觉。韩擒虎将五百人自横江⑦宵济采石,守者皆醉,遂克之。晋王广帅大军屯六合镇桃叶山⑧。

注释

① 胡三省注：齐师三来,谓梁敬帝绍泰元年徐嗣徽、任约以齐师袭建康,据石头。太平元年,复袭破采石,与齐萧轨同入寇,逼建康。世祖元嘉元年,齐将刘伯球、慕容恃德助王琳下芜湖,皆败。周师再来,谓天嘉元年独孤盛、贺若敦入湘川,临海王光大元年,宇文直、元定助华皎,皆败。

② 胡三省注：孔范自谓兼资文武,故大言自诡立功。自晋、宋以来,率谓三公

为太尉公、司徒公、司空公。

③ 胡三省注：言马若渡江，必不能北归，将悉为我有，亦大言也。

④ 广陵：今江苏扬州市。

⑤ 觇(chān)：看。

⑥ 内国：即中国(中原)。隋避杨忠讳，改中为内。

⑦ 横江：在今安徽马鞍山市和县东南。

⑧ 桃叶山：在今江苏南京市浦口区。

丙寅，采石戍主徐子建驰启告变；丁卯，召公卿入议军旅。戊辰，陈主下诏曰："犬羊陵纵①，侵窃郊畿，蜂虿有毒，宜时扫定。朕当亲御六师，廓清八表，内外并可戒严。"以骠骑将军萧摩诃、护军将军樊毅、中领军鲁广达并为都督，司空司马消难、湘州刺史施文庆并为大监军，遣南豫州刺史樊猛帅舟师出白下，散骑常侍皋文奏将兵镇南豫州。重立赏格，僧、尼、道士，尽令执役。

庚午，贺若弼攻拔京口，执南徐州刺史黄恪②。弼军令严肃，秋毫不犯，有军士于民间酤酒者，弼立斩之。所俘获六千余人，弼皆释之，给粮劳遣，付以敕书，令分道宣谕。于是所至风靡。

樊猛在建康，其子巡摄行南豫州事。辛未，韩擒虎进攻姑孰③，半日，拔之，执巡及其家口。皋文奏败还。江南父老素闻擒虎威信，来谒军门者昼夜不绝。

鲁广达之子世真在新蔡④，与其弟世雄及所部降于擒虎，遣使致书招广达。广达时屯建康，自劾，诣廷尉请罪；陈主慰劳之，加赐黄金，遣还营。樊猛与左卫将军蒋元逊将青龙八十艘于白下游弈，以御六合兵；陈主以猛妻子在隋军，惧有异志，欲使镇东大将军任忠代之，令萧摩诃徐谕猛，猛不悦，陈主重伤其意而止。

于是贺若弼自北道，韩擒虎自南道并进⑤，缘江诸戍，望风尽走；弼分兵断曲阿之冲而入⑥。陈主命司徒豫章王叔英屯朝堂,萧摩诃屯乐游苑,樊毅屯耆阇寺,鲁广达屯白土冈,忠武将军孔范屯宝田寺,己卯,任忠自吴兴入赴,仍屯朱雀门。

注释

① 陵纵:欺辱、放纵。
② 胡三省注:南徐州治京口。
③ 胡三省注:今太平州当涂县南二里有姑孰溪,西入大江,盖因旧镇而得名。
④ 新蔡:今河南驻马店市新蔡县。
⑤ 胡三省注:京口于建康为北,姑孰于建康为南。
⑥ 曲阿:今江苏丹阳市。地当要冲,贺若弼分兵于此,恐吴兴等方面的陈军入救建康。

辛未,贺若弼进据钟山①,顿白土冈②之东。晋王广遣总管杜彦与韩擒虎合军,步骑二万屯于新林③。蕲州总管王世积以舟师出九江④,破陈将纪瑱于蕲口⑤,陈人大骇,降者相继。晋王广上状,帝大悦,宴赐群臣。

时建康甲士尚十余万人,陈主素怯懦,不达军事,唯日夜啼泣,台内处分,一以委施文庆。文庆既知诸将疾己,恐其有功,乃奏曰:"此辈怏怏⑥,素不伏官⑦,迫此事机,那可专信!"由是诸将凡有启请,率皆不行。

贺若弼之攻京口也,萧摩诃请将兵逆战,陈主不许。及弼至钟山,摩诃又曰:"弼悬军⑧深入,垒堑未坚,出兵掩袭,可以必克。"又不许。陈主召摩诃、任忠于内殿议军事,忠曰:"兵法:客贵速战,主贵持重。今国家足兵足食,宜固守台城,缘淮立栅,北军虽来,勿与交战;分兵断江路,无令彼信得通。给臣精兵一万,金翅三百艘,下江径掩⑨六合;彼大军必谓其渡江将士已被俘获,自然挫气。淮南土人与臣旧相知悉,今闻臣往,必皆景从⑩。臣复扬声欲往徐州,断彼归路,则诸军不击自去。待春水既涨,上江周罗睺等众军必沿流赴援⑪。此良策也。"陈主不能从。明日,欻⑫然曰:"兵久不决,令人腹烦,可呼萧郎⑬一出击之。"任忠叩头苦请勿战。孔范又奏:"请作一决,当为官勒石燕然⑭。"陈主从之,谓摩诃曰:"公可为我一决!"摩诃曰:"从来行陈,为国为身;今日之事,兼为妻子。"陈主多出金帛赋⑮诸军以充赏。甲申,使鲁广达陈于白土冈,居诸军之南,任忠次之,樊毅、孔范又次之,萧摩诃军最在北。诸军南北亘二十里,首尾进退不相知。

注释

① 钟山:在今江苏南京市城区东部。

② 白土岗:在钟山之南。

③ 新林:在今江苏南京市西南。

④ 九江:郡名,今江西九江市。

⑤ 蕲口:蕲水入江之口,在今湖北黄冈市蕲春县。

⑥ 怏怏:因不平或不满而郁郁不乐。

⑦ 伏:服从。官:南朝习惯称皇帝为官。

⑧ 悬军:孤军。

⑨ 径掩:直接袭击。

⑩ 景从:紧相追随,如影随形。

⑪ 胡三省注:周罗睺时督水军,在郢汉。

⑫ 欻(xū)然:忽然。

⑬ 萧郎:萧摩诃。

⑭ 胡三省注:孔范以窦宪破匈奴事自诡,奸谄之误国亡家如此。

⑮ 赋:给予。

贺若弼将轻骑登山,望见众军,因驰下,与所部七总管杨牙、员明等甲士凡八千,勒陈以待之。陈主通①于萧摩诃之妻,故摩诃初无战意;唯鲁广达以其徒②力战,与弼相当。隋师退走者数四,弼麾下死者二百七十三人,弼纵烟以自隐,窘③而复振。陈兵得人头,皆走献陈主求赏,弼知其骄惰,更引兵趣④孔范;范兵暂交即走,陈诸军顾之,骑卒乱溃,不可复止,死者五千人。员明擒萧摩诃,送于弼,弼命牵斩之,摩诃颜色自若,弼乃释而礼之。

任忠驰入台,见陈主言败状,曰:"官好住⑤,臣无所用力矣!"陈主之金两縢⑥,使募人出战,忠曰:"陛下唯当具舟楫,就上流众军⑦,臣以死奉卫。"陈主信之,敕忠出部分⑧,令宫人装束以待之,怪其久不至。时韩擒虎自新林进军,忠已帅数骑迎降于石子冈。领军蔡徵守朱雀航,闻擒虎将至,众惧而溃。忠引擒虎军直入朱雀门,陈人欲战,忠挥之曰:"老夫尚降,诸军何事!"众皆散走。于是城内文武百司皆遁,唯尚书仆射袁宪在殿中,尚书令江总等数人居省中。陈主谓袁宪曰:"我从来接遇卿不胜余人⑨,今日但以追愧⑩。非唯⑪朕无德,亦是江东衣冠道尽。"

注释

① 通:私通。

② 徒:士兵。

③ 窘:处境艰难。

④ 趣:通"趋",追逐。

⑤ 官好住:意为请皇帝好自珍重。

⑥ 縢(téng):通"幐",袋子。

⑦ 胡三省注：谓往就周罗睺等。
⑧ 部分：部署。
⑨ 接遇：对待。不胜余人：不超过其他人。
⑩ 追愧：后悔惭愧。
⑪ 非唯：不仅。

陈主遑遽①，将避匿，宪正色曰："北兵之入，必无所犯。大事如此，陛下去欲安之②！臣愿陛下正衣冠，御正殿，依梁武帝见侯景故事。"陈主不从，下榻驰去，曰："锋刃之下，未可交当，吾自有计！"从宫人十余出后堂景阳殿，将自投于井，宪苦谏不从；后阁舍人③夏侯公韵以身蔽井，陈主与争，久之，乃得入。既而军人窥井，呼之，不应，欲下石，乃闻叫声；以绳引之，惊其太重，及出，乃与张贵妃、孔贵嫔同束而上。沈后居处如常。太子深年十五，闭阁而坐，舍人孔伯鱼侍侧，军士叩阁而入，深安坐，劳之曰："戎旅在涂④，不至劳也！"军士咸致敬焉。时陈人宗室王侯在建康者百余人，陈主恐其为变，皆召入，令屯朝堂，使豫章王叔英总督之，又阴为之备，及台城失守，相帅出降。

贺若弼乘胜至乐游苑，鲁广达犹督余兵苦战不息，所杀获数百人，会日暮，乃解甲，面台⑤再拜恸哭，谓众曰："我身不能救国，负罪深矣！"士卒皆流涕歔欷⑥，遂就擒。诸门卫皆走，弼夜烧北掖门入，闻韩擒虎已得陈叔宝，呼视之，叔宝惶惧，流汗股栗，向弼再拜。弼谓之曰："小国之君当大国之卿，拜乃礼也。入朝不失作归命侯⑦，无劳恐惧。"既而耻功在韩擒虎后，与擒虎相诟⑧，挺刃而出；欲令蔡徵为叔宝作降笺，命乘骡车归己，事不果。弼置叔宝于德教殿，以兵卫守。

高颎先入建康，颎子德弘为晋王广记室⑨，广使德弘驰诣颎所，令留张丽华，颎曰："昔公蒙面以斩妲己，今岂可留丽华！"乃斩之于青溪。德弘还报，广变色曰："昔人云，'无德不报'，我必有以报高公矣！"由是恨颎。⑩

注释

① 遑遽：既惶恐又惊慌。

② 去欲安之：想去哪里。安：何。

③ 后阁舍人：守后阁的殿中舍人。

④ 涂：通"途"，道路。

⑤ 面台：面对台城。

⑥ 歔欷：悲泣抽噎。

⑦ 归命侯：三国时吴主降晋后，封归命侯。

⑧ 诟：骂。

⑨ 记室：掌书记之官。

⑩ 胡三省注：使高颎留丽华而广纳之，文帝必怒，安得成他日夺嫡之谋，是诚宜德之也，顾恨之邪！史为广杀颎张本。

丙戌，晋王广入建康，以施文庆受委不忠，曲为谄佞以蔽耳目，沈客卿重赋厚敛以悦其上，与太市令阳慧朗、刑法监徐析、尚书都令史暨慧皆为民害，斩于石阙下，以谢三吴。使高颎与元帅府记室裴矩收图籍，封府库，资财一无所取，天下皆称广，以为贤。

陈水军都督周罗睺与郢州刺史荀法尚守江夏①，秦王俊督三十总管水陆十余万屯汉口，不得进，相持逾月。陈荆州刺史陈慧纪遣南康内史吕忠肃屯岐亭，据巫峡②，于北岸凿岩，缀③铁锁三条，横截上流以遏隋船，忠肃竭其私财以充军用。杨素、刘仁恩奋兵击之，四十余战，忠肃守险力争，隋兵死者五千余人，陈人尽取其鼻以求功赏。既而隋师屡捷，获陈之士卒，三纵④之。忠肃弃栅而遁，素徐去其锁；忠肃复据荆门之延洲，素遣巴蜒千人⑤乘五牙四舻,以拍竿碎其十余舰,遂大破之,俘甲士二千余人,忠肃仅以身免。陈信州刺史顾觉屯安蜀城,弃城走⑥。陈慧纪屯公安⑦,悉烧其储蓄,引兵东下,于是巴陵以东无复城守者。陈慧纪帅将士三万人,楼船千余艘,沿江而下,欲入援建康,为秦王俊所拒,不得前。是时,陈晋熙王叔文罢湘州,还,至巴州⑧,慧纪推叔文为盟主。而叔文已帅巴州刺史毕宝等致书请降于俊,俊遣使迎劳之。会⑨建康平,晋王广命陈叔宝手书招上江诸将,使樊毅诣周罗睺,陈慧纪子正业诣慧纪谕指。时诸城皆解甲,罗睺乃与诸将大临⑩三日,放兵散,然后诣俊降,陈慧纪亦降,上江⑪皆平。杨素下至汉口,与俊会。王世积在蕲口,闻陈已亡,移书告谕江南诸郡,于是江州司马黄偲弃城走,豫章诸郡太守皆诣世积降。

注释

① 江夏:陈郢州治所,在今湖北武汉市。
② 胡三省注:按《水经》,江水出巫峡过秭归夷陵,径流头狼尾滩,而后东径西陵峡。去年冬,杨素破戚昕,其舟师已过狼尾而东,吕忠肃所据者,盖西陵峡也。当从《杨素传》作"江峡"为通。
③ 缀:连结。
④ 纵:释放。
⑤ 胡三省注:蜑(dàn)亦蛮也。居巴中者曰巴蜑。此水蜑之习于用舟者也。
⑥ 胡三省注:梁置信州于巴东,西魏取之,其地时属隋,故陈信州刺史屯于南蜀城。
⑦ 公安:胡三省注:陈荆州治所。
⑧ 巴州:治所在今湖南岳阳市。
⑨ 会:适值。

⑩ 临：哭吊死亡者。

⑪ 上江：泛指今长江中游地区。

　　(二月)陈吴州刺史萧瓛能得物情①，陈亡，吴人推瓛为主，右卫大将军武川宇文述帅行军总管元契、张默言等讨之。落丛公燕荣以舟师自东海②至，亦受述节度，陈永新侯陈君范自晋陵③奔瓛，并军拒述。述军且至，瓛立栅于晋陵城东，留兵拒述，遣其将王褒守吴州，自义兴④入太湖，欲掩述后。述进破其栅，回兵击瓛，大破之；又遣兵别道袭吴州，王褒衣道士服弃城走。瓛以余众保包山⑤，燕荣击破之。瓛将左右数人匿民家，为人所执。述进至奉公埭，陈东扬州⑥刺史萧岩以会稽降，与瓛皆送长安，斩之。

　　杨素之下荆门也，遣别将庞晖将兵略地⑦，南至湘州，城中将士，莫有固志，刻日请降。刺史岳阳王叔慎，年十八，置酒会文武僚吏。酒酣，叔慎叹曰："君臣之义，尽于此乎！"长史谢基伏而流涕。湘州助防遂兴侯正理在坐，乃起曰："主辱臣死。诸君独非陈国之臣乎！今天下有难，实致命之秋⑧也；纵其无成，犹见臣节，青门之外，有死不能！⑨今日之机，不可犹豫，后应者斩！"众咸许诺。乃刑牲结盟，仍遣人诈奉降书于庞晖。晖信之，克期⑩入城，叔慎伏甲待之，晖至，执之以徇，并其众皆斩之。叔慎坐于射堂，招合士众，数日之中，得五千人。衡阳太守樊通、武州刺史邬居业皆请举兵助之。隋所除湘州刺史薛胄将兵适至，与行军总管刘仁恩共击之；叔慎遣其将陈正理与樊通拒战，兵败。胄乘胜入城，禽叔慎，仁恩破邬居业于横桥，亦擒之，俱送秦王俊，斩于汉口。

注释

① 物情：人心、人情。

② 东海：在今江苏连云港市。

③ 晋陵：在今江苏常州市。

④ 义兴：在今江苏宜兴市。

⑤ 包山：今太湖中西山。

⑥ 东扬州：治今浙江绍兴市。

⑦ 略地：攻占土地。

⑧ 致命之秋：牺牲之时。

⑨ 胡三省注：召平，秦时东陵侯，秦亡为民，种瓜青门外。正理自谓陈亡之后，不能编于民伍以求活。

⑩ 克期：约定日期。

岭南未有所附，数郡共奉高凉郡①太夫人洗氏为主，号圣母，保境拒守。诏遣柱国韦洸等安抚岭外，陈豫章太守徐璒据南康②拒之，洸等不得进。晋王广遣陈叔宝遗夫人书，谕以国亡，使之归隋。夫人集首领数千人，尽日恸哭，遣其孙冯魂帅众迎洸。洸击斩徐璒，入，至广州，说谕岭南诸州皆定；表冯魂为仪同三司，册洗氏为宋康郡夫人。

衡州司马任瓌劝都督王勇据岭南，求陈氏子孙，立以为帝；勇不能用，以所部来降，瓌弃官去。

于是陈国皆平③，得州三十，郡一百，县四百④。诏建康城邑宫室，并平荡耕垦，更于石头置蒋州。

注释

① 高凉郡：治今广东阳江市西。

② 南康：郡名，治今江西赣州市。

③ 胡三省注：陈高祖受梁禅，岁在丁丑，至是而亡，凡五主，三十三年。
④ 胡三省注：按《隋志》，陈境当时有扬、东扬、南徐、吴、闽、丰、湘、巴、武、江、郢、广、东衡、衡、高、罗、新、泷、建、成、桂、东宁、静、南定、越、南合、崖、安、交、爱，凡三十州。

评析

本篇选自《资治通鉴》卷一七六至卷一七七。魏晋南北朝分裂局面的结束，是由处于北方的隋政权完成的。选文记述了隋平陈战争的具体过程。在此，我们将从较宏观的角度，观察从南北朝走向隋唐历史的演进。关于这一时期的历史大势，学术界有所谓"北朝主流论"和"南朝化"的论述。读者不妨略作了解，以备从繁杂的人物和事件中把握历史发展的脉络。

钱穆先生曾认为，"南北朝本是一个病的时代，此所谓'病'，乃指文化病。若论文化病，北朝受病转较南朝为浅，因此新生的希望亦在北朝，不在南朝"。陈寅恪先生更直接指出，"李唐一族之所以崛兴，盖取塞外野蛮精悍之血，注入中原文化颓废之躯，旧染既除，新机重启，扩大恢张，遂能别创空前之世局"。这些论断将南北政权、塞外中原对举，发人深思。

东晋南朝的政治，发生了明显的"变态"，而五胡十六国北朝建立的异族政权，显示一种强劲的政治能量，与日益萎靡的南方政权相比，具有更大的政治活力。如果说，十六国政权还带有部族制度的遗存，北魏孝文帝改革以后，北朝政治制度的发展水平已不逊于南朝，君主专制、中央集权及官僚政治全面复兴。尽管北朝有学习南朝制度的痕迹，但后出转精，青出于蓝，同样的制度，往往在北朝运行得比南朝更好。隋唐很多制度就有来自北齐和北周的渊源。

南北政治、文化等方面的差异，从文学作品来观察，更容易得到感性的认识。譬如,南朝文学以香艳柔媚为标志,一片靡靡之音,而仅仅是北朝民歌,便令我们呼吸到清新的爽朗之气。《木兰辞》中那些动人的诗句"万里赴戎机,关山度若飞。朔气传金柝,寒光照铁衣。将军百战死,壮士十年归",充满了军旅生涯的勃勃生气。甚至南北人对容貌的评价,也出现明显的差异。从魏晋至南朝,一个名士只有长得像个美貌的女子才会被人称赞,病态美是最美的仪容。而北人所赞扬的,是男子汉式的"雄豪"。

漫长的中古时代,由北朝而不是南朝走向隋唐,有学者说其主流毕竟在北而不在南。但就唐以后的经济文化而言,又呈现"对东晋和南朝的衔接",这就是所谓"南朝化"。这两种观点各有侧重,可以并存互补,构成观察这数百年历史演进的重要工具。

炀帝急政

隋炀帝大业元年(乙丑,605年)

三月,丁未,诏杨素与纳言杨达、将作大匠宇文恺营建东京,每月役丁二百万人,徙洛州郭内居民及诸州富商大贾数万户以实之。

戊申,诏曰:"听采舆颂①,谋及庶民,故能审刑政之得失;今将巡历淮、海,观省风俗。"

敕宇文恺与内史舍人封德彝等营显仁宫。南接皂涧②,北跨洛滨。发大江之南、五岭以北奇材异石,输之洛阳;又求海内嘉木异草、珍禽奇兽,以实园苑。辛亥,命尚书右丞皇甫议发河南、淮北诸郡民,前后百余万,开通济渠。自西苑引谷、洛水达于河;复自板渚③引河历荥泽入汴;又自大梁之东引汴水入泗,达于淮;又发淮南民十余万开邗沟④,自山阳至杨子入江。渠广四十步,渠旁皆筑御道,树以柳;自长安至江都,置离宫四十余所。庚申,遣黄门侍郎王弘等往江南造龙舟及杂船数万艘。东京官吏督役严急,役丁死者什四五,所司以车载死丁,东至城皋⑤,北至河阳⑥,相望于道。又作天经宫于东京,四时祭高祖。

五月,筑西苑,周二百里;其内为海,周十余里;为蓬莱、方丈、瀛洲诸山,高出水百余尺,台观殿阁,罗络山上,向背如神。北有龙鳞渠,萦纡注海内。缘渠作十六院,门皆临渠,每院以四品夫人主之,堂殿楼观,穷极华丽。宫树秋冬凋落,则剪彩为华叶,缀于枝条,色渝则易以新者,常如阳春。沼内亦剪彩为荷芰菱茨,乘舆游幸,则去冰而布之。十六院竞以肴羞精丽相高,求市恩宠。上好以月夜从宫女数千骑游西苑,作《清夜游曲》,于马上奏之。

八月,壬寅,上行幸江都,发显仁宫,王弘遣龙舟奉迎。乙巳,上御小朱航,自漕渠出洛口⑦,御龙舟。龙舟四重,高四十五尺,长二百尺。上重有正殿、内殿、东西朝堂,中二重有百二十房,皆饰以金玉,下重内侍处之。皇后乘翔螭舟,制度差小,而装饰无异。别有浮景九艘,三重,皆水殿也。又有漾彩、朱鸟、苍螭、白虎、玄武、飞羽、青凫、陵波、五楼、道场、玄坛、楼船板艚、黄篾等数千艘,后宫、诸王、公主、百官、僧、尼、道士、蕃客乘之,及载内外百司供奉之物,共用挽船士八万余人,其挽漾彩以上者九千余人,谓之殿脚,皆以锦彩为袍。又有平乘、青龙、艨艟、艚艘、八棹、艇舸等数千艘,并十二卫兵乘之,并载兵器帐幕,兵士自引,不给夫。舳舻⑧相接二百余里,照耀川陆,骑兵翊⑨两岸而行,旌旗蔽野。所过州县,五百里内皆令献食,多者一州至百舆⑩,极水陆珍奇;后宫厌饫⑪,将发之际,多弃埋之。

注释

① 舆颂:百姓的议论。

② 皂涧：即皂涧水，在今河南洛阳市新安县东。
③ 板渚：即板渚津，在今河南荥阳市高村乡西北黄河南岸牛口峪。
④ 胡三省注：春秋吴城邗沟通江淮，此亦因故道也。
⑤ 城皋：即成皋。成皋县，隶荥阳郡，开皇十八年（598年）改为汜水县。今河南荥阳市西北汜水镇。
⑥ 河阳：县名，隶河内郡，在今河南孟州市。
⑦ 洛口：洛水入黄河之口。
⑧ 舳舻：船头和船尾的并称，泛指船只。
⑨ 翊：护卫。
⑩ 轝：古同"舆"，车。
⑪ 厌饫：吃饱。

隋炀帝大业二年（丙寅，606年）

春，正月，辛酉，东京成，进将作大匠宇文恺位开府仪同三司①。

丁卯，遣十使并省州县。

二月，丙戌，诏吏部尚书牛弘等议定舆服、仪卫制度。以开府仪同三司何稠为太府少卿，使之营造，送江都。稠智思精巧，博览图籍，参会古今，多所损益；衮冕画日、月、星、辰，皮弁用漆纱为之。又作黄麾三万六千人仗，及辂辇②车舆、皇后卤簿③，百官仪服，务为华盛，以称上意。课州县送羽毛，民求捕之，网罗被水陆，禽兽有堪氅毦④之用者，殆无遗类。乌程有高树，逾百尺，旁无附枝，上有鹤巢，民欲取之，不可上，乃伐其根；鹤恐杀其子，自拔氅毛投于地，时人或称以为瑞，曰："天子造羽仪，鸟兽自献羽毛。"所役工十万余人，用金银钱帛钜亿计。帝每出游幸，羽仪填街溢路，亘二十余里。三月，庚午，上发江都，夏，四月，庚戌，自伊阙陈法驾，备千乘万骑入东京。辛亥，御端门，大赦，免天下今年租赋。制五品已上文官乘车,在朝弁服,佩玉;武官马加珂,戴幘,服袴褶⑤。文物⑥之盛,近世莫及也。

帝以高祖末年,法令峻刻,冬,十月,诏改修律令。

隋炀帝大业三年(丁卯,607年)

(夏,四月,庚辰)牛弘等造新律成,凡十八篇,谓之《大业律》;甲申,始颁行之。民久厌严刻,喜于宽政。其后征役繁兴,民不堪命,有司临时迫胁以求济事,不复用律令矣。旅骑尉刘炫预修律令,弘尝从容问炫曰:"《周礼》士多而府史少,今令史百倍于前,减则不济,其故何也?"炫曰:"古人委任责成,岁终考其殿最⑦,案不重校,文不繁悉,府史之任,掌要目而已。今之文簿,恒虑覆治,若锻炼不密,则万里追证百年旧案。故谚云:'老吏抱案死。'事繁政弊,职此之由也。"弘曰:"魏、齐之时,令史从容而已,今则不遑宁处,何故?"炫曰:"往者州唯置纲纪,郡置守、丞,县置令而已。其余具僚则长官自辟,受诏赴任,每州不过数十。今则不然,大小之官,悉由吏部,纤介⑧之迹,皆属考功⑨。省官不如省事,官事不省而望从容,其可得乎!"弘善其言而不能用。

注释

① 将作大匠:将作寺[大业三年(607年)改为将作监]长官,职掌宫室、宗庙、陵寝及其他土木营建。开府仪同三司:文散官名,隋文帝时为正四品,炀帝即位后改为从一品,唐、宋、元因之。
② 辂辇:皇帝乘坐的车驾。
③ 卤簿:帝王、后妃等出行车驾的扈从仪仗。
④ 氅耴(chǎng ěr):羽毛饰物。

⑤ 帻：头巾。袴褶：古人上穿褶衣，下着裤，外不加裘裳，故称。
⑥ 文物：指车服、旌旗、仪仗之类的器物。
⑦ 殿最：官员考课的成绩，下等称为殿，上等称为最。
⑧ 纤介：细微、细小。
⑨ 胡三省注：考功侍郎，掌内外文武官吏之功课，皆具录当年功过行能而考校之。

壬辰，改州为郡；改度量权衡，并依古式。改上柱国以下官为大夫①；置殿内省②，与尚书、门下、内史、秘书为五省；增谒者、司隶台③，与御史为三台；分太府寺置少府监④，与长秋、国子、将作、都水为五监；又增改左、右翊卫等为十六府⑤；废伯、子、男爵，唯留王、公、侯三等。

丙寅，车驾北巡；己亥，顿赤岸泽。五月，丁酉，突厥启民可汗遣其子拓特勒⑥来朝。戊午，发河北十余郡丁男凿太行山，达于并州，以通驰道。丙寅，启民遣其兄子毗黎伽特勒来朝。辛未，启民遣使请自入塞奉迎舆驾，上不许。

戊子，车驾顿榆林郡⑦。帝欲出塞耀兵，径突厥中，指于涿郡⑧，恐启民惊惧，先遣武卫将军长孙晟谕旨。启民奉诏，因召所部诸国奚、霫、室韦等首长数十人咸集。晟见牙帐⑨中草秽，欲令启民亲除之，示诸部落，以明威重，乃指帐前草曰："此根大香。"启民遽嗅之，曰："殊不香也。"晟曰："天子行幸所在，诸侯躬自洒扫，耕除御路，以表至敬之心；今牙内芜秽，谓是留香草耳！"启民乃悟曰："奴之罪也！奴之骨肉皆天子所赐，得效筋力，岂敢有辞。特以边人不知法耳，赖将军教之；将军之惠，奴之幸也。"遂拔所佩刀，自芟庭草。其贵人及诸部争效之。于是发榆林北境，至其牙，东达于蓟，长三千里，广百步，举国就役，开为御道。帝闻晟策，益嘉之。

注释

① 胡三省注：旧上柱国下至都督凡十一等，今改为光禄、左右光禄、金紫银青

光禄、正议、通议、朝请、朝散九大夫。

② 胡三省注：掌诸供奉。

③ 胡三省注：谒者台，掌受诏劳问、出使慰抚、持节察按及受冤枉而申奏之。司隶台，掌诸巡察。

④ 胡三省注：太府寺，止掌左右藏、黄藏，其尚方、司织、司染、铠甲、弓弩、掌冶皆属少府监。

⑤ 胡三省注：改左、右卫为左、右翊卫，左、右备身为左、右骁卫，左、右武卫依旧名，改领军为左、右屯卫，加置左、右御卫，改左、右武候为左、右候卫，是为十二卫。改领左、右府为左、右备身府，左、右监门依旧名，凡十六府。

⑥ 特勒：一作"特勤"。突厥等北方民族中称可汗子弟为特勤，相当于中原王朝之亲王。

⑦ 顿：止宿、屯驻。榆林郡：治榆林(今内蒙古自治区准格尔旗东北十二连城)。

⑧ 涿郡：治蓟县(今北京城西南隅)。

⑨ 牙帐：营帐。

丁酉，启民及义成公主①来朝行宫。己亥，吐谷浑、高昌并遣使入贡。

(秋，七月，辛亥)又诏发丁男百余万筑长城，西拒榆林，东至紫河②。尚书左仆射苏威谏，上不听，筑之二旬而毕。帝之征散乐③也，太常卿高颎谏，不听。颎退，谓太常丞李懿曰："周天元④以好乐而亡，殷鉴不远，安可复尔！"颎又以帝遇启民过厚，谓太府卿何稠曰："此虏颇知中国虚实，山川险易，恐为后患。"又谓观王雄曰："近来朝廷殊无纲纪。"礼部尚书宇文弼私谓颎曰："天元之侈，以今方之，不亦甚乎？"又言："长城之役，幸非急务。"光禄大夫贺若弼亦私议宴可汗太侈。并为人所奏。帝以为诽谤朝政，丙子，高颎、宇文弼、贺若弼皆坐诛，颎诸子徙边，弼妻子没官为奴婢。事连苏威，亦坐免官。颎有文武大略，明达世务，自蒙寄任，竭诚尽节，进引贞良，以天下为己任；苏威、杨素、贺若弼、韩擒虎皆颎所推荐，自余立功立事者不可胜数；当朝执政将二十年，朝野推服，物无异议，海内富庶，颎之力也。及死，天下莫不伤之。先是，萧琮以皇后故，甚见亲重，为内史令，改封梁公，宗族缌麻⑤以上，皆随才擢用，诸萧昆弟，布列朝廷。琮性澹雅，不以职务为意，身虽羁旅，见北间豪贵，无所降下。与贺若弼善，弼既诛，又有童谣曰："萧萧亦复起。"帝由是忌之，遂废于家，未几而卒。

八月，壬午，车驾发榆林，历云中⑥，溯金河⑦。时天下承平，百物丰实，甲士五十余万，马十万匹，旌旗辎重，千里不绝。令宇文恺等造观风行殿，上容侍卫者数百人，离合为之，下施轮轴，倏忽推移。又作行城，周二千步，以板为干，衣之以布，饰以丹青，楼橹⑧悉备。胡人惊以为神，每望御营，十里之外，屈膝稽颡，无敢乘马。启民奉庐帐以俟车驾；乙酉，帝幸其帐，启民奉觞上寿，跪伏恭甚，王侯以下袒割于帐前，莫敢仰视。帝大悦，赋诗曰："呼韩顿颡至，屠耆接踵来；何如汉天子，空上单于台。"皇后亦幸义成公主帐。帝赐启民及公主金瓮各一，并衣服被褥锦彩，特勒以下，受赐各有差。帝还，启民从入塞，己丑，遣归国。

注释

① 义成公主：隋宗室女，隋文帝开皇十九年（599年），和亲东突厥启民可汗。在突厥生活近30年，先后为启民可汗、始毕可汗、处罗可汗、颉利可汗之可敦（后妃）。唐太宗贞观四年（630年）二月，唐灭东突厥时被杀。
② 紫河：今内蒙古自治区呼和浩特市和林格尔县南的浑河，为黄河支流。
③ 散乐：隋唐时期指从西域传入的吞刀、吐火、爬杆、走索等杂技、幻术，亦称百戏。

④ 周天元：北周宣帝宇文赟，在位一年后禅位，自称天元皇帝。
⑤ 缌麻：古代丧礼"五服"中最轻的等级。五服由亲及疏依次为斩衰、齐衰、大功、小功、缌麻。
⑥ 云中：在今内蒙古托克托县东北。
⑦ 溯：逆流而行。金河：古芒干水，今内蒙古呼和浩特市南大黑河。
⑧ 楼橹：守城或攻城的高台。

冬，十月，敕河北诸郡送一艺户陪东都三千余家①，置十二坊于洛水南以处之。

西域诸胡多至张掖交市②，帝使吏部侍郎裴矩掌之。矩知帝好远略，商胡至者，矩诱访诸国山川风俗，王及庶人仪形服饰，撰《西域图记》三卷，合四十四国，入朝奏之。仍别造地图，穷其要害，从西倾以去，纵横所亘，将二万里，发自敦煌，至于西海，凡为三道，北道从伊吾，中道从高昌，南道从鄯善，总凑敦煌。且云："以国家威德，将士骁雄，泛濛汜而越昆仑，易如反掌。但突厥、吐浑分领羌、胡之国，为其壅遏，故朝贡不通。今并因商人密送诚款，引领翘首，愿为臣妾。若服而抚之，务存安辑，皇华遣使，弗动兵车，诸蕃既从，浑、厥可灭，混壹戎、夏，其在兹乎！"帝大悦，赐帛五百段，日引矩至御坐，亲问西域事。矩盛言"胡中多诸珍宝，吐谷浑易可并吞。"帝于是慨然慕秦皇、汉武之功，甘心将通西域；四夷经略，咸以委之。以矩为黄门侍郎，复使至张掖，引致诸胡，啖③之以利，劝令入朝。自是西域胡往来相继，所经郡县，疲于送迎，糜费以万万计，卒令中国疲弊以至于亡，皆矩之唱导也。

隋炀帝大业四年（戊辰，608）

春，正月，乙巳，诏发河北诸军百余万穿永济渠，引沁水南达于河，北通涿郡。丁男不供，始役妇人。

三月,壬戌,倭王多利思比孤遣使入贡,遗帝书曰:"日出处天子致书日没处天子无恙。"帝览之,不悦,谓鸿胪卿曰:"蛮夷书无礼者,勿复以闻。"

乙丑,车驾幸五原④,因出塞巡长城。行宫设六合板城,载以枪车。每顿舍,则外其辕以为外围,内布铁菱;次施弩床,皆插钢锥,外向;上施旋机弩,以绳连机,人来触绳,则弩机旋转,向所触而发。其外又以缯周围,施铃柱、槌磬以知所警。

注释

① 胡三省注:艺户,谓其家以伎艺名者。陪:助,也。
② 交市:互市。
③ 啖:拿利益引诱人。
④ 五原:郡名,治九原县(在今内蒙古自治区包头市西北)。

帝慕能通绝域者,屯田主事常骏等请使赤土,帝大悦,丙寅,命骏赍物五千段,以赐其王。赤土者,南海中远国也。

秋,七月,辛巳,发丁男二十余万筑长城,自榆谷①而东。

裴矩说铁勒,使击吐谷浑,大破之。吐谷浑可汗伏允东走,入西平②境内,遣使请降求救;帝遣安德王雄出浇河③,许公宇文述出西平迎之。述至临羌城④,吐谷浑畏述兵盛,不敢降,帅众西遁;述引兵追之,拔曼头、赤水二城⑤,斩三千余级,获其王公以下二百人,虏男女四千口而还。伏允南奔雪山,其故地皆空,东西四千里,南北二千里,皆为隋有,置郡、县、镇、戍,天下轻罪徙居之。

八月,辛酉,上亲祠恒岳,赦天下。河北道郡守毕集,裴矩所致西域十余国皆来助祭。

隋炀帝大业五年(己巳,609)

春,正月,丙子,改东京为东都。

三月,己巳,西巡河右;乙亥,幸扶风⑥旧宅。夏,四月,癸亥,出临津关⑦,渡黄河,至西平,陈兵讲武,将击吐谷浑。

(六月)辛丑,帝谓给事郎蔡徵曰:"自古天子有巡狩之礼;而江东诸帝多傅脂粉,坐深宫,不与百姓相见,此何理也?"对曰:"此其所以不能长世。"丙午,至张掖。帝之将西巡也,命裴矩说高昌王麴伯雅及伊吾吐屯设等,啖以厚利,召使入朝。壬子,帝至燕支山⑧,伯雅、吐屯设等及西域二十七国谒于道左,皆令佩金玉,被锦罽⑨,焚香奏乐,歌舞喧噪。帝复令武威、张掖士女盛饰纵观,衣服车马不鲜者,郡县督课之。骑乘嗔咽⑩,周亘数十里,以示中国之盛。吐屯设献西域数千里之地,上大悦。癸丑,置西海、河源、鄯善、且末等郡,谪天下罪人为戍卒以守之。命刘权镇河源郡积石镇,大开屯田,扞御吐谷浑,以通西域之路。

注释

① 胡三省注:此榆谷当在榆林西。
② 西平:郡名,治西都县(今青海西宁市)。
③ 浇河:郡名,治河津县(在今青海贵德境)。
④ 临羌城:在今青海西宁市湟源县南。
⑤ 曼头:在今青海共和县西南。赤水:在今青海青海湖南兴海境,隋平吐谷浑后,在此设置河源郡。
⑥ 扶风:郡名,在今陕西宝鸡市。

⑦ 临津关：在今甘肃积石山保安族东乡族撒拉族自治县西北。
⑧ 燕支山：即焉支山。在今甘肃永昌县西、山丹县东南。
⑨ 锦罽：丝织品和毛织品。
⑩ 嗔咽：众多、繁盛。

是时天下凡有郡一百九十，县一千二百五十五，户八百九十万有奇。东西九千三百里，南北万四千八百一十五里。隋氏之盛，极于此矣。

帝谓裴矩有绥怀之略，进位银青光禄大夫。自西京诸县及西北诸郡，皆转输塞外，每岁钜亿万计；经途险远及遇寇钞，人畜死亡不达者，郡县皆征破其家。由是百姓失业，西方先困矣。

评析

本篇选自《资治通鉴》卷一八〇至卷一八一。按照古代的谥法，去礼远众称为"炀"。隋炀帝在过去的历史评价中，大多是以亡国之君的形象出现的。但盖棺未必定论，历史人物的评价，不能流于浮泛的褒贬，应结合其所处的复杂历史背景加以细致分析。

关于隋朝亡国的原因，旧史的评价往往集中于炀帝的骄奢淫逸、大讲排场、罔顾百姓死活。新近的学术研究显示，隋王朝速亡的实际情况更复杂，既有统治者的个人原因，又有体制性和结构性的原因。隋炀帝即位后，大兴土木，急于开疆扩土，与其个人贪图享乐、好大喜功的个性是分不开的。但其颁布的政策之中，限制贵族占有土地的特权、提高成丁年龄以减轻百姓赋役负担，缩小封爵范围等，都是有利于王朝统治的。这些政策出发点或着眼点虽然值得肯定，但在当时的社会背景下，触动了大量贵族的既得利益，引起了统治集团成员的不满和反抗，因而难以有效地全面推行。

此外，炀帝的施政节奏过于急迫，超出了官僚体制的运转能力和百姓的承受范围，所以被称为"急政"。作为历史学家的后见之明，我们认为，这有着隋朝重建大一统的历史背景，也有着政治体制转型的特殊原因，很多政策从制定到推行，难有从容的环境。当然，最主要的原因还是炀帝对帝王功业的盲目追求、对民生的漠视，没有及时恢复民力，休养生息。

隋炀帝于数年之间，营建东都、开凿运河、南下扬州、巡游北境、西巡张掖，其速度和效率都是历代王朝少有的。可是，这个高速运转的国家机器一旦出现细微的瑕疵，便一发不可收拾。短短几年之间，极盛的隋王朝就走向了土崩瓦解。

第十一编
大唐气象

贞 观 之 治

唐高祖武德九年(丙戌,626年)

(六月)癸亥,立世民为皇太子。又诏:"自今军国庶事,无大小悉委太子处决,然后闻奏。"

臣光曰:立嫡以长,礼之正也。然高祖所以有天下,皆太宗之功;隐太子以庸劣居其右,地嫌势逼,必不相容。向使高祖有文王之明,隐太子有泰伯之贤,太宗有子臧之节,则乱何自而生矣!既不能然,太宗始欲俟其先发,然后应之,如此,则事非获已,犹为愈也。既而为群下所迫,遂至蹀血禁门,推刃同气,贻讥千古,惜哉!夫创业垂统之君,子孙之所仪刑也,彼中、明、肃、代之传继,得非有所指拟以为口实乎!

(八月)癸亥,制传位于太子;太子固辞,不许。甲子,太宗即皇帝位于东宫显德殿,赦天下。

初,上皇欲强宗室以镇天下,故皇再从、三从弟及兄弟之子①,虽童孺皆为王,王者数十人。上从容问群臣:"遍封宗子,于天下利乎?"封德彝对曰:"前世唯皇子及兄弟乃为王,自余非有大功,无为王者。上皇敦睦九族,大封宗室,自两汉以来未有如今之多者。爵命既崇,多给力役,恐非示天下以至公也!"上曰:"然。朕为天子,所以养百姓也,岂可劳百姓以养己之宗族乎!"十一月,庚寅,降宗室郡王皆为县公,惟有功者数人不降。

丙午,上与群臣论止盗。或请重法以禁之,上哂②之曰:"民之所以为盗者,由赋繁役重,官吏贪求,饥寒切身,故不暇顾廉耻耳。朕当去奢省费,轻徭薄赋,选用廉吏,使民衣食有余,则自不为盗,安用重法邪!"自是数年之后,海内升平,路不拾遗,外户不闭,商旅野宿焉。

注释

① 胡三省注:同曾祖为再从兄弟,同高祖为三从兄弟。
② 哂:讥笑。

上又尝谓侍臣曰:"君依于国,国依于民。刻民以奉君,犹割肉以充腹,腹饱而身毙,君富而国亡。故人君之患,不自外来,常由身出。夫欲盛则费广,费广则赋重,赋重则民愁,民愁则国危,国危则君丧矣。朕常以此思之,故不敢纵欲也。"

(十二月)上厉精求治,数引魏徵入卧内,访以得失;徵知无不言,上皆欣然嘉纳。上遣使点兵,封德彝奏:"中男虽未十八①,其躯干壮大者,亦可并点。"上从之。敕出,魏徵固执以为不可,不肯署敕,至于数四。上怒,召而让②之曰:"中男壮大者,乃奸民诈妄以避征役,取之何害,而卿固执至此!"对曰:"夫兵在御之得其道,不在众多。陛下取其壮健,以道御之,足以无敌于天下,何必多取细弱以增虚数乎!且陛下每云:'吾以诚信御天下,欲使臣民皆无欺诈。'今即位未几,失信者数矣!"上愕然曰:"朕何为失信?"对曰:"陛下初即位,下诏云:'逋负③官物,悉令蠲免④。'有司以为负秦府国司者,非官物,征督如故。陛下以秦王升为天子,国司之物,非官物而何!又曰:'关中免二年租调,关外给复一年。'既而继有敕云:'已役已输者,以来年为始。'散还之后,方复更征,百姓固已不能无怪。今既征得物,复点为兵,何谓以来年为始乎!又陛下所与共治天下者在于守宰,居常简阅,咸以委之;至于点兵,独疑其诈,岂所谓以诚信为治乎!"上悦曰:"向者朕以卿固执,疑卿不达政事,今卿论国家大体,诚尽其精要。夫号令不信,则民不知所从,天下何由而治乎?朕过深矣!"乃不点中男,赐徵金瓮一。

上患吏多受赇,密使左右试赂之。有司门令史受绢一匹,上欲杀之,民部尚书裴矩谏曰:"为吏受赂,罪诚当死;但陛下使人遗之而受,乃陷人于法也,恐非所谓'道之以德,齐之以礼。'"上悦,召文武五品已上告之曰:"裴矩能当官力争,不为面从,傥每事皆然,何忧不治!"

臣光曰:古人有言:君明臣直。裴矩佞于隋而忠于唐,非其性之有变也;君恶闻其过,则忠化为佞,君乐闻直言,则佞化为忠。是知君者表也,臣者景也,表动则景随矣。

唐太宗贞观元年(丁亥,627年)

(春,正月)丁亥,上宴群臣,奏《秦王破阵乐》。上曰:"朕昔受委专征,民间遂有此曲,虽非文德之雍容,然功业由兹而成,不敢忘本。"封德彝曰:"陛下以神武平海内,岂文德之足比。"上曰:"戡乱⑤以武,守成以文,文武之用,各随其时。卿谓文不及武,斯言过矣!"德彝顿首谢。

注释

① 胡三省注:唐制,民年十六为中男,十八始成丁,二十一为丁,充力役。
② 让:责备。
③ 逋负:拖欠或未偿还。
④ 蠲免:免除。
⑤ 戡乱:平定乱事。

己亥,制:"自今中书、门下及三品以上入閤议事,皆命谏官随之,有失辄谏。"

上命吏部尚书长孙无忌等与学士、法官更议定律令,宽绞刑五十条为断右趾,上犹嫌其惨,曰:"肉刑废已久,宜有以易之。"蜀王法曹参军裴弘献请改为加役流,徙三千里,居作①三年;诏从之。

上以兵部郎中戴胄忠清公直,擢为大理少卿。上以选人多诈冒资荫②,敕令自首,不首者死。未几,有诈冒事觉者,上欲杀之。胄奏:"据法应流。"上怒曰:"卿欲守法而使朕失信乎?"对曰:"敕者出于一时之喜怒,法者国家所以布大信于天下也。陛下忿选人之多诈,故欲杀之,而既知其不可,复断之以法,此乃忍小忿而存大信也。"上曰:"卿能执法,朕复何忧!"胄前后犯颜执法,言如涌泉,上皆从之,天下无冤狱。

上令封德彝举贤,久无所举。上诘之,对曰:"非不尽心,但于今未有奇才耳!"上曰:"君子用人如器,各取所长,古之致治者,岂借才于异代乎? 正患己不能知,安可诬一世之人!"德彝惭而退。

御史大夫杜淹奏"诸司文案恐有稽失,请令御史就司检校。"上以问封德彝,对曰:"设官分职,各有所司。果有愆违,御史自应纠举;若遍历诸司,搜擿疵颣③,太为烦碎。"淹默然。上问淹:"何故不复论执?"对曰:"天下之务,当尽至公,善则从之,德彝所言,真得大体,臣诚心服,不敢遂非。"上悦曰:"公等各能如是,朕复何忧!"

右骁卫大将军长孙顺德受人馈绢,事觉,上曰:"顺德果能有益国家,朕与之共有府库耳,何至贪冒如是乎!"犹惜其有功,不之罪,但于殿庭赐绢数十匹。大理少卿胡演曰:"顺德枉法受财,罪不可赦,奈何复赐之绢?"上曰:"彼有人性,得绢之辱,甚于受刑;如不知愧,一禽兽耳,杀之何益!"

(闰三月)壬申,上谓太子少师萧瑀曰:"朕少好弓矢,得良弓十数,自谓无以加,近以示弓工,乃曰'皆非良材'。朕问其故,工曰:'木心不直,则脉理皆邪,弓虽劲而发矢不直。'朕始寤向者辨之未精也。朕以弓矢定四方,识之犹未能尽,况天下之务,其能遍知乎!"乃令京官④五品以上更宿中书内省,数延见,问以民间疾苦,政事得失。

注释

① 居作:唐代法律用语,凡犯徒、流之罪人,均应于配所服劳役,谓之居作。
② 选人:指获得出身后参加铨选的人。资荫:唐代获得出身的途径主要有门荫、贡举和杂色入流三种。无论何种出身,初次任官的品级,均与父祖的官品有关。父祖的官品称为选人资荫。
③ 搜摘(tí)疵颣(lèi):颣,指丝上的疙瘩,此句意谓故意去挑剔搜求各个部门在文案处理和保管方面的瑕疵。犹今之所谓"鸡蛋里面挑骨头"。
④ 京官:在京职事官。

（五月）有上书请去佞臣者,上问:"佞臣为谁?"对曰:"臣居草泽,不能的知其人,愿陛下与群臣言,或阳怒以试之,彼执理不屈者,直臣也,畏威顺旨者,佞臣也。"上曰:"君,源也;臣,流也;浊其源而求其流之清,不可得矣。君自为诈,何以责臣下之直乎!朕方以至诚治天下,见前世帝王好以权谲小数①接其臣下者,常窃耻之。卿策虽善,朕不取也。"

（六月）戊申,上与侍臣论周、秦修短,萧瑀对曰:"纣为不道,武王征之。周及六国无罪,始皇灭之。得天下虽同,人心则异。"上曰:"公知其一,未知其二。周得天下,增修仁义;秦得天下,益尚诈力②:此修短之所以殊也。盖取之或可以逆得,守之不可以不顺故也。"瑀谢不及。

（十二月）或告右丞魏徵私其亲戚,上使御史大夫温彦博按之,无状。彦博言于上曰:"徵不存形迹,远避嫌疑,心虽无私,亦有可责。"上令彦博让徵,且曰:"自今宜存形迹。"他日,徵入见,言于上曰:"臣闻君臣同体,宜相与尽诚;若上下俱存形迹,则国之兴丧尚未可知,臣不敢奉诏。"上瞿然③曰:"吾已悔之。"徵再拜曰:"臣幸得奉事陛下,愿使臣为良臣,勿为忠臣。"上曰:"忠、良有以异乎?"对曰:"稷、契、皋陶,君臣协心,俱享尊荣,所谓良臣。龙逢、比干,面折廷争,身诛国亡,所谓忠臣。"上悦,赐绢五百匹。

上神采英毅,群臣进见者,皆失举措;上知之,每见人奏事,必假以辞色,冀闻规谏。尝谓公卿曰:"人欲自见其形,必资明镜;君欲自知其过,必待忠臣。苟其君愎谏自贤,其臣阿谀顺旨,君既失国,臣岂能独全!如虞世基等谄事炀帝以保富贵,炀帝既弑,世基等亦诛。公辈宜用此为戒,事有得失,毋惜尽言!"

上谓公卿曰:"昔禹凿山治水而民无谤讟④者,与人同利故也。秦始皇营宫室而人怨叛者,病人以利己故也。夫靡丽珍奇,固人之所欲,若纵之不已,则危亡立至。朕欲营一殿,材用已具,鉴秦而止。王公已下,宜体朕此意。"由是二十年间,风俗素朴,衣无锦绣,公私富给。

注释

① 权谲小数:权谋、诡诈的小计。
② 诈力:欺诈与暴力。
③ 瞿然:惊悟貌。
④ 谤讟(dú):怨恨毁谤。

上谓黄门侍郎王珪曰:"国家本置中书、门下以相检察,中书诏敕或有差失,则门下当行驳正①。人心所见,互有不同,苟论难往来,务求至当,舍己从人,亦复何伤!比来或护己之短,遂成怨隙,或苟避私怨,知非不正②,顺一人之颜情,为兆民之深患,此乃亡国之政也。炀帝之世,内外庶官,务相顺从,当是之时,皆自谓有智,祸不及身。及天下大乱,家国两亡,虽其间万一有得免者,亦为时论所贬,终古不磨。卿曹各当徇公忘私,勿雷同也!"

上谓侍臣曰:"吾闻西域贾胡得美珠,剖身以藏之,有诸?"侍臣曰:"有之。"上曰:"人皆知笑彼之爱珠而不爱其身也;吏受赇抵法,与帝王徇奢欲而亡国者,何以异于彼胡之可笑邪!"魏徵曰:"昔鲁哀公谓孔子曰:'人有好忘者,徙宅而忘其妻。'孔子曰:'又有甚者,桀、纣乃忘其身。'亦犹是也。"上曰:"然。朕与公辈宜戮力相辅,庶免为人所笑也!"

上尝语及关中、山东人③,意有同异。殿中侍御史义丰张行成跪奏曰:"天子以四海为家,不当有东西之异;恐示人以隘。"上善其言,厚赐之。自是每有大政,常使预议。

注释

① 胡三省注:中书出命,门下审驳。按唐制,凡诏旨制敕,玺书册命,皆中书舍人起草进画,既下,则署行而过门下省,有不便者,涂窜而奏还,谓之涂归。
② 胡三省注:言知其非而不加驳正也。
③ 关中:指以长安为中心的关陇地区,为北朝时期西魏、北周旧境。山东:指华山或崤山以东,多为东魏、北齐旧境。关中、山东的社会结构和文化传统有别,隋唐皇室出自关陇政治集团,对东部地区的家族势力和文化传统存在一定的偏见和排斥心理。张行成是定州义丰(今河北安国市)人,从山东大族立场出发,希望唐太宗能够克服对山东世家大族的偏见。

唐太宗贞观二年(戊子,628年)

(春,正月,丁巳)上问魏徵曰:"人主何为而明,何为而暗?"对曰:"兼听则明，偏信则暗。昔尧清问下民，故有苗之恶得以上闻；舜明四目，达四聪，故共、鲧、欢兜不能蔽也。秦二世偏信赵高，以成望夷之祸；梁武帝偏信朱异，以取台城之辱；隋炀帝偏信虞世基，以致彭城阁之变。是故人君兼听广纳，则贵臣不得拥蔽，而下情得以上通也。"上曰："善！"

二月，上谓侍臣曰："人言天子至尊，无所畏惮。朕则不然，上畏皇天之监临，下惮群臣之瞻仰，兢兢业业，犹恐不合天意，未副人望。"魏徵曰："此诚致治之要，愿陛下慎终如始，则善矣。"

（六月）戊子，上谓侍臣曰："朕观《隋炀帝集》，文辞奥博，亦知是尧、舜而非桀、纣，然行事何其反也！"魏徵对曰："人君虽圣哲，犹当虚己以受人，故智者献其谋，勇者竭其力。炀帝恃其俊才，骄矜自用，故口诵尧、舜之言而身为桀、纣之行，曾不自知以至覆亡也。"上曰："前事不远，吾属之师也！"

畿内有蝗。辛卯，上入苑中，见蝗，掇数枚，祝①之曰："民以谷为命，而汝食之，宁食吾之肺肠。"举手欲吞之，左右谏曰："恶物或成疾。"上曰："朕为民受灾，何疾之避！"遂吞之。是岁，蝗不为灾。

（冬，十月）交州都督遂安公寿以贪得罪，上以瀛州刺史卢祖尚才兼文武，廉平公直，征入朝，谕以"交趾久不得人，须卿镇抚"。祖尚拜谢而出，既而悔之，辞以旧疾。上遣杜如晦等谕旨曰："匹夫犹敦然诺②，奈何既许朕而复悔之！"祖尚固辞。戊子，上复引见，谕之，祖尚固执不可。上大怒曰："我使人不行，何以为政！"命斩于朝堂，寻悔之。他日，与侍臣论"齐文宣帝何如人③？"魏徵对曰："文宣狂暴，然人与之争，事理屈则从之。有前青州长史魏恺使于梁还，除光州长史，不肯行，杨遵彦奏之。文宣怒，召而责之。恺曰：'臣先任大州长史，使还，有劳无过，更得小州，此臣所以不行也。'文宣顾谓遵彦曰：'其言有理，卿赦之。'此其所长也。"上曰："然。向者卢祖尚虽失人臣之义，朕杀之亦为太暴，由此言之，不如文宣矣！"命复其官荫④。

徵状貌不逾中人,而有胆略,善回人主意,每犯颜苦谏;或逢上怒甚,徵神色不移,上亦为霁威⑤。尝谒告上冢,还,言于上曰:"人言陛下欲幸南山,外皆严装已毕,而竟不行,何也?"上笑曰:"初实有此心,畏卿嗔,故中辍耳。"上尝得佳鹞,自臂之,望见徵来,匿怀中;徵奏事固久不已,鹞竟死怀中。

注释

① 祝:祷告。
② 胡三省注:敦然诺,犹重然诺也。言既许人,则必践言。
③ 齐文宣帝:北齐第一个皇帝高洋(529—559年),高欢次子,在位10年。
④ 胡三省注:复其官,则得荫其子若孙。
⑤ 霁威:收敛威怒。

(十二月)上曰:"为朕养民者,唯在都督、刺史,朕常疏其名于屏风,坐卧观之,得其在官善恶之迹,皆注于名下,以备黜陟①。县令尤为亲民,不可不择。"乃命内外五品已上,各举堪为县令者,以名闻。

唐太宗贞观三年(己丑,629年)

二月,戊寅,以房玄龄为左仆射,杜如晦为右仆射,以尚书右丞魏徵守秘书监,参预朝政。

(三月)丁巳,上谓房玄龄、杜如晦曰:"公为仆射,当广求贤人,随才授任,此宰相之职也。比闻听受辞讼,日不暇给,安能助朕求贤乎!"因敕"尚书细务属左右丞②,唯大事应奏者,乃关仆射"。

玄龄明达政事，辅以文学，夙夜尽心，惟恐一物失所；用法宽平，闻人有善，若己有之，不以求备取人，不以己长格物。与杜如晦引拔士类，常如不及。至于台阁规模，皆二人所定。上每与玄龄谋事，必曰："非如晦不能决。"及如晦至，卒用玄龄之策。盖元龄善谋，如晦能断故也。二人深相得，同心徇国，故唐世称贤相，推房、杜焉。玄龄虽蒙宠待，或以事被谴，辄累日诣朝堂，稽颡请罪，恐惧若无所容。

夏，四月，乙亥，上皇徙居弘义宫，更名大安宫。甲午，上始御太极殿，谓群臣曰："中书、门下，机要之司，诏敕有不便者，皆应论执。比来唯睹顺从，不闻违异。若但行文书，则谁不可为，何必择才也！"房玄龄等皆顿首谢。

故事：凡军国大事，则中书舍人各执所见，杂署其名，谓之五花判事。中书侍郎、中书令省审之，给事中、黄门侍郎驳正之。上始申明旧制，由是鲜有败事。

唐太宗贞观四年（庚寅，630年）

（秋，七月）乙丑，上问房玄龄、萧瑀曰："隋文帝何如主也？"对曰："文帝勤于为治，每临朝，或至日昃，五品已上，引坐论事，卫士传餐而食；虽性非仁厚，亦励精之主也。"上曰："公得其一，未知其二。文帝不明而喜察，不明则照有不通，喜察则多疑于物，事皆自决，不任群臣。天下至广，一日万机，虽复劳神苦形，岂能一一中理！群臣既知主意，唯取决受成，虽有愆违，莫敢谏争，此所以二世而亡也。朕则不然。择天下贤才，置之百官，使思天下之事，关由③宰相，审熟便安，然后奏闻。有功则赏，有罪则刑，谁敢不竭心力以修职业，何忧天下之不治乎！"因敕百司："自今诏敕行下有未便者，皆应执奏，毋得阿从，不尽己意。"

注释

① 黜陟：指进退人才、升降官吏。
② 左右丞：尚书都省实际负责文书审查和其他具体行政事务的官员，分别为正四品上阶和正四品下阶。
③ 关由：经由。

（冬，十一月）上读《明堂针灸书》，云："人五藏之系，咸附于背。"戊寅，诏自今毋得笞囚背。

上之初即位也，尝与群臣语及教化，上曰："今承大乱之后，恐斯民未易化也。"魏徵对曰："不然。久安之民骄佚，骄佚则难教；经乱之民愁苦，愁苦则易化。譬犹饥者易为食，渴者易为饮也。"上深然之。封德彝非之曰："三代以还，人渐浇讹①，故秦任法律，汉杂霸道，盖欲化而不能，岂能之而不欲邪！魏徵书生，未识时务，若信其虚论，必败国家。"徵曰："五帝、三王不易民而化，昔黄帝征蚩尤，颛顼诛九黎②，汤放桀，武王伐纣，皆能身致太平，岂非承大乱之后邪！若谓古人淳朴，渐至浇讹，则至于今日，当悉化为鬼魅矣，人主安得而治之！"上卒从徵言。

元年，关中饥，米斗直绢一匹；二年，天下蝗；三年，大水。上勤而抚之，民虽东西就食，未尝嗟怨。是岁，天下大稔，流散者咸归乡里，米斗不过三、四钱，终岁断死刑才二十九人。东至于海，南及五岭，皆外户不闭，行旅不赍粮，取给于道路焉。上谓长孙无忌曰："贞观之初，上书者皆云：'人主当独运威权，不可委之臣下。'又云：'宜震耀威武，征讨四夷。'唯魏徵劝朕'偃武修文，中国既安，四夷自服'，朕用其言。今颉利成擒，其酋长并带刀宿卫，部落皆袭衣冠，徵之力也，但恨不使封德彝见之耳！"徵再拜谢曰："突厥破灭，海内康宁,皆陛下威德,臣何力焉!"上曰:"朕能任公,公能称所任,则其功岂独在朕乎!"

唐太宗贞观五年(辛卯,631年)

(春,正月)癸未,朝集使赵郡王孝恭等上表,以四夷咸服,请封禅;上手诏不许。③

有司上言皇太子当冠,用二月吉,请追兵备仪仗。上曰:"东作④方兴,宜改用十月。"少傅萧瑀奏:"据阴阳书,不若二月。"上曰:"吉凶在人。若动依阴阳,不顾礼义,吉可得乎!循正而行,自与吉会。农时最急,不可失也。"

注释

① 浇讹:浮薄诈伪。
② 九黎:上古时代活动于黄河中下游的部落名称。
③ 胡三省注:此元正朝集既毕将归者。唐制:凡天下朝集使,皆以十月二十五日至京师,十一月一日,户部引见讫,于尚书省与群官礼见,然后集于考堂,应考绩之事。
④ 东作:指春耕。

唐太宗贞观六年(壬辰,632年)

(春,正月,癸酉)文武官复请封禅,上曰:"卿辈皆以封禅为帝王盛事,朕意不然。若天下乂安,家给人足,虽不封禅,庸何伤乎!昔秦始皇封禅,而汉文帝不封禅,后世岂以文帝之贤不及始皇邪!且事天扫地而祭,何必登泰山之巅,封数尺之土,然后可以展其诚敬乎!"群臣犹请之不已,上亦欲从之，魏徵独以为不可。上曰："公不欲朕封禅者，以功未高邪？"曰："高矣！""德未厚邪？"曰："厚矣！""中国未安邪？"曰："安矣！""四夷未服邪？"曰："服矣！""年谷未丰邪？"曰："丰矣！""符瑞未至邪？"曰："至矣！""然则何为不可封禅？"对曰："陛下虽有此六者，然承隋末大乱之后，户口未复，仓廪尚虚，而车驾东巡，千乘万骑，其供顿劳费，未易任也。且陛下封禅，则万国咸集，远夷君长，皆当扈从；今自伊、洛以东至于海、岱，烟火尚希，灌莽①极目，此乃引戎狄入腹中，示之以虚弱也。况赏赉不赀，未厌远人之望；给复连年，不偿百姓之劳；崇虚名而实害，陛下将焉用之！"会河南、北数州大水，事遂寝。

闰（七月）月，乙卯，上宴近臣于丹霄殿，长孙无忌曰："王珪、魏徵，昔为仇雠②，不谓今日得此同宴。"上曰："徵、珪尽心所事，故我用之。然徵每谏，我不从，我与之言辄不应，何也？"魏徵对曰："臣以事为不可，故谏；若陛下不从而臣应之，则事遂施行，故不敢应。"上曰："且应而复谏，庸何伤！"对曰："昔舜戒群臣：'尔无面从，退有后言。'臣心知其非而口应陛下，乃面从也，岂稷、契事舜之意邪！"上大笑曰："人言魏徵举止疏慢，我视之更觉妩媚③，正为此耳！"徵起，拜谢曰："陛下开臣使言，故臣得尽其愚；若陛下拒而不受，臣何敢数犯颜色乎！"

十二月，癸丑，帝与侍臣论安危之本。中书令温彦博曰："伏愿陛下常如贞观初，则善矣。"帝曰："朕比来怠于为政乎？"魏徵曰："贞观之初，陛下志在节俭，求谏不倦。比来④营缮微多，谏者颇有忤旨，此其所以异耳！"帝抚掌大笑曰："诚有是事。"

上谓侍臣曰："朕比来决事或不能皆如律令，公辈以为事小，不复执奏。夫事无不由小而致大，此乃危亡之端也。昔关龙逢忠谏而死，朕每痛之。炀帝骄暴而亡，公辈所亲见也。公辈常宜为朕思炀帝之亡，朕常为公辈念关龙逢之死，何患君臣不相保乎！"

上谓魏徵曰:"为官择人,不可造次⑤。用一君子,则君子皆至;用一小人,则小人竞进矣。"对曰:"然。天下未定,则专取其才,不考其行;丧乱既平,则非才行兼备不可用也⑥。"

> **注释**

① 灌:木丛生。莽:草深茂。
② 此言二人曾事太子李建成,劝之与时为秦王的李世民争夺帝位。
③ 妩媚:美好。
④ 比来:近来。
⑤ 造次:仓促、轻率。
⑥ 胡三省注:观此,则天下已定之后,可不为官择人乎!

> **评析**

本篇选自《资治通鉴》卷一九一至卷一九四。在中国政治思想发展史上,战国秦汉之间,出现了治世与乱世的区分,东汉时又出现了盛世的概念。古人对于什么是盛世、什么是治世,并没有严格的界定,但有一些具体的代表。比如,被称为中国古代历史上的"盛世",有唐玄宗统治时期和清康雍乾三朝;而"治世"的时代更加具体,除了尧舜之外,周之成康、汉之文景、唐之贞观,都是公认的"治世"。有学者指出,治世与盛世各有侧重,治世强调国家治理的能力和水平,政治风气良好,社会秩序稳定,百姓对政权充满信心。盛世则侧重国家治理的结果,在国家统一和社会稳定的基础上达到经济发达和文化繁荣的局面。

就唐太宗的"贞观之治"而言,我们要注意和区分两个层次的问题:一是

"贞观之治"的历史面貌,也就是太宗贞观年间实际的统治情况;二是后世对太宗统治成就的总结和提炼,也就是作为政治理想和统治典范的"贞观之治"。二者有密切关系,但不宜混淆。

贞观之治局面的出现,始于唐太宗君臣制定有效的治国方略,很快迎来政权巩固和社会安定。李世民早年长期征战,军事经验较丰富,但对于治国理民,其实并没有条件进行充分的考虑。但他把皇位夺到手以后,很快就成长为成熟的政治家,坚持君主为政不能独裁,强调发挥官僚机构的作用,并且充分运用制衡的原则,确保决策正确制定和贯彻执行。我们看到,贞观初年,君臣关于如何统治国家,有着频繁的讨论。在这些讨论中,唐太宗往往主动地问政、求谏,且不计恩怨,很快就赢得了人心。由于君臣一体,同心同德,营造出良好的政治氛围,王公贵族和官僚队伍得到严格控制,经济得到恢复,社会风气和社会治安有了根本好转。

贞观君臣,以追法尧舜作为政治理想,在具体的政治实践中,形成了相比尧舜之道更加贴近现实、更具有借鉴意义的政治经验,以及具有可操作性的施政措施。贞观中期,时人已经注意到贞观之初所具有的示范意义。此后,历代欲有所作为的君主,纷纷把唐太宗作为效法的榜样,把重现"贞观之治"作为统治的理想,逐渐确立起"贞观之治"在传统政治文化中的典范地位。

则 天 女 皇

唐高宗永徽五年(甲寅,654年)

(三月)庚申,加赠武德功臣屈突通等十三人官。

初,王皇后无子,萧淑妃有宠,王后疾之。上之为太子也,入侍太宗,见才人①武氏而悦之。太宗崩,武氏随众感业寺为尼。忌日,上诣寺行香,见之,武氏泣,上亦泣。王后闻之,阴令武氏长发,劝上内之后宫,欲以间淑妃之宠。武氏巧慧,多权数,初入宫,卑辞屈体以长发,劝上内之后宫,欲以间淑妃之宠。武氏巧慧,多权数,初入宫,卑辞屈体②以事后;后爱之,数称其美于上。未几大幸,拜为昭仪,后及淑妃宠皆衰,更相与共谮之,上皆不纳。昭仪欲追赠其父而无名,故托以褒赏功臣,遍赠屈突通等,而武士彟预焉③。

王皇后、萧淑妃与武昭仪更相谮诉,上不信后、淑妃之语,独信昭仪。后不能曲事④上左右,母魏国夫人柳氏及舅中书令柳奭入见六宫,又不为礼。武昭仪伺后所不敬者,必倾心与相结,所得赏赐分与之。由是后及淑妃动静,昭仪必知之,皆以闻于上。

后宠虽衰,然上未有意废也。会昭仪生女,后怜而弄之,后出,昭仪潜扼杀之,覆之以被。上至,昭仪阳欢笑,发被观之,女已死矣,即惊啼。问左右,左右皆曰:"皇后适来此。"上大怒曰:"后杀吾女!"昭仪因泣数其罪。后无以自明,上由是有废立之志。又畏大臣不从,乃与昭仪幸太尉长孙无忌第,酣饮极欢,席上拜无忌宠姬子三人皆为朝散大夫,仍载金宝缯锦十车以赐无忌。上因从容言皇后无子以讽⑤无忌,无忌对以他语,竟不顺旨,上及昭仪皆不悦而罢。昭仪又令母杨氏诣无忌第,屡有祈请,无忌终不许。礼部尚书许敬宗亦数劝无忌,无忌厉色折之⑥。

> [!NOTE] 注释

① 胡三省注:才人,晋武帝所制爵,视千石以下;宋、齐之时,以为散职;梁于九嫔之下,置五职、三职,才人位列三职,比驸马都尉;唐承隋制,才人五人,正五品。
② 卑辞屈体:言语谦卑,屈从奉迎。

③ 胡三省注：为废皇后、淑妃张本。
④ 曲事：曲意奉事。
⑤ 讽：规劝。
⑥ 厉色：收敛表情，面色严肃。胡三省注：上于无忌官庶孽又有横赐，意可知矣，无忌欲格其非心，则辞而不受可也。为无忌得罪张本。

唐高宗永徽六年（乙卯，655年）

九月，戊辰，以许敬宗为礼部尚书。

上一日退朝，召长孙无忌、李勣、于志宁、褚遂良入内殿。遂良曰："今日之召，多为中宫①，上意既决，逆之必死。太尉元舅，司空功臣，不可使上有杀元舅及功臣之名。遂良起于草茅，无汗马之劳，致位至此，且受顾托，不以死争之，何以下见先帝！"勣称疾不入。无忌等至内殿，上顾谓无忌曰："皇后无子，武昭仪有子，今欲立昭仪为后，何如？"遂良对曰："皇后名家，先帝为陛下所娶。先帝临崩，执陛下手谓臣曰：'朕佳儿佳妇，今以付卿。'此陛下所闻，言犹在耳。皇后未闻有过，岂可轻废！臣不敢曲从陛下，上违先帝之命！"上不悦而罢。明日又言之，遂良曰："陛下必欲易皇后，伏请妙择天下令族②，何必武氏。武氏经事先帝，众所具知，天下耳目，安可蔽也。万代之后，谓陛下为如何！愿留三思！臣今忤陛下，罪当死。"因置笏于殿阶，解巾叩头流血曰："还陛下笏，乞放归田里。"上大怒，命引出。昭仪在帘中大言曰："何不扑杀此獠！"无忌曰："遂良受先朝顾命，有罪不可加刑。"于志宁不敢言。

他日，李勣入见，上问之曰："朕欲立武昭仪为后，遂良固执以为不可。遂良既顾命大臣，事当且已乎？"对曰："此陛下家事，何必更问外人！"上意遂决。许敬宗宣言于朝曰："田舍翁多收十斛麦，尚欲易妇；况天子欲立后，何豫诸人事而妄生异议乎！"③昭仪令左右以闻。庚午，贬遂良为潭州都督。

冬，十月，己酉，下诏称："王皇后、萧淑妃谋行鸩毒，废为庶人，母及兄弟，并除名，流岭南。"许敬宗奏："故特进赠司空王仁祐告身尚存，使逆乱余孽犹得为荫④，并请除削。"从之。

十一月，丁卯朔，临轩命司空李勣赍玺绶册皇后武氏。是日，百官朝皇后于肃义门。

注释

① 中宫：皇后居住之处，代指皇后。
② 令族：名门望族。
③ 胡三省注：以田舍翁况天子，许敬宗之事君，不敬莫大乎是！
④ 胡三省注：唐制：凡受官者皆给以符，谓之告身。司空，正一品。凡三品以上，荫及曾孙。

唐高宗显庆四年（己未，659年）

夏，四月，丙辰，以于志宁为太子太师、同中书门下三品。

武后以太尉赵公长孙无忌受重赐而不助己，深怨之。及议废王后，燕公于志宁中立不言，武后亦不悦。许敬宗屡以利害说无忌，无忌每面折之，敬宗亦怨。武后既立，无忌内不自安，后令敬宗伺其隙而陷之。

会洛阳人李奉节告太子洗马韦季方、监察御史李巢朋党事，敕敬宗与辛茂将鞫之。敬宗按之急，季方自刺，不死，敬宗因诬奏季方欲与无忌构陷忠臣近戚，使权归无忌，伺隙谋反，今事觉，故自杀。上惊曰："岂有此邪！舅为小人所间，小生疑阻则有之，何至于反！"敬宗曰："臣始末推究，反状已露，陛下犹以为疑，恐非社稷之福。"

上泣曰："我家不幸，亲戚间屡有异志，往年高阳公主与房遗爱谋反，今元舅复然，使朕惭见天下之人。兹事若实，如之何？"对曰："遗爱乳臭儿，与一女子谋反，势何所成！无忌与先帝谋取天下，天下服其智；为宰相三十年，天下畏其威；若一旦窃发，陛下遣谁当之！今赖宗庙之灵，皇天疾恶，因按小事，乃得大奸，实天下之庆也。臣窃恐无忌知季方自刺，窘急发谋，攘袂一呼，同恶云集，必为宗庙之忧。臣昔见宇文化及父述为炀帝所亲任，结以婚姻，委以朝政；述卒，化及复典禁兵，一夕于江都作乱，先杀不附己者，臣家亦豫其祸，于是大臣苏威、裴矩之徒，皆舞蹈马首，唯恐不及，黎明遂倾隋室。前事不远，愿陛下速决之！"上命敬宗更加审察。明日，敬宗复奏曰："昨夜季方已承与无忌同反，臣又问季方：'无忌与国至亲，累朝宠任，何恨而反？'季方答云：'韩瑗尝语无忌云："柳奭、褚遂良劝公立梁王为太子，今梁王既废，上亦疑公，故出高履行于外。"自此无忌忧恐，渐为自安之计。后见长孙祥又出，韩瑗得罪，日夜与季方等谋反。'臣参验辞状，咸相符合，请收捕准法。"上又泣曰："舅若果尔，朕决不忍杀之。若杀之，天下将谓朕何，后世将谓朕何！"敬宗对曰："薄昭，汉文帝之舅也，文帝从代来，昭亦有功，所坐止于杀人，文帝使百官素服哭而杀之，至今天下以文帝为明主。今无忌忘两朝之大恩，谋移社稷，其罪与薄昭不可同年而语也。幸而奸状自发，逆徒引服，陛下何疑，犹不早决！古人有言：'当断不断，反受其乱。'安危之机，间不容发。无忌今之奸雄，王莽、司马懿之流也；陛下少更迁延，臣恐变生肘腋，悔无及矣！"上以为然，竟不引问无忌。戊辰，下诏削无忌太尉及封邑，以为扬州都督，于黔州安置，准一品供给①。

注释

① 胡三省注：《唐六典》，膳部郎中：一品食料，每日细白米二升，粳米、粱米

各一斗五升,粉一升,油五升,盐一升半,醋三升,蜜三合,粟一斗,梨七颗,苏一合,干枣一升,木橦十根,炭十斤,葱韭豉蒜姜椒之类各有差。每月给羊二十口,猪肉六十斤,鱼三十头各一尺,酒九斗。

唐高宗显庆五年(庚申,660年)

冬,十月,上初苦风眩头重,目不能视,百司奏事,上或使皇后决之。后性明敏,涉猎文史,处事皆称旨。由是始委以政事,权与人主侔矣①。

唐高宗麟德元年(甲子,664年)

初,武后能屈身忍辱,奉顺上意,故上排群议而立之;及得志,专作威福,上欲有所为,动为后所制,上不胜其忿。有道士郭行真,出入禁中,尝为厌胜之术,宦者王伏胜发之。上大怒,密召西台侍郎、同东西台三品②上官仪议之。仪因言:"皇后专恣,海内所不与,请废之。"上意亦以为然,即命仪草诏。

左右奔告于后,后遽诣上自诉。诏草犹在上所,上羞缩③不忍,复待之如初;犹恐后怨怒,因绐④之曰:"我初无此心,皆上官仪教我。"仪先为陈王咨议,与王伏胜俱事故太子忠,后于是使许敬宗诬奏仪、伏胜与忠谋大逆。十二月,丙戌,仪下狱,与其子庭芝、王伏胜皆死,籍没其家。戊子,赐忠死于流所。右相刘祥道坐与仪善,罢政事,为司礼太常伯⑤,左肃机⑥郑钦泰等朝士流贬者甚众,皆坐与仪交通故也。

自是上每视事,则后垂帘于后,政无大小,皆与闻⑦之。天下大权,悉归中宫,黜陟、杀生,决于其口,天子拱手而已,中外谓之二圣。

唐高宗上元元年(甲戌,674年)

秋,八月,壬辰,追尊宣简公为宣皇帝,妣张氏为宣庄皇后;懿王为光皇帝,妣贾氏为光懿皇后⑧;太武皇帝为神尧皇帝,太穆皇后为太穆神皇后;文皇帝为太宗文武圣皇帝,文德皇后为文德圣皇后。皇帝称天皇,皇后称天后,以避先帝、先后之称⑨。改元,赦天下。

注释

① 胡三省注：史言后移唐祚,至是而势成。
② 西台侍郎、同东西台三品：中书侍郎、同中书门下三品。
③ 羞缩：羞涩畏缩。
④ 绐：古同"诒",欺骗;欺诈。
⑤ 司礼太常伯：礼部尚书。
⑥ 左肃机：尚书左丞。
⑦ 与闻：参与、干预。
⑧ 胡三省注：后魏金门镇将熙,太祖虎之祖也,谥宣简公;魏幢主天赐,太祖虎之父也,谥懿王。
⑨ 胡三省注：实欲自尊,而以避先帝、先后之称为言,武后之意也。

唐高宗上元二年(乙亥,675年)

（三月,丁巳)上苦风眩甚,议使天后摄知国政。中书侍郎同三品郝处俊曰："天子理外,后理内,天之道也。昔魏文著令,虽有幼主,不许皇后临朝,所以杜祸乱之萌也。陛下奈何以高祖、太宗之天下,不传之子孙而委之天后乎!"中书侍郎昌乐李义琰曰："处俊之言至忠,陛下宜听之!"上乃止。

天后多引文学之士著作郎元万顷、左史刘祎之等①,使之撰《列女传》《臣轨》《百僚新戒》《乐书》,凡千余卷。朝廷奏议及百司表疏,时密令参决,以分宰相之权,时人谓之北门学士②。

（夏,四月）太子弘仁孝谦谨,上甚爱之；礼接士大夫,中外属心。天后方逞其志,太子奏请,数忤旨,由是失爱于天后。义阳、宣城二公主,萧淑妃之女也,坐母得罪,幽于掖庭,年逾三十不嫁。太子见之惊恻,遽奏请出降,上许之。天后怒,即日以公主配当上翊卫权毅、王遂古。己亥,太子薨于合璧宫,时人以为天后鸩之也。

六月,戊寅,立雍王贤为皇太子,赦天下。

唐高宗永隆元年（庚辰,680）

（八月）太子贤闻宫中窃议,以贤为天后姊韩国夫人所生,内自疑惧。明崇俨以厌胜之术为天后所信,常密称"太子不堪承继,英王貌类太宗",又言"相王相最贵"。天后尝命北门学士撰《少阳正范》及《孝子传》以赐太子,又数作书诮让③之,太子愈不自安。

及崇俨死,贼不得,天后疑太子所为。太子颇好声色,与户奴赵道生等狎昵,多赐之金帛,司议郎韦承庆上书谏,不听。天后使人告其事。诏薛元超、裴炎与御史大夫高智周等杂鞫之,于东宫马坊搜得皂甲数百领,以为反具；道生又款称太子使道生杀崇俨。上素爱太子,迟回④欲宥之,天后曰："为人子怀逆谋,天地所不容；大义灭亲,何可赦也！"甲子,废太子贤为庶人,遣右监门中郎将令狐智通等送贤诣京师,幽于别所,党与皆伏诛,仍焚其甲于天津桥南以示士民。

注释

① 胡三省注：唐著作郎,从五品上,掌修撰碑志、祝文、祭文,属秘书省。左史：龙朔改起居郎为左史。

② 胡三省注：不经南衙，于北门出入，故云然。
③ 诮让：谴责。
④ 迟回：犹豫不定。

乙丑，立左卫大将军、雍州牧英王哲为皇太子，改元，赦天下。

唐高宗弘道元年（癸未，683年）

八月，己丑，以将封嵩山，召太子赴东都；留唐昌王重福守京师，以刘仁轨为之副。冬，十月，己卯，太子至东都。

十一月，丙戌，诏罢来年封嵩山，上疾甚故也。上苦头重，不能视，召侍医秦鸣鹤诊之，鸣鹤请刺头出血，可愈。天后在帘中，不欲上疾愈，怒曰："此可斩也，乃欲于天子头刺血！"鸣鹤叩头请命。上曰："但刺之，未必不佳。"乃刺百会、脑户二穴①。上曰："吾目似明矣。"后举手加额曰："天赐也！"自负彩百匹以赐鸣鹤。

（戊戌）诏太子监国，以裴炎、刘景先、郭正一同东宫平章事。

上自奉天宫疾甚，宰相皆不得见。丁未，还东都，百官见于天津桥南。

十二月，丁巳，改元，赦天下。上欲御则天门楼宣赦，气逆不能乘马，乃召百姓入殿前宣之。是夜，召裴炎入，受遗诏辅政，上崩于贞观殿。遗诏太子枢前即位，军国大事有不决者，兼取天后进止。

庚申，裴炎奏太子未即位，未应宣敕，有要速处分，望宣天后令于中书、门下施行。甲子，中宗即位，尊天后为皇太后，政事咸取决焉。太后以泽州刺史韩王元嘉等，地尊望重，恐其为变，并加三公等官以慰其心。

甲戌，以刘仁轨为左仆射，裴炎为中书令；戊寅，以刘景先为侍中。

故事，宰相于门下省议事，谓之政事堂，故长孙无忌为司空，房玄龄为仆射，魏徵为太子太师，皆知门下省事。及裴炎迁中书令，始迁政事堂于中书省。

武则天光宅元年(甲申,684年)

(春,正月,甲申朔)立太子妃韦氏为皇后;擢后父玄贞自普州参军为豫州刺史。

中宗欲以韦玄贞为侍中,又欲授乳母之子五品官;裴炎固争,中宗怒曰:"我以天下与韦玄贞何不可!而惜侍中邪!"炎惧,白太后,密谋废立。二月,戊午,太后集百官于乾元殿,裴炎与中书侍郎刘祎之、羽林将军程务挺、张虔勖勒兵入宫②,宣太后令,废中宗为庐陵王,扶下殿。中宗曰:"我何罪?"太后曰:"汝欲以天下与韦玄贞,何得无罪!"乃幽于别所。

注释

① 胡三省注:《针灸经》:百会,一名三阳五会,在前顶后寸半,顶中央旋毛中,可容豆针二分,得气即泻。脑户,一名合颅,在枕骨上强后寸半,禁针,针令人哑。《旧传》:鸣鹤针微出血,头疼立止。

② 胡三省注:汉置南北军,掌卫京师。南军若唐诸卫也,北军若唐羽林军也。汉武帝名羽林曰建章营骑,属光禄勋,后更名羽林骑,取六郡良家子及死事之孤为之。后汉置羽林监,南朝因之。后魏、周曰羽林率;隋左、右屯卫所领兵名曰羽林。贞观中,置北衙七营兵,选才力骁勇者充,龙朔二年曰左、右羽林军,置大将军各一员,将军各二员,品同诸卫,统领北衙禁兵之法令,而督摄左右厢飞骑之仪仗,以统诸曹之职。取府兵、越骑、步射,以为羽林军士,大朝会,则执仗以卫阶陛,行幸则夹驰道为内仗。

己未,立雍州牧豫王旦为皇帝。政事决于太后,居睿宗于别殿,不得有所预。立豫王妃刘氏为皇后。后，德威之孙也。

甲子，太后御武成殿①，皇帝帅王公以下上尊号。丁卯，太后临轩，遣礼部尚书武承嗣册嗣皇帝。自是太后常御紫宸殿②，施惨紫③帐以视朝。

九月，甲寅，赦天下，改元④。旗帜皆从金色。八品以下，旧服青者更服碧⑤。改东都为神都，宫名太初。又改尚书省为文昌台，左、右仆射为左、右相，六曹为天、地、四时六官；门下省为鸾台，中书省为凤阁，侍中为纳言，中书令为内史；御史台为左肃政台，增置右肃政台⑥；其余省、寺、监、率之名⑦，悉以义类改之。

武则天垂拱二年（丙戌，686年）

春，正月，太后下诏复政于皇帝。睿宗知太后非诚心，奉表固让；太后复临朝称制。

三月，戊申，太后命铸铜为匦，置之朝堂以受天下表疏铭：其东曰"延恩"，献赋颂、求仕进者投之；南曰"招谏"，言朝政得失者投之；西曰"伸冤"，有冤抑者投之；北曰"通玄"，言天象灾变及军机秘计者投之。命正谏、补阙、拾遗一人掌之⑧，先责识官⑨，乃听投表疏。

注释

① 胡三省注：《唐六典》：洛阳宫南三门：中曰应天，左曰兴教，右曰光政。光政之内曰广运，其北曰明福，明福之东曰武成门，其内曰武成殿。

② 胡三省注：《唐六典》，洛阳宫不载紫宸殿。以西京大明宫准之，紫宸殿内朝也，其位置当在乾元殿后。

③ 惨紫：浅紫色。

④ 改元：唐睿宗继位后，改元"文明"，现改元"光宅"。

⑤ 碧：深青色。
⑥ 胡三省注：左台专知京师百官及监诸军旅并承诏出使，右台专知诸州按察。
⑦ 胡三省注：秘书、殿中二省，九卿寺，少府、将作、国子、军器等监，东宫十率。
⑧ 胡三省注：正谏，即谏议大夫也。垂拱元年，置左、右补阙各一人，从七品上；左、右拾遗各二人，从八品上；掌供奉讽谏，行立次左、右史之下；左属门下省，右属中书省。
⑨ 识官：负责担保的官员。

徐敬业之反也，侍御史鱼承晔之子保家教敬业作刀车及弩，敬业败，仅得免。太后欲周知人间事，保家上书，请铸铜为匦以受天下密奏。其器共为一室，中有四隔，上各有窍，以受表疏，可入不可出。太后善之。未几，其怨家投匦告保家为敬业作兵器，杀伤官军甚众，遂伏诛。

太后自徐敬业之反，疑天下人多图己，又自以久专国事，且内行①不正，知宗室大臣怨望，心不服，欲大诛杀以威之。乃盛开告密之门，有告密者，臣下不得问，皆给驿马②，供五品食③，使诣行在。虽农夫樵人，皆得召见，廪于客馆④，所言或称旨，则不次⑤除官，无实者不问。于是四方告密者蜂起，人皆重足⑥屏息。

武则天垂拱四年（戊子，688年）

太宗、高宗之世，屡欲立明堂，诸儒议其制度，不决而止。及太后称制，独与北门学士议其制，不问诸儒。诸儒以为明堂当在国阳丙巳之地，三里之外，七里之内。太后以为去宫太远。二月，庚午，毁乾元殿，于其地作明堂，以僧怀义为之使，凡役数万人。

（夏，四月）武承嗣使凿白石为文曰："圣母临人，永昌帝业。"末紫石杂药物填之。庚午，使雍州人唐同泰奉表献之，称获之于洛水。太后喜，命其石曰"宝图"。擢同泰为游击将军。五月，戊辰，诏当亲拜洛，受"宝图"；

有事南郊,告谢昊天;礼毕,御明堂,朝群臣。命诸州都督、刺史及宗室、外戚以拜洛前十日集神都。乙亥,太后加尊号为圣母神皇。

秋,七月,丁巳,赦天下。更命"宝图"为"天授圣图";洛水为永昌洛水,封其神为显圣侯;加特进,禁渔钓,祭祀比四渎。名图所出曰"圣图泉",泉侧置永昌县。又改嵩山为神岳,封其神为天中王,拜太师、使持节、神岳大都督,禁刍牧。又以先于氾水得瑞石,改氾水为广武。

(十二月)己酉,太后拜洛受图,皇帝、皇太子皆从,内外文武百官、蛮夷酋长各依方叙立,珍禽、奇兽、杂宝列于坛前,文物卤簿之盛,唐兴以来未之有也。

辛亥,明堂成,高二百九十四尺,方三百尺。凡三层:下层法四时,各随方色;中层法十二辰,上为圆盖,九龙捧之;上层法二十四气,亦为圆盖,上施铁凤,高一丈,饰以黄金。中有巨木十围,上下通贯,栭栌橕樘藉以为本。下施铁渠⑦,为辟雍之象。号曰万象神宫。宴赐群臣,赦天下,纵民入观。改河南为合宫县。又于明堂北起天堂五级以贮大像;至三级,则俯视明堂矣。僧怀义以功拜左威卫大将军、梁国公。

注释

① 内行:平日私下的操行。

② 胡三省注:唐制:乘传日四驿,乘驿日六驿。凡给马者,一品八匹,二品六匹,三品五匹,四品、五品四匹,六品三匹,七品以下二匹。给传乘者,一品十马,二品九马,三品八马,四品、五品四马,六品、七品二马,八品、九品一马。三品已上敕召者,给四马,五品三马,六品已下有差。一驿,三十里。

③ 胡三省注:《唐六典》:四品、五品,常食料七盘,每日细米二升,面二升三合,酒一升半,羊肉三分,瓜两颗,盐、豉、葱、姜、葵、韭之属各有差。《新唐

志》：五品食料，杂用钱月六百。

④ 胡三省注：客馆：属鸿胪寺典客令。廪：发给衣食等生活资料。

⑤ 不次：破格。

⑥ 重足：两只脚前后紧挨着，不敢向前跨步。形容恐惧、胆怯的样子。

⑦ 铁渠：以铁铸渠以通水。

武则天永昌元年（己丑，689年）

春，正月，乙卯朔，大飨万象神宫，太后服衮冕，搢大圭，执镇圭为初献，皇帝为亚献，太子为终献。先诣昊天上帝座，次高祖、太宗、高宗，次魏国先王①，次五方帝座。太后御则天门，赦天下，改元。丁巳，太后御明堂，受朝贺。戊午，布政于明堂，颁九条以训百官。己未，御明堂，飨群臣。

武则天天授元年（庚寅，690年）

十一月，庚辰朔，日南至。太后享万象神宫，赦天下。始用周正，改永昌元年十一月为载初元年正月，以十二月为腊月，夏正月为一月。以周、汉之后为二王后，舜、禹、成汤之后为三恪②，周、隋之嗣同列国。

凤阁侍郎河东宗秦客，改造"天""地"等十二字以献③，丁亥，行之。太后自名"曌"，改诏曰制④。秦客，太后从父姊之子也。

（秋，七月）东魏国寺僧法明等撰《大云经》四卷，表上之，言太后乃弥勒佛下生，当代唐为阎浮提⑤主，制颁于天下。

八月，甲寅，杀太子少保、纳言裴居道；癸亥，杀尚书左丞张行廉。辛未，杀南安王颖等宗室十二人，又鞭杀故太子贤二子，唐之宗室于是殆尽矣，其幼弱存者亦流岭南，又诛其亲党数百家。惟千金长公主以巧媚得全，自请为太后女，仍改姓武氏；太后爱之，更号延安大长公主。

九月，丙子，侍御史汲人傅游艺帅关中百姓九百余人诣阙上表，请改国号曰周,赐皇帝姓武氏。太后不许;擢游艺为给事中。于是百官及帝室宗戚、远近百姓、四夷酋长、沙门、道士合六万余人,俱上表如游艺所请,皇帝亦上表自请赐姓武氏。戊寅,群臣上言:有凤皇自明堂飞入上阳宫,还集左台⑥梧桐之上,久之,飞东南去;及赤雀数万集朝堂。

庚辰,太后可皇帝及群臣之请。壬午,御则天楼,赦天下,以唐为周,改元。乙酉,上尊号曰圣神皇帝,以皇帝为皇嗣,赐姓武氏;以皇太子为皇孙。

注释

① 魏国先王:武则天父亲武士彟。

② 胡三省注:古者建国,有宾有恪,二王之后,宾也,待以客礼。师古曰:恪,敬也,待之加敬,亦如宾也。郑玄以二王、三恪通为五代,后人多祖其说。唐本以后周及隋后为二王后,今改之。

③ 胡三省注:十二字:"照"为"曌","天"为"而","地"为"埊","日"为"囜","月"为"囝","星"为"〇","君"为"廲","臣"为"恶","人"为"㽀","载"为"廲","年"为"秊","正"为"㾓"。又有"证"为"鼜","圣"为"埀"二字。

④ 胡三省注:避后名也。

⑤ 阎浮提:梵语,即南瞻部洲,后多指人间。

⑥ 左台:左肃政台。

评析

本篇选自《资治通鉴》卷一九九至卷二〇四。武则天在唐代政治舞台上活跃了半个多世纪,比任何一位李唐皇帝在位时间都要长。陈寅恪先生有一个观察:武则天执政是比安史之乱还要重要的历史事件。他认为,武则天作为一个庶族出身的政治人物,其登上权力的中心,采取的种种举措,彻底打击了关陇贵族集团,加速了西魏北周以来贵族门阀制度的衰落。这就是武则天从才人到皇帝的历史进程。

我们重点看看她通向权力巅峰的人生之路。武则天早年在唐太宗身边时并不得志,却因太宗病危而有机会接触当时的太子李治,因而,在太宗去世后被送入尼庵不久,便回到宫中。当然,她也得到与萧淑妃争宠的高宗王皇后的支持。武则天入宫后,曲意迎逢王皇后,暗地里取得高宗欢心。高宗因武则天生儿育女而产生了废王立武的念头。对此,朝中大臣分为两派,长孙无忌、褚遂良等元老重臣坚决反对,而支持者反而是一批汲汲于禄位之辈。大概出于对元老的反抗和对武则天的执着,高宗皇帝最终立武则天为皇后。

武则天登上皇后宝座后,表现出了极大的权力欲和理政才能。她先是利用许敬宗、李义府等地位较低、热衷于钻营的官员,残酷打击政敌,树立威望,又在高宗身体患疾期间成为帮助高宗处理朝政的得力助手,更进一步形成了高宗武后"二圣"共同执政的局面。由于高宗长期身体不豫,武则天成为李唐王朝真正的统治者。

武则天利用参与朝政的机会,扩大了自己的影响力,充分利用刘祎之等文人官僚,培育自己的势力。高宗病逝后,武则天先后废掉中宗和睿宗,又通过一系列手段,为称帝制造政治舆论和时机。载初元年(690年),武则天登基称帝。过去我们往往强调其作为中国历史上唯一女皇帝的政治意义。如果将视野范围扩大,大约同时期的日本、朝鲜半岛、东南亚甚至英格兰,诸多政权中都出现了女性统治者。不得不说,武则天的权力之路,多少也具备了"全球史"的意义。

开元之治

唐玄宗先天元年(壬子,712年)

（七月）太平公主使术者言于上①曰："彗所以除旧布新,又帝座及心前星皆有变②,皇太子当为天子。"上曰："传德避灾,吾志决矣。"太平公主及其党皆力谏,以为不可,上曰："中宗之时,群奸用事,天变屡臻③。朕时请中宗择贤子立之以应灾异,中宗不悦,朕忧恐数日不食。岂可在彼则能劝之,在己则不能邪!"太子闻之,驰入见,自投于地,叩头请曰："臣以微功,不次为嗣,惧不克堪④,未审陛下遽以大位传之,何也？"上曰："社稷所以再安,吾之所以得天下,皆汝力也。今帝座有灾,故以授汝,转祸为福,汝何疑邪!"太子固辞。上曰："汝为孝子,何必待枢前然后即位邪!"太子流涕而出。

壬辰,制传位于太子,太子上表固辞。太平公主劝上虽传位,犹宜自总大政。上乃谓太子曰："汝以天下事重,欲朕兼理之邪？昔舜禅禹,犹亲巡狩⑤,朕虽传位,岂忘家国! 其军国大事,当兼省之。"

注释

① 上：此指睿宗。

② 胡三省注：帝座在中宫华盖之下。心三星：中星为明堂,天子位,前星为太子。

③ 臻：到来。

④ 克堪：胜任。

⑤ 胡三省注：舜既禅禹,南巡狩而崩于苍梧,引此为据也。

八月,庚子,玄宗即位,尊睿宗为太上皇。上皇自称曰朕,命曰诰,五日一受朝于太极殿。皇帝称曰予,命曰制、敕,日受朝于武德殿。三品以上除授及大刑政决于上皇,余皆决于皇帝。甲辰,赦天下,改元。

是时,宰相多太平公主之党,刘幽求与右羽林将军张暐谋以羽林兵诛之,使暐密言于上曰:"窦怀贞、崔湜、岑羲皆因公主得进,日夜为谋不轻。若不早图,一旦事起,太上皇何以得安!请速诛之。臣已与幽求定计,惟俟陛下之命。"上深以为然。暐泄其谋于侍御史邓光宾,上大惧,遽列上其状。丙辰,幽求下狱。有司奏:"幽求等离间骨肉,罪当死。"上为言幽求有大功,不可杀。癸亥,流幽求于封州,张暐于峰州,光宾于绣州。

唐玄宗开元元年(癸丑,713年)

六月,丙辰,以兵部尚书郭元振同中书门下三品。

太平公主依上皇之势,擅权用事,与上有隙,宰相七人,五出其门。文武之臣,太半附之,与窦怀贞、岑羲、萧至忠、崔湜及太子少保薛稷、雍州长史新兴王晋、左羽林大将军常元楷、知右羽林将军事李慈、左金吾将军李钦、中书舍人李猷、右散骑常侍贾膺福、鸿胪卿唐晙及僧慧范等谋废立,又与宫人元氏谋于赤箭粉中置毒进于上。晋,德良之孙也。元楷、慈数往来主第,相与结谋。

王琚言于上曰:"事迫矣,不可不速发。"左丞张说自东都遣人遗上佩刀,意欲上断割。荆州长史崔日用入奏事,言于上曰:"太平谋逆有日,陛下往在东宫,犹为臣子,若欲讨之,须用谋力。今既光临大宝,但下一制书,谁敢不从?万一奸宄得志,悔之何及!"上曰:"诚如卿言;直恐惊动上皇。"日用曰:"天子之孝在于安四海。若奸人得志,则社稷为墟,安在其为孝乎!请先定北军①,后收逆党,则不惊动上皇矣。"上以为然,以日用为吏部侍郎。

秋，七月，魏知古告公主欲以是月四日作乱，令元楷、慈以羽林兵突入武德殿②，怀贞、至忠、义等于南牙举兵应之③。上乃与岐王范、薛王业、郭元振及龙武将军王毛仲、殿中少监姜皎、太仆少卿李令问、尚乘奉御王守一、内给事高力士④、果毅李守德等定计诛之。皎，暮之曾孙；令问，靖弟客师之孙；守一，仁皎之子；力士，潘州人也。

注释

① 北军：指左右羽林、左右万骑。
② 胡三省注：时上于武德殿受群臣朝，故欲突入为变。
③ 胡三省注：西内以太极殿为正牙，自北门言之曰南牙。
④ 胡三省注：内给事属内侍省，从五品下，掌判省事；元正、冬至，群臣朝贺中宫，则出入宣传；凡宫人衣服费用，则具其品秩，计其多少，春秋二时，宣送中书。

甲子，上因王毛仲取闲厩马及兵三百余人，与同谋十余人自武德殿入虔化门①，召元楷、慈，先斩之，擒贾福、猷于内客省以出②，执至忠、义于朝堂，皆斩之。怀贞逃入沟中，自缢死，戮其尸，改姓曰毒。上皇闻变，登承天门楼。郭元振奏，皇帝前奉诰诛窦怀贞等，无他也。上寻至楼上，上皇乃下诰罪状怀贞等，因赦天下，惟逆人亲党不赦。薛稷赐死于万年狱。

乙丑，上皇诰："自今军国政刑，一皆取皇帝处分。朕方无为养志，以遂素心。"是日，徙居百福殿。

太平公主逃入山寺，三日乃出，赐死于家，公主诸子及党与死者数十人。薛崇简以数谏其母被挞，特免死，赐姓李，官爵如故。籍公主家，财货山积，珍物侔③于御府，厩牧羊马、田园息钱，收之数年不尽。

初，太平公主与其党谋废立，窦怀贞、萧至忠、岑羲、崔湜皆以为然，陆象先独以为不可。公主曰："废长立少，已为不顺；且又失德，若之何不去！"象先曰："既以功立，当以罪废④。今实无罪，象先终不敢从。"公主怒而去。上既诛怀贞等，召象先谓曰："岁寒知松柏⑤，信哉！"时穷治公主枝党，当坐者众，象先密为申理⑥，所全甚多；然未尝自言，当时无知者。百官素为公主所善及恶之者，或黜或陟，终岁不尽。

注释

① 胡三省注：西内太极殿北曰朱明门，左曰虔化门，右曰肃章门；虔化之东曰武德西门，门内则武德殿。
② 胡三省注：四方馆隶中书省，故内客省在焉。中书省在太极门之右。膺福、猷皆中书省官也。
③ 侔：相等、相当。
④ 胡三省注：言上平内难有大功，于天下国家无罪，不可废。
⑤ 岁寒知松柏：语见《论语·子罕》："岁寒，然后知松柏之后凋也。"寒冬腊月，方知松柏常青。比喻只有经过严峻的考验，才能看出一个人的品质。
⑥ 申理：申辩。

己巳，赏功臣郭元振等官爵、第舍、金帛有差。以高力士为右监门将军，知内侍省事。

乙亥，以左丞张说为中书令。

八月，癸巳，以封州流人刘幽求为左仆射、平章军国大事。

冬，十月，辛卯，引见京畿县令①，戒以岁饥惠养黎元②之意。

甲辰，猎于渭川。上欲以同州刺史姚元之为相，张说疾③之，使御史大夫赵彦昭弹之,上不纳。又使殿中监姜皎言于上曰:"陛下常欲择河东总管而难其人,臣今得之矣。"上问为谁,皎曰:"姚元之文武全才,真其人也。"上曰:"此张说之意也,汝何得面欺,罪当死!"皎叩头首服,上即遣中使召元之诣行在。既至,上方猎,引见,即拜兵部尚书、同中书门下三品。

元之吏事明敏,三为宰相,皆兼兵部尚书④,缘边屯戍斥候,士马储械,无不默记。上初即位,励精为治,每事访于元之,元之应答如响,同僚唯诺而已,故上专委任之。元之请抑权幸,爱爵赏,纳谏诤,却贡献,不与群臣亵狎;上皆纳之。

姚元之尝奏请序进郎吏,上仰视殿屋,元之再三言之,终不应;元之惧,趋出。罢朝,高力士谏曰:"陛下新总万机,宰臣奏事,当面加可否,奈何一不省察?"上曰:"朕任元之以庶政,大事当奏闻共议之;郎吏卑秩,乃一一以烦朕邪!"会力士宣事至省中⑤,为元之道上语,元之乃喜。闻者皆服上识君人之体。

注释

① 胡三省注:唐京城两赤县为京县,畿内诸县为畿县。京县令正五品上,畿县令正六品下。
② 黎元:百姓。
③ 疾:厌恶、憎恨。
④ 胡三省注:姚崇始相武后,后相睿宗,今复为相。
⑤ 胡三省注:唐世,凡机事皆使内臣宣旨于宰相。

中书侍郎王琚为上所亲厚,群臣莫及。每进见,侍笑语,逮夜方出;或时休沐,往往遣中使召之。或言于上曰:"王琚权谲纵横之才,可与之定祸乱,难与之守承平。"上由是浸疏之。是月,命琚兼御史大夫,按行北边诸军。

十二月,庚寅,赦天下,改元①。尚书左、右仆射为左、右丞相;中书省为紫微省;门下省为黄门省,侍中为监;雍州为京兆府,洛州为河南府,长史为尹,司马为少尹。

壬寅,以姚元之兼紫微令。元之避开元尊号,复名崇②。

姚崇既为相,紫微令张说惧,乃潜诣岐王申款③。他日,崇对于便殿,行微蹇④。上问:"有足疾乎?"对曰:"臣有腹心之疾,非足疾也。"上问其故。对曰:"岐王陛下爱弟,张说为辅臣,而密乘车入王家,恐为所误,故忧之。"癸丑,说左迁相州刺史。右仆射、同中书门下三品刘幽求亦罢为太子少保。甲寅,以黄门侍郎卢怀慎同紫微黄门平章事。

唐玄宗开元二年(甲寅,714年)

春,正月,壬申,制:"选京官有才识者除都督、刺史,都督、刺史有政迹者除京官,使出入常均,永为恒式。"

中宗以来,贵戚争营佛寺,奏度人为僧,兼以伪妄;富户强丁多削发以避徭役,所在充满。姚崇上言:"佛图澄不能存赵⑤,鸠摩罗什不能存秦⑥,齐襄、梁武,未免祸殃。但使苍生安乐,即是福身;何用妄度奸人,使坏正法!"上从之。丙寅,命有司沙汰天下僧尼,以伪妄还俗者万二千余人。

注释

① 改元:改元开元。

② 胡三省注:姚元之本名元崇,武后长安四年命以字行;今复旧名,而省元字。

③ 申款:表达诚意。

④ 蹇：跛足。
⑤ 胡三省注：石虎敬重佛图澄，澄死而赵亡。
⑥ 胡三省注：姚兴师鸠摩罗什，兴死而秦亡。

薛王业之舅王仙童，侵暴百姓，御史弹奏；业为之请，敕紫微、黄门覆按。姚崇、卢怀慎等奏："仙童罪状明白，御史所言无所枉，不可纵舍。"上从之。由是贵戚束手。

（闰二月）或告太子少保刘幽求、太子詹事钟绍京有怨望语，下紫微省按问，幽求等不服。姚崇、卢怀慎、薛讷言于上曰："幽求等皆功臣，乍就闲职，微有沮丧，人情或然。功业既大，荣宠亦深，一朝下狱，恐惊远听。"戊子，贬幽求为睦州刺史，绍京为果州刺史。紫微侍郎王琚行边军未还，亦坐幽求党贬泽州刺史。

五月，己丑，以岁饥，悉罢员外、试、检校官①，自今非有战功及别敕，毋得注拟。

宋王成器，申王成义，于上兄也；岐王范，薛王业，上之弟也；豳王守礼，上之从兄也。上素友爱，近世帝王莫能及；初即位，为长枕大被，与兄弟同寝。诸王每旦朝于侧门，退则相从宴饮，斗鸡，击球，或猎于近郊，游赏别墅，中使存问相望于道。上听朝罢，多从诸王游，在禁中，拜跪如家人礼，饮食起居，相与同之。于殿中设五幄，与诸王更处其中，谓之五王帐。或讲论赋诗，间以饮酒、博弈、游猎，或自执丝竹；成器善笛，范善琵琶，与上更奏之。诸王或有疾，上为之终日不食，终夜不寝。业尝疾，上方临朝，须臾之间，使者十返。上亲为业煮药，回飙吹火，误爇②上须，左右惊救之。上曰："但使王饮此药而愈，须何足惜？"成器尤恭慎，未尝议及时政，与人交结；上愈信重之，故谗间之言无自而入。然专以衣食声色畜养娱乐之，不任以职事。群臣以成器等地逼，请循故事出刺外州。六月，丁巳，以宋王成器兼岐州刺史，申王成义兼豳州刺史,豳王守礼兼虢州刺史,令到官但领大纲,自余州务,皆委上佐③主之。是后诸王为都护、都督、刺史者并准此。

上以风俗奢靡,秋,七月,乙未,制:"乘舆服御、金银器玩,宜令有司销毁,以供军国之用;其珠玉、锦绣,焚于殿前;后妃以下,皆毋得服珠玉锦绣。"戊戌,敕:"百官所服带及酒器、马衔④、镫,三品以上,听饰以玉,四品以金,五品以银,自余皆禁之;妇人服饰从其夫、子。其旧成锦绣,听染为皂。自今天下更毋得采珠玉,织锦绣等物,违者杖一百,工人减一等⑤。"罢两京织锦坊。

注释

① 胡三省注:员外官,一也;试官,二也;检校官,三也。罢之,以其冗滥,且糜俸廪也。
② 爇(ruò):烧。
③ 胡三省注:上佐,长史、司马也。
④ 马衔:马勒、马嚼子。
⑤ 胡三省注:唐法:杖一百,决臀杖二十;减一等则杖八十。

臣光曰:明皇之始欲为治,能自刻厉节俭如此,晚节犹以奢败;甚哉奢靡之易以溺人也!《诗》云:"靡不有初,鲜克有终。"可不慎哉!

(八月)乙酉,太子宾客薛谦光献武后所制《豫州鼎铭》,其末云:"上玄降鉴,方建隆基。"以为上受命之符。姚崇表贺,且请宣示史官,颁告中外。

臣光曰:日食不验,太史之过也;而君臣相贺,是诬天也。采偶然之文以为符命,小臣之谄也;而宰相因而实之,是侮其君也。上诬于天,下侮其君,以明皇之明,姚崇之贤,犹不免于是,岂不惜哉!

是岁,置幽州节度、经略、镇守大使,领幽、易、平、檀、妫、燕六州。

唐玄宗开元三年(乙卯,715年)

春,正月,癸卯,以卢怀慎检校吏部尚书兼黄门监。怀慎清谨俭素,不营资产,虽贵为卿相,所得俸赐,随散亲旧,妻子不免饥寒,所居不蔽风雨。

姚崇尝有子丧,谒告①十余日,政事委积,怀慎不能决,惶恐,入谢于上。上曰:"朕以天下事委姚崇,以卿坐镇雅俗耳。"崇既出,须臾,裁决俱尽,颇有得色,顾谓紫微舍人齐澣曰:"余为相,可比何人?"澣未对。崇曰:"何如管、晏?"澣曰:"管、晏之法虽不能施于后,犹能没身。公所为法,随复更之,似不及也。"崇曰:"然则竟如何?"澣曰:"公可谓救时之相耳。"崇喜,投笔曰:"救时之相,岂易得乎!"

(五月)山东大蝗,民或于田旁焚香膜拜设祭而不敢杀,姚崇奏遣御史督州县捕而瘗之。议者以为蝗众多,除不可尽;上亦疑之。崇曰:"今蝗满山东,河南、北之人,流亡殆尽,岂可坐视食苗,曾不救乎!借使除之不尽,犹胜养以成灾。"上乃从之。卢怀慎以为杀蝗太多,恐伤和气。崇曰:"昔楚庄吞蛭而愈疾,孙叔杀蛇而致福②,奈何不忍于蝗而忍人之饥死乎!若使杀蝗有祸,崇请当之。"

上谓宰相曰:"朕每读书有所疑滞,无从质问;可选儒学之士,日使入内侍读。"卢怀慎荐太常卿马怀素,九月,戊寅,以怀素为左散骑常侍,使与右散骑常侍褚无量更日侍读。每至閤门,令乘肩舆以进;或在别馆道远,听于宫中乘马。亲送迎之,待以师傅之礼。以无量羸老,特为之造腰舆,在内殿令内侍升之。

(十二月)尚书左丞韦玢奏:"郎官多不举职,请沙汰,改授他官。"玢寻出为刺史,宰相奏拟冀州,敕改小州。姚崇奏言:"台郎宽怠及不称职,玢请沙汰,乃是奉公。台郎甫尔改官,玢即贬黜于外,议者皆谓郎官谤伤;臣恐后来左右丞指以为戒,则省事③何从而举矣!伏望圣慈详察,使当官者无所疑惧。"乃除冀州刺史。

注释

① 谒告:告假。
② 昔楚庄吞蛭而愈疾,孙叔杀蛇而致福:据贾谊《新书》记载,楚庄王(一说楚惠王)食寒菹(腌渍的蔬菜),有蛭,恐司厨者获罪,乃暗吞之;又据刘向《新序》记载,孙叔敖为儿时,出游见两头蛇,杀而埋之,还家而哭。母问其故,曰:"见两头蛇,恐死。"母曰:"蛇安在?"曰:"闻见两头蛇者死,恐人复见,已杀而埋之矣。"母曰:"毋忧,汝不死矣,吾闻有阴德者天必报以福。"此言积有阴德,必获福报。
③ 省事:指尚书省之政事。

唐玄宗开元四年(丙辰,716年)

(二月)上尝遣宦官诣江南取鸀鹆、鸬鹚等①,欲置苑中,使者所至烦扰。道过汴州,倪若水上言:"今农桑方急,而罗捕禽鸟以供园池之玩,远自江、岭,水陆传送,食以粱肉②。道路观者,岂不以陛下贱人而贵鸟乎!陛下方当以凤凰为凡鸟,麒麟为凡兽,况鸀鹆、鸬鹚,曷足贵也!"上手敕谢若水,赐帛四十段,纵散其鸟。

山东蝗复大起,姚崇又命捕之。倪若水谓:"蝗乃天灾,非人力所及,宜修德以禳之③。刘聪时,常捕埋之,为害益甚。"拒御史,不从其命。崇牒若水曰:"刘聪伪主,德不胜妖;今日圣朝,妖不胜德。古之良守,蝗不入境。若其修德可免,彼岂无德致然!"若水乃不敢违。夏,五月,甲辰,敕委使者详察州县捕蝗勤惰者,各以名闻。由是连岁蝗灾,不至大饥。

(十一月)丙申,以尚书左丞源乾曜为黄门侍郎、同平章事。

姚崇无居第,寓居罔极寺,以病疧谒告,上遣使问饮食起居状,日数十辈。源乾曜奏事或称旨,上辄曰:"此必姚崇之谋也。"或不称旨,辄曰:"何不与姚崇议之!"乾曜常谢实然。每有大事,上常令乾曜就寺问崇问。癸卯,乾曜请迁崇于四方馆,仍听家人入侍疾;上许之。崇以四方馆有簿书,非病者所宜处,固辞。上曰:"设四方馆,为官吏也;使卿居之,为社稷也。恨不可使卿居禁中耳,此何足辞!"

崇子光禄少卿彝、宗正少卿异,广通宾客,颇受馈遗,为时所讥。主书赵诲为崇所亲信④,受胡人赂,事觉,上亲鞫问,下狱当死,崇复营救,上由是不悦。会曲赦京城,敕特标诲名,杖之一百,流岭南。崇由是忧惧,数请避相位,荐广州都督宋璟自代。

十二月,上将幸东都,以璟为刑部尚书、西京留守,令驰驿诣阙,遣内侍、将军杨思勖迎之。璟风度凝远⑤,人莫测其际,在涂⑥竟不与思勖交言。思勖素贵幸,归,诉于上,上嗟叹良久,益重璟。

注释

① 鸂鶒:一种水鸟。鸂鶒(xī chì):像鸳鸯的一种水鸟。

② 粱肉:泛指美食佳肴。

③ 修德:修养德行、行善积德。禳:去除。

④ 胡三省注:唐中书省有主书四人,从七品上。

⑤ 凝远:凝重深远。

⑥ 涂:通"途"。

闰月,己亥,姚崇罢为开府仪同三司,源乾曜罢为京兆尹、西京留守,以刑部尚书宋璟守吏部尚书兼黄门监,紫微侍郎苏颋同平章事。

璟为相,务在择人,随材授任,使百官各称其职;刑赏无私,敢犯颜直谏。上甚敬惮之,虽不合意,亦曲从之。

姚、宋相继为相,崇善应变成务,璟善守法持正;二人志操不同,然协心辅佐,使赋役宽平,刑罚清省,百姓富庶。唐世贤相,前称房、杜,后称姚、宋,他人莫得比焉。二人每进见,上辄为之起,去则临轩送之。及李林甫为相,虽宠任过于姚、宋,然礼遇殊卑薄矣。紫微舍人高仲舒博通典籍,齐澣练习时务,姚、宋每坐二人以质所疑,既而叹曰:"欲知古,问高君,欲知今,问齐君,可以无阙政矣。"

评析

本篇选自《资治通鉴》卷二一○至卷二一一。唐玄宗的统治,往往被后世称为"开元盛世",也有称之为"开天盛世"。我们认为,"盛世"之名,有些难副其实,况且衰乱紧接而至,但唐玄宗前期的统治,确实有可圈可点之处,故以"开元之治"名之。

与唐太宗的"贞观之治"类似,唐玄宗的时代也是从乱象中走出来的。这一乱象,便是武则天去世后朝局反复、政出多门的局面。武则天死前传位李显,是为中宗,但朝政大权很快被武则天侄子武三思掌握,不久,武三思的势力又被太子李重俊等人铲除。710年,韦后、安乐公主毒杀中宗。不到一个月,临淄郡王李隆基和太平公主等又诛韦后,扶立睿宗。朝廷中形成了太子李隆基和太平公主两大势力集团。睿宗试图尊隆基而抑太平,反而引起了太平公主的反弹。太平公主广结党羽,宰相七人五出其门,甚至还要离间睿宗和太子的关系。好在睿宗思想并不糊涂,及时退避,传位太子。李隆基登基后,利用皇帝的身份动手翦除了太平公主的势力,才掌握了军政大权。

不过,玄宗即位之初,处于一批功臣的包围之中。这些功臣是帮助玄宗杀韦后、诛太平的重要力量,如张说、崔日用、王琚、刘幽求、郭元振,他们基本都是科举出身,凭借才能和政绩位列公卿。他们帮助玄宗夺取皇位,却想以此巩固自己的权位,把持朝政。李隆基对此有清醒的认识,及时采取了坚决措施,流放了一批功臣,敲山震虎,又援引姚崇入相,牵制、平衡功臣的势力,才将政局稳定下来。

选文记载中,唐玄宗在姚崇的协助下,从两个方面入手,恢复和加强统治:其一,安定宗王。为了防止政治上别有用心的官僚与宗王关系变得紧密,再次发生皇位之争,唐玄宗先后将长兄宋王成器等兄弟派往地方担任名义上的刺史。其二,整顿吏治。纠正官僚轻外任的倾向,使中央各部门官吏具有地方工作的实际经验,又加强对地方官吏的按察监督,继而对尚书省各部郎官加以沙汰,提高了官僚队伍的素质。

姚崇被称为救时宰相,当政局稳定的任务完成之后,宋璟继而任相,"开元之治"得以维持。旧的矛盾得以解决,但新的矛盾又产生了。

第十二编
日薄长安

安史之乱

唐玄宗开元二十四年(丙子,736年)

张守珪使平卢①讨击使、左骁卫将军安禄山讨奚、契丹叛者,禄山恃勇轻进,为虏所败。夏,四月,辛亥,守珪奏请斩之。禄山临刑呼曰:"大夫不欲灭奚、契丹邪,奈何杀禄山!"守珪亦惜其骁勇,欲活之,乃更执送京师。张九龄批曰:"昔穰苴诛庄贾,孙武斩宫嫔,守珪军令若行,禄山不宜免死。"上惜其才,敕令免官,以白衣将领。九龄固争曰:"禄山失律丧师,于法不可不诛。且臣观其貌反相,不杀必为后患。"上曰:"卿勿以王夷甫识石勒,枉害忠良。"竟赦之。

安禄山者,本营州杂胡,初名阿荦山。其母,巫也;父死,母携之再适突厥安延偃。会其部落破散,与延偃兄子思顺俱逃来,故冒姓安氏,名禄山。又有史窣干者,与禄山同里闬②,先后一日生。及长,相亲爱,皆为互市牙郎,以骁勇闻。张守珪以禄山为捉生将,禄山每与数骑出,辄擒契丹数十人而返。狡猾,善揣人情,守珪爱之,养以为子。

窣干尝负官债亡入奚中,为奚游弈所得,欲杀之;窣干绐曰:"我,唐之和亲使也,汝杀我,祸且及汝国。"游弈信之,送诣牙帐。窣干见奚王,长揖不拜,奚王虽怒,而畏唐,不敢杀,以客礼馆之,使百人随窣干入朝。窣干谓奚王曰:"王遣人虽多,观其才皆不足以见天子。闻王有良将琐高者,何不使之入朝!"奚王即命琐高与牙下三百人随窣干入朝。窣干将至平卢,先使人谓军使裴休子曰:"奚使琐高与精锐俱来,声云入朝,实欲袭军城,宜谨为之备,先事图之。"休子乃具军容出迎,至馆,悉坑杀其从兵,执琐高送幽州。张守珪以窣干为有功,奏为果毅,累迁将军。后入奏事,上与语,悦之,赐名思明。③

开元二十九年(辛巳,741年)

平卢兵马使安禄山,倾巧,善事人,人多誉之。上左右至平卢者,禄山皆厚赂之,由是上益以为贤。御史中丞张利贞为河北采访使④,至平卢,禄山曲事利贞,乃至左右皆有赂。利贞入奏,盛称禄山之美。八月,乙未,以禄山为营州都督,充平卢军使,两蕃⑤、勃海、黑水四府经略使。

注释

① 平卢:开元七年(719年)升平卢军使为平卢节度使,治营州,今辽宁朝阳市。
② 里闬(hàn):乡里。
③ 胡三省注:安、史事始此。
④ 采访使:唐太宗贞观元年(627年),分天下为十个监察区,称十道。唐玄宗开元二十一年(733年),增至十五道。每道置采访处置使,巡察所部。唐肃宗时,改为观察处置使。
⑤ 两蕃:唐代称奚、契丹为两蕃。

唐玄宗天宝元年(壬午,742年)

(春,正月)壬子,分平卢别为节度,以安禄山为节度使。

是时,天下声教①所被之州三百三十一,羁縻之州八百,置十节度、经略使以备边……开元之前,每岁供边兵衣粮,费不过二百万;天宝之后,边将奏益兵浸多,每岁用衣千二十万匹,粮百九十万斛,公私劳费,民始困苦矣。

唐玄宗天宝三载(甲申,744年)

三月,己巳,以平卢节度使安禄山兼范阳节度使;以范阳节度使裴宽为户部尚书。礼部尚书席建侯为河北黜陟使，称禄山公直；李林甫、裴宽皆顺旨称其美。三人皆上所信任，由是禄山之宠益固不摇矣。

唐玄宗天宝五载（丙戌，746年）

（春，正月）以王忠嗣为河西、陇右节度使，兼知朔方、河东节度事。忠嗣始在朔方、河东，每互市，高估马价，诸胡闻之，争卖马于唐，忠嗣皆买之。由是胡马少，唐兵益壮。及徙陇右、河西，复请分朔方、河东马九千匹以实之，其军亦壮。忠嗣杖四节，控制万里，天下劲兵重镇，皆在掌握，与吐蕃战于青海、积石，皆大捷。又讨吐谷浑于墨离军，虏其全部而归。

唐玄宗天宝六载（丁亥，747年）

（春，正月）戊寅，以范阳、平卢节度使安禄山兼御史大夫。

禄山体充肥，腹垂过膝，尝自称重三百斤。外若痴直，内实狡黠。常令其将刘骆谷留京师伺②朝廷指趣，动静皆报之；或应有笺表者，骆谷即为代作通之。岁献俘虏、杂畜、奇禽、异兽、珍玩之物，不绝于路，郡县疲于递运。

禄山在上前，应对敏给，杂以诙谐，上尝戏指其腹曰："此胡腹中何所有？其大乃尔！"对曰："更无余物，正有赤心耳！"上悦。又尝命见太子，禄山不拜。左右趣之拜，禄山拱立曰："臣胡人，不习朝仪，不知太子者何官？"上曰："此储君也，朕千秋万岁后，代朕君汝者也。"禄山曰："臣愚，向者惟知有陛下一人，不知乃更有储君。"不得已，然后拜。上以为信然，益爱之。上尝宴勤政楼，百官列坐楼下，独为禄山于御座东间设金鸡障③，置榻使坐其前，仍命卷帘以示荣宠。命杨铦、杨锜、贵妃三姊皆与禄山叙兄弟。禄山得出入禁中，因请为贵妃儿。上与贵妃共坐，禄山先拜贵妃。上问何故，对曰："胡人先母而后父。"上悦。

注释

① 声教：声威教化。
② 伺：侦察、打探。
③ 障：屏障，画金鸡为饰。

李林甫以王忠嗣功名日盛，恐其入相，忌之。安禄山潜蓄异志，托以御寇，筑雄武城，大贮兵器，请忠嗣助役，因欲留其兵。忠嗣先期而往，不见禄山而还，数上言禄山必反；林甫益恶之。夏，四月，忠嗣固辞兼河东、朔方节度，许之。

（冬，十月）河西、陇右节度使王忠嗣以部将哥舒翰为大斗军副使，李光弼为河西兵马使①、充赤水军使。翰父祖本突骑施别部酋长，光弼，契丹王楷洛之子也，皆以勇略为忠嗣所重。忠嗣使翰击吐蕃，有同列为之副，倨慢不为用，翰榻杀之②，军中股栗，累功至陇右节度副使。每岁积石军麦熟，吐蕃辄来获之，无能御者，边人谓之"吐蕃麦庄"。翰先伏兵于其侧，虏至，断其后，夹击之，无一人得返者，自是不敢复来。

上欲使王忠嗣攻吐蕃石堡城，忠嗣上言："石堡险固，吐蕃举国守之，今顿兵其下，非杀数万人不能克；臣恐所得不如所亡，不如且厉兵秣马，俟其有衅，然后取之。"上意不快。将军董延光自请将兵取石堡城，上命忠嗣分兵助之。忠嗣不得已奉诏，而不尽副延光所欲，延光怨之。

延光过期不克，言忠嗣沮挠军计，上怒。李林甫因使济阳别驾魏林告"忠嗣尝自言我幼养宫中，与忠王相爱狎"，欲拥兵以尊奉太子。敕征忠嗣入朝，委三司鞫之。

上闻哥舒翰名，召见华清宫，与语，悦之。十一月，辛卯，以翰判西平太守,充陇右节度使;以朔方节度使安思顺判武威郡事,充河西节度使。

三司按王忠嗣,上曰:"吾儿居深宫,安得与外人通谋,此必妄也。但劾忠嗣沮挠军功。"哥舒翰之入朝也,或劝多赍③金帛以救忠嗣。翰曰:"若直道尚存,王公必不冤死;如其将丧,多赂何为!"遂单囊而行。三司奏忠嗣罪当死。翰始遇知于上,力陈忠嗣之冤,且请以己官爵赎忠嗣罪;上起,入禁中,翰叩头随之,言与泪俱。上感寤,己亥,贬忠嗣汉阳太守。

初,将军高仙芝,本高丽人,从军安西。仙芝骁勇,善骑射,节度使夫蒙灵詧屡荐至安西副都护、都知兵马使,充四镇节度副使④。

注释

① 胡三省注:兵马使,节镇衙前军职也,总兵权,任甚重。至德以后,都知兵马使率为藩镇储帅。
② 檛(zhuā):鞭打。
③ 赍:携带。
④ 四镇:龟兹、焉耆、于阗、疏勒。

十二月,己巳,上以仙芝为安西四镇节度使,征灵詧入朝,灵詧大惧。

自唐兴以来,边帅皆用忠厚名臣,不久任,不遥领,不兼统,功名著者往往入为宰相①。其四夷之将,虽才略如阿史那社尔、契苾何力犹不专大将之任,皆以大臣为使以制之②。及开元中,天子有吞四夷之志,为边将者十余年不易,始久任矣;皇子则庆、忠诸王,宰相则萧嵩、牛仙客,始遥领矣;盖嘉运、王忠嗣专制数道,始兼统矣。李林甫欲杜边帅入相之路,以胡人不知书,乃奏言:"文臣为将,怯当矢石,不若用寒畯胡人;胡人则勇决习战,寒族则孤立无党,陛下诚以恩洽其心,彼必能为朝廷尽死。"上悦其言,始用安禄山。至是,诸道节度尽用胡人③,精兵咸戍北边,天下之势偏重,卒使禄山倾覆天下,皆出于林甫专宠固位之谋也。

唐玄宗天宝七载(戊子,748年)

六月,庚子,赐安禄山铁券。

度支郎中兼侍御史杨钊④善窥上意所爱恶而迎之,以聚敛骤迁,岁中领十五余使。甲辰,迁给事中,兼御史中丞,专判度支事,恩幸日隆。

注释

① 胡三省注:如李靖、李勣、刘仁轨、娄师德之类是也。开元以来,薛讷、郭元振、张嘉贞、王晙、张说、杜暹、萧嵩、李适之等,亦皆自边帅入相。
② 胡三省注:社尔讨高昌,侯君集为元帅;何力讨高丽,李勣为元帅。
③ 胡三省注:安禄山、安思顺、哥舒翰、高仙芝,皆胡人也。
④ 杨钊:天宝九载(750年)十月,改名为杨国忠。

唐玄宗天宝八载(己丑,749年)

先是,折冲府皆有木契、铜鱼①,朝廷征发,下敕书、契、鱼,都督、郡府参验皆合,然后遣之。自募置彍骑②,府兵日益堕坏,死及逃亡者,有司不复点补;其六驮马牛、器械、糗粮,耗散略尽。府兵入宿卫者,谓之侍官,言其为天子侍卫也。其后本卫多以假人,役使如奴隶;长安人羞之,至以相诟病。其戍边者,又多为边将苦使,利其死而没其财。由是应为府兵者皆逃匿,至是无兵可交。五月,癸酉,李林甫奏停折冲府上下鱼书;是后府兵徒有官吏而已③。其折冲、果毅,又历年不迁,士大夫亦耻为之。其彍骑之法,天宝以后,稍亦变废,应募者皆市井负贩、无赖子弟,未尝习兵。时承平日久,议者多谓中国兵可销,于是民间挟兵器者有禁;子弟为武官,父兄摈不齿。猛将精兵,皆聚于西北,中国无武备矣。

注释

① 胡三省注:唐制:铜鱼符所以起军旅,王畿之内,左三、右一,王畿之外,左五、右一。左者在外行用之,日从第一为首,后事须用二次发之,周而复始。木契之制,若太子监国,则王畿之内,左、右各三;王畿之外,左、右各五;庶官镇守,则左右各十。《唐六典》:符宝郎掌符节。曰木契者,所以重镇守,慎出纳;车驾巡幸,皇太子监国,有兵马受处分者,为木契;并行军所及领军五百人,马五百匹以上征讨,皆给木契;三公以下,两京留守及诸州有兵马受处分,亦给木契。曰铜鱼符者,所以起军旅,易守长;两京留守若诸州、诸军、折冲府、诸处捉兵镇守之所及宫总监,皆给鱼符。程大昌《演繁露》曰,唐世,左鱼之外又有敕牒将之,故兼名鱼书。

② 彍骑:唐玄宗时所设禁军。开元十一年(723年),于京兆、蒲、同、岐、华州府兵及白丁中简募十二万人,以为南衙禁军,称"长从宿卫"。十三年改称彍骑。

③ 胡三省注:唐府兵之制,十人为火(编者按,即"伙"),火有长。火备六驮马,凡火具、乌布、幕铁、马盂、布槽、锸、镬、凿、碓、筐、斧、钳、锯,皆一,甲床二、镰二。五十人为队。队具火钻一、胸马绳一,首羁、足绊皆三,人具弓一、矢三十、胡禄横刀、砺石、大觿、毡帽、毡装、行縢皆一,麦饭九斗,米二斗,皆自备。其介胄戎具藏于库,有所征行,则视其人而出给之;其番上宿卫者,惟给弓、矢、横刀而已。今皆耗废,非其旧矣。

唐玄宗天宝九载(庚寅,750年)

五月,乙卯,赐安禄山爵东平郡王。唐将帅封王自此始。

八月,丁巳,以安禄山兼河北道采访处置使。

朔方节度使张齐丘给粮失宜,军士怒,殴其判官;兵马使郭子仪以身捍齐丘,乃得免。①癸亥,齐丘左迁济阴太守,以河西节度使安思顺权知朔方节度事。

(冬,十月)安禄山屡诱奚、契丹,为设会,饮以莨菪酒,醉而坑之,动数千人,函其酋长之首以献,前后数四。至是请入朝,上命有司先为起第于昭应②。禄山至戏水,杨钊兄弟姊妹皆往迎之,冠盖蔽野;上自幸望春宫以待之。辛未,禄山献奚俘八千人,上命考课之日书上上考。前此听禄山于上谷铸钱五炉,禄山乃献钱样千缗。

唐玄宗天宝十载(辛卯,751年)

(春,正月)上命有司为安禄山治第于亲仁坊,敕令但穷壮丽,不限财力。既成,具幄帘③器皿,充牣其中,有帖白檀床二,皆长丈,阔六尺;银平脱屏风,一方一丈八;于厨厩之物皆饰以金银,金饭罂二,银淘盆二,皆受五斗,织银丝筐及笊篱各一;他物称是④。虽禁中服御之物,殆不及也。上每令中使为禄山护役,筑第及造储偫⑤赐物,常戒之曰:"胡眼大⑥,勿令笑我。"

禄山入新第,置酒,乞降墨敕请宰相至第。是日,上欲于楼下击球,遽为罢戏,命宰相赴之。日遣诸杨与之选胜游宴,侑以梨园教坊乐。上每食一物稍美,或后苑校猎获鲜禽,辄遣中使走马赐之,络绎于路。

甲辰,禄山生日,上及贵妃赐衣服、宝器、酒馔甚厚。后三日,召禄山入禁中,贵妃以锦绣为大襁褓,裹禄山,使宫人以彩舆舁⑦之。上闻后宫欢笑,问其故,左右以贵妃三日洗禄儿对。上自往观之,喜,赐贵妃洗儿金银钱,复厚赐禄山,尽欢而罢。自是禄山出入宫掖不禁,或与贵妃对食,或通宵不出,颇有丑声⑧闻于外,上亦不疑也。

注释

① 胡三省注：世皆知郭子仪得众，然后能捍免张齐丘，而不知当此之时，唐之军政果安在也！

② 胡三省注：时王公皆私置第于昭应，独禄山以承恩，命有司起第。

③ 帟(yì)：小帐幕，幄中座上的帐子。

④ 称是：相称、相当。

⑤ 储偫(zhì)：日常所需器物。

⑥ 眼大：眼高、看不起人。

⑦ 舁(yú)：抬、载。

⑧ 丑声：坏名声。

　　安西节度使高仙芝入朝，献所擒突骑施可汗、吐蕃酋长、石国王、羯师王。加仙芝开府仪同三司。寻以仙芝为河西节度使，代安思顺；思顺讽①群胡割耳劙面请留己，制复留思顺于河西。

　　安禄山求兼河东节度。二月，丙辰，以河东节度使韩休珉为左羽林将军，以禄山代之。户部郎中吉温见禄山有宠，又附之，约为兄弟。说禄山曰："李右丞相虽以时事亲三兄②，不必肯以兄为相；温虽蒙驱使，终不得超擢。兄若荐温于上，温即奏兄堪大任，共排林甫出之，为相必矣。"禄山悦其言，数称温才于上，上亦忘曩日之言。会禄山领河东，因奏温为节度副使、知留后，以大理司直张通儒为留后判官③，河东事悉以委之。

　　是时，杨国忠为御史中丞，方承恩用事。禄山登降殿阶，国忠常扶掖之。禄山与王鉷俱为大夫，鉷权任亚于李林甫。禄山见林甫，礼貌颇倨。林甫阳以他事召王大夫，鉷至，趋拜甚谨；禄山不觉自失，容貌益恭。林甫与禄山语，每揣知其情，先言之，禄山惊服。禄山于公卿皆慢侮④之，独惮林甫，每见，虽盛冬，常汗沾衣。林甫乃引与坐于中书厅，抚以温言⑤，自解披袍以覆之。禄山忻荷，言无不尽，谓林甫为十郎。既归范阳，刘骆谷每自长安来，必问："十郎何言？"得美言则喜；或但云"语安大夫，须好检校！"辄反手据床曰："噫嘻，我死矣！"

禄山既兼领三镇，赏刑己出，日益骄恣。自以曩时不拜太子，见上春秋高，颇内惧；又见武备堕弛，有轻中国之心。孔目官严庄⑥、掌书记高尚因为之解图谶⑦，劝之作乱。

注释

① 讽：规劝。

② 胡三省注：天宝元年，改侍中为左相，中书令为右相。李林甫时为右相，中书令之职也，"丞"字衍。安禄山，第三。

③ 胡三省注：大理司直，从六品上。通儒带司直而为河东留后判官，是后节镇有带六曹尚书，有带三省长官，有带三公、三师，其属亦率带六品以下朝职，谓之带职。黄琮曰：外官带职，有宪衔，有检校，宪衔自监察御史至御史大夫，检校自国子祭酒至三公，唐及五代之制也。

④ 慢侮：轻慢侮辱。

⑤ 温言：温和的言语。

⑥ 胡三省注：孔目官，衙前吏职也，唐世始有此名；言凡使司之事，一孔一目，皆须经由其手也。

⑦ 胡三省注：掌书记，位判官下，古记室参军之任。

禄山养同罗、奚、契丹降者八千余人，谓之"曳落河"。曳落河者，胡言壮士也。及家僮百余人，皆骁勇善战，一可当百。又畜战马数万匹，多聚兵仗，分遣商胡诣诸道贩鬻，岁输珍货数百万。私作绯紫袍、鱼袋，以百万计。以高尚、严庄、张通儒及将军孙孝哲为腹心，史思明、安守忠、李归仁、蔡希德、牛廷玠、向润容、李庭望、崔乾祐、尹子奇、何千年、武令珣、能元皓、田承嗣、田乾真、阿史那承庆为爪牙。尚，雍奴人，本名不危，颇有辞学，薄游河朔，贫困不得志，常叹曰："高不危当举大事而死，岂能啮草根求活邪！"禄山引置幕府，出入卧内。尚典笺奏，庄治簿书。通儒，万岁之子；孝哲，契丹也。承嗣世为卢龙小校，禄山以为前锋兵马使，治军严整。尝大雪，禄山按行诸营，至承嗣营，寂若无人，入阅士卒，无一人不在者，禄山以是重之。

（八月）安禄山将三道兵六万以讨契丹①，以奚骑二千为乡导。过平卢千余里，至土护真水，遇雨。禄山引兵昼夜兼行三百余里，至契丹牙帐，契丹大骇。时久雨，弓弩筋胶皆弛，大将何思德言于禄山曰："吾兵虽多，远来疲弊，实不可用，不如按甲息兵以临之，不过三日，虏必降。"禄山怒，欲斩之，思德请前驱效死。思德貌类禄山，虏争击，杀之，以为已得禄山，勇气增倍。奚复叛，与契丹合，夹击唐兵，杀伤殆尽。射禄山，中鞍，折冠簪，失履，独与麾下二十骑走；会夜，追骑解，得入师州。归罪于左贤王哥解、河东兵马使鱼承仙而斩之。

平卢兵马使史思明惧，逃入山谷近二旬，收散卒，得七百人。平卢守将史定方将精兵二千救禄山，契丹引去，禄山乃得免。至平卢，麾下皆亡，不知所出。史思明出见禄山，禄山喜，起，执其手曰："吾得汝，复何忧！"思明退，谓人曰："向使早出，已与哥解并斩矣。"②契丹围师州，禄山使思明击却之。

注释

① 三道兵：平卢、范阳、河东三道节度使所领之兵。
② 胡三省注：史言史思明之智数过于安禄山。

唐玄宗天宝十一载(壬辰,752年)

三月,安禄山发蕃、汉步骑二十万击契丹,欲以雪去秋之耻。初,突厥阿布思来降,上厚礼之,赐姓名李献忠,累迁朔方节度副使,赐爵奉信王。献忠有才略,不为安禄山下,禄山恨之;至是,奏请献忠帅同罗数万骑,与俱击契丹。献忠恐为禄山所害,白留后张晔,请奏留不行,晔不许,献忠乃帅所部大掠仓库,叛归漠北,禄山遂顿兵不进。

(五月)丙辰,京兆尹杨国忠加御史大夫,京畿、关内采访等使,凡王铁所绾使务①,悉归国忠。

初,李林甫以国忠微才,且贵妃之族,故善遇之。国忠与王铁俱为中丞,铁用林甫荐为大夫,故国忠不悦,遂深探邢縡狱,令引林甫交私铁兄弟及阿布思事状,陈希烈、哥舒翰从而证之;上由是疏林甫。国忠贵震天下,始与林甫为仇敌矣。

南诏数寇边,蜀人请杨国忠赴镇②;左仆射兼右相李林甫奏遣之。国忠将行,泣辞,上言必为林甫所害,贵妃亦为之请。上谓国忠曰:"卿暂到蜀区处军事,朕屈指待卿,还当入相!"林甫时已有疾,忧懑不知所为,巫言一见上可小愈;上欲就视之,左右固谏。上乃令林甫出庭中,上登降圣阁遥望,以红巾招之。林甫不能拜,使人代拜。国忠比至蜀,上遣中使召还,至昭应,谒林甫,拜于床下。林甫流涕谓曰:"林甫死矣,公必为相,以后事累③公!"国忠谢不敢当,汗出覆面。十一月,丁卯,林甫薨。

上晚年自恃承平,以为天下无复可忧,遂深居禁中,专以声色自娱,悉委政事于林甫。林甫媚事左右,迎合上意,以固其宠;杜绝言路,掩蔽聪明,以成其奸;妒贤疾能,排抑胜己,以保其位;屡起大狱,诛逐贵臣,以张其势。自皇太子以下,畏之侧足。凡在相位十九年④,养成天下之乱,而上不之寤也。

注释

① 绾：控制、总管。按，王鉷曾任户部侍郎、御史大夫、京兆尹，权宠日盛，领二十余使。天宝十一载（752年），其弟户部郎中王焊与邢縡谋反，王鉷被赐死，杨国忠势力开始膨胀。

② 天宝十载（751年）十一月丙午，杨国忠领剑南节度使，蜀人困于兵，故有此请。

③ 累：烦劳、托付。

④ 胡三省注：开元二十二年始相林甫，至是年凡十九年。

　　庚申，以杨国忠为右相，兼文部尚书，其判使并如故。

　　国忠以司勋员外郎崔圆为剑南留后，征魏郡太守吉温为御史中丞，充京畿、关内采访等使。温诣范阳辞安禄山①，禄山令其子庆绪送至境，为温控马出驿数十步。温至长安，凡朝廷动静，辄报禄山，信宿而达。

　　（十二月）甲申，以平卢兵马使史思明兼北平太守，充卢龙军使。

　　哥舒翰素与安禄山、安思顺不协，上常和解之，使为兄弟。是冬，三人俱入朝，上使高力士宴之于城东。禄山谓翰曰："我父胡，母突厥，公父突厥，母胡，族类颇同，何得不相亲？"翰曰："古人云，狐向窟嗥不祥，为其忘本故也。兄苟见亲，翰敢不尽心！"禄山以为讥其胡也，大怒，骂翰曰："突厥敢尔！"翰欲应之，力士目翰，翰乃止，阳醉而散，自是为怨愈深。

唐玄宗天宝十二载（癸巳，753年）

　　（夏，五月）安禄山以李林甫狡猾逾己，故畏服之。及杨国忠为相，禄山视之蔑如②也，由是有隙。国忠屡言禄山有反状；上不听。

杨国忠欲厚结翰共排安禄山，奏以翰兼河西节度使。秋，八月，戊戌，赐翰爵西平郡王。翰表侍御史裴冕为河西行军司马。

唐玄宗天宝十三载（甲午，754年）

春，正月，己亥，安禄山入朝。是时，杨国忠言禄山必反，且曰："陛下试召之，必不来。"上使召之，禄山闻命即至。庚子，见上于华清宫，泣曰："臣本胡人，陛下宠擢至此，为国忠所疾，臣死无日矣！"上怜之，赏赐巨万，由是益亲信禄山，国忠之言不能入矣。太子亦知禄山必反，言于上，上不听。

唐初，诏敕皆中书、门下官有文者为之。乾封以后，始召文士元万顷、范履冰等草诸文辞，常于北门候进止，时人谓之"北门学士"。中宗之世，上官昭容专其事。上即位，始置翰林院，密迩禁廷，延文章之士，下至僧、道、书、画、琴、棋、数术之工皆处之，谓之"待诏"。刑部尚书张均及弟太常卿垍皆翰林院供奉。上欲加安禄山同平章事，已令张垍草制。杨国忠谏曰："禄山虽有军功，目不知书，岂可为宰相！制书若下，恐四夷轻唐。"上乃止。乙巳，加禄山左仆射，赐一子三品、一子四品官。

安禄山求兼领闲厩、群牧；庚申，以禄山为闲厩、陇右群牧等使③。禄山又求兼总监；壬戌，兼知总监事。禄山奏以御史中丞吉温为武部侍郎，充闲厩副使，杨国忠由是恶温。禄山密遣亲信选健马堪战者数千匹，别饲之。

注释

① 胡三省注：魏郡属河北道采访使，时禄山兼采访使，故温往辞。
② 视之蔑如：看不上之意。蔑如：细微。
③ 闲厩：唐代政府养马机构，闲厩使是管理马政的长官。唐代牧场主要分布在兰州、渭州、秦州、原州一带，置陇右群牧使来管理这一带的畜牧。安禄

山以此二职掌管马政，进一步扩充自己的实力。

（二月）己丑，安禄山奏："臣所部将士讨奚、契丹、九姓、同罗等，勋效甚多，乞不拘常格，超资加赏，仍好写告身①付臣军授之。"于是除将军者五百余人，中郎将者二千余人。禄山欲反，故先以此收众心也。

三月，丁酉朔，禄山辞归范阳。上解御衣以赐之，禄山受之惊喜。恐杨国忠奏留之，疾驱出关。乘船沿河而下，令船夫执绳板立于岸侧②。十五里一更，昼夜兼行，日数百里，过郡县不下船。自是有言禄山反者，上皆缚送之，由是人皆知其将反，无敢言者。

禄山之发长安也，上令高力士饯之长乐坡③，及还，上问："禄山慰意乎？"对曰："观其意怏怏④，必知欲命为相而中止故也。"上以告国忠，曰："此议他人不知，必张垍兄弟告之也。"上怒，贬张均为建安太守，垍为卢溪司马，垍弟给事中㠱为宜春司马。

夏，四月，癸巳，安禄山奏击奚破之，虏其王李日越。

杨国忠忌陈希烈，希烈累表辞位；上欲以武部侍郎吉温代之，国忠以温附安禄山，奏言不可；以文部侍郎韦见素和雅易制，荐之。八月，丙戌，以希烈为太子太师，罢政事；以见素为武部尚书、同平章事。

河东⑤太守兼本道采访使韦陟，斌之兄也，文雅有盛名，杨国忠恐其入相，使人告陟赃污事，下御史按问。陟赂中丞吉温，使求救于安禄山，复为国忠所发。闰（十一）月，壬寅，贬陟桂岭尉，温澧阳长史。安禄山为温讼冤，且言国忠谮疾。上两无所问。

唐玄宗天宝十四载（乙未，755年）

二月，辛亥，安禄山使副将何千年入奏，请以蕃将三十二人代汉将，上命立进画⑥，给告身。韦见素谓杨国忠曰："禄山久有异志，今又有此请，其反明矣。明日见素当极言；上未允，公其继之。"国忠许诺。壬子，国忠、见素入见，上迎谓曰："卿等有疑禄山之意邪？"见素因极言禄山反已有迹，所请不可许，上不悦；国忠逡巡⑦不敢言，上竟从禄山之请。他日，国忠、见素言于上曰："臣有策可坐消禄山之谋。今若除禄山平章事，召诣阙，以贾循为范阳节度使，吕知诲为平卢节度使，杨光翙为河东节度使，则势自分矣。"上从之。已草制，上留不发，更遣中使辅璆琳以珍果赐禄山，潜察其变。璆琳受禄山厚赂，还，盛言禄山竭忠奉国，无有二心。上谓国忠等曰："禄山，朕推心待之，必无异志。东北二虏，藉其镇遏。朕自保之，卿等勿忧也！"事遂寝。

注释

① 告身：授官凭证。
② 胡三省注：凡挽船夫用板长二尺许，斜搭胸前，一端至肩，一端至胁，绳贯板之两端，以接船绊而挽之。
③ 长乐坡：位于长安城外东部。唐人离别长安东行时，友朋往往至此送行。
④ 怏怏：闷闷不乐。
⑤ 河东：郡名，治今山西永济市蒲州镇。
⑥ 进画：进奏文书给皇帝审阅后画可，然后颁布施行。
⑦ 逡巡：有所顾虑而徘徊不前。

夏，四月，安禄山奏破奚、契丹。

安禄山归至范阳，朝廷每遣使者至，皆称疾不出迎，盛陈武备，然后见之。裴士淹至范阳，二十余日乃得见，无复人臣礼。杨国忠日夜求禄山反状，使京兆尹围其第，捕禄山客李超等，送御史台狱，潜杀之。禄山子庆宗尚宗女荣义郡主,供奉在京师①,密报禄山,禄山愈惧。六月,上以其子成婚,手诏禄山观礼,禄山辞疾不至。秋,七月,禄山表献马三千匹,每匹执控夫二人,遣蕃将二十二人部送。②河南尹达奚珣疑有变,奏请"谕禄山以进车马宜俟至冬,官自给夫,无烦本军"。于是上稍寤③,始有疑禄山之意。会辅璆琳受赂事亦泄,上托以他事扑杀之。上遣中使冯神威赍手诏谕禄山,如珣策;且曰:"朕新为卿作一汤④,十月于华清宫待卿。"神威至范阳宣旨,禄山踞床微起,亦不拜,曰:"圣人安隐⑤。"又曰:"马不献亦可,十月灼然诣京师。"即令左右引神威置馆舍,不复见;数日,遣还,亦无表。神威还,见上泣曰:"臣几不得见大家⑥!"

注释

① 胡三省注:在京师为太仆卿,得随供奉官班见。

② 胡三省注:欲以袭京师也。

③ 寤:醒悟、明白。

④ 汤:此指温泉浴池。

⑤ 圣人:指皇帝。安隐:安稳、平静。此言请皇帝放心。

⑥ 大家:当时称皇帝为大家。

安禄山专制三道,阴蓄异志,殆将十年,以上待之厚,欲俟上晏驾然后作乱。会杨国忠与禄山不相悦,屡言禄山且反,上不听;国忠数以事激之,欲其速反以取信于上。禄山由是决意遽反,独与孔目官、太仆丞严庄,掌书记、屯田员外郎高尚,将军阿史那承庆密谋,自余将佐皆莫之知,但怪其自八月以来,屡飨士卒,秣马厉兵而已。会有奏事官自京师还,禄山诈为敕书,悉召诸将示之曰:"有密旨,令禄山将兵入朝讨杨国忠,诸君宜即从军。"众愕然相顾,莫敢异言。十一月,甲子,禄山发所部兵及同罗、奚、契丹、室韦凡十五万众,号二十万，反于范阳。命范阳节度副使贾循守范阳，平卢节度副使吕知诲守平卢，别将高秀岩守大同；诸将皆引兵夜发。

诘朝①，禄山出蓟城南，大阅誓众，以讨杨国忠为名，榜军中曰："有异议扇动军人者，斩及三族！"于是引兵而南。禄山乘铁舆②，步骑精锐，烟尘千里，鼓噪震地。时海内久承平，百姓累世不识兵革，猝闻范阳兵起，远近震骇。河北皆禄山统内③，所过州县，望风瓦解，守令或开门出迎，或弃城窜匿，或为所擒戮，无敢拒之者。禄山先遣将军何千年、高邈将奚骑二十，声言献射生手④，乘驿诣太原。乙丑，北京⑤副留守杨光翙出迎，因劫之以去。太原具言其状。东受降城⑥亦奏禄山反。上犹以为恶禄山者诈为之，未之信也。

注释

① 诘朝：次日清晨。
② 舆：同"舆"，车。
③ 河北：时安禄山兼河北道采访使。河北道，辖黄河以北、太行山以东地区，治魏州，在今河北邯郸市大名县东北。
④ 射生手：精于骑射的武士。
⑤ 北京：唐天宝元年（742年），改北都为北京，今山西太原市西南。
⑥ 东受降城：唐中宗景龙二年（708年），张仁愿于黄河以北筑东、中、西三受降城，以防御突厥。东受降城在今内蒙古自治区呼和浩特市托克托县南。

评析

本篇选自《资治通鉴》卷二一四至卷二一七。安史之乱被视为唐朝历史乃至中国古代史的分水岭。安史之乱历时8年，选文侧重天宝年间的政局与安史之乱爆发的关系。

唐玄宗的统治，主要分为开元和天宝两段时期，开元时期的统治，大体比较顺利而成功。但从开元后期开始，国内外局势出现了新的问题和挑战。开元、天宝之际，唐朝东北、西北、西南边境形成了十节度，以防御奚、契丹、突厥、吐蕃、南方蛮獠等部族。这一防御体制下的节度使，本来只是军事长官，但其权力不断膨胀，成为一个地区的军政长官。节度使权力膨胀，也是李唐朝廷主动强化的结果，比如，增加了身兼数道的节度使，某些节度使又兼任采访处置使。这使得本来只是边将的节度使获得了兼管一地行政事务的权力。由于国内长期安定，唐王朝把主要的兵力都放在边地，造成了"内轻外重""尾大不掉"的局面，埋下了分裂割据的隐患。

此时，边地节度使普遍由蕃将担任的情况日益突出。这被认为是李林甫出于害怕汉族将领入朝为相，巩固自己地位的私心而策划的阴谋。但实际上，开元以来，内地太平无事，优异的汉族将领日渐减少，玄宗因缺乏汉族将材而重用蕃将，是客观形势使然；随着府兵制向募兵制的转变，边疆士兵中胡人比重加大，用蕃将统领胡兵，是自下而上的演变过程。所以，边地节度使普遍由蕃将担任，是长时期军政政策发展的结果。

安禄山本人在叛乱前的经营，也值得我们关注。安禄山精明强干，善于迎合，在众多边将中脱颖而出，为玄宗所倚重。安禄山身兼数道节度使，控制了河北和河东地区。他不仅提拔许多胡族将领，而且利用粟特出身的种族身份，号召边地胡人，增强了自身统辖区域内的凝聚力和战斗力。安禄山还在朝廷安插亲信，身居边陲却掌握长安城里的一举一动。种种因素叠加，一旦时机成熟，安禄山便可发动叛乱。

安史之乱，因藩镇力量过强而起，在平定安史之乱的过程中，唐王朝又在中原各地新设了不少节度使。叛乱平定之后，藩镇扩展至全国，中央与地方的力量对比发生了改变,藩镇割据成为影响唐朝后期乃至五代十国的重要政治问题。

朱 温 代 唐

唐昭宗天复元年(辛酉,901 年)

(五月)朱全忠奏乞除河中节度使,而讽吏民请己为帅①;癸卯,以全忠为宣武、宣义、天平、护国四镇节度使②。

六月,癸亥,朱全忠如河中。上之返正也,中书舍人令狐涣、给事中韩偓皆预其谋,故擢为翰林学士,数召对,访以机密。涣,绹之子也。时上悉以军国事委崔胤,每奏事,上与之从容,或至然烛。事无大小,宦官畏之侧目,皆咨胤而后行。胤志欲尽除之,韩偓屡谏曰:"事禁太甚。此辈亦不可全无,恐其党迫切,更生他变。"胤不从。

(闰六月)崔胤请上尽诛宦官,但以宫人掌内诸司事;宦官属耳,颇闻之,韩全诲等涕泣求哀于上,上乃令胤,"有事封疏以闻,勿口奏"。宦官求美女知书者数人,内之宫中,阴令伺察其事,尽得胤密谋,上不之觉也。全诲等大惧,每宴聚,流涕相诀别,日夜谋所以去胤之术。胤时领三司使,全诲等教禁军对上喧噪,诉胤减损冬衣;上不得已,解胤盐铁使。

时朱全忠、李茂贞各有挟天子令诸侯之意,全忠欲上幸东都,茂贞欲上幸凤翔。胤知谋泄,事急,遗朱全忠书,称被密诏,令全忠以兵迎车驾,且言:"昨者返正,皆令公良图,而凤翔先入朝抄取其功。今不速来,必成罪人,岂惟功为他人所有,且见征讨矣!"全忠得书,秋,七月,甲寅,遽归大梁发兵。

冬,十月,戊戌,朱全忠大举兵发大梁。

韩全诲闻朱全忠将至，丁酉，令李继筠、李彦弼等勒兵劫上，请幸凤翔，宫禁诸门皆增兵防守，人及文书出入搜阅甚严。上遣人密赐崔胤御札，言皆凄怆，末云："我为宗社大计，势须西行，卿等但东行也。惆怅，惆怅！"

戊申，朱全忠至河中，表请车驾幸东都，京城大骇，士民亡窜山谷。是日，百官皆不入朝，阙前寂无人。

（十一月）壬子，韩全诲等陈兵殿前，言于上曰："全忠以大兵逼京师，欲劫天子幸洛阳，求传禅；臣等请奉陛下幸凤翔，收兵拒之。"上不许，杖剑登乞巧楼。全诲等逼上下楼，上行才及寿春殿，李彦弼已于御院纵火。是日冬至，上独坐思政殿，翘一足，一足蹋栏干，庭无群臣，旁无侍者。顷之，不得已，与皇后、妃嫔、诸王百余人皆上马，恸哭声不绝，出门，回顾禁中，火已赫然。是夕，宿鄠县③。

朱全忠至零口④西，闻车驾西幸，与僚佐议，复引兵还赤水。左仆射致仕张浚说全忠曰："韩建、茂贞之党，不先取之，必为后患。"全忠闻建有表劝天子幸凤翔，乃引兵逼其城。建单骑迎谒，全忠责之，对曰："建目不知书，凡表章书檄，皆李巨川所为。"全忠以巨川常为建画策，斩之军门。

注释

① 二月，河中节度使王珂降于朱全忠。
② 胡三省注：当是时，自蒲、陕以东，至于海，南距淮，北距河，诸镇皆为朱全忠所有。使全忠以邻道自广，则当兼领佑国、河阳、陕虢，不应越此三镇而领河中；全忠所以领河中者，上以制朝廷，下以制李克用也。
③ 鄠县：今陕西西安市鄠邑区。
④ 零口：今陕西西安市临潼区零口镇。

是时京师无天子,行在无宰相,崔胤使太子太师卢渥等二百余人列状请朱全忠西迎车驾,又使王溥至赤水见全忠计事。全忠复书曰:"进则惧胁君之谤,退则怀负国之惭;然不敢不勉。"戊午,全忠发赤水。

朱全忠至长安,宰相帅百官班迎于长乐坡;明日行,复班辞于临皋驿①。

戊辰,朱全忠至凤翔,军于城东。李茂贞登城谓曰:"天子避灾,非臣下无礼;谗人误公至此。"全忠报曰:"韩全诲劫迁天子,今来问罪,迎扈还宫。岐王苟不预谋,何烦陈谕!"上屡诏全忠还镇,全忠乃拜表奉辞。辛未,移兵北趣邠州。②

唐昭宗天复二年(壬戌,902年)

(春,正月)丁卯,以给事中韦贻范为工部侍郎、同平章事。丙子,以给事中严龟充岐、汴和协使,赐朱全忠姓李,与李茂贞为兄弟;全忠不从。

三月,庚戌,上与李茂贞及宰相、学士、中尉、枢密宴,酒酣,茂贞及韩全诲亡去。上问韦贻范:"朕何以巡幸至此?"对曰:"臣在外不知。"固问,不对。上曰:"卿何得于朕前妄语云不知?"又曰:"卿既以非道取宰相,当于公事如法;若有不可,必准故事。"怒目视之,微言曰:"此贼兼须杖之二十。"顾谓韩偓曰:"此辈亦称宰相!"贻范屡以大杯献上,上不即持,贻范举杯直及上颐。

夏,四月,丁酉,崔胤自华州诣河中,泣诉于朱全忠,恐李茂贞劫天子幸蜀,宜以时迎奉,势不可缓。全忠与之宴,胤亲执板,为全忠歌以侑酒。

(六月)丁亥,全忠进军凤翔城下。全忠朝服向城而泣,曰:"臣但欲迎车驾还宫耳,不与岐王角胜也。"遂为五寨环之。

(十一月)汴军每夜鸣鼓角,城中地如动。攻城者诟城上人云"劫天子贼",乘城者诟城下人云"夺天子贼"。是冬,大雪,城中食尽,冻馁死者不可胜计;或卧未死已为人所剐③。市中卖人肉,斤直钱百,犬肉直五百。

茂贞储偫亦竭，以犬彘供御膳。上鬻御衣及小皇子衣于市以充用，削渍松柿以饲御马。

注释

① 胡三省注：班迎、班辞，非藩臣所得当。崔胤之奉朱全忠至此，为一身脱死计，非为唐社稷计也。宦官既诛，胤亦死于全忠之手，宜矣。
② 胡三省注：屡诏全忠归镇，韩全诲、李茂贞挟天子以令之也。全忠拜表奉辞，若不敢逆诏指者，然其意则有在矣。茂贞养子继徽镇邠；邠、岐，辅车之援也，若先得邠则岐孤。
③ 冎："剐"（guǎ）的古字。

（十二月）丁酉，上召李茂贞、苏检、李继诲、李彦弼、李继岌、李继远、李继忠食，议与朱全忠和，上曰："十六宅诸王以下，冻馁死者日有数人。在内诸王及公主、妃嫔，一日食粥，一日食汤饼①，今亦竭矣。卿等意如何？"皆不对。上曰："速当和解耳！"

唐昭宗天复三年（癸亥，903年）

（春，正月）戊申，李茂贞独见上，中尉韩全诲、张彦弘、枢密使袁易简、周敬容皆不得对。茂贞请诛全诲等，与朱全忠和解，奉车驾还京。上喜，即遣内养②帅凤翔卒四十人收全诲等，斩之。以御食使第五可范为左军中尉，宣徽南院使仇承坦为右军中尉，王知古为上院枢密使，杨虔朗为下院枢密使。③是夕，又斩李继筠、李继诲、李彦弼及内诸司使韦处廷等十六人。己酉，遣韩偓及赵国夫人诣全忠营；又遣使囊全诲等二十余人首以示全忠，曰："向来胁留车驾，惧罪离间，不欲协和，皆此曹也。今朕与茂贞决意诛之,卿可晓谕诸军以豁众愤。"辛亥,全忠遣观察判官李振奉表入谢。

全诲等已诛,而全忠围犹未解。茂贞疑崔胤教全忠欲必取凤翔,白上急召胤,令帅百官赴行在。凡四降诏,三赐朱书御札,言甚切至,悉复故官爵,胤竟称疾不至。茂贞惧,自致书于胤,辞甚卑逊。全忠亦以书召胤,且戏之曰:"吾未识天子,须公来辨其是非。"胤始来④。

注释

① 汤饼:汤煮的面食,如今之面片汤、面条之类。
② 内养:宦官。
③ 胡三省注:枢密分东西两院,东院为上院,西院为下院。
④ 胡三省注:崔胤其初所以未敢来者,待朱全忠之命耳。然君命累召而不来,朱全忠一书而遽至,人臣事君者,必知所先后轻重矣。

甲子,车驾出凤翔,幸全忠营,全忠素服待罪;命客省使宣旨释罪,去三仗,止报平安,以公服入谢。全忠见上,顿首流涕;上命韩偓扶起之。上亦泣,曰:"宗庙社稷,赖卿再安;朕与宗族,赖卿再生。"亲解玉带以赐之。少休,即行。全忠单骑前导十许里,上辞之;全忠乃令朱友伦将兵扈从,自留部分后队,焚撤诸寨。

是夕,车驾宿岐山;丁卯,至兴平,崔胤始帅百官迎谒,复以胤为司空、门下侍郎、同平章事,领三司如故;己巳,入长安。

庚午,全忠、崔胤同对。胤奏:"国初承平之时,宦官不典兵预政。天宝以来,宦官浸盛。贞元之末,分羽林卫为左、右神策军以便卫从,始令宦官主之,以二千人为定制。①自是参掌机密,夺百司权,上下弥缝,共为不法,大则构扇藩镇,倾危国家;小则卖官鬻狱,蠹害朝政。王室衰乱,职此之由,不翦其根,祸终不已。请悉罢诸司使，其事务尽归之省寺，诸道监军俱召还阙下。"上从之。是日，全忠以兵驱宦官第五可范等数百人于内侍省，尽杀之，冤号之声，彻于内外。出使外方者，诏所在收捕诛之，止留黄衣幼弱者三十人以备洒扫②。又诏成德节度使王镕选进五十人充敕使，取其土风深厚，人性谨朴也。上愍可范等或无罪，为文祭之。自是宣传诏命，皆令宫人出入；其两军内外八镇兵悉属六军③，以崔胤兼判六军十二卫事。

（二月）丙子，工部侍郎、同平章事苏检，吏部侍郎卢光启，并赐自尽；丁丑，以中书侍郎、同平章事王溥为太子宾客、分司，皆崔胤所恶也。

胤恃全忠之势，专权自恣，天子动静皆禀之。朝臣从上幸凤翔者，凡贬逐三十余人。刑赏系其爱憎，中外畏之，重足一迹④。

初，翰林学士承旨韩偓之登进士第也，御史大夫赵崇知贡举。上返自凤翔，欲用偓为相，偓荐崇及兵部侍郎王赞自代；上欲从之，崔胤恶其分己权，使朱全忠入争之。全忠见上曰："赵崇轻薄之魁，王赞无才用，韩偓何得妄荐为相！"上见全忠怒甚，不得已，癸未，贬偓濮州司马。上密与偓泣别，偓曰："是人⑤非复前来之比，臣得远贬及死乃幸耳，不忍见篡弑之辱！"

乙未，全忠奏留步骑万人于故两军，以朱友伦为左军宿卫都指挥使；又以汴将张廷范为宫苑使，王殷为皇城使，蒋玄晖充街使。于是全忠之党布列遍于禁卫及京辅⑥。

注释

① 胡三省注：神策军入卫苑中，自代宗鱼朝恩始。德宗贞元末始分为左、右。
② 黄衣：官秩品级低的宦官。
③ 胡三省注：谓左、右神策所统内外八镇兵也。
④ 胡三省注：史言崔胤怙权，不知死期将至。

⑤ 是人:指朱全忠。
⑥ 胡三省注:唐北门禁卫之兵,皆屯于宫苑;百司庶府及南衙诸卫,皆分居皇城之内;百官私第及坊市居人,皆分居朱雀街之左右街。今全忠悉以腹心为使,则京辅之权一归之矣。去虺得虎,昭宗之谓也。

戊戌,全忠辞归镇,留宴寿春殿,又饯之于延喜楼。上临轩泣别,令于楼前上马。上又赐全忠诗,全忠亦和进;又赐《杨柳枝辞》五首。百官班辞于长乐驿。崔胤独送至霸桥,自置饯席,夜二鼓,胤始还入城;上复召对,问以全忠安否;置酒奏乐,至四鼓乃罢。

以清海节度使裴枢为门下侍郎、同平章事,朱全忠荐之也。

李克用使者还晋阳,言崔胤之横,克用曰:"胤为人臣,外倚贼势,内胁其君,既执朝政,又握兵权。权重则怨多,势侔则衅生,破家亡国,在眼中矣!"

初,崔胤假朱全忠兵力以诛宦官,全忠既破李茂贞,并吞关中,威震天下,遂有篡夺之志。胤惧,与全忠外虽亲厚,私心渐异,乃谓全忠曰:"长安密迩茂贞,不可不为守御之备。六军十二卫,但有空名,请召募以实之,使公无西顾之忧。"全忠知其意,曲从之,阴使麾下壮士应募以察其变。胤不之知,与郑元规等缮治兵仗,日夜不息。及朱友伦死①,全忠益疑胤,且欲迁天子都洛,恐胤立异②。

唐昭宗天祐元年(甲子,904年)

春,正月,全忠密表司徒兼侍中、判六军十二卫事、充盐铁转运使、判度支崔胤专权乱国,离间君臣,并其党刑部尚书兼京兆尹、六军诸卫副使郑元规、威远军使陈班等,皆请诛之。乙巳,诏责授胤太子少傅、分司,贬元规循州司户,班溱州司户。丙午,下诏罪状胤等;以裴枢判左三军事、充盐铁运使,独孤损判右三军事、兼判度支;胤所募兵并纵遣之。以兵部尚书崔远为中书侍郎,翰林学士、左拾遗柳璨为右谏议大夫,并同平章事。璨,公绰之从孙也。戊申,朱全忠密令宿卫都指挥使朱友谅以兵围崔胤第,杀胤及郑元规、陈班并胤所亲厚者数人③。

初,上在华州,朱全忠屡表请上迁都洛阳,上虽不许,全忠常令东都留守佑国军节度使张全义缮修宫室。

丁巳,上御延喜楼,朱全忠遣牙将寇彦卿奉表,称邠、歧兵逼畿甸,请上迁都洛阳;及下楼,裴枢已得全忠移书,促百官东行。戊午,驱徙士民,号哭满路,骂曰:"贼臣崔胤召朱温来倾覆社稷,使我曹流离至此!"老幼襁属④,月余不绝。

注释

① 本年十月,宿卫都指挥使朱友伦与客击球于左军,坠马而卒。全忠悲怒,疑崔胤故为之,凡与同戏者十余人尽杀之,遣其兄子友谅代典宿卫。
② 胡三省注:恐其立异论以沮迁洛之计。
③ 胡三省注:崔胤有误国之罪,无负国之心。
④ 襁属:连续不断。

壬戌,车驾发长安,全忠以其将张廷范为御营使,毁长安宫室百司及民间庐舍,取其材,浮渭沿河而下,长安自此遂丘墟矣。

全忠发河南、北诸镇丁匠数万,令张全义治东都宫室,江、浙、湖、岭诸镇附全忠者①,皆输货财以助之。

甲子,车驾至华州,民夹道呼万岁,上泣谓曰:"勿呼万岁,朕不复为汝主矣!"馆于兴德宫,谓侍臣曰:"鄙语云:'纥干山头冻杀雀,何不飞去生处乐。'朕今漂泊,不知竟落何所!"因泣下沾襟,左右莫能仰视。

二月,乙亥,车驾至陕,以东都宫室未成,驻留于陕。丙子,全忠自河中来朝,上延全忠入寝室见何后,后泣曰:"自今大家夫妇委身全忠矣!"

上遣间使以御札告难于王建,建以邛州刺史王宗祐为北路行营指挥使,将兵会凤翔兵迎车驾,至兴平,遇汴兵,不得进而还。建始自用墨制除官②,云"俟车驾还长安表闻"。

(三月)丁巳,上复遣间使以绢诏告急于王建、杨行密、李克用等,令纠帅藩镇以图匡复,曰:"朕至洛阳,则为所幽闭,诏敕皆出其手,朕意不复得通矣!"③

夏,四月,辛巳,朱全忠奏洛阳宫室已成,请车驾早发,表章相继。上屡遣宫人谕以皇后新产,未任进路,请俟十月东行。全忠疑上徘徊俟变④,怒甚,谓牙将寇彦卿曰:"汝速至陕,即日促官家发来!"闰月,丁酉,车驾发陕;壬寅,全忠逆于新安。上之在陕也,司天监奏:"星气有变,期在今秋,不利东行。"故上欲以十月幸洛。至是,全忠令医官许昭远告医官使阎祐之、司天监王墀、内都知韦周、晋国夫人可证等谋害元帅,悉收杀之⑤。

注释

① 胡三省注:江则鄂岳杜洪,洪州钟传,浙则钱镠,湖则潭州马殷,澧州雷彦威,岭则广州刘隐,皆附全忠者也。
② 墨制:指没有经过朝廷正式程序审批而私自颁发的制书。因未用朱印故称墨制。晚唐藩镇割据时代,很多藩镇以墨制之名行割据之实。
③ 胡三省注:昭宗绢诏,当时居方面者未必动心,而读其书者往往掩卷。
④ 胡三省注:疑上徘徊以待诸道勤王之师。
⑤ 胡三省注:阎祐之、王墀之死,以言星气也;韦周、可证之死,以附耳语也。元帅,朱全忠。

癸卯，上憩于谷水。自崔胤之死，六军散亡俱尽，所余击球供奉、内园小儿共二百余人，从上而东。全忠犹忌之，为设食于幄，尽缢杀之。豫选二百余人大小相类者，衣其衣服，代之侍卫。上初不觉，累日乃寤。自是上之左右职掌使令皆全忠之人矣。

唐昭宗天祐元年（甲子，904 年）

初，朱全忠自凤翔迎车驾还，见德王裕眉目疏秀，且年齿已壮，恶之，私谓崔胤曰："德王尝奸帝位，岂可复留！公何不言之！"胤言于帝。帝问全忠，全忠曰："陛下父子之间，臣安敢窃议，此崔胤卖臣耳。"帝自离长安，日忧不测，与皇后终日沈饮，或相对涕泣。全忠使枢密使蒋玄晖伺察帝，动静皆知之。帝从容谓玄晖曰："德王朕之爱子，全忠何故坚欲杀之？"因泣下，啮中指血流。玄晖具以语全忠①，全忠愈不自安。

时李茂贞、杨崇本、李克用、刘仁恭、王建、杨行密、赵匡凝移檄往来，皆以兴复为辞。全忠方引兵西讨，以帝有英气，恐变生于中，欲立幼君，易谋禅代。乃遣判官李振至洛阳，与玄晖及左龙武统军朱友恭、右龙武统军氏叔琮等图之。

八月，壬寅，帝在椒殿②，玄晖选龙武牙官史太等百人夜叩宫门，言军前有急奏，欲面见帝。夫人裴贞一开门见兵，曰："急奏何以兵为？"史太杀之。玄晖问："至尊安在？"昭仪李渐荣临轩呼曰："宁杀我曹，勿伤大家！"帝方醉，遽起，单衣绕柱走，史太追而弑之。渐荣以身蔽帝，太亦杀之。又欲杀何后，后求哀于玄晖，乃释之。

癸卯，蒋玄晖矫诏称李渐荣、裴贞一弑逆，宜立辉王祚为皇太子，更名柷，监军国事。又矫皇后令，太子于柩前即位。宫中恐惧，不敢出声哭。丙午，昭宣帝即位，时年十三。

（冬，十月）朱全忠闻朱友恭等弑昭宗，阳惊，号哭自投于地，曰："奴辈负我,令我受恶名于万代!"癸巳,至东都,伏梓宫恸哭流涕,又见帝自陈非己志,请讨贼。先是,护驾军士有掠米于市者,甲午,全忠奏朱友恭、氏叔琮不戢士卒,侵扰市肆,友恭贬崖州司户,复姓名李彦威,叔琮贬白州司户,寻皆赐自尽。彦威临刑大呼曰:"卖我以塞天下之谤,如鬼神何!行事如此,望有后乎!"

唐昭宣帝天祐二年(乙丑,905)

(春,正月,戊戌)是日社③,全忠使蒋玄晖邀昭宗诸子德王裕、棣王祤、虔王禊、沂王禋、遂王祎、景王祕、祁王祺、雅王禛、琼王祥,置酒九曲池,酒酣,悉缢杀之,投尸池中。

注释

① 胡三省注:史言昭宗之轻脱以速祸。
② 椒殿:皇后所居之殿。
③ 胡三省注:自古以来,以戊日社。戊,土也。立春以后历五戊则社日。

(三月)戊寅,以门下侍郎、同平章事独孤损同平章事,充静海节度使;以礼部侍郎河间张文蔚同平章事。甲申,以门下侍郎、同平章事裴枢为左仆射,崔远为右仆射,并罢政事。

初,柳璨及第,不四年为宰相,性倾巧轻佻。时天子左右皆朱全忠腹心,璨曲意事之。同列裴枢、崔远、独孤损皆朝廷宿望,意轻之,璨以为憾。和王①傅张廷范,本优人,有宠于全忠,奏以为太常卿。枢曰:"廷范勋臣,幸有方镇②,何藉乐卿!恐非元帅之旨。"持之不下。全忠闻之,谓宾佐曰:"吾常以裴十四器识真纯,不入浮薄之党;观此议论,本态露矣。"璨因此并远、损谮于全忠，故三人皆罢。

五月，礼院奏，皇帝登位应祀南郊；敕用十月甲午行之。

乙丑，彗星长竟天。

柳璨恃朱全忠之势，恣为威福。会有星变，占者曰："君臣俱灾，宜诛杀以应之。"璨因疏其素所不快者于全忠曰："此曹皆聚徒横议，怨望腹非，宜以之塞灾异。"李振亦言于朱全忠曰："朝廷所以不理，良由衣冠浮薄之徒紊乱纲纪；且王欲图大事，此曹皆朝廷之难制者也，不若尽去之。"全忠以为然。癸酉，贬独孤损为棣州刺史，裴枢为登州刺史，崔远为莱州刺史。乙亥，贬吏部尚书陆扆为濮州司户，工部尚书王溥为淄州司户。庚辰，贬太子太保致仕赵崇为曹州司户，兵部侍郎王赞为潍州司户。自余或门胄高华，或科第自进，居三省台阁，以名检自处，声迹稍著者，皆指为浮薄，贬逐无虚日，搢绅为之一空。辛巳，再贬裴枢为泷州司户，独孤损为琼州司户，崔远为白州司户。

六月，戊子朔，敕裴枢、独孤损、崔远、陆扆、王溥、赵崇、王赞等并所在赐自尽。

时全忠聚枢等及朝士贬官者三十余人于白马驿，一夕尽杀之，投尸于河。初，李振屡举进士，竟不中第，故深疾搢绅之士，言于全忠曰："此辈常自谓清流，宜投之黄河，使为浊流！"全忠笑而从之。

（十一月）先是，全忠急于传禅，密使蒋玄晖等谋之。玄晖与柳璨等议：以魏、晋以来皆先封大国，加九锡，殊礼，然后受禅，当次第行之。乃先除全忠诸道元帅，以示有渐，仍以刑部尚书裴迪为送官告使，全忠大怒。宣徽副使王殷、赵殷衡疾玄晖权宠，欲得其处③，因谮之于全忠曰："玄晖、璨等欲延唐祚，故逗遛其事以须变。"玄晖闻之惧，自至寿春，具言其状。全忠曰："汝曹巧述闲事以沮我，借使我不受九锡，岂不能作天子邪！"④玄晖曰："唐祚已尽，天命归王，愚智皆知之。玄晖与柳璨等非敢有背德，但以今兹晋、燕、岐、蜀皆吾勍敌⑤，王遽受禅，彼心未服，不可不曲尽义理，然后取之，欲为王创万代之业耳。"全忠叱之曰："奴果反矣！"玄晖惶遽辞归，与璨议行九锡。时天子将郊祀，百官既习仪，裴迪自大梁还，言全忠怒曰："柳璨、蒋玄晖等欲延唐祚，乃郊天也。"璨等惧，庚午，敕改用来年正月上辛⑥。

注释

① 和王：唐昭宗之子李福。
② 胡三省注：言幸有方镇可以处之。
③ 胡三省注：蒋玄晖时为枢密使，内专朝廷之权，外结朱全忠之宠。
④ 胡三省注：禅代之事，先封大国，次加九锡，殊礼，此王莽创为之也。魏、晋踵而行之，讳其名而受其实。魏文帝所谓"舜、禹之事吾知之矣"，其言虽不至如朱全忠之凶暴，其欲篡之心则一也。
⑤ 胡三省注：晋，李克用。燕，刘仁恭。岐，李茂贞。蜀，王建。
⑥ 上辛：农历每月上旬的辛日。

柳璨、蒋玄晖等议加朱全忠九锡，朝士多窃怀愤邑，礼部尚书苏循独扬言曰："梁王功业显大，历数有归，朝廷速宜揖让。"朝士无敢违者。辛巳，以全忠为相国，总百揆。以宣武、宣义、天平、护国、天雄、武顺、佑国、河阳、义武、昭义、保义、戎昭、武定、泰宁、平卢、忠武、匡国、镇国、武宁、忠义、荆南等二十一道为魏国，进封魏王，仍加九锡。全忠怒其稽缓，让不受。十二月，戊子，命枢密使蒋玄晖赍手诏诣全忠谕指。癸巳，玄晖自大梁还，言全忠怒不解。甲午，柳璨奏称："人望归梁王，陛下释重负，今其时也。"即日遣璨诣大梁达传禅之意，全忠拒之。

初，璨陷害朝士过多，全忠亦恶之。璨与蒋玄晖、张廷范朝夕宴聚，深相结，为全忠谋禅代事。何太后泣遣宫人阿虔、阿秋达意玄晖，语以他日传禅之后,求子母生全。^①王殷、赵殷衡谮玄晖,云"与柳璨、张廷范于积善宫夜宴,对太后焚香为誓,期兴复唐祚。"全忠信之,乙未,收玄晖及丰德库使应顼、御厨使朱建武系河南狱;以王殷权知枢密,赵殷衡权判宣徽院事。全忠三表辞魏王、九锡之命;丁酉,诏许之^②,更以为天下兵马元帅,然全忠已修大梁府舍为宫阙矣。是日,斩蒋玄晖,杖杀应顼、朱建武。庚子,省枢密使及宣徽南院使,独置宣徽使一员,以王殷为之,赵殷衡为副使。辛丑,敕罢宫人宣传诏命及参随视朝^③。追削蒋玄晖为凶逆百姓,令河南揭尸于都门外,聚众焚之。

玄晖既死,王殷、赵殷衡又诬玄晖私侍何太后,令阿秋、阿虔通导往来。己酉,全忠密令殷、殷衡害太后于积善宫,敕追废太后为庶人,阿秋、阿虔皆于殿前扑杀。庚戌,以皇太后丧,废朝三日。

癸丑,守司空兼门下侍郎、同平章事柳璨贬登州刺史,太常卿张廷范贬莱州司户。甲寅,斩璨于上东门外,车裂廷范于都市。璨临刑呼曰:"负国贼柳璨,死其宜矣!"

后梁太祖开平元年(丁卯,907)

(春,正月)甲辰,唐昭宣帝遣御史大夫薛贻矩至大梁劳王,贻矩请以臣礼见,王揖之升阶,贻矩曰:"殿下功德在人,三灵改卜,皇帝方行舜、禹之事,臣安敢违!"^④乃北面拜舞于庭。王侧身避之。贻矩还,言于帝曰:"元帅有受禅之意矣!"帝乃下诏,以二月禅位于梁。又遣宰相以书谕王;王辞。

注释

① 胡三省注:帝及德王裕皆何太后子也。昭宗已弑,裕与诸弟稍长,相继而死。事已至此,后之母子能独全乎!后素号多智,临难乃尔,盖当时以能

随时上下以全生者为智也。

② 胡三省注：朱全忠愔(qí)怒，正欲杀蒋玄晖等乃复行魏、晋之事。表辞者，敬翔教之也；诏许之者，王殷等承朱全忠之风指也。

③ 胡三省注：天复三年诛宦官，以内夫人宣传诏命。

④ 胡三省注：三灵，天、地、人之灵也。言天、地、人之心皆已去唐室，改卜君而命之。

二月，唐大臣共奏请昭宣帝逊位。壬子，诏宰相帅百官诣元帅府劝进；王遣使却之。于是朝臣、藩镇乃至湖南、岭南上笺劝进者相继。

（三月）庚寅，唐昭宣帝诏薛贻矩再诣大梁谕禅位之意，又诏礼部尚书苏循赍百官笺诣大梁。

甲辰，唐昭宣帝降御札禅位于梁。以摄中书令张文蔚为册礼使①，礼部尚书苏循副之；摄侍中杨涉为押传国宝使，翰林学士张策副之；御史大夫薛贻矩为押金宝使，尚书左丞赵光逢副之；帅百官备法驾诣大梁。

（夏，四月）庚戌梁王始御金祥殿，受百官称臣，下书称教令，自称曰寡人。辛亥，令诸笺、表、簿、籍皆去唐年号，但称月、日。丙辰，张文蔚等至大梁。

壬戌，梁王更名晃。王兄全昱闻王将即帝位，谓王曰："朱三，尔可作天子乎！"

甲子，张文蔚、杨涉乘辂自上源驿从册宝，诸司各备仪卫卤簿前导，百官从其后，至金祥殿前陈之。王被衮冕，即皇帝位。张文蔚、苏循奉册升殿进读，杨涉、张策、薛贻矩、赵光逢以次奉宝升殿，读已，降，帅百官舞蹈称贺。帝遂与文蔚等宴于玄德殿。帝举酒曰："朕辅政未久，此皆诸公推戴之力。"文蔚等惭惧，俯伏不能对，独苏循、薛贻矩及刑部尚书张祎盛称帝功德宜应天顺人。

帝复与宗戚②饮博于宫中，酒酣，朱全昱忽以投琼③击盆中迸散，睨帝曰：

"朱三,汝本砀山一民也,从黄巢为盗,天子用汝为四镇节度使,富贵极矣,奈何一旦灭唐家三百年社稷,自称帝王!行当族灭,奚以博为!"帝不怿而罢。

乙丑,命有司告天地、宗庙、社稷。丁卯,遣使宣谕州、镇。戊辰,大赦,改元④,国号大梁。奉唐昭宣帝为济阴王,皆如前代故事;唐中外旧臣官爵并如故。以汴州为开封府,命曰东都;以故东都为西都;废故西京,以京兆府为大安府,置佑国军于大安府。更名魏博曰天雄军。迁济阴王于曹州,柵之以棘⑤,使甲士守之。

注释

① 册礼使:承担奉传禅册宝,押金吾使卫、太常卤簿等职能。
② 宗戚:同姓及异姓的亲属。
③ 投琼:骰子。
④ 改元:改元开平。
⑤ 柵(jiàn):围。

评析

本篇选自《资治通鉴》卷二六二至卷二六六。阅读历史的有益之处,在于能充分体验过去的复杂性和多面性。正如人之有生老病死,一个王朝的历史,包含了光辉与黯淡、欢乐与悲伤。史书记载中盛唐时期的文治武功,读之令人振奋。当我们面对李唐王朝的日暮时分,又是怎样一种心境呢?

安史之乱以后的唐朝,尽管有几位君主曾试图中兴朝政,但终究难以振奋王朝日薄西山的颓势。我们熟悉的藩镇割据、宦官专权和朋党之争,成为晚唐政治体制中无法革除的痼疾。黄巢之乱爆发,这些痼疾被进一步激发、恶化，成为断送唐王朝命运的最后稻草。

唐王朝的最后20年，主要是昭宗统治的时代。唐昭宗虽有恢张旧业之志，却生不逢时。宦官、文臣困斗于内，藩镇军阀割据于外，政令不出国门，中央孱弱之至。他希望得到贤臣辅弼，却去虺得虎，引狼入室，最终被朱温所弑。选文记载中，昭宗被朱温裹挟至洛阳途中，不得与外界交通，试图以绢诏求援，后身边侍从被全班调包。少年天子被控制于股掌之中，读后令人掩卷叹息。

困扰唐王朝的藩镇、宦官和士大夫党争，也在这种残酷的斗争中消弭了。朱温在藩镇混战中力压群雄，成为最有力的藩镇。南衙的宰相、大臣和北司的宦官争权夺势之际，纷纷结交强藩，相互倾轧。士大夫集团与朱温联合，最终除掉了宦官势力，自身亦惨遭"白马之祸"。实际上，唐朝的最后3年，已经是朱温的时代。朱温废哀帝，完成禅代之后，地方大小藩镇纷纷割据自立，中国历史进入最后一个大分裂时代。

第十三编
乱世五代

割让幽蓟

后唐末帝清泰元年（甲午，934年）

（夏，四月）癸酉，太后下令废少帝为鄂王，以潞王知军国事①，权以书诏印施行②。百官诣至德宫门待罪，王命各复其位。甲戌，太后令潞王宜即皇帝位；乙亥，即位于柩前。

己卯，石敬瑭③入朝。

（五月）帝与石敬瑭皆以勇力善斗，事明宗为左右；然心竞④，素不相悦。帝即位，敬瑭不得已入朝，山陵既毕，不敢言归。时敬瑭久病羸瘠，太后及魏国公主⑤屡为之言；而凤翔将佐多劝帝留之，惟韩昭胤、李专美以为赵延寿在汴，不宜猜忌敬瑭⑥。帝亦见其骨立⑦，不以为虞⑧，乃曰："石郎不惟⑨密亲，兼自少与吾同艰难；今我为天子，非石郎尚谁托哉！"乃复以为河东节度使⑩。

后唐末帝清泰二年（乙未，935年）

（六月）河东节度使、北面总管石敬瑭既还镇，阴为自全之计。帝好咨访外事，常命端明殿学士李专美、翰林学士李崧、知制诰吕琦、薛文遇、翰林天文⑪赵延义等更直于中兴殿庭，与语或至夜分。时敬瑭二子为内使⑫，曹太后则晋国长公主之母也，敬瑭赂太后左右，令伺帝之密谋，事无巨细皆知之。敬瑭多于宾客前自称羸瘠不堪为帅，冀朝廷不之忌。

注释

① 少帝：后唐闵帝李从厚。潞王：唐明宗养子李从珂，长兴四年（933年）五

月立为潞王。

② 胡三省注：书诏印，画可所用者也。闵帝之出奔也，盖以八宝自随。

③ 石敬瑭：清泰元年(934年)二月，石敬瑭自河东节度使迁成德军节度使，治镇州(今河北石家庄市正定县)。

④ 心竞：暗自相争。

⑤ 胡三省注：魏国公主，明宗之女，下嫁石敬瑭，曹太后所生也。

⑥ 胡三省注：赵延寿时为宣武帅，逼近洛都；又其父德钧在幽州，拥强兵。言若猜忌敬瑭，赵延寿必惧而生心。

⑦ 骨立：形容身体非常憔悴。

⑧ 虞：欺诈。

⑨ 不惟：不仅。

⑩ 胡三省注：纵石敬瑭归镇，乃复疑而徙之，此所以速祸也。

⑪ 翰林天文：翰林院中设天文博士、天文观生、天文生等，掌候天文。

⑫ 内使：内诸司使。石敬瑭子重殷为右卫上将军，重裔为皇城副使。

时契丹屡寇北边，禁军多在幽、并，敬瑭与赵德钧求益兵运粮，朝夕相继①。甲申，诏借河东人有蓄积者蒭粟。乙酉，诏镇州输绢五万匹于总管府，籴军粮②，率镇冀人车千五百乘运粮于代州；又诏魏博市籴。时水旱民饥，敬瑭遣使督趣严急，山东③之民流散，乱始兆矣。

敬瑭将大军屯忻州，朝廷遣使赐军士夏衣，传诏抚谕，军士呼万岁者数四④。敬瑭惧，幕僚河内段希尧请诛其唱首者，敬瑭命都押衙刘知远斩挟马都将李晖等三十六人以徇。希尧，怀州人也。帝闻之，益疑敬瑭。

(秋，七月)乙巳，以武宁节度使张敬达为北面行营副总管，将兵屯代州，以分石敬瑭之权⑤。

后晋高祖天福元年（丙申，936 年）

（三月）石敬瑭尽收其货之在洛阳及诸道者归晋阳，托言以助军费，人皆知其有异志。唐主夜与近臣从容语曰："石郎于朕至亲，无可疑者；但流言不释，万一失欢，何以解之？"皆不对。

端明殿学士、给事中李崧退谓同僚吕琦曰："吾辈受恩深厚，岂得自同众人，一概观望邪！计将安出？"琦曰："河东若有异谋，必结契丹为援。契丹母以赞华在中国，屡求和亲，但求荝剌等未获，故和未成耳。⑥今诚归荝剌等与之和，岁以礼币约直十余万缗遗之，彼必欢然承命。如此，则河东虽欲陆梁⑦，无能为矣。"崧曰："此吾志也。然钱谷皆出三司，宜更与张相谋之。"遂告张延朗，延朗曰："如学士计，不惟可以制河东，亦省边费之什九，计无便于此者。若主上听从，但责办于老夫，请于库财之外掊拾⑧以供之。"他夕，二人密言于帝，帝大喜，称其忠，二人私草《遗契丹书》以俟命。

注释

① 胡三省注：敬瑭求兵粮以实并州，赵德钧求兵粮以实幽州。

② 胡三省注：总管府在晋阳，石敬瑭时为北面马步军都总管故也。

③ 山东：此言太行、常山之东。

④ 胡三省注：时骄兵习于闻见，又欲扶立石敬瑭以希赏。

⑤ 胡三省注：为令张敬达讨石敬瑭张本。

⑥ 契丹母：即述律太后，此时契丹皇帝为耶律德光，耶律阿保机次子。赞华：即耶律阿保机长子耶律倍，耶律阿保机逝世后，述律后废长立幼，支持耶律德光即位。耶律倍于后唐明宗长兴三年（932年）投奔中原，赐姓李，名赞华。荝剌：契丹将领，于后唐明宗天成三年（928年）南侵时被俘，后契

丹多次派人要求将之归还。

⑦ 陆梁：猖狂、嚣张。

⑧ 捃拾：收拾，征集。

    久之，帝以其谋告枢密直学士薛文遇，文遇对曰："以天子之尊，屈身奉夷狄，不亦辱乎！又，虏若循故事求尚公主①，何以拒之？"因诵戎昱②《昭君诗》曰："安危托妇人。"帝意遂变。一日，急召崧、琦至后楼，盛怒，责之曰："卿辈皆知古今，欲佐人主致太平；今乃为谋如是！朕一女尚乳臭，卿欲弃之沙漠邪？且欲以养士之财输之虏庭③，其意安在？"二人惧，汗流浃背，曰："臣等志在竭愚以报国，非为虏计也，愿陛下察之。"拜谢无数，帝诟责不已。吕琦气竭，拜少止，帝曰："吕琦强项④，肯视朕为人主邪！"琦曰："臣等为谋不臧⑤，愿陛下治其罪，多拜何为！"帝怒稍解，止其拜，各赐卮酒罢之，自是群臣不敢复言和亲之策。

    初，石敬瑭欲尝唐主之意，累表自陈羸疾，乞解兵柄⑥，移他镇；帝与执政议从其请，移镇郓州。房暠、李崧、吕琦等皆力谏，以为不可，帝犹豫久之。

    五月，庚寅夜，李崧请急⑦在外，薛文遇独直，帝与之议河东事，文遇曰："谚有之：ّ当道筑室，三年不成。'兹事断自圣志；群臣各为身谋，安肯尽言！以臣观之，河东移亦反，不移亦反，在旦暮耳，不若先事图之。"⑧先是，术者言国家今年应得贤佐，出奇谋，定天下，帝意文遇当之，闻其言，大喜，曰："卿言殊豁吾意，成败吾决行之。"即为除目⑨，付学士院使草制。辛卯，以敬瑭为天平节度使，以马军都指挥使、河阳节度使宋审虔为河东节度使。⑩制出，两班⑪闻呼敬瑭名，相顾失色。

注释

① 胡三省注：唐自太宗以宗室女为公主下嫁诸蕃，谓之和蕃公主；其后回纥

有功于中国,至屈帝女以女之。

② 戎昱(?—约799年):唐代诗人。《昭君诗》又作《咏史》《和蕃》,全诗为:"汉家青史上,计拙是和亲。社稷依明主,安危托妇人。岂能将玉貌,便拟静胡尘。地下千年骨,谁为辅佐臣。"

③ 胡三省注:养士,谓养兵也。言其欲割养兵之财以和蕃。

④ 强项:强横无礼。

⑤ 臧:好,善。

⑥ 兵柄:指石敬瑭兼任之北面马步军都总管。

⑦ 请急:请告,因急事而请假。

⑧ 胡三省注:河东事情,凡在清泰朝野之人,谁不知者!其所以重于言,重于发,惧言之则发大难之端在己而无以善其后耳。清泰主郁郁于此久矣,薛文遇一言当心,遂决然而不顾。

⑨ 胡三省注:御笔亲除付外行者谓之除目,其经宰相奏拟而行者亦谓之除目。

⑩ 胡三省注:宋审虔从唐主起于凤翔,故欲以之代敬瑭。

⑪ 两班:指文武两班。

甲午,以建雄节度使张敬达为西北蕃汉马步都部署,趣敬瑭之郓州①。敬瑭疑惧,谋于将佐曰:"吾之再来河东也,主上面许终身不除代②;今忽有是命,得非如今年千春节与公主所言乎?我不兴乱,朝廷发之,安能束手死于道路乎!今且发表称疾以观其意,若其宽我,我当事之;若加兵于我,我则改图耳。"③幕僚段希尧极言拒之,敬瑭以其朴直,不责也。节度判官华阴赵莹劝敬瑭赴郓州;观察判官平遥薛融曰:"融书生,不习军旅。"都押牙刘知远曰:"明公久将兵,得士卒心;今据形胜之地,士马精强,若称兵④传檄,帝业可成,奈何以一纸制书自投虎口乎!"掌书记洛阳桑维翰曰:"主上初即位,明公入朝,主上岂不知蛟龙不可纵之深渊邪?⑤然卒以河东复授公,此乃天意假公以利器。明宗遗爱在人,主上以庶孽代之,群情不附。公明宗之爱婿,今主上以反逆见待,此非首谢可免,但力为自全之计。契丹主素与明宗约为兄弟,今部落近在云、应⑥,公诚能推心屈节事之,万一有急,朝呼夕至,何患无成。"敬瑭意逐决。

先是,朝廷疑敬瑭,以羽林将军宝鼎杨彦询为北京副留守,敬瑭将举事,亦以情告之。彦询曰:"不知河东兵粮几何,能敌朝廷乎?"左右请杀彦询,敬瑭曰:"惟副使一人我自保之,汝辈勿言也。"

戊戌,昭义节度使皇甫立奏敬瑭反。敬瑭表:"帝养子,不应承祀,请传位许王⑦。"帝手裂其表抵地,以诏答之曰:"卿于鄂王固非疏远⑧,卫州之事,天下皆知;许王之言,何人肯信!"壬寅,制削夺敬瑭官爵……丙午,以张敬达为太原四面兵马都部署,以义武节度使杨光远为副部署。丁未,又以张敬达知太原行府事,以前彰武节度使高行周为太原四面招抚、排陈等使。

注释

① 趣:通"促",催促。天平节度治郓州。
② 胡三省注:唐主此言当在即位之初,敬瑭入朝遣还镇时也。
③ 胡三省注:观敬瑭此言,则求援于契丹者本心先定之计也,桑维翰之言正会其意耳。
④ 称兵:举兵。
⑤ 胡三省注:古语有之:鱼不可脱于渊,神龙失势,与蚯蚓同。
⑥ 胡三省注:契丹牙帐自明宗长兴三年屯捺剌泊。
⑦ 许王:唐明宗之子李从益。
⑧ 鄂王:唐闵帝李从厚,潞王李从珂称帝后,闵帝出逃至卫州,随从都被石敬

瑭所擒。后李从珂借太后之名将闵帝贬为鄂王，石敬瑭又令亲信将鄂王杀害。

癸亥，唐主以张令昭为右千牛卫将军、权知天雄军府事。令昭以调发未集，且受新命。寻有诏徙齐州防御使，令昭托以士卒所留，实俟河东之成败。唐主遣使谕之，令昭杀使者。甲戌，以宣武节度使兼中书令范延光为天雄四面行营招讨使、知魏博行府事，以张敬达充太原四面招讨使，以杨光远为副使。丙子，以西京留守李周为天雄军四面行营副招讨使。

石敬瑭遣间使求救于契丹①，令桑维翰草表称臣于契丹主，且请以父礼事之，约事捷之日，割卢龙一道及雁门关以北诸州与之②。刘知远谏曰："称臣可矣，以父事之太过。厚以金帛赂之，自足致其兵，不必许以土田，恐异日大为中国之患，悔之无及。"敬瑭不从。③表至契丹，契丹主大喜，白其母曰："儿比④梦石郎遣使来，今果然，此天意也。"乃为复书，许俟仲秋倾国赴援⑤。

（八月）癸亥，应州言契丹三千骑攻城。张敬达筑长围以攻晋阳。石敬瑭以刘知远为马步都指挥使，安重荣、张万迪降兵皆隶焉。知远用法无私，抚之如一，由是人无贰心。敬瑭亲乘城，坐卧矢石下，知远曰："观敬达辈高垒深堑，欲为持久之计，无他奇策，不足虑也。愿明公四出间使，经略外事。守城至易，知远独能办之。"⑥敬瑭执知远手，抚其背而赏之。

九月，契丹主将五万骑，号三十万，自扬武谷⑦而南，旌旗不绝五十余里。代州刺史张朗、忻州刺史丁审琦婴城自守，虏骑过城下，亦不诱胁。

注释

① 胡三省注：时张敬达在代州，云、应两镇亦不从敬瑭，故遣使从间道趋契丹帐。

② 卢龙一道：即卢龙节度使所管地区，包括幽州（治蓟县，在今北京市城区西南）、蓟州（治渔阳县，今天津市蓟州区）、瀛州（治河间县，今河北河间市）、莫州（治莫县，河北任丘市北鄚州镇）、涿州（治范阳县，今河北涿州市）、檀州（治密云县，在今北京市密云区东北）、顺州（治怀柔县，今北京市顺义区）、新州（治永兴县，今河北张家口市涿鹿县）、妫州（治怀戎县，在今河北张家口市涿鹿县西南）、儒州（治缙山县，今北京市延庆区）、武州（治文德县，今河北张家口市宣化区）。

③ 胡三省注：他日卒如刘知远之言。为契丹入中国张本。

④ 比：近来。

⑤ 胡三省注：俟秋高马肥而后进。

⑥ 胡三省注：用兵之计，攻城最下。以敬瑭、知远之守，又有契丹之援，而敬达却以持久制之，宜其败也。

⑦ 扬武谷：又名羊武谷，在今山西原平市西北。

辛丑，契丹主至晋阳，陈①于汾北之虎北口。先遣人谓敬瑭曰："吾欲今日即破贼可乎？"敬瑭遣人驰告曰："南军②甚厚，不可轻，请俟明日议战未晚也。"使者未至，契丹已与唐骑将高行周、符彦卿合战，敬瑭乃遣刘知远出兵助之。张敬达、杨光远、安审琦以步兵陈于城西北山下，契丹遣轻骑三千，不被甲，直犯其陈。唐兵见其羸，争逐之，至汾曲③，契丹涉水而去。唐兵循岸而进，契丹伏兵自东北起，冲唐兵断而为二，步兵在北者多为契丹所杀，骑兵在南者引归晋安寨④。契丹纵兵乘之，唐兵大败，步兵死者近万人，骑兵独全。敬达等收余众保晋安，契丹亦引兵归虎北口。敬瑭得唐降兵千余人，刘知远劝敬瑭尽杀之⑤。

是夕，敬瑭出北门⑥，见契丹主。契丹主执敬瑭手，恨相见之晚。敬瑭问曰："皇帝远来，士马疲倦，遽⑦与唐战而大胜，何也？"契丹主曰："始吾自北来，谓唐必断雁门诸路，伏兵险要，则吾不可得进矣。使人侦视，皆无之，吾是以长驱深入，知大事必济也。兵既相接，我气方锐，彼气方沮，若不乘此急击之，旷日持久，则胜负未可知矣。此吾所以亟⑧战而胜，不可以劳逸常理论也。"敬瑭甚叹伏。

注释

① 陈：阵。

② 南军：后唐军队自南来攻晋阳，故称为"南军"。

③ 汾曲：汾水河湾之处。

④ 晋安寨：在晋阳城南，是围攻晋阳城的后唐军队总部所在地。

⑤ 胡三省注：唐兵虽败，其众尚强，刘知远惧降兵复叛归，故劝杀之。

⑥ 北门：晋阳城之北门。

⑦ 遽：立刻。

⑧ 亟：迅速。

　　壬寅，敬瑭引兵会契丹围晋安寨，置营于晋安之南，长百余里，厚五十里，多设铃索吠犬，人跬步不能过①。敬达等士卒犹五万人，马万匹，四顾无所之②。甲辰，敬达遣使告败于唐，自是声问③不复通。

　　（十一月，丁酉）契丹主谓石敬瑭曰："吾三千里赴难，必有成功。观汝气貌识量，真中原之主也④。吾欲立汝为天子。"敬瑭辞让者数四，将吏复劝进，乃许之。契丹主作册书，命敬瑭为大晋皇帝，自解衣冠授之，筑坛于柳林⑤。是日，即皇帝位。割幽、蓟、瀛、莫、涿、檀、顺、新、妫、儒、武、云、应、寰、朔、蔚十六州以与契丹，仍许岁输帛三十万匹。己亥，制改长兴七年为天福元年⑥，大赦；敕命法制，皆遵明宗之旧。

后晋高祖天福三年(戊戌,938年)

八月,帝上尊号于契丹主及太后,戊寅,以冯道为太后册礼使,左仆射刘煦为契丹主册礼使,备卤簿、仪仗、车辂,诣契丹行礼;契丹主大悦。帝事契丹甚谨,奉表称臣,谓契丹主为"父皇帝";每契丹使至,帝于别殿拜受诏敕。岁输金帛三十万之外⑦,吉凶庆吊,岁时赠遗,玩好珍异,相继于道。乃至应天太后⑧、元帅太子、伟王、南北二王、韩延徽、赵延寿等诸大臣皆有赂遗;小不如意,辄来责让,帝常卑辞谢之。晋使者至契丹,契丹骄倨,多不逊语。使者还,以闻,朝野咸以为耻,而帝事之曾无倦意,以是终帝之世与契丹无隙。然所输金帛不过数县租赋,往往托以民困,不能满数。其后契丹主屡止帝上表称臣,但令为书称"儿皇帝",如家人礼。

注释

① 跬步:半步为跬,此言距离之短。
② 四顾无所之:环顾四面,都不能去。胡三省注:兵法:置之死地而后生。若张敬达等能于围落未合之时,勉谕将士,竭力致死决战,胜负未可知也。
③ 声问:音信、消息。
④ 胡三省注:契丹主初来赴难,石敬瑭出见之于晋阳北门,此时固得之眉睫间矣。及围晋安,军中旦暮见,审之既熟,然后发此言。然味其言,不徒取其气貌,又取其识量,则其所谓观者必有异乎常人之观矣。
⑤ 柳林:在今山西太原市南。
⑥ 长兴:后唐明宗的年号。石敬瑭不承认后唐闵帝、末帝,又因末帝(潞王李从珂)篡位,故不用其年号"清泰",而袭用明宗年号,以至七年。
⑦ 胡三省注:三十万乃讲和元约岁输之数。
⑧ 胡三省注:应天太后即契丹主母述律氏,应天之号盖帝所上也。

评析

本篇选自《资治通鉴》卷二七九至卷二八一。历史教科书中的石敬瑭,往往是以反面典型的形象出现的。他为了获得契丹支持,夺取皇位,割让幽云十六州,将中原王朝的北方天然屏障拱手让人。此后数百年,北方游牧民族一直成为中原政权的心病。但若将眼光放长,这段历史的实际情况要复杂得多。

安史之乱以后,吐蕃、回鹘等少数民族对唐王朝内外政策的影响日益加深。五代十国时期,北方少数民族的力量甚至直接介入中原王朝政治。后唐、后晋、后汉,都是沙陀族建立的政权。过去,我们总把石敬瑭看作汉族人的皇帝,其实他与粟特族有密切关系。这是一个民族混融空前的时代,任何站在中原王朝立场的传统价值评判,都必须根据历史的现场重新思考。

再谈谈幽云十六州割让。实际上,从安史之乱以来,唐王朝对河北地区一直缺乏有效的直接控制,所谓中原"失险"是一个步步退缩的过程,割让幽云十六州只不过是一个标志性事件,使中原王朝彻底丢失了抵御北方民族进犯的最后一道天然屏障。这一事件的影响,不必过分夸大。

从另一方面来说,即使中原王朝失去了幽云十六州,在地缘政治的竞争中也并非一败涂地,在与契丹王朝的军事战争中互有胜负,就双方的经济往来而言,恐怕略胜一筹。而契丹王朝也非一心要做中原的主人。契丹与中原政权,双方势均力敌,彼此都难以将统治力量深入对方的领域,呈现一种对立的态势。这种态势的结果,就是北宋真宗时期缔结的"澶渊之盟"。所谓契丹相对中原政权那种压倒性优势,很大程度上是后世想象出来的。

通过这一篇选文,我们还可看到《资治通鉴》作为编年体通史的优势,既有长镜头的大视角,将纷繁复杂的冲突、融合呈现给读者,又有短聚焦的特写,活动于后唐末期至后晋初的历史人物,他们的性格、心态、行事风格,被刻画得丰满鲜活,跃然纸上。

世宗改革

周世宗显德元年(甲寅,954年)

(五月)帝违众议破北汉,自是政事无大小皆亲决,百官受成于上而已。河南府推官高锡上书谏,以为:"四海之广,万机之众,虽尧、舜不能独治,必择人而任之。今陛下一以身亲之,天下不谓陛下聪明睿智足以兼百官之任,皆言陛下褊迫疑忌举不信群臣也!不若选能知人公正者以为宰相,能爱民听讼者以为守令,能丰财足食者使掌金谷,能原情守法者使掌刑狱,陛下但垂拱明堂,视其功过而赏罚之,天下何忧不治!何必降君尊而代臣职,屈贵位而亲贱事,无乃失为政之本乎!"帝不从。

(冬,十月)初,宿卫之士,累朝相承,务求姑息,不欲简阅①,恐伤人情,由是羸老者居多;但骄蹇不用命,实不可用,每遇大敌,不走即降,其所以失国,亦多由此②。帝因高平之战③,始知其弊,癸亥,谓侍臣曰:"凡兵务精不务多,今以农夫百未能养甲士一,奈何浚民之膏泽,养此无用之物乎!且健懦不分,众何所劝!"乃命大简诸军,精锐者升之上军,羸者斥去之。又以骁勇之士多为藩镇所蓄,诏募天下壮士,咸遣诣阙,命太祖皇帝选其尤者为殿前诸班④,其骑步诸军,各命将帅选之。由是士卒精强,近代无比,征伐四方,所向皆捷,选练之力也。⑤

周世宗显德二年(乙卯,955年)

(二月)壬戌,诏群臣极言得失,其略曰:"朕于卿大夫,才不能尽知,面不能尽识;若不采其言而观其行,审其意而察其忠,则何以见器略之浅深,知任用之当否!若言之不入,罪实在予;苟求之不言,咎将谁执!"⑥

帝以大梁城中迫隘,夏,四月,乙卯,诏展外城,先立标帜,俟今冬农隙兴板筑;东作动则罢之,更俟次年,以渐成之。且令自今葬埋皆出所标七里之外,其标内俟县官分画街衢、仓场、营廨之外,听民随便筑室。

上谓宰相曰:"朕每思致治之方,未得其要,寝食不忘。又自唐、晋以来,吴、蜀、幽、并皆阻声教,未能混壹⑦,宜命近臣著《为君难为臣不易论》及《开边策》各一篇,朕将览焉。"

注释

① 简阅:考察、查阅。
② 胡三省注:如唐闵帝、潞王是也。
③ 高平之战:后周显德元年(954年),北汉世祖刘崇乘后周世宗柴荣继位不久,与辽连兵南下,进逼潞州(今山西长治市),柴荣率亲征,双方在高平(今属山西晋城市泽州县)交战。此役以后周军队获胜告终。
④ 太祖皇帝:宋太祖赵匡胤,时任殿前都虞候,领严州刺史。
⑤ 胡三省注:史言周世宗强兵之效。
⑥ 咎将谁执:谁敢为犯的错误负责?
⑦ 胡三省注:吴,李氏;蜀,孟氏;幽入于契丹;并为北汉。

比部郎中王朴献策,以为:"中国之失吴、蜀、幽、并,皆由失道①。今必先观所以失之之原,然后知所以取之之术。其始失之也,莫不以君暗臣邪,兵骄民困,奸党内炽,武夫外横,因小致大,积微成著。今欲取之,莫若反其所为而已。夫进贤退不肖,所以收其才也;恩隐②诚信,所以结其心也;赏功罚罪,所以尽其力也；去奢节用，所以丰其财也；时使薄敛，所以阜其民也。俟群才既集，政事既治，财用既充，士民既附，然后举而用之，功无不成矣！彼之人观我有必取之势，则知其情状者愿为间谍，知其山川者愿为乡导，民心既归，天意必从矣。

"凡攻取之道，必先其易者。唐与吾接境几二千里，其势易扰也③。扰之当以无备之处为始，备东则扰西，备西则扰东，彼必奔走而救之。奔走之间，可以知其虚实强弱，然后避实击虚，避强击弱。未须大举，且以轻兵扰之。南人懦怯，闻小有警，必悉师以救之。师数动则民疲而财竭，不悉师则我可以乘虚取之。如此，江北诸州将悉为我有。既得江北，则用彼之民，行我之法，江南亦易取也。得江南则岭南、巴蜀可传檄而定。④南方既定，则燕地必望风内附⑤；若其不至，移兵攻之，席卷可平矣。惟河东必死之寇⑥，不可以恩信诱，当以强兵制之，然彼自高平之败，力竭气沮，必未能为边患，宜且以为后图，俟天下既平，然后伺间，一举可擒也。⑦今士卒精练，甲兵有备，群下畏法，诸将效力，期年之后可以出师，宜自夏秋蓄积实边矣。"

上欣然纳之。时群臣多守常偷安，所对少有可取者，惟朴神峻气劲，有谋能断，凡所规画，皆称上意，上由是重其器识，未几，迁左谏议大夫，知开封府事。

（五月，戊辰朔）敕天下寺院，非敕额⑧者悉废之。禁私度僧尼，凡欲出家者必俟祖父母、父母、伯叔之命。惟两京、大名府、京兆府、青州听设戒坛⑨。禁僧俗舍身、断手足、炼指、挂灯、带钳之类幻惑流俗者。⑩令两京及诸州每岁造僧帐，有死亡、归俗，皆随时开落⑪。是岁，天下寺院存者二千六百九十四，废者三万三百三十六，见僧四万二千四百四十四，尼万八千七百五十六。

注释

① 胡三省注：梁失吴；后唐得蜀而复失之；晋失幽；周失并。

② 恩隐：恩恤。
③ 胡三省注：唐与中国以淮为境，自淮源东至海几二千里。编者按，此处"唐"指南唐。
④ 胡三省注：时刘氏据岭南，孟氏据巴蜀，王朴欲乘胜势以先声下之。
⑤ 胡三省注：时契丹跨有燕地。
⑥ 胡三省注：言北汉据河东，与周为世仇也。
⑦ 胡三省注：是后世宗用兵以至宋朝削平诸国，皆如王朴之言；惟幽燕不可得而取，至于宣和，则举国以殉之矣。
⑧ 敕额：朝廷颁敕赐寺额。
⑨ 戒坛：僧尼受戒之所。
⑩ 胡三省注：炼指者，束香于指而燃之。挂灯者，裸体，以小铁钩遍钩其肤，凡钩，皆挂小灯，圈灯盏，贮油而燃之，俚俗谓之燃肉身灯。今人带布枷以化诱流俗者，亦幻惑之余敝。
⑪ 开落：从僧帐中除名。

帝以县官①久不铸钱，而民间多销钱为器皿及佛像，钱益少，九月，丙寅朔，敕始立监采铜铸钱，自非县官法物、军器及寺观钟磬钹铎之类听留外，自余民间铜器、佛像，五十日内悉令输官，给其直；过期隐匿不输，五斤以上其罪死，不及者论刑有差②。上谓侍臣曰："卿辈勿以毁佛为疑。夫佛以善道化人，苟志于善，斯奉佛矣。彼铜像岂所谓佛邪！且吾闻佛在利人，虽头目犹舍以布施，若朕身可以济民，亦非所惜也。"

臣光曰：若周世宗，可谓仁矣，不爱其身而爱民；若周世宗，可谓明矣，不以无益废有益。

（十一月）汴水自唐末溃决，自埇桥东南悉为污泽。上谋击唐，先命武宁节度使武行德发民夫，因故堤疏导之③，东至泗上；议者皆以为难成，上曰："数年之后，必获其利。④"

先是，大梁城中民侵街衢为舍，通大车者盖寡，上命悉直而广之，广者至三十步；又迁坟墓于标外。上曰："近广京城，于存殁扰动诚多；怨谤之语，朕自当之，他日终为人利。"

后周世宗显德三年（丙辰，956年）

（春，正月）戊戌，发开封府、曹、滑、郑州之民十余万筑大梁外城。

庚子，帝下诏亲征淮南，以宣徽南院使、镇安节度使向训权东京留守，端明殿学士王朴副之，彰信节度使韩通权点检侍卫司及在京内外都巡检。命侍卫都指挥使、归德节度使李重进将兵先赴正阳，河阳节度使白重赞将亲兵三千屯颍上。

（三月，庚戌）唐主使李德明、孙晟言于上，请去帝号，割寿、濠、泗、楚、光、海六州之地⑤。仍岁输金帛百万以求罢兵。上以淮南之地已半为周有，诸将捷奏日至，欲尽得江北之地，不许。德明见周兵日进，奏称："唐主不知陛下兵力如此之盛，愿宽臣五日之诛，得归白唐主，尽献江北之地。"上乃许之。晟因奏遣王崇质与德明俱归。上遣供奉官安弘道送德明等归金陵，赐唐主书，其略曰："但存帝号，何爽岁寒！⑥倘坚事大之心，终不迫人于险。"又曰："俟诸郡⑦之悉来，即大军之立罢。言尽于此，更不烦云；苟曰未然，请从兹绝。"又赐其将相书，使熟议而来。唐主复上表谢。

注释

① 县官：朝廷。

② 胡三省注：时敕有隐藏铜器及埋窖使用者，一两至一斤徒二年；一斤至五斤处死。若纳到熟铜，每斤官给钱一百五十，生铜每斤一百。
③ 胡三省注：自埇桥东南抵唐境，皆武宁巡属也。
④ 胡三省注：谓淮南既平，借以通漕，将获其利也。
⑤ 胡三省注：六州之地皆濒淮，周既得之，则唐失长淮之险。借使周从唐之请而罢兵，江北之地他日亦不能守矣。
⑥ 胡三省注：爽，差也。言岁寒知松柏之后雕，此约不差也。许唐主自帝江南。
⑦ 诸郡：指南唐割让的江北诸郡。

夏，四月，甲子，以侍卫亲军都指挥使、归德节度使李重进为庐、寿等州招讨使，以武宁节度使武行德为濠州城下都部署。

唐右卫将军陆孟俊自常州将兵万余人趣泰州，周兵遁去，孟俊复取之，遣陈德诚戍泰州。孟俊进攻扬州，屯子蜀冈，韩令坤弃扬州走①。帝遣张永德将兵救之，令坤复入扬州。帝又遣太祖皇帝将兵屯六合②。太祖皇帝令曰："扬州兵有过六合者，折其足！"③令坤始有固守之志。

唐齐王景达将兵二万自瓜步济江，距六合二十余里，设栅不进。诸将欲击之，太祖皇帝曰："彼设栅自固，惧我也。今吾众不满二千，若往击之，则彼见吾众寡矣；不如俟其来而击之，破之必矣！"居数日，唐出兵趣六合，太祖皇帝奋击，大破之，杀获近五千人，余众尚万余，走渡江，争舟溺死者甚众，于是唐之精卒尽矣。

（五月）戊戌，帝留侍卫亲军都指挥使李重进等围寿州，自涡口北归；乙卯，至大梁。

（七月）唐之援兵营于紫金山④，与寿春城中烽火相应。淮南节度使向训奏请以广陵之兵并力攻寿春，俟克城，更图进取，诏许之。训封府库以授扬州主者,命扬州牙将分部按行城中,秋毫不犯,扬州民感悦,军还,或负糗糒⑤以送之。滁州守将亦弃城去,皆引兵趣寿春。

唐诸将请据险以邀⑥周师,宋齐丘曰:"如此,则怨益深。不如纵之以德于敌,则兵易解也。"乃命诸将各自保守,毋得擅出击周兵。由是寿春之围益急。齐王景达军于濠州,遥为寿州声援,军政皆出于陈觉,景达署纸尾而已,拥兵五万,无决战意,将吏畏觉,无敢言者。

(八月)殿前都指挥使、义成节度使张永德屯下蔡⑦,唐将林仁肇以水陆军援寿春;永德与之战,仁肇以船实薪刍,因风纵火,欲焚下蔡浮梁,俄而风回,唐兵败退。永德为铁绠千余尺,距浮梁十余步,横绝淮流,系以巨木,由是唐兵不能近。

注释

① 胡三省注:蜀冈在扬州城西。扬州城在蜀冈东南,城之东南北皆平地,沟浍交贯,惟蜀冈诸山西接庐、滁。凡北兵南寇扬州,率循山而来,据高为垒以临之。今陆孟俊据蜀冈以断周兵援路,故韩令坤惧而走。
② 六合:县名,时在扬州西北,今江苏南京市六合区。
③ 胡三省注:自扬州西北归,须过六合,故云然。
④ 紫金山:在寿春(今安徽寿县)南,一说八公山。
⑤ 糗糒:干饭做成的干粮。
⑥ 邀:阻击。
⑦ 下蔡:与下文之寿春均为寿州属县。时寿春为寿州治所。

(冬,十月)丙子,上谓侍臣:"近朝征敛谷帛,多不俟收获、纺绩之毕。"乃诏三司,自今夏税以六月,秋税以十月起征,民间便之。

甲申，以太祖皇帝为定国节度使①兼殿前都指挥使。太祖皇帝表渭州军事判官赵普为节度推官。

张永德与李重进不相悦，永德密表重进有二心，帝不之信。时二将各拥重兵，众心忧恐。重进一日单骑诣永德营②，从容宴饮，谓永德曰："吾与公幸以肺附③俱为将帅，奚相疑若此之深邪？"永德意乃解，众心亦安。唐主闻之，以蜡丸遗重进，诱以厚利，其书皆谤毁及反间之语；重进奏之。

十二月，壬申，以张永德为殿前都点检。④分命中使发陈、蔡、宋、亳、颍、兖、曹、单等州丁夫数万城下蔡。

后周世宗显德四年（丁巳，957年）

（春，正月）周兵围寿春，连年未下，城中食尽。齐王景达自濠州遣应援使、永安节度使许文稹，都军使边镐，北面招讨使朱元将兵数万，溯淮救之，军于紫金山，列十余寨如连珠，与城中烽火晨夕相应，又筑甬道抵寿春，欲运粮以馈之，绵亘数十里。将及寿春，李重进邀击，大破之，死者五千人，夺其二寨。丁未，重进以闻。戊申，诏以来月幸淮上。

议者以唐援兵尚强，多请罢兵，帝疑之。李谷寝疾⑤在第。二月，丙寅，帝使范质、王溥就与之谋，谷上疏，以为："寿春危困，破在旦夕，若銮驾亲征，则将士争奋，援兵震恐，城中知亡，必可下矣！"上悦。

乙亥，帝发大梁。先是周与唐战，唐水军锐敏，周人无以敌之，帝每以为恨。返自寿春，于大梁城西汴水侧造战舰数百艘，命唐降卒教北人水战，数月之后，纵横出没，殆胜唐兵。至是命右骁卫大将军王环将水军数千自闵河沿颍入淮⑥，唐人见之大惊。

乙酉，帝至下蔡；三月，己丑夜，帝渡淮，抵寿春城下。庚寅旦，躬擐甲胄，军于紫金山南，命太祖皇帝击唐先锋寨及山北一寨，皆破之，斩获三千余级，断其甬道，由是唐兵首尾不能相救。至暮，帝分兵守诸寨，还下蔡。

甲辰，帝耀兵于寿春城北。唐清淮节度使兼侍中刘仁赡病甚，不知人，丙午，监军使周廷构、营田副使孙羽等作仁赡表，遣使奉之来降。丁未，帝赐仁赡诏，遣阁门使万年张保续入城宣谕，仁赡子崇让复出谢罪。戊申，帝大陈甲兵，受降于寿春城北，廷构等升仁赡出城，仁赡卧不能起，帝慰劳赐赉，复令入城养疾。

庚戌，徙寿州治下蔡，赦州境死罪以下。州民受唐文书聚山林者，并召令复业，勿问罪；有尝为其杀伤者，毋得雠讼。向日政令有不便于民者，令本州条奏。

诏开寿州仓振饥民。丙辰，帝北还；夏，四月，己巳，至大梁。

乙酉，诏疏汴水北入五丈河⑦，由是齐、鲁舟楫皆达于大梁。

（五月，丁酉）诏以律令文古难知，格敕烦杂不壹，命侍御史知杂事张湜等训释，详定为《刑统》。⑧

注释

① 定国军节度：即匡国军节度，治同州（今陕西渭南市大荔县），宋朝避赵匡胤讳改。
② 胡三省注：李重进时在寿州城下，张永德营下蔡。
③ 肺附：亦作"肺腑"，比喻帝王的亲属或亲戚。李重进为后周太祖郭威第四姊之子，张永德为郭威第四女之婿，故云肺腑。
④ 胡三省注：后唐以来，车驾行幸及出征，则置大内都点检之官。后周选骁勇之士充殿前诸班，始置殿前都点检于都指挥使之上。自宋太祖皇帝以殿前都点检登极，是后不复除授。
⑤ 寝疾：卧病。
⑥ 闵河：即蔡河。胡三省注：今按蔡河自东京戴楼门入京城，出宣化水门，

投东南下,经陈州,至蔡口,入颍河。颍河自嵩山发源,由颍昌至鹿邑界,过蔡河口,与蔡河合流,经顺昌府颍上县,至西正阳,入淮河。

⑦ 胡三省注:河自都城历曹、济及郓,其广五丈,旧名五丈河;宋开宝六年,诏改名广济河。

⑧ 胡三省注:《刑统》一书,终宋之世行之。

九月,中书舍人窦俨上疏请令有司讨论古今礼仪,作《大周通礼》,考正钟律,作《大周正乐》。又以为:"为政之本,莫大择人;择人之重,莫先宰相。自有唐之末,轻用名器,始为辅弼,即兼三公、仆射之官。故其未得之也,则以趋竞为心;既得之也,则以容默为事。但思解密勿之务,守崇重之官,逍遥林亭,保安宗族。乞令即日宰相于南宫三品、两省给、舍以上,各举所知。①若陛下素知其贤,自可登庸②;若其未也,且令以本官权知政事。期岁之间,察其职业,若果能堪称③,其官已高,则除平章事;未高,则稍更迁官,权知如故。若有不称,则罢其政事,责其举者。又,班行之中,有员无职者太半④,乞量其才器,授以外任,试之于事,还则以旧官登叙,考其治状,能者进之,否者黜之。"又请:"令盗贼自相纠告,以其所告赀产之半赏之;或亲戚为之首,则论其徒侣而赦其所首者。如此,则盗不能聚矣。⑤又,新郑乡村团为义营,各立将佐,一户为盗,累其一村,一户被盗,罪其一将。每有盗发,则鸣鼓举火,丁壮云集,盗少民多,无能脱者。由是邻县充斥而一境独清。请令他县皆效之,亦止盗之一术也。又,累朝已来,屡下诏书,听民多种广耕,止输旧税,及其既种,则有司履亩⑥而增之,故民皆疑惧而田不加辟。夫为政之先,莫如敦信,信苟著矣,则田无不广,田广则谷多,谷多则藏之民犹藏之官也。"又言:"陛下南征江、淮,一举而得八州⑦,再驾而平寿春,威灵所加,前无强敌。今以众击寡,以治伐乱,势无不克,但行之贵速,则彼民免俘馘⑧之灾,此民息转输之困矣。"帝览而善之。

冬,十月,戊午,设贤良方正直言极谏、经学优深可为师法、详闲吏理达于教化等科。⑨

注释

① 胡三省注:即日宰相,谓见在相位者。南宫,谓尚书省也。三品,谓六部尚书也。两省,谓中书、门下省也。给、舍,谓给事中、中书舍人也。
② 登庸:选拔任用。
③ 堪称:勘任、称职。
④ 胡三省注:如诸卫将军、东宫官属、内诸使之类。
⑤ 胡三省注:言或亲戚相与为盗,其中有能自首者则赦之,其徒侣则论其罪也。
⑥ 履亩:实地丈量田亩。
⑦ 胡三省注:八州,谓光、黄、舒、蕲、和、扬、滁、泰,皆取之。
⑧ 俘馘:原指获敌而割下左耳,此言南唐民众被俘获斩杀。
⑨ 胡三省注:此所谓制举也。时诏应天下诸色人中,不限前资、见任职官,黄衣草泽,并许应诏。其逐处州府,依每年贡举人式例,差官考试,解送尚书吏部,仍量试策论三道,共三千字已上,当日取文理俱优,人物爽秀,方得解送,取来年十月集上都。其登朝官亦许上表自举。

壬申,帝发大梁;十一月,丙戌,至镇淮军,是夜五鼓,济淮;丁亥,至濠州城西。濠州东北十八里有滩,唐人栅于其上,环水自固,谓周兵必不能涉。戊子,帝自攻之,命内殿直康保裔帅甲士数百,乘橐驼涉水,太祖皇帝帅骑兵继之,遂拔之。李重进破濠州南关城。癸巳,帝自攻濠州,王审琦拔其水寨。唐人屯战船数百于城北,又植巨木于淮水以限周兵。帝命水军攻之,拔其木,焚战船七十余艘,斩首二千余级,又攻拔其羊马城,城中震恐。丙申夜,唐濠州团练使郭廷谓上表言:"臣家在江南,今若遽降,恐为唐所种族,请先遣使诣金陵禀命,然后出降。"帝许之。辛丑,帝闻唐有战船数百艘在涣水东,欲救濠州,自将兵夜发水陆击之。癸卯,大破唐兵于洞口①,斩首五千余级,降卒二千余人,因鼓行而东,所至皆下。乙巳,至泗州城下,太祖皇帝先攻其南,因焚城门,破水寨及月城②。帝居于月城楼,督将士攻城。

十二月,乙卯,唐泗州守将范再遇举城降,以再遇为宿州团练使。上自至泗州城下,禁军中刍荛者③毋得犯民田,民皆感悦,争献刍粟;既克泗州,无一卒敢擅入城者。帝闻唐战船数百艘泊洞口,遣骑诇④之,唐兵退保清口。

戊午,旦上自将亲军自淮北进,命太祖皇帝将步骑自淮南进,诸将以水军自中流进,共追唐兵。时淮滨久无行人,葭苇如织,多泥淖沟堑,士卒乘胜气茇涉⑤争进,皆忘其劳。庚申,追及唐兵,且战且行,金鼓声闻数十里。辛酉,至楚州西北,大破之。唐兵有沿淮东下者,帝自追之,太祖皇帝为前锋,行六十里,擒其保义节度使、濠、泗、楚、海都应援使陈承昭以归。所获战船烧沈之余得三百余艘,士卒杀溺之余得七千余人。唐之战船在淮上者,于是尽矣。

后周世宗显德五年(戊午,958年)

(春,正月)上欲引战舰自淮入江,阻北神堰⑥,不得渡;欲凿楚州西北鹳水以通其道,遣使行视,还言地形不便,计功甚多。上自往视之,授以规画,发楚州民夫浚之,旬日而成,用功甚省,巨舰数百艘皆达于江,唐人大惊,以为神。

注释

① 胡三省注:今濠州东九十里有浮山,山下有穴,名浮山洞,夏潦不能及而冬

不加高,故人疑其山为浮洞口,窃意即浮山洞口。

② 胡三省注:月城者,临水筑城,两头抱水,形如却月。

③ 刍荛者:割草砍柴的人。

④ 诇:侦察。

⑤ 菱涉:草行为菱,水行为涉。

⑥ 胡三省注:北神镇在楚州城北五里,吴王夫差沟通江、淮,后人于此立堰者,以淮水低,沟水高,防其泄也。舟行渡堰入淮。今号为平水堰。

周兵攻楚州,逾四旬,唐楚州防御使张彦卿固守不下;乙巳,帝自督诸将攻之,宿于城下,丁未,克之。彦卿与都监郑昭业犹帅众拒战,矢刃皆尽,彦卿举绳床以斗而死,所部千余人,至死无一人降者①。

(三月)辛卯,上如迎銮镇②,屡至江口,遣水军击唐兵,破之。上闻唐战舰数百艘泊东洀州,将趣海口扼苏、杭路,遣殿前都虞候慕容延钊将步骑,右神武统军宋延渥将水军,循江而下。甲午,延钊奏大破唐兵于东洀州③;上遣李重进将兵趣庐州④。

唐主闻上在江上,恐遂南渡,又耻降号称蕃,乃遣兵部侍郎陈觉奉表,请传位于太子弘冀,使听命于中国。时淮南惟庐、舒、蕲、黄未下,丙申,觉至迎銮,见周兵之盛,白上,请遣人渡江取表,献四州之地,画江为境,以求息兵,辞指甚哀。上曰:"朕本兴师止取江北,尔主能举国内附,朕复何求!"觉拜谢而退。丁酉,觉请遣其属阁门承旨刘承遇如金陵,上赐唐主书,称"皇帝恭问江南国主",慰纳之。

唐主复遣刘承遇奉表称唐国主,请献江北四州,岁输贡物数十万。于是江北悉平,得州十四⑤,县六十。

是月,浚汴口,导河流达于淮,于是江、淮舟楫始通。⑥

唐主避周讳,更名景⑦。下令去帝号,称国主,凡天子仪制皆有降损,去年号,用周正朔,仍告于太庙。

注释

① 胡三省注:唐失淮南,死于城郭封疆者犹有人焉。

② 銮镇,本唐之白沙也。吴主杨溥至白沙,阅舟师,徐温自金陵来见,因以白沙为迎銮镇。白沙之地,本属江都,唐分江都置永贞县,吴为迎銮镇,宋为真州。

③ 胡三省注:东沛洲,在泰州东南大江中,元是海屿沙岛之地。

④ 胡三省注:唐末,杨行密自庐州起,既建国,遂为重镇。周师渡淮,舒、蕲、黄先皆款附,独庐未下,盖宿兵多,周师不敢轻犯也。

⑤ 胡三省注:光、寿、庐、舒、蕲、黄、滁、和、濠、泗、楚、扬、泰、通十四州。

⑥ 此即唐时运路也。自江、淮割据,运漕不通,水路湮塞,今复浚之。

⑦ 南唐主李璟,避周信祖郭璟讳改名。

秋,七月,丙戌,初行《大周刑统》。

后周世宗显德六年(己未,959年)

二月,丙子朔,命王朴如河阴按行河堤,立斗门于汴口。壬午,命侍卫都指挥使韩通、宣徽南院使吴延祚,发徐、宿、宋、单等州丁夫数万浚汴水。甲申,命马军都指挥使韩令坤自大梁城东导汴水入于蔡水,以通陈、颍之漕,命步军都指挥使袁彦浚五丈渠东过曹、济、梁山泊,以通青、郓之漕,发畿内及滑、亳丁夫数千以供其役。

甲子,诏以北鄙未复,将幸沧州,命义武节度使孙行友扞西山路,以宣徽南院使吴延祚权东京留守、判开封府事,三司使张美权大内都部署。丁卯,命侍卫亲军都虞候韩通等将水陆军先发。甲戌,上发大梁。

(夏,四月)癸卯,太祖皇帝先至瓦桥关①,契丹守将姚内斌举城降,上入瓦桥关。内斌,平州人也。甲辰,契丹莫州刺史刘楚信举城降。五月,乙巳朔,侍卫亲军都指挥使、天平节度使李重进等始引兵继至,契丹瀛州刺史高彦晖举城降。彦晖,蓟州人也。于是关南②悉平。

丙午,宴诸将于行宫,议取幽州,诸将以为:"陛下离京四十二日,兵不血刃,取燕南之地,此不世之功也。今虏骑皆聚幽州之北,未宜深入。"上不悦。是日,趣先锋都指挥使刘重进先发,据固安③;上自至安阳水,命作桥,会日暮,还宿瓦桥,是日,上不豫而止。契丹主遣使者日驰七百里诣晋阳,命北汉主发兵挠周边,闻上南归,乃罢兵。

(六月)唐主遣其子纪公从善与钟谟俱入贡,上问谟曰:"江南亦治兵,修守备乎?"对曰:"既臣事大国,不敢复尔。"上曰:"不然。向时则为仇敌,今日则为一家,吾与汝国大义已定,保无他虞;然人生难期,至于后世,则事不可知。归语汝主:可及吾时完城郭,缮甲兵,据守要害,为子孙计。"谟归,以告唐主。唐主乃城金陵,凡诸州城之不完者葺之,戍兵少者益之。

臣光曰:或问臣:五代帝王,唐庄宗、周世宗皆称英武,二主孰贤?臣应之曰:夫天子所以统治万国,讨其不服,抚其微弱,行其号令,壹其法度,敦明信义,以兼爱兆民者也。庄宗既灭梁,海内震动,湖南马氏遣子希范入贡,庄宗曰:"比闻马氏之业,终为高郁所夺。今有儿如此,郁岂能得之哉?"郁,马氏之良佐也。希范兄希声闻庄宗言,卒矫其父命而杀之。此乃市道商贾之所为,岂帝王之体哉!盖庄宗善战者也,故能以弱晋胜强梁,既得之,曾不数年,外内离叛,置身无所。诚由知用兵之术,不知为天下之道故也。世宗以信令御群臣,以正义责诸国,王环以不降受赏,刘仁赡以坚守蒙褒,严续以尽忠获存,蜀兵以反覆就诛,冯道以失节被弃,张美以私恩见疏；江南未服，则亲犯矢石，期于必克，既服，则爱之如子，推诚尽言，为之远虑。其宏规大度，岂得与庄宗同日语哉！《书》曰："无偏无党，王道荡荡。"又曰："大邦畏其力，小邦怀其德。"世宗近之矣。

注释

① 瓦桥关：本次出兵攻占后改为雄州，在今河北保定市雄县。
② 关南：瓦桥关以南。
③ 固安：县名，属涿州。在今河北廊坊市。

评析

本篇选自《资治通鉴》卷二九二至卷二九四。后周的太祖郭威和世宗柴荣都是有志于稳定统治、富国强兵的君主。特别是世宗柴荣，他即位后，"政事无大小皆亲决"，在臣下看来，"降君尊而代臣职，屈贵位而亲贱事"，却加强了君主对朝政的绝对把控。周世宗推行的一系列政治、经济、军事改革，在短短的数年之中，开辟了后周政权新的局面，也为北宋王朝的统一奠定了坚实的基础。

我们不妨选取三个侧面，来观察周世宗改革。

其一，减少寺院。周世宗灭佛是中国佛教历史上一次著名的"法难"。但从朝廷的角度而言，当时寺院、僧尼繁多，占有了大量土地和金属资源，隐蔽了不少非法之徒，影响了国家的财政收入和社会会安定。显德二年（955年）五月下诏整顿后，"天下寺院存者二千六百九十四，废者三万三百三十六，见僧四万二千四百四十四，尼一万八千七百五十六"，还俗的僧尼增加了国家掌控的人口。

其二，修整开封城及疏浚开封附近水道。开封城在五代前期，基本维持唐代的规模。至后周时，已不能满足人口增长和作为政治中心的需要。显德二年（955年），朝廷下诏扩展外城，又由官府分画街衢、仓场、营廨，其余区域，听民随便筑室。后又扩建开封城内道路，疏浚开封通往齐鲁、江淮等地的水道，大大方便了开封与南北各地的交通运输。北宋王朝建立后，君臣曾讨论是否要迁都，后综合考虑开封城所占据的地理优势等因素而作罢。不得不说，后周世宗时期的城市建设奠定了开封作为都城的重要物质基础。

其三，加强中央禁军。五代诸政权的建立者都以藩镇起家，所以特别重视削弱地方节度使的力量，增强君主直接统辖的禁军力量。柴荣即位之初，经过高平之战，愈发感觉到加强禁军力量的紧迫性。通过裁汰羸弱士卒，精选骁勇善战之士，使得中央禁军的队伍素质得到显著提高，成为柴荣征伐四方所依赖的重要军事力量。

周世宗的改革还包括诸多方面，譬如编订《刑统》、鼓励垦荒、检田定租等。如此，后周的统治迅速得到稳定，并开始着手统一全国。遗憾的是，统一的步伐因周世宗的病逝而中止。北宋建立之后，五代十国的分裂局面才得以结束。但我们也应记得，宋太祖、宋太宗时代统治集团的核心成员，大多曾经是五代特别是后周的高级臣僚。某种意义上说，他们所延续的，正是周世宗未竟的事业。